潮平兩岸闊

張憲文往來函札集

序言／張玉法

研究歷史的人，對任何史料都視為珍寶，主因芸芸眾生、生活百態，能留下來的史料不多。一方面，人與人之間的談話，隨風而飄，有心人偶記之，九牛一毛；另一方面，文字史料，公文書比較容易保留，私人函件，一般人隨看隨丟，政學界的人喜歡保留，特別是研究歷史者，但大都不願意輕示於人。憲文先生以其為學術交流的重要史料，花功夫整理出版，特闢「臺港澳卷」，將港澳地區政學界人士的來信十餘封、臺灣地區政學界的來信七十餘封公之於世，至覺珍貴。

憲文先生治民國史，主持南京大學民國史研究中心多年，享譽兩岸，曾赴臺灣講學，與政學界來往多。有朋間的諸多來信，多以電子郵件寄到民國史研究中心，少部分為手書，直接寄給憲文先生，即由憲文先生珍藏，以迄於今。手寫書信，秦漢時期尚寫在竹簡、木牘或縑帛上，東漢時期發明紙，始寫在紙上。寫在紙上的書信易於存留，但古今士人不知幾百千萬，所寫之信更不知幾百千萬，所保留下來者並不多。主要原因，當世人或保留，其子孫未必為保留，而毀於天災人禍者更不知凡幾。出版之書信，較能廣為流佈，傳之久遠。已出版的書信，有《胡適書信選》、《胡適家書》、《胡適給韋蓮司的信》、《陳誠先生書信集：與蔣中正先生往來函電》等。

有機會與憲文先生通訊，起於1989年臺灣當局開放教育人員赴中國大陸探親，時以家鄉尚有老母，一聞可以赴中國大陸探親，即啟程前往，尚未想到學術交流等問題。但身為研究民國史的學者，既至中國大陸，途經南京，即首訪南京大學民國史研究中心的張憲文、茅家琦等教授。其後與民國史研究中心的來往日多，旅臺山東同鄉擬編修《民國山東通志》，臺灣研究山東的學者不多，乃請憲文先生聯絡民國史研究中心的老師和畢業生，請他們就便去山東找資料，協助寫民國時期山東各方面的史事，完成五巨冊的志書。其後又與憲文先生聯絡兩岸學者數十人，從事民國史專題研究，最後完成十八本巨著。後以為還此間東華書局的書債，未再參與大型研究計畫，憲文先生則繼續聯合兩岸學者推動抗戰史研究。這本臺港澳政學界的信件彙整，雖為臺港澳政學界與中國大陸地區學者往來之一頁，但以全書材料除說明部分外，皆為原件之掃描，不僅使寫信人有回到現場之感，年輕一代的讀者，在寫慣、讀慣電子郵件之餘，欣賞上一代人的通訊文化之模式，是為序。

張玉法 2023年7月於臺北

序言／張憲文

自古以來，官府之間，文人與名士，平民百姓，互通資訊，相互致意，多以各類書劄，以資溝通。明清以降，隨著郵政、電訊事業的產生、發展和日益繁榮，資訊交流，更加廣泛、頻繁，技術手段、內容更為豐富，交流範圍已遍及國內外。

1949年新中國建立後，文化教育事業更加發達。學者們的學術交往逐漸增多。隨著國家改革開放，學科建設突飛猛進，各類科研機構如雨後春筍般建立起來。1974年，南京大學建立中華民國史學科。此後幾十年間，舉行了六次大型的國際學術討論會及各種形式的研討會，密切了國際性、兩岸間的學者往來和學術交流。

海峽兩岸之間，由於政治上的原因，曾長期沒有人員和資訊往來。1987年，蔣經國已經開放臺灣陸籍人士返鄉探親。我趁此機會，寫了三封信，拜託來南京大學訪問的留美華人教授齊錫生先生，赴臺灣時，轉交著名史學家張玉法、張朋園和張忠棟三位先生，誠邀他們在方便時來南京大學訪問和講學。此舉開啟了臺灣學者赴南京大學講學和合作進行學術研究的大門。此後，我方學者赴臺灣訪問研究和出席學術會議，也慢慢多起來。早期，兩岸學術界的學術交流，學者往來，臺灣中研院近代史研究所沈懷玉女士，做了大量促進工作和貢獻。雙方的信件交流，日益增多，情誼更加深厚。

筆者作為歷史學者，喜愛保存各類歷史資料，其中保存的國內和海外師友的信函即達六千餘封。幾十年來，令筆者意想不到竟收藏那麼多。這些信函，記錄了學者間的工作交往，也反映了朋友多年形成的深厚友誼。時隔多年，再次閱讀，仍然感受到一股暖流流入心田，十分親切。

這幾千封信件，中國大陸學者的信件數量最多，另有海外信函，來自臺灣、香港、澳門地區和美國、日本、韓國、英國、法國、德國、義大利、西班牙、俄羅斯、加拿大、新加坡及北歐等國家。由於信函數量甚多，自2018年以來，呂晶博士帶領十多位歷史學的研究生開始信件的基礎整理工作。從掃描建檔，到外文信件翻譯、查證編輯，與寫信人及其家屬聯絡，商討把這些記錄的過往呈現出來。

由於編纂和出版條件的限制，六千多封信不可能全部整理出版，將分國家和地區分卷出版。臺港澳學者書信作為這個系列的第一卷，在臺灣出版，得到一眾舊識摯友相協，得以付梓，實乃幸事，是為序。

張憲文

編者導言／呂晶

張憲文老師 1934 年 10 月出生於山東泰安，1954 年考入南京大學歷史學系，1958 年畢業後留校從事歷史教學與研究，歷任歷史學系主任、歷史研究所所長。1974 年，參與創建南京大學中華民國史學科，1993 年建立中華民國史研究中心並擔任主任一職。2000 年，中華民國史研究中心被教育部批准為人文學科重點研究基地。

長達數十年的治學生涯，張老師與海內外各國各地的高等學校、研究機構建立了廣泛學術聯繫，積極推動民國史學術研究的發展。他先後獨立完成或主編《中華民國史綱》、《中國現代史史料學》、《抗日戰爭的正面戰場》、《蔣介石全傳》、《中國抗日戰爭史（1913-1945）》、《中華民國史》、《南京大屠殺史料集》、《南京大屠殺全史》等一系列具有廣泛影響的學術著作。2010 年至 2015 年，與臺灣中研院張玉法院士共同主持，攜手兩岸四地七十位學者撰寫了十八卷的《中華民國專題史》，意義非凡，實為兩岸學界學術合作的一件盛事。

張老師擔任博士生導師期間，培養了 50 餘名博士、20 餘名碩士，指導了數十名海內外訪問學者。曾赴十餘個國家、地區講學和出席國際學術討論會，學術交往和研究合作甚廣，兼收並蓄，學脈賡揚。

《潮平兩岸闊：張憲文往來函札集》正是他四十餘年對外學術交往的一個縮影。張老師所藏與臺港澳地區學者往來書信近四百封，此函札集選取了其中部分彙編而成。

這批信件的發現，是一個巧合。2020 年，曾在南京大學讀書的鄭會欣教授，正在撰寫關於《陳潔如回憶錄》出版前後的軼事，聯繫張憲文老師，希望找到 1992 年美國伊利諾大學易勞逸教授（Lloyd E. Eastman, 1929-1993）為該回憶錄英文版出版請托尋找陳潔如後人期間的往來信件。我當時只覺得不可能，這麼久遠的時間，怎麼還會有信呢？鄭教授卻非常肯定地說，張老師一定有。果不其然，信保留著。很快，鄭教授根據當年情況，配上張老師提供的相關人員信稿，在《世紀》上發表了文章。發表後，鄭教授一邊感謝張老師的幫助，一邊提醒我，應該還有更多的信，須留意加以收集整理。當年暑假，張老師就讓我見識了他多年保存的所有信件，包括明信片和賀卡等，共計六千餘封。

1978 年以來，張老師與外界的通信，幾乎做到了收到的每封信必回，並有意識地保存下來。起初這些信件按照年份收藏，我們在整理過程中，根據通覽情況，最終決定按照國別地區、國內省份城市進行重新分類和裝箱。

在這個過程中，我如同墜入時代的洪流，感受到中國大陸改革開放以來中國大陸與海內外之間發生的變化，尤其是學術交往上的重大突破。在幾十年的進程裡，不是單線條地發展，而是涉及制度變革和社會變遷等各個領域的全面鋪開。此間，人們思想轉變、學術關注流轉，無一不顯示了對美好生活、學術真知的追求，以及中國大陸與世界加強聯繫的努力。這些通信人可謂是中國大陸改革開放和臺灣三通前後學界實現往來的先行者。信稿裡說的人和事情，是那個劇變時代帶給學術湧進、交匯征程的鮮活事例，是其時兩岸學界的相互助跑。書信見證了民國史研究從無到有、從有到興的歷程，見證了兩岸四地中華民國史學科幾代學者的成長道路。

彼時，兩岸間無法溝通。但學術無境界，雙方學者懷有相互交流的熱情和渴望，恰在那時，澳大利亞學者費約翰教授（John Fitzgerald, 1951-）成了友誼的管道，促成海峽兩岸歷史學界實現重要突破。這段有趣往事，在這本函札集和呂芳上教授《春江水暖：三十年來兩岸近代史學交流的回顧與展望（1980s-2010s）》的序言中都提及此事。可見，大家無法忘記「困境」中的「突圍」。

信件中，主要討論學者間往來於兩岸的穿梭，查檔、開會、合作撰書等內容，不僅有「分與合」會議，還有在南京召開的幾次民國史學術討論會。這些會議在推動民國史研究深入發展、組織和培養民國史研究隊伍逐漸成長等方面，發揮了極為重要的作用。此外還有不少當時的後輩學人來信，既有尋求學術交流機會，也有向先生請益個人研究心得。其中的私人情誼、趣聞軼事等，大家不妨自尋一二。

對張老師而言，看著這些信，是對學術生平的一種懷舊和暢憶。於學生後輩的我們來說，除了珍惜以外，沒有比利用好材料、整理編排呈現給更多讀者這樣的工作更有意義。於是，我們商量在書信掃描整理的同時，再對張老師進行口述採訪，用以彌補函札集中只有友人來信、卻總是缺少張老師覆信的遺憾。通過張老師的口述，把信件背後的故事串聯起來，並盡可能添加通信人與張老師的合影或活動剪影，相互參照，使讀者對歷史感知不再陌生，而似身臨其境。

2020 年起，新冠肺炎肆虐三年，整理小組的同學們中最早的一批都已經畢業了，再有新的同學接上，著實不易，感謝大家的努力付出。

整理編排過程，得到陳謙平、陳紅民兩位老師的具體指導，朱慶葆教授、張生教授和姜良芹教授的一直關心，向他們表示最誠摯的謝意。

函札集出版在即，適逢張憲文老師九十大壽，祝願老師四海桃李、學術長青。也希望我們能夠以此書的出版為契機，繼續收集張老師與海內外學者的通信。這些信件不僅是南京大學中華民國史學科篳路藍縷發展歷程的見證，或也可成為觀察二十世紀八十年代以來中國大陸學界對外開放交流的一個側影。

於南京大學中華民國史研究中心

2023 年 9 月 6 日

凡　例

一、全書以張憲文個人藏書信（信稿、電報、便箋、照片等）為基礎，徵集、整理各時期書信，賀年卡、明信片、邀請函、會議通知等擇要收錄。

二、全書分臺灣、香港和澳門三個地區分類，以人（含單位）為單元，書信排列順序依收錄者姓氏筆畫排序（由少至多），個人書信按寫作時間早晚排列；未署時間書信據內容考訂後排序；僅能定年書信係該年之末；難辨時間書信按已知順序置信件之末。

三、每項書信包括寫信者個人簡介、信件原貌（含信封）、以及書寫該信的背景情況。圍繞信件，張憲文回憶了當年的前情後續，利於讀者更好地瞭解往昔歲月。同時還盡可能附加當事人的合影。

四、所收信件格式、文字、風格等各異，在統一全書信件文字格式的同時，儘量保留書信內容原貌。編輯原則如下：

1. 所收信件寫於不同時、地，對一些外國人名、地名的翻譯在篇內統一。
2. 作者署名及落款日期等，大致保留原信件的格式及做法，並以西元紀年為主。
3. 信件日期以該信落款時間為准，信件沒有落款時間的，以寄出地郵戳時間為準。如果都沒有確切時間的，據信件所涉內容推斷大致時間編排。
4. 書中寄件人的書信卡片，如有提及非工作單位或公開場域的聯絡資訊，如地址、電話等訊息皆以遮蔽方式處理，以保護當事者個人資料安全。
5. 對個別無法辨認的潦草文字，以□代替。
6. 為方便閱讀，信件中的部分內容增加編者註腳。
7. 明顯的錯誤，加注修改說明。

五、全書為張憲文所藏書信不另加出處，如是其他學者提供回信或資料者，均會註明來源出處，特表謝意。

六、附錄一為張憲文所藏臺、港、澳地區往來函札全部目次，其中，部分信件由於涉及個人隱私內容或暫未獲出版授權等，未收入本書正文部分，特此說明。

七、為撰寫方便，書中老師直稱其名，或以頭銜稱之，非不敬，敬請諒解。

目　次

- 序　　言｜張玉法 I
- 序　　言｜張憲文 III
- 編者導言｜呂　晶 V
- 凡　　例 VIII

第一篇　臺灣 1

- 王仲孚 3
- 王壽南 5
- 王綱領 14
- 王樹槐 17
- 朱德蘭 19
- 江淑玲 21
- 吳文星 23
- 吳翎君 24
- 呂士朋 26
- 呂芳上 30
- 呂實強 39
- 李南海 41
- 李恩涵 43
- 李國祁 47
- 李雲漢 51
- 汪正晟 55
- 沈懷玉 57
- 林能士 77
- 邱進益 81
- 邵銘煌 84
- 侯坤宏 86
- 胡國台 90
- 孫若怡 95
- 徐　泓 100
- 張　力 102
- 張玉法 106
- 張朋園 140
- 張建俅 168
- 張哲郎 170

- 張勝彥 172
- 張瑞德 174
- 許育銘 179
- 陳三井 181
- 陳永發 193
- 陳存恭 198
- 陳鵬仁 201
- 彭明輝 209
- 黃秀政 210
- 黃萍瑛 215
- 黃福慶 217
- 楊翠華 220
- 楊麗美 222
- 劉維開 223
- 蔣永敬 229
- 賴澤涵 238
- 謝國興 241

第二篇　香港 243

- 王賡武 245
- 余炎光 248
- 胡春惠 254
- 張倩儀 260
- 陳萬雄 262
- 楊意龍 265
- 葉漢明 266
- 劉義章 268
- 鄭會欣 270
- 鮑紹霖 294

第三篇　澳門 295

- 吳志良 297
- 婁勝華 301

參考文獻 305

附錄一　全書信件資訊一覽 309

附錄二　重要學術會議時間表 319

第一篇　臺灣

1978 年，中國大陸宣佈改革開放。1987 年，臺灣開放中國大陸探親，解凍的春潮匯通海峽，隔絕近半個世紀後，兩岸學術交流的大門漸漸開啟。

張憲文與臺灣師友的信件往來始於 1980 年代，四十年來，一直鴻雁傳書。即便隨著通訊手段發展更迭，信件書寫日漸減少，但仍見新年賀卡和明信片往來。近四百封信函，來自臺灣主要大專院校和學術單位的學者和學生，亦有社會名流、政商人士、出版友人等。就寫信人所屬單位和信件數量而言，中研院近代史研究所的學者與之通信數量居於首位，政治大學、臺灣師範大學等大專院校的學者來信次之，加上中國國民黨黨史委員會等單位寄來的信函，是為總量的主體。

信件內容大多圍繞學術交流和研究計畫，具體涵蓋了參加學術會議、編纂史學書籍、兩岸學者互訪、查閱檔案文獻、交換圖書資料等各方資訊。可以說，這些信件是兩岸相互交往、學術互通的重要見證。

王仲孚

個人簡介

王仲孚（1936-2018），山東省黃縣人。1970 年考入剛成立的臺灣師範大學歷史研究所，師從朱雲影，1973 年畢業並留校任教，此後歷任歷史學系講師、副教授、教授。1992 年至 1995 年期間擔任臺灣師範大學歷史學系系主任，1999 年至 2001 年出任文學院院長。2002 年退休。

王仲孚長期從事中國上古史研究，主編《中國上古研究專刊》、《中國文明發展史》、《為歷史留下見證》等，代表作有《中國上古史專題研究》、《中國文化史》、《歷史教育論集》等。專職研究之餘，亦關心歷史教育和歷史教材的編纂，曾主編《高中歷史》課本，並出版《臺灣中學歷史教育的大變動》等著作。

學者交往

1994 年 7 月 13 日至 15 日，由聯合報系文化基金會執行長邵玉銘牽頭，聯合中研院歷史語言研究所、中研院近代史研究所、臺灣大學、臺灣師範大學、政治大學等機構舉行「中國歷史上的分與合」學術研討會。王仲孚受邀參加該會議，並與張憲文在會上結識。此後，雙方圍繞加強兩岸學術交流、資料搜集等話題互通來信。

1994 年 9 月 21 日

國立臺灣師範大學
歷史研究所
INSTITUTE OF HISTORY
NATIONAL TAIWAN NORMAL UNIVERSITY
162, EAST HO PING ROAD SEC 1, TAIPEI, TAIWAN
REPUBLIC OF CHINA

憲文教授道鑒：

九月四日大函敬悉，知平安返抵南京。這次研討会得以相聚受益良多，甚感欣慰，可惜时间匆忙未能好好聚談，离台时又逢周日未能送行，不周之处，尚祈見諒！

誠如所言两岸學術交流確应加强，目前研究生从事现代史研究者頗多（本所韓籍朴宣泠小姐現在南京大学念博士）他们经常到大陆蒐集论文资料，今后請多多指教！

明年希再来台参加研讨会！专此 敬祝

研安

弟王仲孚拜上

1994.9.21

79.II.5,000

王壽南

個人簡介

王壽南，1935 年生於福建崇安，先後畢業於臺灣大學、政治大學，1968 年獲得政治大學博士學位，並留校任教。歷任政治大學政治學系副教授、歷史學系教授等職。1978 年起，擔任政治大學歷史系學系主任，1985 年擔任歷史研究所所長。1986 年至 1992 年期間，擔任政治大學文理學院院長。1995 年退休。

王壽南長期從事隋唐史、中古政治史、制度史研究，主編《王雲五先生哀思錄》、《王雲五先生年譜初稿》、《中國歷代思想家》等，代表作有《唐代藩鎮與中央關係之研究》、《唐代宦官權勢之研究》、《唐代政治史論集》、《隋唐史》等。

左起依次為：蔣永敬、劉紹唐、張憲文、李國祁、張朋園、王壽南。

學者交往

1990 年 8 月，王壽南回到闊別四十年的南京，在張憲文的安排下，參觀金陵古跡，並訪問南京大學，返臺後來信表示感謝。

這一時期，王壽南兼任臺灣商務印書館編審委員，信中亦提及討論與該館合作出版《中國現代史史料學》等事項。

1990 年 8 月 26 日

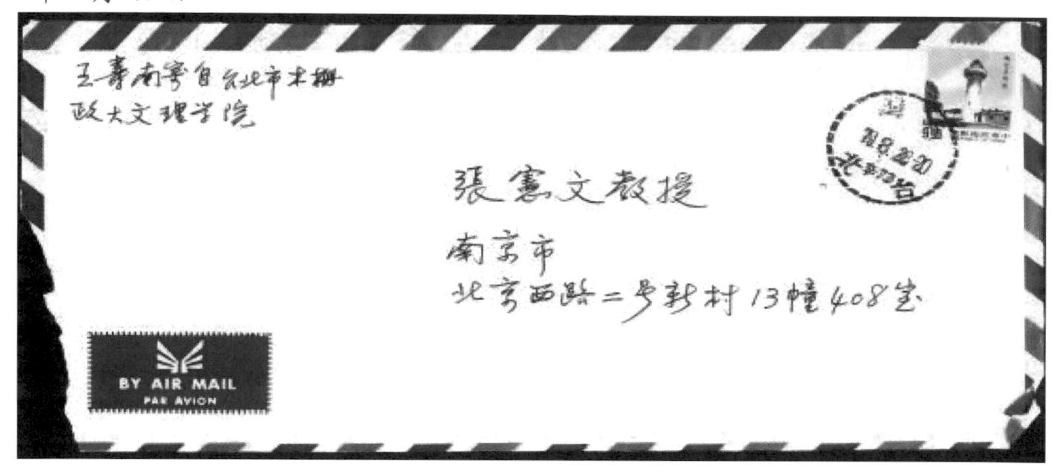

國立政治大學文理學院
TEL: 9393091—Ext. 226

College of Liberal Arts & Sciences
NATIONAL CHENGCHI UNIVERSITY
Taipei, Taiwan, Republic of China

憲文教授大鑒：本月中旬在南京承蒙
盛情招待，至為感激。闊別四十載，舊地重遊，頗有溫馨之感，尤其蒙　引導參觀總統府、梅園新村，更是感慨萬千。拜訪南大，復蒙
盛宴款待，同仁等無不衷心銘感。此次造訪，不僅得與　先生結交，極感榮幸，且將來有機會請
先生為台灣商務印書館主編叢書，尤為海峽兩岸學術界之喜事也。　先生所託帶之藥品已於日昨送交沈懷玉小姐，請勿念。在南京曾攝影數幀，隨函寄奉，作一留念。尚祈　便中時賜
教言，至盼至禱。端此順頌
研祺

弟　王壽南拜上　一九九〇、八、廿六

關於《中國現代史史料學》擬在臺灣出版事宜

1990 年 9 月 29 日

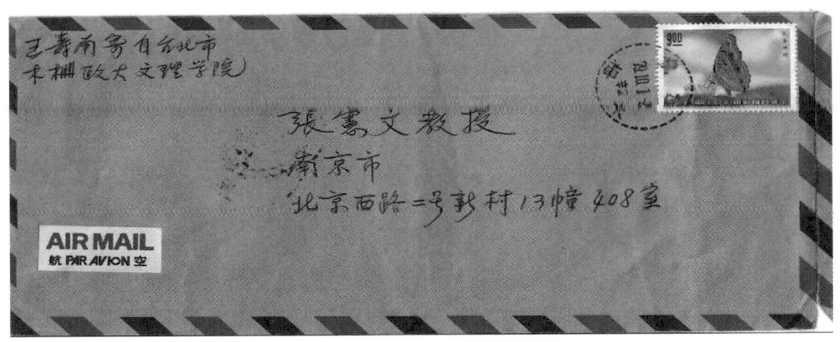

國立政治大學文理學院
TEL: 9393091—Ext. 226

College of Liberal Arts & Sciences
NATIONAL CHENGCHI UNIVERSITY
Taipei, Taiwan, Republic of China

憲文教授吾兄：

許育銘同學帶回兄九月八日大函，書已收到，此次大陸之行，弟在南京停留太短，致未能暢談，深以為憾，希望下次來南京時能彌補這次的遺憾。

台灣商務印書館編審委員與貴校座談甚歡，台灣商務目前正積極計畫與大陸學者合作從事出版，聞沈懷玉小姐談及兄有部份關於民國史史料學方面的著作，不知是否願意在台灣出版？可否賜贈乙部？　弟知兄與二檔關係良好，二檔尚多珍貴之民國史料未發表，兄是否能選題主編？如選題適合台灣之環境，則台灣

國立政治大學文理學院
TEL: 9393091—Ext. 226

College of Liberal Arts & Sciences
NATIONAL CHENGCHI UNIVERSITY
Taipei, Taiwan, Republic of China

商務印書館甚願與兄合作，兄任主編事，台灣商務負責出版，倘兄有意，祈考慮若干選題，弟當送台灣商務編審會研商，至於酬勞若干，或需何種經費支援，亦請於編輯計畫中一併說明。

時漸秋涼，順珍攝為要。

敬祝

研安

弟 王壽南 敬上

一九九〇、九、廿九

賜函請寄台北市木柵政大文理學院，弟雖兼任台灣商務之編審委員，但每月僅去商務開會一次而已，專職仍在政大也。

壽南又及

新年賀卡

1992 年 11 月 22 日

王壽南寄

張憲文教授

南京市

南京大学历史系

憲文教授：

Merry Christmas

May the warmest
of memories
and the happiest of moments
make this
your merriest Christmas.

王壽南敬賀
1992

1993 年 12 月 7 日

王壽南寄自台北市
文山区政大历史系

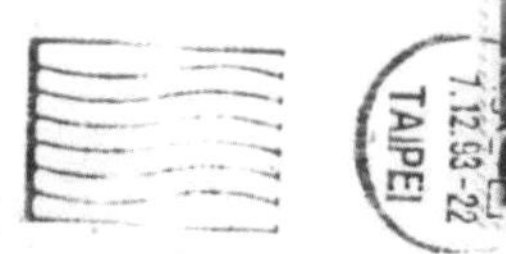

張憲文教授
南京市
南京大学 历史研究所

AIR MAIL
航 PAR AVION 空

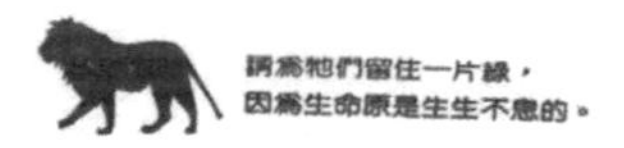

關於「『中國歷史上的分與合』學術研討會」事宜

1994 年 7 月 13 日至 15 日，由聯合報系文化基金會執行長邵玉銘牽頭，聯合中研院歷史語言研究所、中研院近代史研究所、臺灣大學、臺灣師範大學、政治大學等機構舉行「中國歷史上的分與合」學術研討會。王壽南作為大會秘書長，為會議的順利舉行付出很多精力。會議結束後，來信告知論文集出版情況，並邀請張憲文再度赴臺。

1994 年 9 月 11 日

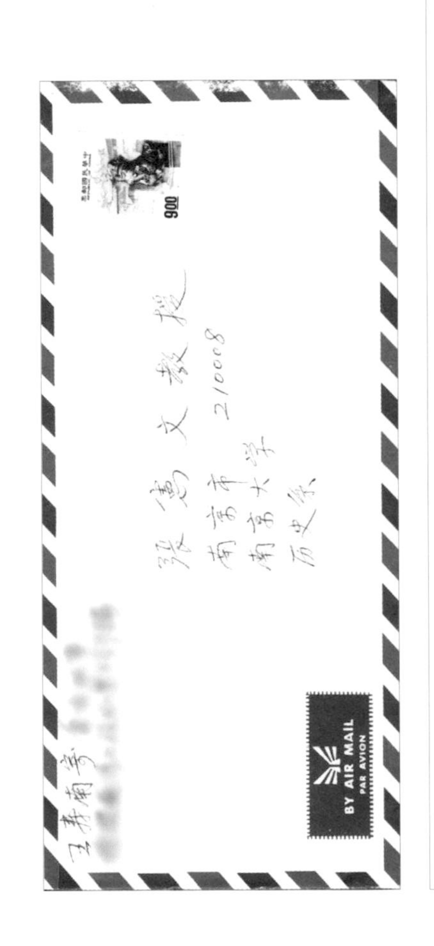

國立政治大學歷史學系
TEL: 9393091—Ext. 235

Department of History
NATIONAL CHENGCHI UNIVERSITY
Taipei, Taiwan, Republic of China

憲文教授吾兄大鑒：

九月四日大函敬悉。此次"中國歷史上的分與合研討会"蒙兄及諸位大陸學者出席，大為增光。類此研討会將來在台灣会不斷舉办，一方面可交換兩岸學術研究心得，一方面亦可增進兩岸學者之相互認識。甚盼兄能再度來台，如能講學一年半載尤為佳事。此次研討会，弟與同仁雖已盡綿力，但仍有不理想处，倘招待不周，尚請賜諒為感。

萬仁元館長前請代問候。

敬祝

研安

弟王壽南敬上
1994年9月11日

論文集即將完排，俟出版後當即寄奉。

關於擬編著《中國歷代史學家》一書事宜

1994 年 11 月，王壽南再次來信告知有關「中國歷史上的分與合」學術研討會會議論文集出版情況，並與張憲文商討，擬在臺灣出版題為《中國歷代史學家》的通俗化學術著作，希望能開出一份可被收入書中的（清末以來）史學人物名單，並詢問是否有撰稿人選推薦。但由於經費問題，翌年 2 月，該書的編寫工作不得不暫停。

1994 年 11 月 6 日

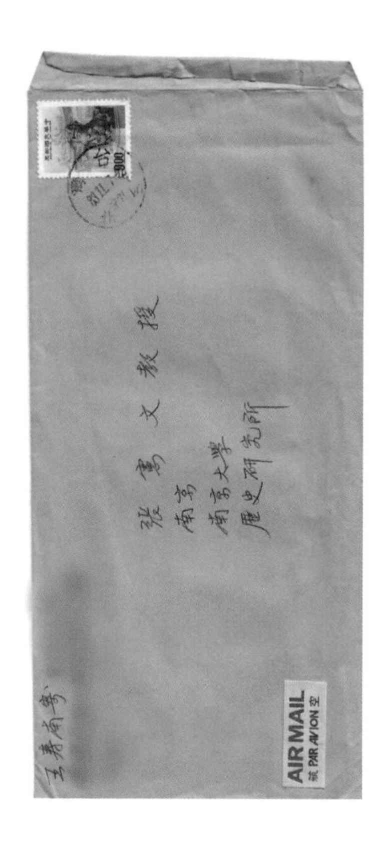

國立政治大學歷史學系
TEL: 9393091—Ext. 235
Department of History
NATIONAL CHENGCHI UNIVERSITY
Taipei, Taiwan, Republic of China

憲文先生：

台北一別，倏忽三月，近況如何！甚念。

"分与合"研讨会论文集将於十二月發排，預计明年三、四月间可出版，俟出版後会分送與会的各位学者。

我近日正籌编一部《中国历代史学家》，選自周代以来的史学家一百餘人，介紹他们的生平事蹟、史学著作、史学思想及影响，用白话文撰寫，希望做到"学術通俗化"，讓中学生也可看懂，甚至对历史產生興趣。我知道大陸已出版过这類的书，但我希望我编的会和他们有些不同。我很想请你幫忙，不知道你可否代為開列一份近代（清末以来）史学家的參考名單，这些史学家必須：(1)已去世者，(2)確實有其值得介紹的史学思想及著作。除了名單外，可否也请你推薦一些能撰稿的人選（尤其注意文筆流暢），將来完稿後以稿費計酬（每千字新台幣四百元，約折合美金15.3元，以交稿时匯率计算）。相煩甚多，特此致谢。

致祝

研安

王壽南敬上
1994.11.6.

1995 年 2 月 11 日

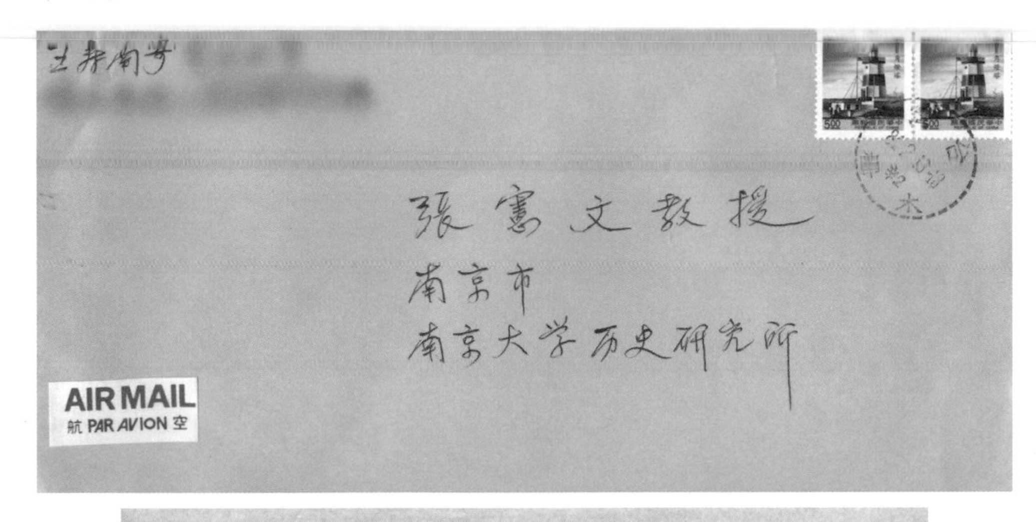

國立政治大學歷史學系
TEL: 9393091—Ext. 235

Department of History
NATIONAL CHENGCHI UNIVERSITY
Taipei, Taiwan, Republic of China

憲文教授吾兄大鑒：

1月7日大函托近史所同人帶來台北，書已收到，謝謝！

台北有一书局原擬编印一套有关中國史学家列傳的书，所以我煩请您幫忙，開列名單，但在春節前，該书局以此书銷路必然不佳，决定叫停，我也無可奈何，感谢您费心，但此书的编寫只得暂时作罢。

「中国历史上的分与合」研讨会论文集我已於去年十二月中将全部文稿交给联合报文化基金会，現正排校中，希望今年年中能出版，俟出版後書即寄奉。　敬祝

新春万事如意

弟 王壽南 敬上

1995.2.11

王綱領

個人簡介

王綱領，畢業於中國文化大學，並獲得博士學位，此後長期任教於中國文化大學，2011 年退休。

王綱領長期從事中國現代史、外交史、美洲史等領域研究，代表作有《歐戰時期的美國對華政策》、《抗戰前後中美外交的幾個側面》、《中國現代史》等。

學者交往

1991 年 3 月 1 日

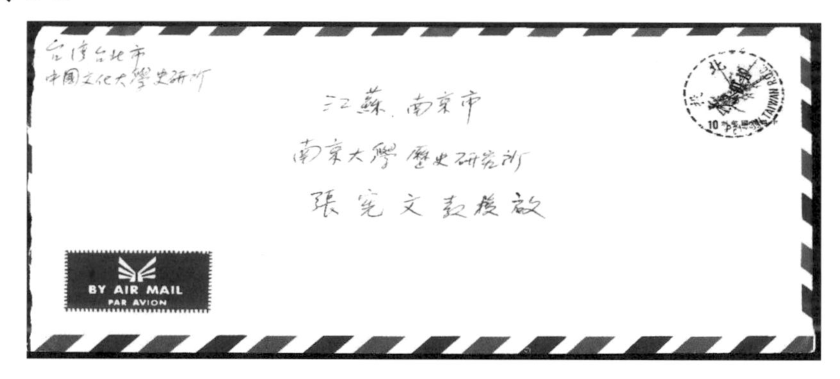

張教授：

大作《中華民國史綱》已經收到，謝謝您！有空一定仔細閱讀，有機會再向您請教。今年暑期，我若要去南京，一定事前一個月以上寫信給您，到時請多幫助與指教。不一，即頌

研祺

王綱領 敬上

1991.3.1

關於「第三次中華民國史國際學術討論會」參會事宜

1994 年 12 月，第三次中華民國史國際學術討論會在南京大學北園知行樓召開。此次會議得到了臺灣實業家陳清坤的資助支持，曲欽岳校長代表南京大學致開幕詞。這次會議進一步溝通和加強了兩岸學術交流，在若干民國歷史人物、歷史事件等問題上逐步消除分歧、達成共識，增進兩岸學者的友好情誼。

1994 年 5 月 12 日

中國文化大學
Chinese Culture University
HWA KANG, YANG MING SHAN
TAIWAN, REPUBLIC OF CHINA

張憲文教授鈞鑒：

敬啟者，承蒙指愛，邀請參加「第三次中华民国史国际学术讨论会」，不勝感激之至！奈因一則是值上課期間，在私立學校服務，請假及代課事項頗為困難。再則在此会议前後，本校主辦一個国際性学术讨论会，敝人已允參加，同一時間，撰寫兩篇論文，亦感不易，以後若有机会，當竭力參会，抱歉之至。

敬祝「第三次中华民国史国際学术讨论会」成功，並祝閣下

近祺

後學
王綱領 敬上
1994.5.12

新年賀卡

1999 年 12 月 20 日

南京

北京西路2號新村13幢408室

南京大學歷史研究所

張憲文 教授

台灣 台北市陽明山 中國文化大學史學系 王綱領

張所長

祝新年如意！

王綱領敬賀

王樹槐

個人簡介

王樹槐，1929 年生於湖南邵陽，1954 年畢業於臺灣大學，1956 年起進入中研院近代史研究所工作，歷任助理研究員、副研究員、研究員。曾於 1969 年至 1971 年期間，代理近代史研究所所長一職。1999 年退休。

王樹槐長期從事社會經濟史、財政金融史、江蘇區域史等研究，參編《近代中國婦女史中文資料目錄》、《海內外圖書館收藏有關婦女研究中文期刊聯合目錄》等，代表作有《咸同雲南回民事變》、《庚子賠款》、《中國現代化的區域研究——江蘇省（1860-1916）》等。

學者交往

1993 年 8 月，王樹槐受邀到上海參加學術會議。9 月初抵達南京，訪問南京大學，並在張憲文幫助下，進入中國第二歷史檔案館等地查閱檔案資料。返臺後來信致謝。

1993 年 9 月 25 日

中央研究院近代史研究所
INSTITUTE OF MODERN HISTORY
ACADEMIA SINICA, TAIPEI, TAIWAN, R.O.C.
TEL: (02) 7824166 · 7822916 FAX: (02) 7861675

憲文兄嫂：

此次來南京訪問，並收集資料，多承照顧，臨行時又蒙贈送紀念品，至為感謝。回來後因事忙，未即函候，想一切順遂，並頌安祝。

吾兄從事教學，領導有方，桃李滿天下；研究有成，著作等身，至為欽佩。尤可貴者，吾兄待人熱忱，助人為樂，久聞大名，此次親自領受，真名不虛傳，特此致謝。希望吾兄有機會來台訪問，弟當遠迎，並盡地主之誼，陪兄嫂參觀。耑此敬祝

儷安

並祝 伯父早日康復。

弟 林桶法 敬上
九月二十五日

請代向陳教授致謝。

朱德蘭

個人簡介

朱德蘭，1952 年生，畢業於日本九州大學（Kyushu University），並獲得博士學位。歷任中研院人文社會科學研究中心研究員兼副主任、臺灣史研究所合聘研究員、中央大學歷史研究所兼任教授等職。現任中研院人文社會科學研究中心兼任研究員。

朱德蘭長期從事中日、臺日關係史、日本殖民地史、華僑史與海洋發展史等領域研究，近年來特別關注慰安婦問題。代表作有《崔小萍事件》、《臺灣慰安婦》、《長崎華商：泰昌號．泰益號貿易史》等。

學者交往

1998 年 12 月 28 日

憲文教授：

敬　　祝

新年健康快樂

恭賀新禧

Season's Greetings and
Best Wishes for the New Year

我和賴教授會安排時間到南大去做有関"近百年来台湾之社會经济变遷"的課，同時也希望有機會能在台北或日本和您敍舊。

賴澤涵　朱德蘭 敬上
12.28.1998

江淑玲

個人簡介

江淑玲，中研院近代史研究所文書室工作人員，2000 年任秘書室編審。

關於「第三屆近百年中日關係國際研討會」事宜

第三屆近百年中日關係國際研討會由北美二十世紀中華史學會籌辦，原定於 1994 年 12 月下旬，後推遲至 1995 年 1 月。研討會由陳三井主持，時任中研院院長李遠哲出席開幕式並作講話。出席會議的海內外學者達一百三十餘人，提交論文近四十篇，其中中國大陸方面十四篇[1]，兩次中日戰爭是會議的中心議題，在熱烈的討論中圓滿結束。

1994 年 11 月 15 日

1　中國大陸方面共提交會議論文十四篇，分別為：
安徽省社會科學院　翁飛　《從馬關議和看李鴻章的思想嬗變及對國策之影響》
北京師範大學　龔書鐸　《中日甲午戰爭的和戰問題》
大連大學　楊惠萍　《甲午戰爭時期中日兩國政體的比較》
東北民族學院　關捷　《一部有價值的史證——評〈日清戰争從軍写真帖：伯爵亀井玆明の日記〉》
廣東省社會科學院　張富強　《「三國還遼」前後日本軍國主義的發展及其外交轉折》
貴州師範大學　吳雁南　《中國社會文化心態與聯日思潮》
江蘇省社會科學院　孫宅巍　《論南京大屠殺的背景範疇和原因》
遼寧大學　易顯石　《近代日本對中國東北之侵略與掠奪》
齊齊哈爾師範學院　劉恩格　《甲午戰爭——辛亥革命期間日本對華政策的演變》
深圳行政學院　劉申寧　《李鴻章的對日觀與晚清海防戰略》
中國第二歷史檔案館　方慶秋　《「九一八」前後的中日關係》
中國社會科學院近代史研究所　余繩武　《從〈字林西報〉看英商對甲午戰爭的反應》
中國社會科學院近代史研究所　張振鵾　《中日甲午戰爭與東亞》
中國社會科學院近代史研究所　陶文釗　《日美在中國東北的爭奪（1905 ～ 1910）》

張教授：您好！

您寄來之「大陸地區人民進入台灣地區旅行證」申請書表均已收，並於十月初送達承辦單位。據該單位告知，來台旅行證可望於十一月二十日審查後核發，本所若獲通知領取副本，當即刻傳真給您，至來台行程之安排，籌委會將於日後發函告知。

會議論文務請打字、橫排（稿樣如前附，諒達），並附一千字以內中文摘要，於十一月三十日前，將文稿連同磁片賜寄本所，耑此 敬頌

研祺

文書室
沈淑玲
一九九四、十一、十五

備註：日前寄達之大陸地區行程意見調查表，敬請儘速回覆。

吳文星

個人簡介

吳文星，1948 年出生於臺灣臺東，畢業於臺灣師範大學歷史研究所，並獲得博士學位。曾任臺灣師範大學文學院院長、歷史學系主任、進修部教務主任，現為臺灣師範大學歷史學系名譽教授。

吳文星長期從事臺灣近現代史、日本近現代史、臺日關係史、中日關係史等領域研究。代表作有《日治時期臺灣的社會領導階層》、《日據時期在臺華僑研究》、《戒嚴時期臺灣政治事件口述歷史》等。

新年賀卡

1992 年 12 月 15 日（吳文星、張雪屏）

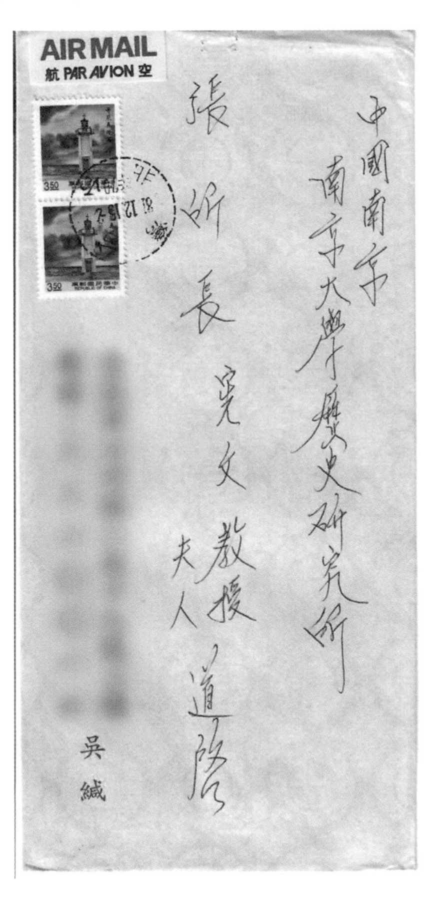
AIR MAIL
航 PAR AVION 空
中國南京
南京大學歷史研究所
張所長
憲文 教授
大人 道啓
吳緘

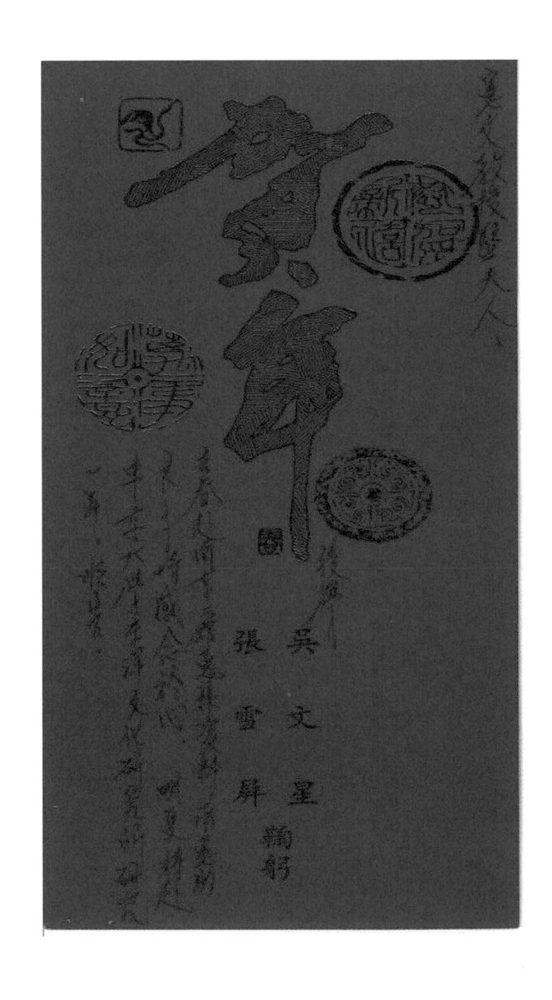
賀年
憲文教授所長大人
吳文星
張雪屏
鞠躬

吳翎君

個人簡介

吳翎君，政治大學歷史學博士，曾任東華大學歷史學系教授，美國哥倫比亞大學（Columbia University in the City of New York）和哈佛大學費正清中國研究中心（Fairbank Center for China Studies, Harvard University）訪問學者。現任教於臺灣師範大學歷史學系。

吳翎君長期從事十九世紀到冷戰時期中美關係史領域研究，關注跨國企業、技術轉讓，以及中美政治和經濟互動中的關係網絡等議題。代表作有《美國與中國政治，1917-1928——以南北分裂政局為中心的探討》、《晚清中國朝野對美國的認識》、《美國大企業與近代中國的國際化》、《美孚石油公司在中國（1870-1933）》、《美國人未竟的中國夢：企業、技術與關係網》等。

2011 年 10 月，辛亥革命暨南京臨時政府成立國際學術研討會召開，攝於南京。

告知訪問南京行程

1994 年，政治大學歷史所計畫組織中國大陸訪問團（約在 8 月 10 日前後抵達南京）。這一時期，吳翎君正在政治大學攻讀博士學位，來信告知計畫放棄個人赴寧行程，加入訪問團共同活動，因此無需南京大學方面再幫忙照應食宿和交通，並祝願張憲文 7 月中旬的臺北之行一切順利。

1994 年 6 月 25 日

張教授：

您好！收到您五月三十一日的回函，心中很是感謝。晚輩目前行程稍有改變，由於政大歷史所八月初將組成一個大陸訪問團，所以我放棄了個人的行程，加入了本所的訪問活動，大約八月十日左右抵南京。團隊活動比較不需要照應到交通、食宿上的問題。但是感激您的熱情。希望七月中您的台北之行，也能有如同生活在南京般的自在。

敬頌

時祺

政大歷史所博士研究生
吳翎君敬上
6.25.94

歷史月刊

有幾分證據，說幾分話，有七分證據，不能說八分話　明道

呂士朋

個人簡介

呂士朋（1928-2023），江蘇高郵人，1948 年赴臺，畢業於臺灣大學歷史學系。曾任職於中研院近代史研究所，1963 年起執教於東海大學歷史學系，歷任副教授、教授。1981 年出任東海大學歷史學系主任，兼任研究所所長，1988 年出任文學院院長，1996 年退休。

呂士朋長期從事明清史、中國近代史、東南亞各國史研究，代表作有《明代史》、《民國史二十講》、《北屬時期的越南》等。

告知訪問南京行程

1990 年 8 月，呂士朋來電報告知將於 11 日抵達南京，約張憲文及茅家琦當晚 8 點半在金陵飯店見面。

1990 年 8 月 10 日

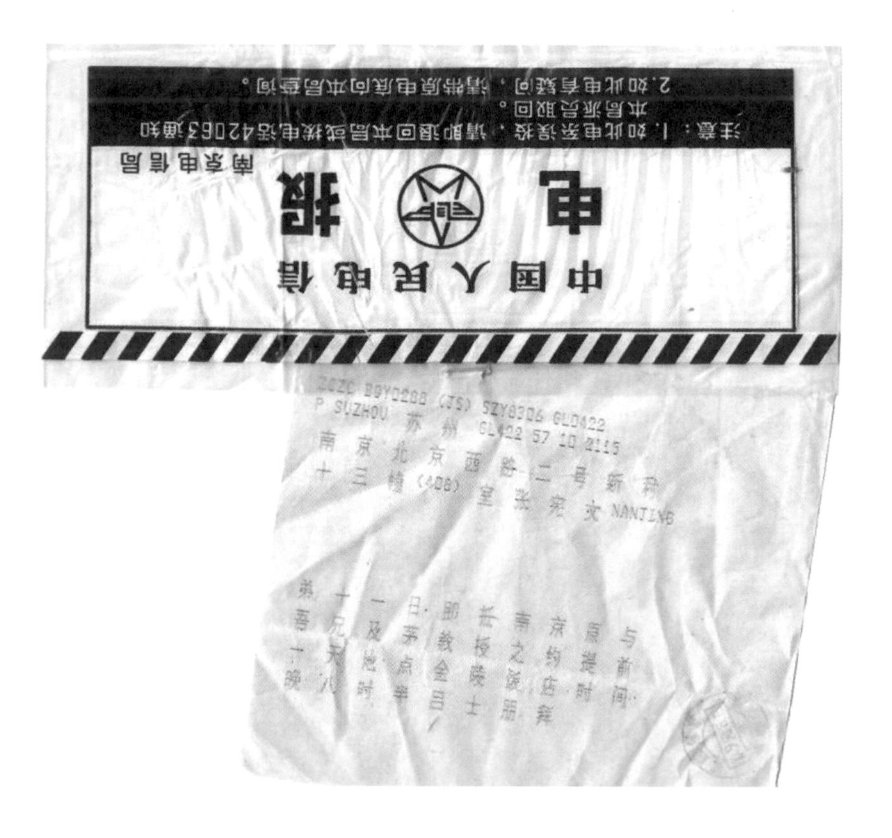
中国人民电信
电报
南京电信局
注意：1.如此电系误投，请即退回本局或拨电话42063通知本局派员取回。
2.如此电有疑问，请带原电底向本局查询。

ZCZC BBY0208 (JS) SZY8306 GLD422
P SUZHOU 苏州 GL422 57 10 2115
南京北京西路二号新村十三幢（408）室张宪文 NANJING

告知訪問變動

1990 年 11 月 15 日，呂士朋來信告知張憲文，12 月將再次來訪中國大陸，到廣州參加學術會議，並希望屆時能夠到南京大學演講兩次。信中提到了擬定的演講題目，包括《近百年美國對華外交政策》、《清代的崇儒與漢化》。11 月 26 日，呂士朋再次來信告知行程變動。

1990 年 11 月 15 日

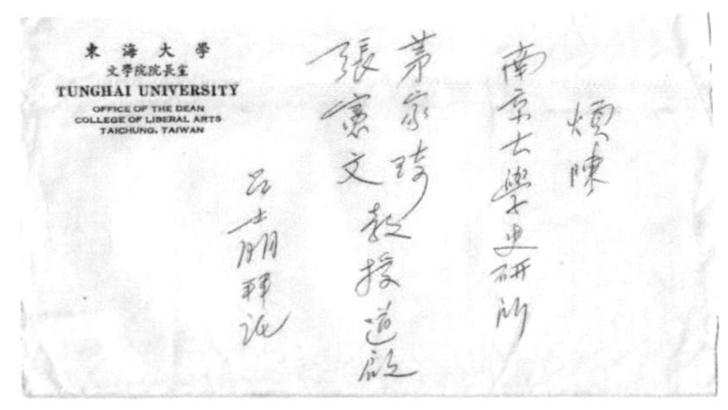
東海大學
文學院院長室
TUNGHAI UNIVERSITY
OFFICE OF THE DEAN
COLLEGE OF LIBERAL ARTS
TAICHUNG, TAIWAN

煩陳
南京大學史研所
茅家琦
張憲文　教授　道啟
呂士朋拜託

東海大學文學院院長室箋

家琦
憲文　教授吾兄道鑒：八月間金陵一晤，暢叙衷曲，
並作快聚，別後又已三個月，時深思念。弟定十二月
二日赴廣州開會，並宣讀論文，五日離穗赴滬，九日
由滬赴寧，在寧兩天，擬訪問南大，（十二日由寧飛港返台）倘若方便，願
意演講兩次，題目訂為(一)近百年美國對華外交
政策，(二)清代的崇儒與漢化。演講時間十日十一日任
何時間均可。住宿地點，倘南大能安排最好，否則
請代訂一中等旅所（航空學院也可將就），費用

東海大學文學院院長室箋

由弟自理，兄等不必煩勞。

茲乘楊肅獻兄之便，帶上此函，敬申向隅之忱。如蒙見覆，可用傳真，號碼為4-3590361

前函忘以台灣區域號碼00886即可。又廣州之會（中山大學），兄等是否參加？希明以便告知。相聚匪遙，容見面再敘。

專此敬請

道安

弟　呂士朋拜上　一九九〇．十一．十五

1990 年 11 月 26 日

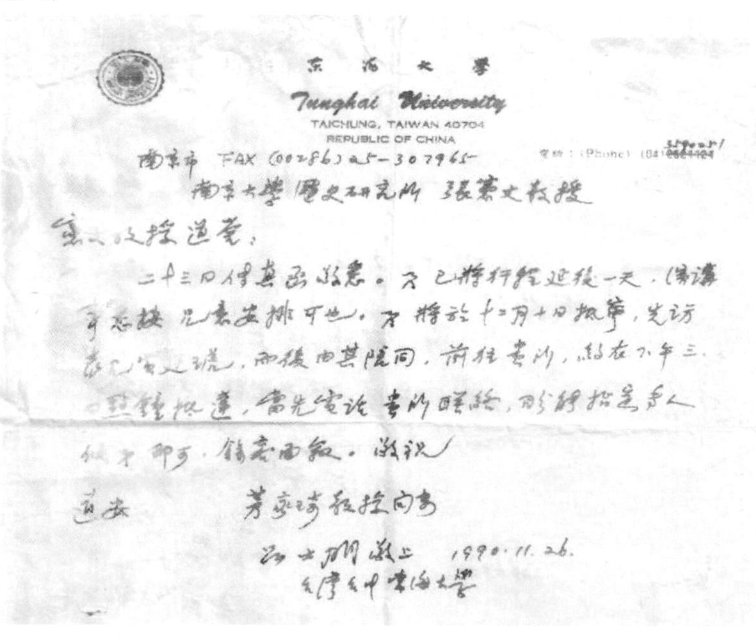

東海大學
Tunghai University
TAICHUNG, TAIWAN 40704
REPUBLIC OF CHINA
電話：(Phone) (04) 3590361

南京市 FAX (00286) 25-307965
南京大學歷史研究所 張憲文教授

憲文教授道鑒：

二十三日傳真函敬悉。弟已將行程延後一天，(請轉)茅家琦兄處安排可也。弟將於十二月十日抵寧，先訪[illegible]，而後由其陪同，前往貴所，約在下午三點鐘抵達，當先電話貴所聯絡，彼時指派專人接弟即可。餘容面敘。敬祝

道安　　茅家琦教授同此

呂士朋敬上　1990.11.26.

台灣台中東海大學

學者交往

1991 年，南京大學成立臺灣研究所，茅家琦任所長。12 月呂士朋來信，祝賀臺灣研究所的成立，並談及翌年的講學安排，表示希望能夠抽空來南京。卡片封面上印有東海大學的標誌性建築，風光旖旎，引人嚮往。

1993 年 12 月，日期不詳

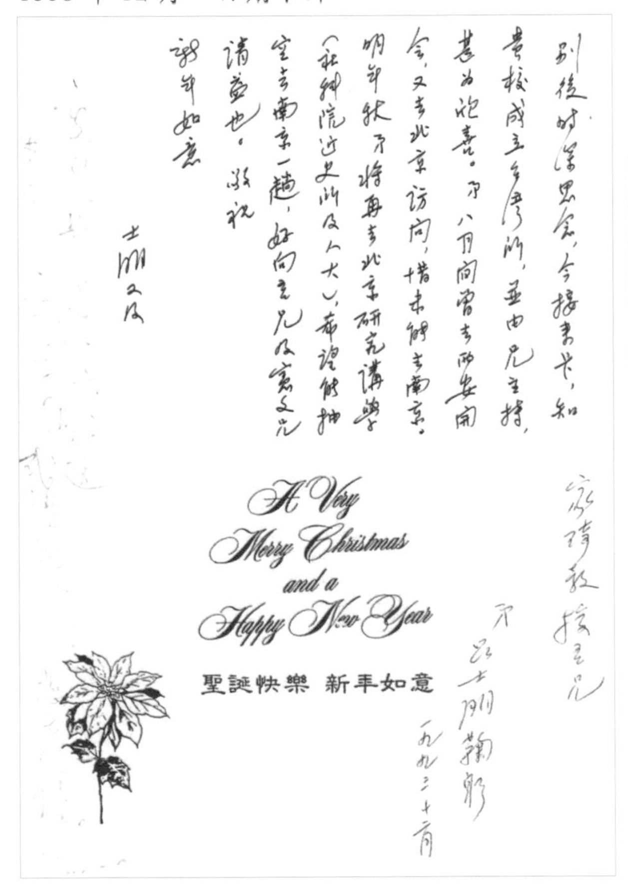

家琦教授吾兄

A Very
Merry Christmas
and a
Happy New Year

聖誕快樂　新年如意

弟呂士朋鞠躬
一九九三十二月

別後時深思念，今接來書，知
貴校成立台灣所，並由兄主持，甚為欣喜。弟八月間曾去西安開會，又去北京訪問，惜未能去南京。明年秋弟將再去北京研究講學（社科院近史所及人大），希望能抽空去南京一趟，好向吾兄及家文兄請益也。敬祝
新年如意

士朋又及

呂芳上

個人簡介

呂芳上，臺灣桃園人。1967 年畢業於東海大學歷史學系，後進入在南投縣草屯鎮荔園的中國國民黨黨史委員會工作。1975 年獲得臺灣師範大學歷史學系碩士學位，1985 年獲得歷史學博士學位。是年，進入中研院近代史研究所擔任副研究員，1994 年升任研究員，1997 年至 2002 年期間擔任近代史研究所所長。2003 年至 2005 年擔任中國歷史學會副理事長。2011 年 1 月至 2016 年 5 月，擔任國史館館長。2018 年 9 月至 2019 年 9 月，受聘為南京大學兼職教授。現任中研院近代史研究所兼任研究員、民國歷史文化學社社長。

呂芳上長期從事國民革命史、中國國民黨黨史、近代婦女史等領域研究。著有《朱執信與中國革命》、《革命之再起——中國國民黨改組前對新思潮的回應，1914-1924》、《從學生運動到運動學生（民國八年至十八年）》等，並主編《春江水暖：三十年來兩岸近代史學交流的回顧與展望（1980s-2010s）》、《戰後變局與戰爭記憶》（四冊）等。

2019 年 9 月，攝於南京。

關於南京大學與中研院近代史研究所資料互換事宜

澳大利亞學者費約翰（John Fitzgerald）早年跟隨歷史學家王賡武攻讀中國現代史專業博士學位。1980 年初，費約翰和妻子安東籬（Antonia Finnane）一起來南京大學做訪問研究，並計畫隨後前往臺灣收集史料。當時中國大陸只有北京、上海和廣州有收藏《革命文獻》，且不完整。張憲文請其在臺灣代為購買一套。費約翰到達臺灣後來信表示，中國國民黨中央黨史委員會的呂芳上研究員願意贈送一套《革命文獻》，同時希望南京大學方面幫忙複印一套《星期評論》和《民國日報》「覺悟」副刊。張憲文將此事上報給南京大學和江蘇省省委宣傳部。中共江蘇省委宣傳部副部長專程來南京大學與校黨委領導協商處理此事，雙方均贊成與臺灣方面開展此次資料交換工作，並將此事上報給江蘇省省委書記處。

1980 年 5 月 13 日，中共江蘇省委對臺工作領導小組和中共江蘇省委科教部聯合發佈《關於南京大學與臺灣省「國史館」學者交換歷史資料的報告》，報告指示：「《星期評論》、《覺悟》係公開刊物，不屬機密，因此我們同意支持南京大學將以上兩份資料複印後，由該校張憲文同志經費約翰與臺灣省學者進行交換」。

這次資料交換是兩岸隔絕三十年來的第一次交流，在當時的兩岸局勢下，能夠「特事特辦」，完成學術資料交換，對兩岸史學界具有重要意義。張憲文多年後在臺灣見到呂芳上說道：「我們兩人開啟了兩岸學術交流的大門，雖然僅僅是那麼一點縫隙，但是它的意義卻不尋常」。呂芳上也認為：費約翰是兩岸交流的「白手套」，這樣透過費約翰完成的「流而未交」的學術互助方式，「大約可算是兩岸學術正式開放交流前的序曲」[2]。

2　「代序」，呂芳上主編：《春江水暖：三十年來兩岸近代史學交流的回顧與展望（1980s-2010s）》（臺北：世界大同文創，2017）。

1980 年 5 月 13 日

中共江苏省委对台工作领导小组
中共江苏省委科教部（报告）

苏委台〔1980〕4号
苏委科教〔1980〕12号

☆

关于南京大学与台湾省"国史馆"学者
交换历史资料的报告

省委：

顷接南京大学五月十三日南外字（80）092号报告，曾在南京大学历史系进行短期研究的澳大利亚研究生费约翰（JOHN FITZGERALD）在离开该校去台湾前曾主动向其指导教师张宪文同志提出，愿意帮助南大与台湾"国史馆"的学者个人交换资料，并协助经香港转寄。最近费约翰给其尚在南京大学学习的夫人安东妮亚（ANTONIA FINNANE）来信，告知他在台湾已与国史馆"学者联系，对方提出愿以台湾出版的《革命文献》与我们收藏的《星期评论》和民国日报付刊《觉悟》（1925年前后的）进行交换。

费约翰自一九七八年以来两次来南京大学历史系分别为留学生、研究生，表现较好。

据说，《革命文献》系自孙中山领导革命以来到蒋介石国民党政府时期的一些历史文件。南京大学及南京有关单位均无此出版物。《星期评论》系1919年在上海的报刊，出版了一年，主编为戴季陶。当时在传播马克思主义方面起过一定积极作用。民国日报付刊《觉悟》，在20年代传播马克思主义方面起过作用。《星期评论》《觉悟》为当时进步刊物，公开出版发行。

南大没有《星期评论》，南京图书馆收藏了一份，比较完整。《觉悟》南图收藏较多。

我们认为与台湾省学者进行历史资料交流，是开展对台工作的一个渠道，有利于双方学者的联系和学术交流，并相机进一步开展工作。《星期评论》、《觉悟》系公开刊物，不属机密，因此我们同意支持南京大学将以上两份资料复印后，由该校张宪文同志经费约翰与台湾省学者进行交换。

《觉悟》，请南京图书馆协助尽快予以复印。

以上意见如无不当，请批示。

中共江苏省委对台工作领导小组
中共江苏省委科教部
一九八〇年五月十三日

抄报：中央对台工作领导小组办公室、中央教育部。
抄送：省外办、省文化局、省高教局。

查閱資料事宜

呂芳上參與近代史研究所「中國現代化的區域研究」計畫，主要研究 1860 年至 1937 年期間江西民間社會的發展與變遷。此項研究需要江西地區的資料，呂芳上委託沈懷玉來中國大陸代為查找。張憲文在這 過程中提供了幫助，通過聯繫在江西省圖書館工作的南京大學校友，最終沈懷玉獲得了全部的《江西通稿》和江西地方報紙、雜誌等影本。

信中所提「學生運動」主題研究，是呂芳上於 1994 年 8 月所著的《從學生運動到運動學生（民國八年至十八年）》。

1991 年 4 月 20 日

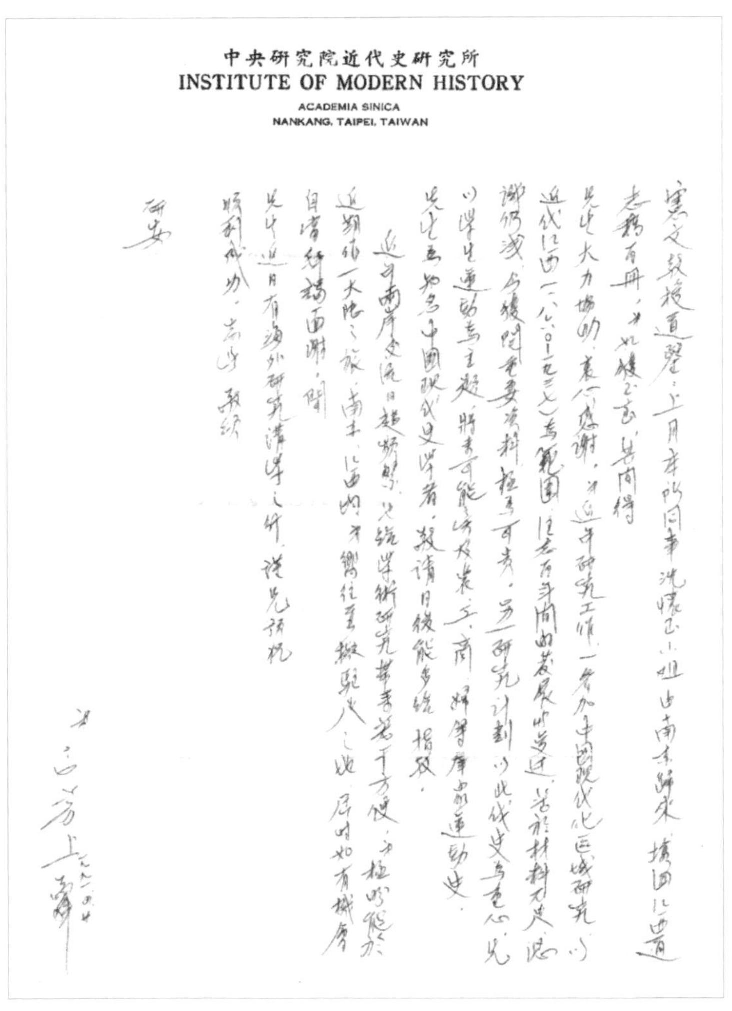

中央研究院近代史研究所
INSTITUTE OF MODERN HISTORY
ACADEMIA SINICA
NANKANG, TAIPEI, TAIWAN

憲文教授道鑒：上月本所同事沈懷玉小姐由南京歸來，攜回江西通志稿百冊，弟如獲至寶，甚為得先生大力協助，衷心感謝。弟近年研究工作，一為參加中國現代化區域研究，以近代江西（一八六〇—一九三七）為範圍，注意百年間的發展與變遷，苦於材料不足，恐難仍減，今獲閱重要資料，極為可喜。另一研究計劃以近代史為重心，兄以學生運動為主題，將來可能涉及農、工、商、婦女等羣眾運動史。先生為知名中國現代史學者，敬請日後能多賜指教。

近年兩岸交流日趨頻繁，以致學術研究帶來若干方便，弟極盼能於近期作一大陸之旅，南京、江西均為嚮往之地，屆時如有機會自當趨謁面謝。聞先生近日有海外研究講學之行，謹先預祝順利成功。耑此 敬頌

研安

弟 呂芳上 敬上 九一、四、廿

學者交往

1994 年 7 月 13 日至 15 日，由聯合報系文化基金會執行長邵玉銘牽頭，聯合中研院歷史語言研究所、中研院近代史研究所、臺灣大學、臺灣師範大學、政治大學等機構舉行「中國歷史上的分與合」學術研討會，張憲文與其他八位來自中國大陸的教授出席，並提交參會論文《試論袁世凱的集權政治與省區地方主義》。研討會結束後，張憲文受邀在中研院近代史研究所訪問一個月。

1994 年 8 月 17 日

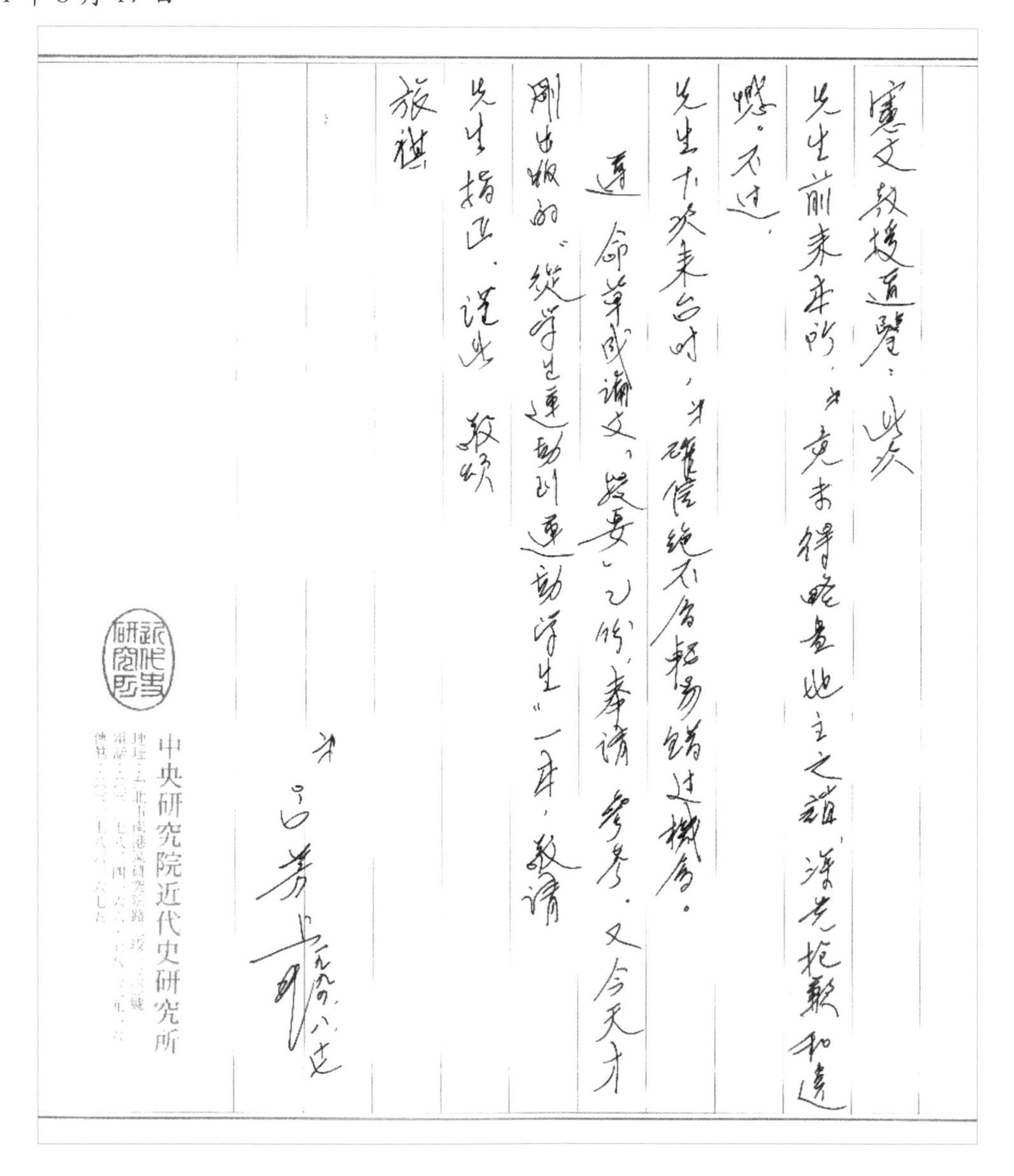

憲文教授道鑒：此次
先生前來本所，弟竟未得略盡地主之誼，深覺抱歉和遺憾。不過，
先生下次來台時，弟確信絕不會輕易錯過機會。
遵命草成論文，"提要"已附，奉請參考。又今天才剛出版的"從學生運動到運動學生"一本，敬請
先生指正。謹此　敬頌
旅祺

弟 呂芳上 一九九四、八、十七

近代史研究所
中央研究院近代史研究所

關於「第三次中華民國史國際學術討論會」參會事宜

1994 年 12 月，第三次中華民國史國際學術討論會在南京大學北園知行樓召開，此次會議得到了臺灣實業家陳清坤的資助支持，曲欽岳校長代表南京大學致開幕詞。這次會議進一步溝通和加強了兩岸學術交流，在若干民國歷史人物、歷史事件等問題上逐步消除分歧、達成共識，增進兩岸學者的友好情誼。

呂芳上因行程衝突不能參加 1994 年 12 月舉辦的第三次中華民國史國際學術研討會，來信致歉。

1994 年 11 月 29 日

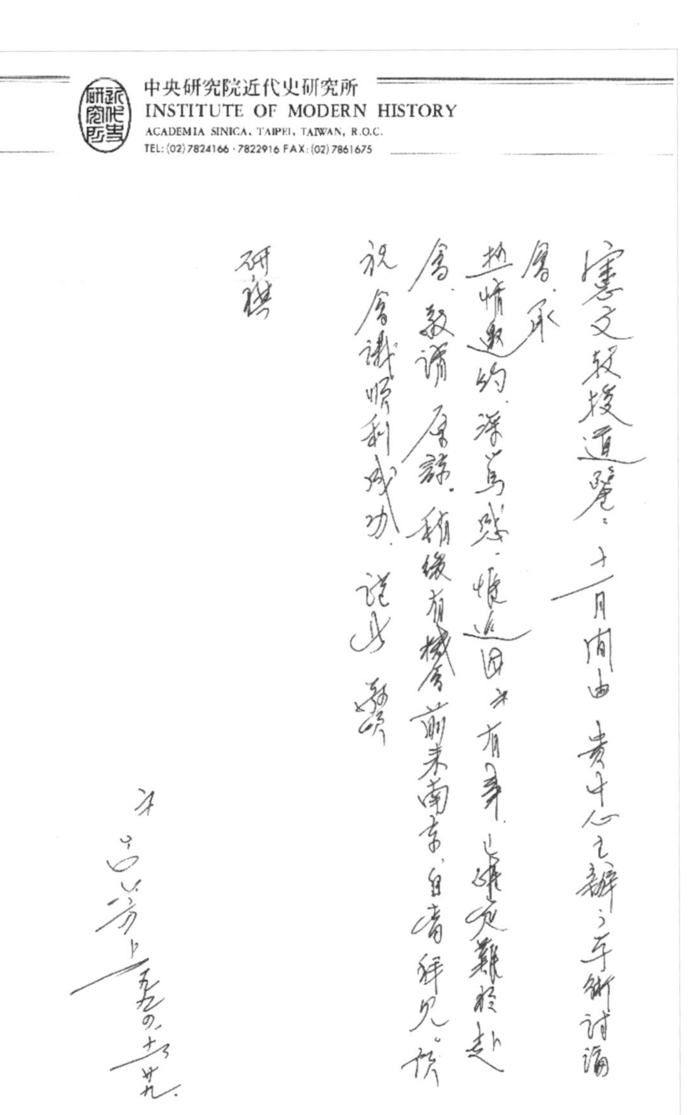

中央研究院近代史研究所
INSTITUTE OF MODERN HISTORY
ACADEMIA SINICA, TAIPEI, TAIWAN, R.O.C.
TEL: (02)7824166 · 7822916 FAX: (02)7861675

憲文教授道鑒：十一月間由　貴中心主辦之學術討論會承　熱情邀約，深為感。惟近因公有事，確定難於赴會，敬請　原諒。稍後有機會前來南京，自當拜見。預祝會議順利成功。謹此　敬頌

研祺

弟　呂芳上　一九九四、十一、廿九

學者交往

1995 年，呂芳上來訪中國大陸，先後前往上海、蘇州、杭州、無錫、南京、北京等地遊覽觀光。在南京受到張憲文的熱情接待，並訪問南京大學中華民國史研究中心。

1995 年 5 月 23 日

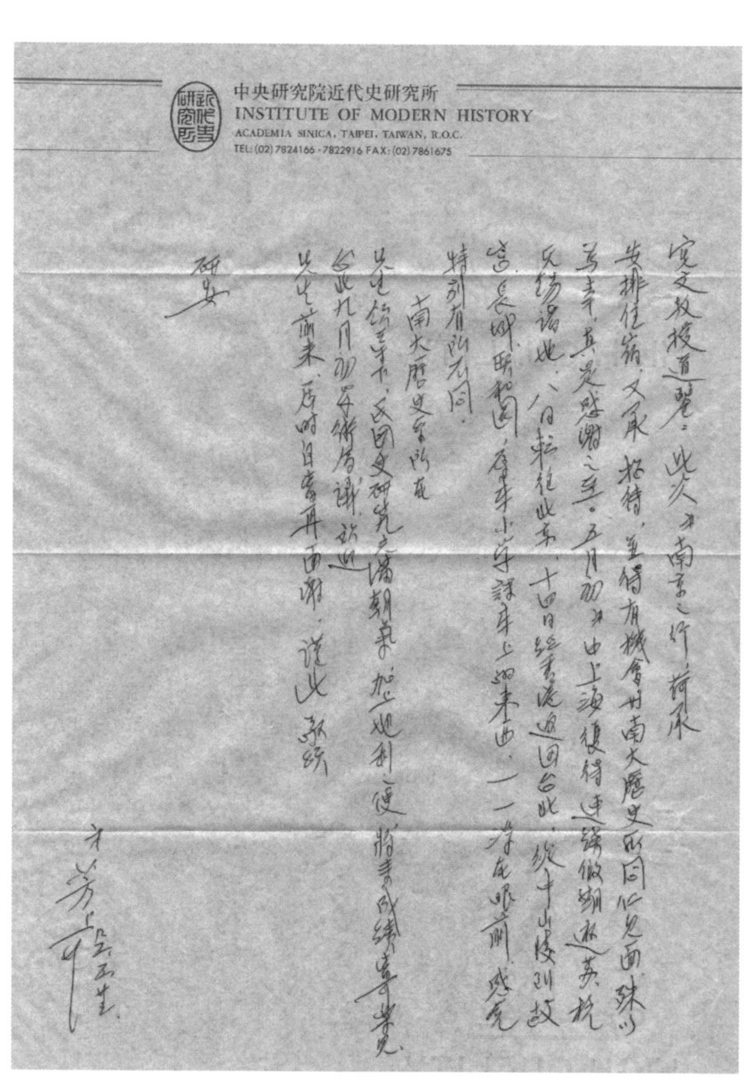

中央研究院近代史研究所
INSTITUTE OF MODERN HISTORY
ACADEMIA SINICA, TAIPEI, TAIWAN, R.O.C.
TEL: (02) 7824166 · 7822916 FAX: (02) 7861675

憲文教授道鑒：此次到南京之行，蒙承
安排住宿，又承招待，並得有機會與南大歷史所同仁見面，殊以
為幸，甚是感謝之至。五月四日由上海復得連續假（?）做（?）遊蘇杭
及[illegible]錫諸地，八日轉往北京，十四日經香港返回台北，總計（?）中山陵、明故
宮（?）、長城、明[illegible]陵（?），[illegible]小學課本上的東西，一一呈在眼前，感覺
特別有所不同。
南大歷史學所在
先生領導下，民國史研究已漸有成果，加上地利之便，將來成績當可無量（?）。
今此九月四日學術會議，歡迎
先生前來，屆時自當再面謝。謹此 敬頌
研安
弟 呂芳上 上（?）

學者交往

1998 年，呂芳上來到南京訪問，受到南京大學中華民國史研究中心同仁的熱情接待。此後，陳紅民陪同前往揚州遊覽，揚州的美景給呂芳上留下深刻印象，來信致謝。

1998 年 11 月 15 日

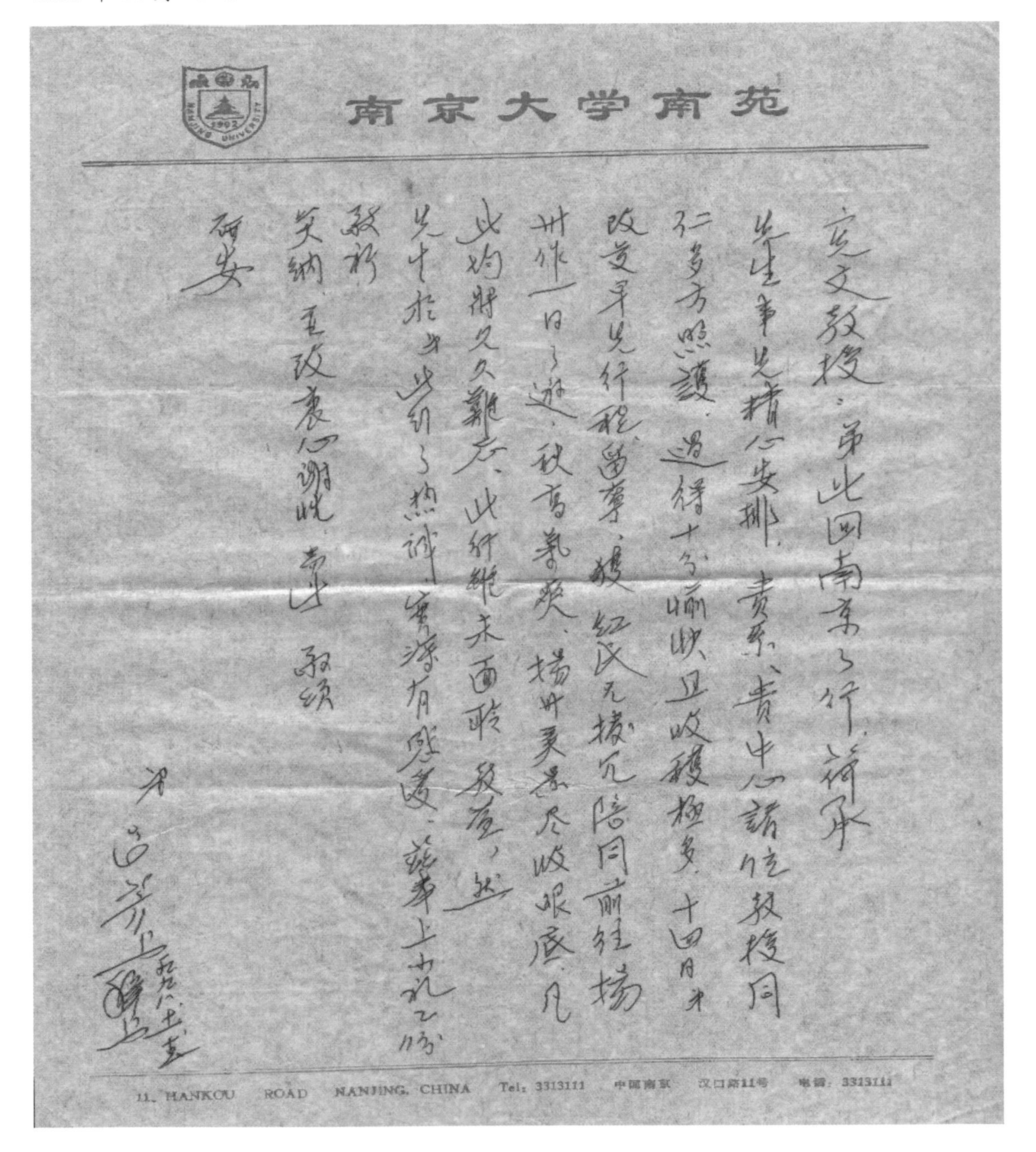
南京大学南苑

憲文教授：弟此回南京之行，仰承
先生事先精心安排，貴系、貴中心諸位教授同
仁多方照護，過得十分愉快且收穫極多。十四日並
改變弟先行程，留寧，獲紅民兄撥冗陪同前往揚
州作一日之遊，秋高氣爽，揚州美景盡收眼底，凡
此均將久久難忘。此行雖未面聆教益，然
先生於此行之熱誠，實深有感受。茲奉上小禮一份
敬祈
笑納，並致衷心謝忱。專此　敬頌
研安

弟 呂芳上 謹上 一九九八.十一.十五

11, HANKOU ROAD NANJING, CHINA Tel: 3313111 中国南京 汉口路11号 电话: 3313111

告知訪問南京行程

年份不詳，4 月 14 日

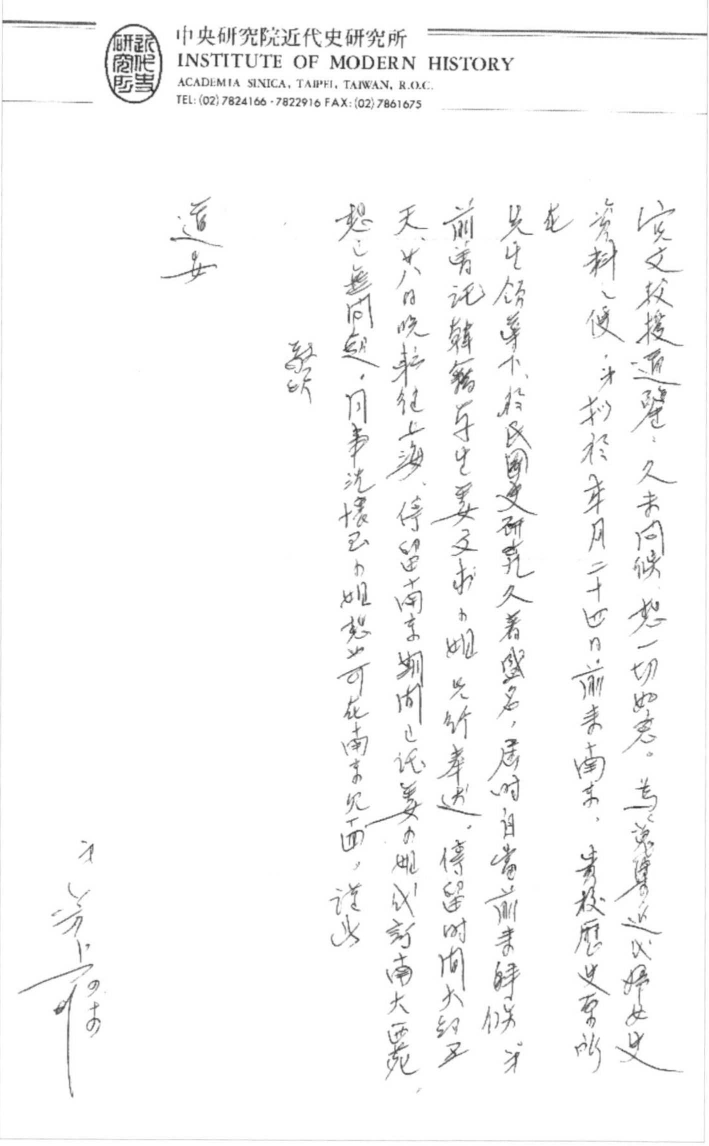

中央研究院近代史研究所
INSTITUTE OF MODERN HISTORY
ACADEMIA SINICA, TAIPEI, TAIWAN, R.O.C.
TEL: (02) 7824166 · 7822916 FAX: (02) 7861675

憲文教授道鑒：久未問候，想一切如意。為蒐集近代婦女史資料之便，弟於本月二十四日前來南京，貴校歷史系所在
先生領導下，於民國史研究久著盛名，屆時自當前來拜候。弟前曾託韓敏芳先生要文彬小姐先行奉達。停留時間大約五天，廿八日晚轉往上海。停留南京期間已託姜小姐代訂南大西苑，想已無問題。同事沈懷玉小姐想必可在南京見面。謹此 敬頌
道安

弟 [illegible] 四.十四

呂實強

個人簡介

呂實強（1926-2011），山東福山人。1949 年考入臺灣省立師範學院史地學系。1955 年起，進入中研院近代史研究所工作，成為近代史研究所最早聘任的三名助理員之一。1962 年至 1964 年期間赴美哈佛大學（Harvard University）訪問。此後歷任中研院近代史研究所助理研究員、副研究員、研究員，曾任中研院近代史研究所所長，兼任胡適紀念館管理委員會主任，私立聖心女子學院、臺灣師範大學、政治大學、成功大學等校教授。1996 年退休，復任近代史研究所任職研究員。

呂實強長期從事洋務運動史、基督教史、四川地方史等領域研究，參編《海防檔》、《中法越南交涉檔》、《教務教案檔》、《清代籌辦夷務始末引得》等史料叢書，代表作有《丁日昌與自強運動》、《中國官紳反教的原因（1860-1874）》、《中國現代化的區域研究——四川省（1860-1916）》等。

2001 年，紀念辛亥革命 90 周年學術研討會，攝於臺北。
右起依次為：李雲漢、齊錫生、章開沅、呂實強、張憲文、朱英。

學者交往

1994年7月13日至15日，由聯合報系文化基金會執行長邵玉銘牽頭，聯合中研院歷史語言研究所、中研院近代史研究所、臺灣大學、臺灣師範大學、政治大學等機構舉行「中國歷史上的分與合」學術研討會。會議期間，張憲文與呂實強見面並進行了交流。當年9月，「甲午戰爭一百周年國際學術討論會」在山東威海舉行，呂實強受邀出席，但由於行程衝突的原因，張憲文未能參加此次會議。

1994年10月5日

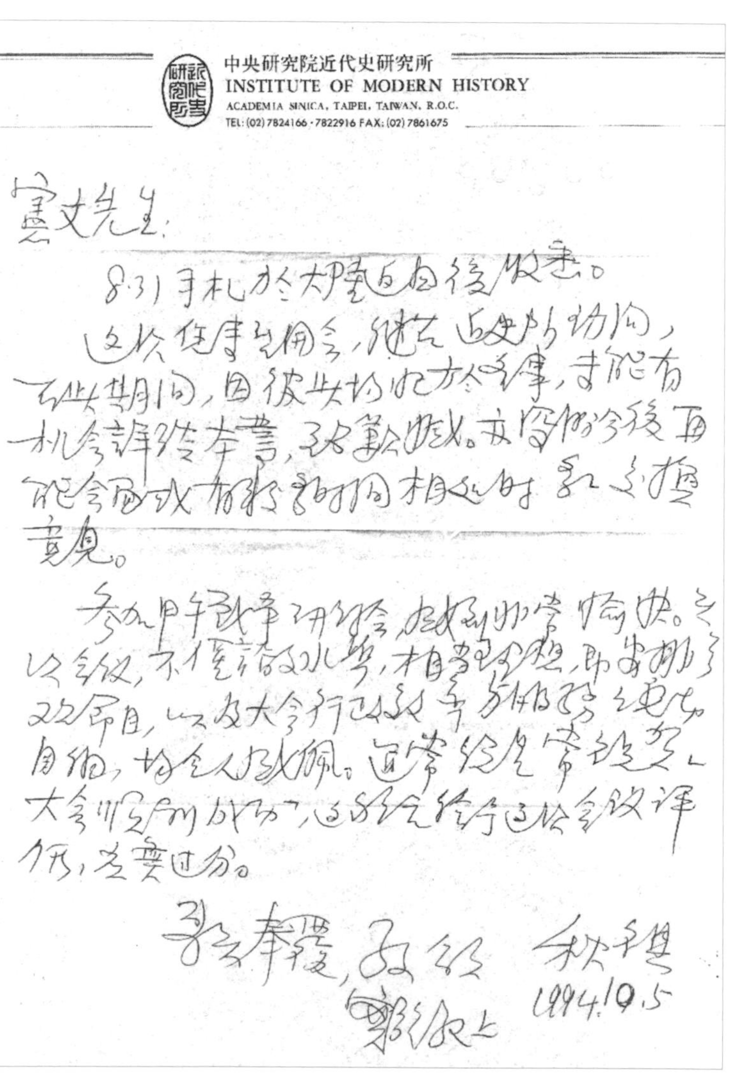

中央研究院近代史研究所
INSTITUTE OF MODERN HISTORY
ACADEMIA SINICA, TAIPEI, TAIWAN, R.O.C.
TEL: (02) 7824166 · 7822916 FAX: (02) 7861675

憲文先生：

8.31手札於大陸返台後收悉。

這次能與您會面，繼而返史所訪問，在此期間，因彼此均忙於公事，未能有機會詳結教益，殊覺歉然。希望今後再能會面或有較長時間相處時，再多請教意見。

參加甲午戰爭研討會，感到非常愉快。這次會議，不僅論文水準，相當理想，即安排之節目，以及大會行政事務，均甚周到自始，均令人敬佩。通常說是會議是大會順利成功，這給予這次會議評價，並無過分。

耑此奉覆，敬頌
秋祺
弟實強上
1994.10.5

李南海

個人簡介

李南海，香港珠海書院中國歷史研究所博士。曾任臺北科技大學文化事業發展系教授，開設「原住民文化與歷史」等課程。代表作有《民國 36 年行憲國民大會代表選舉之研究》、《安福國會之研究：民國六年 - 民國九年》等。

新年賀卡

1992 年，12 月 15 日

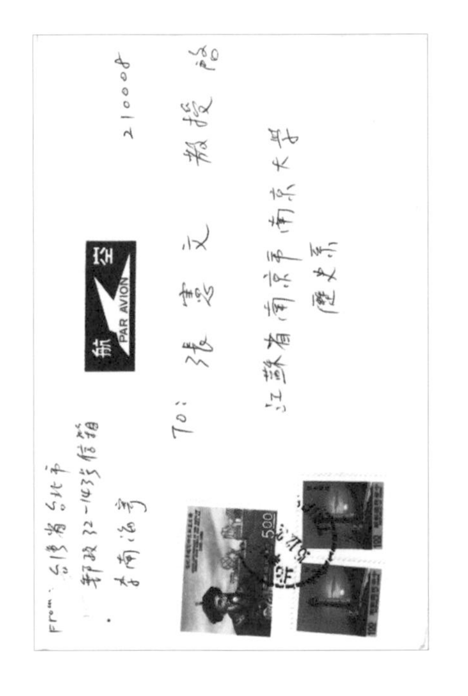

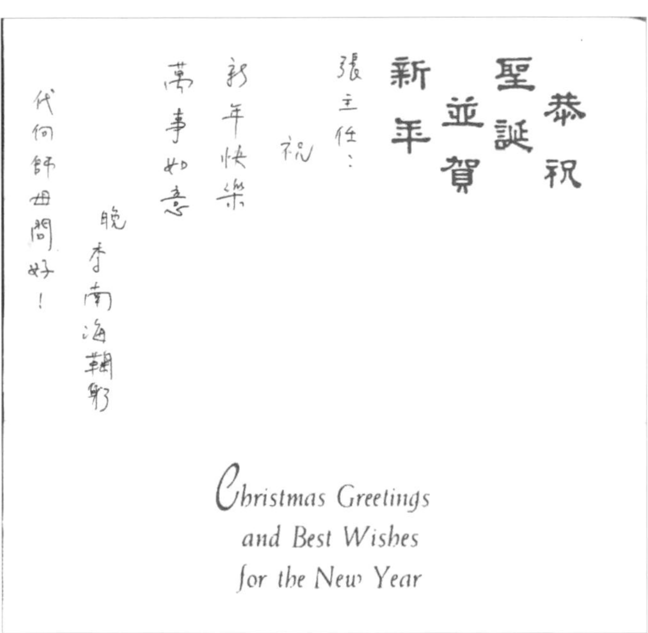

恭祝
聖誕並賀
新年

張主任：
祝
新年快樂
萬事如意
晚李南海鞠躬
代何師母問好！

Christmas Greetings
and Best Wishes
for the New Year

日期不詳

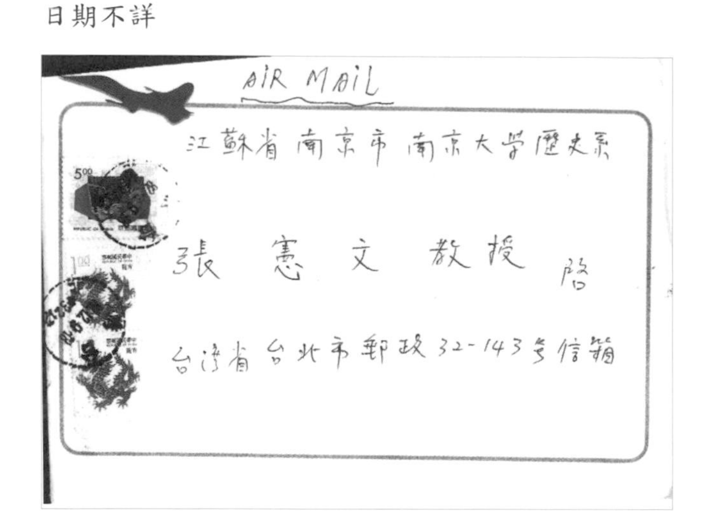

AIR MAIL

江蘇省南京市南京大學歷史系

張憲文教授 啓

台灣省台北市郵政32-143号信箱

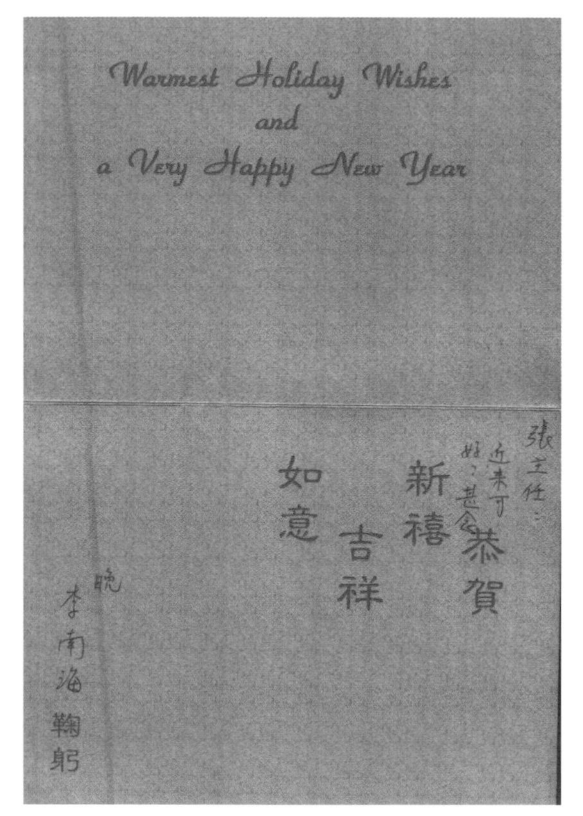

Warmest Holiday Wishes
and
a Very Happy New Year

張主任：
近來可好？甚念

恭賀
新禧
吉祥
如意

晚 李南海 鞠躬

李恩涵

個人簡介

李恩涵，1930 年生於山東諸城。1954 年畢業於臺灣師範大學史地學系，進入中研院近代史研究所工作。1962 年赴美，先後獲得夏威夷大學（University of Hawaii）碩士學位、加州大學聖芭芭拉分校（University of California, Santa Barbara）博士學位。1973 年前往新加坡任教，並於 1983 年晉升新加坡國立大學（National University of Singapore）中文系副教授，此後代任系主任多年。1990 年返臺後，歷任中研院近代史研究所研究員、政治大學客座教授等職。

李恩涵長期從事中國外交史、美國外交史和東南亞華人史研究，代表作有《晚清收回礦權運動》、《曾紀澤的外交》、《北伐前後的革命外交 1925-1931》、《東南亞華人史》等。

第四次民國史學術討論會期間，與臺灣學者合影於會場。
前排左起：張玉法、李國祁、陳鵬仁；
後排左起：周惠民、張哲郎、李恩涵、張憲文、陳三井、邵銘煌、呂芳上、張力。

關於「第三次中華民國史國際學術討論會」參會事宜

1994 年 12 月，第三次中華民國史國際學術討論會在南京大學北園知行樓召開。此次會議得到了臺灣實業家陳清坤的資助支持，曲欽岳校長代表南京大學致開幕詞。這次會議進一步溝通和加強了兩岸學術交流，在若干民國歷史人物、歷史事件等問題上逐步消除分歧、達成共識，增進兩岸學者的友好情誼。

1994 年 5 月 27 日

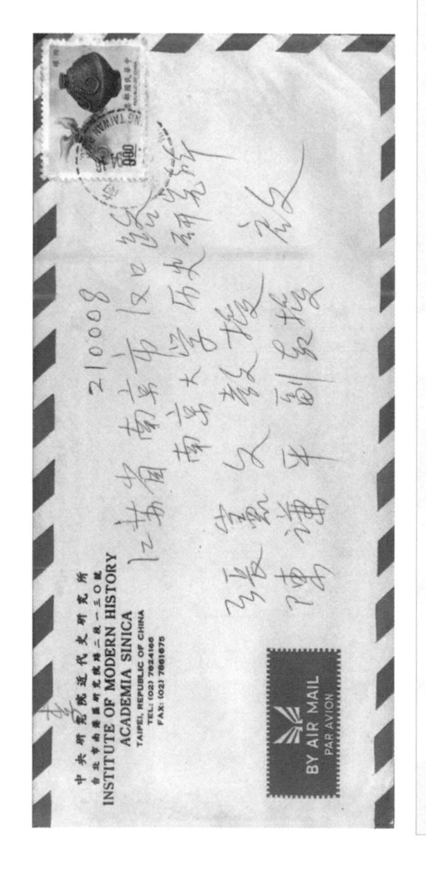

中央研究院近代史研究所
INSTITUTE OF MODERN HISTORY
ACADEMIA SINICA
NANKANG, TAIPEI, TAIWAN
TEL: (02)7824166 FAX: (02)789-8204

憲文教授：

關於南京大學中華民國史研究中心擬召開第三次中華民國史國際學術討論會的邀請書（「通知」第一號），業經收到，謝謝邀請。惟因開會時間係在十二月下旬，與本人在大學授課的時間，有些衝突，難於請假，故難與赴會參加，尚請見諒，為禱。

本年八月底／九月初，敝人仍將赴南京一行，當趨貴校專訪也。然後敝人當去山東威海市參加一項會議，再應邀去北京中國社科院近史所訪問數週，俾作學術上之交流。

貴校陳謙平先生前曾晤及，如晤面之際，請代為問好。此祝

道祺

李恩涵 敬
五月廿七日 1994

新年賀卡

1998 年 12 月 1 日

李恩涵
台灣台北市南港
中研院近史所

7.00

張憲文教授
江苏省南京市鼓楼
南京大学歷史研究所

航空印卡

憲文教授暨闔府

敬祝

新年愉快、安康

恩涵敬上
1998、12、1、

P.S. 憲總原籍也是山东，至為愉快，
我也是山东諸城人。涵又。

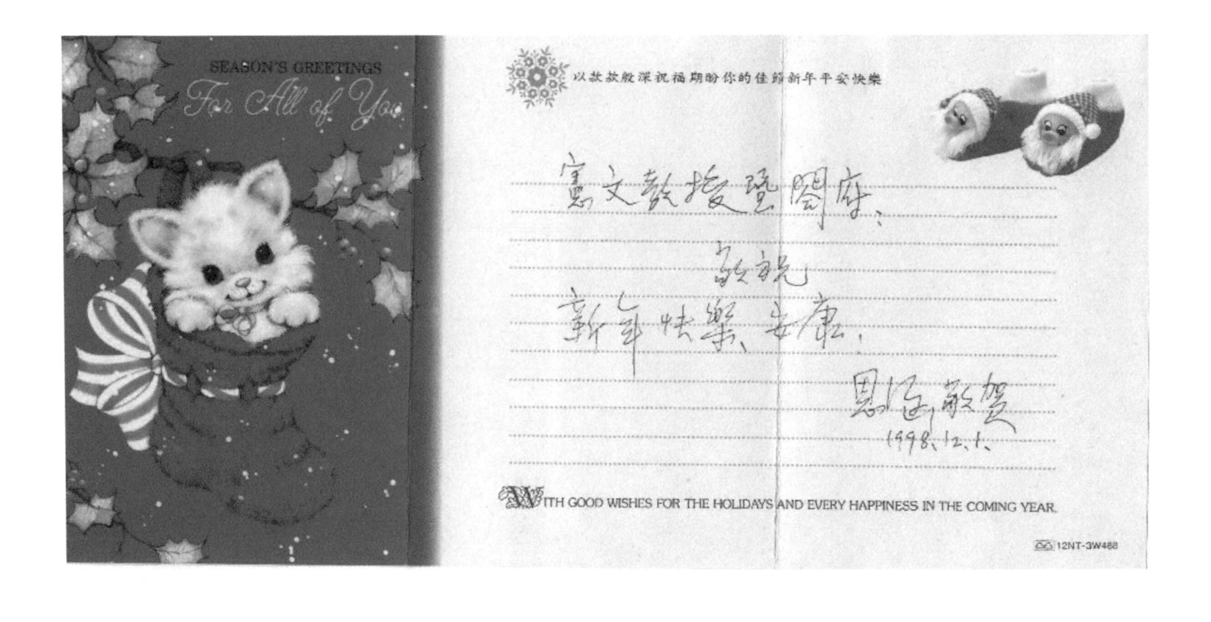

SEASON'S GREETINGS
For All of You

以款款深祝福期盼你的佳節新年平安快樂

憲文教授暨闔府：

敬祝

新年快樂、安康，

恩涵敬賀
1998、12、1、

WITH GOOD WISHES FOR THE HOLIDAYS AND EVERY HAPPINESS IN THE COMING YEAR.

12NT-3W488

關於「南京大屠殺史料國際學術討論會」參會事宜

2005 年 12 月 26 日至 28 日，由南京大學中華民國史研究中心、南京師範大學南京大屠殺研究中心等單位聯合舉辦的「南京大屠殺史料國際學術討論會」在南京召開。

會議召開前，張憲文曾致信邀請，11 月 4 日，李恩涵回信告知將應邀出席。

2005 年 11 月 4 日

李恩涵
中央研究院近代史研究所
台北市南港區研究院路二段一二八號
INSTITUTE OF MODERN HISTORY
ACADEMIA SINICA, TAIPEI, TAIWAN, R.O.C.
TEL: (02)27824166 FAX: (02)27861675

江苏，南京 210093
汉口路22号
南京大学历史系/中華民國史研究中心
張憲文教授 啟

BY AIR MAIL
PAR AVION

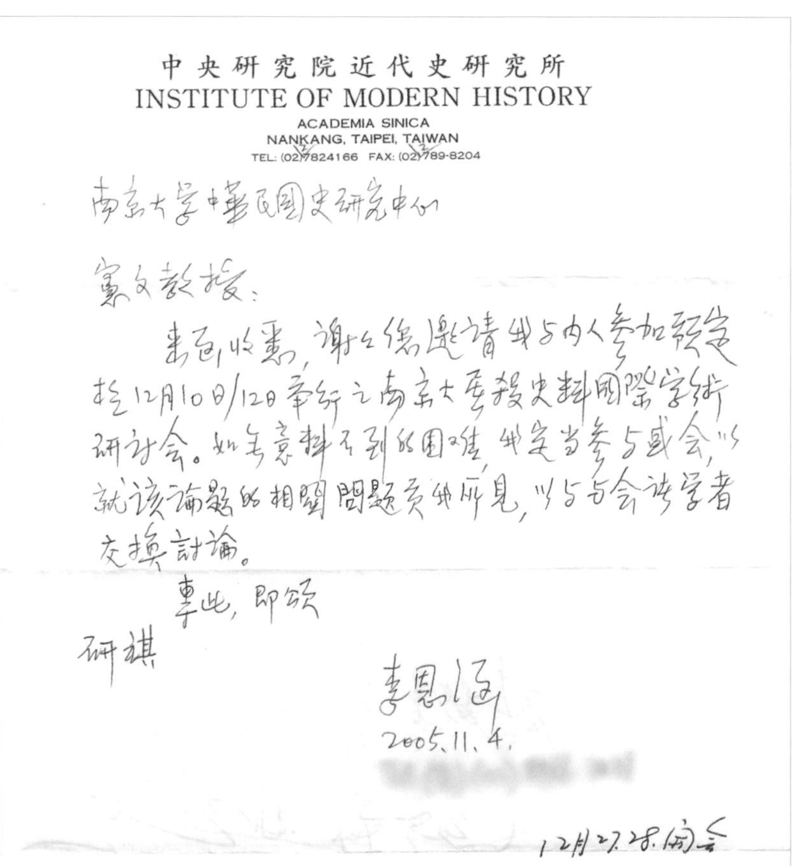

中央研究院近代史研究所
INSTITUTE OF MODERN HISTORY
ACADEMIA SINICA
NANKANG, TAIPEI, TAIWAN
TEL: (02)7824166 FAX: (02)789-8204

南京大學中華民國史研究中心

憲文教授：

來函收悉，謝謝您邀請我與內人參加訂定於12月10日/12日舉行之南京大屠殺史料國際學術研討會。如無意料不到的困難，我定當參與盛會，以就該論題的相關問題貢獻所見，以與與會諸學者交換討論。

專此，即頌

研祺

李恩涵
2005.11.4.

12月27.28.開會

李國祁

個人簡介

李國祁（1926-2016），祖籍安徽省明光縣，出生於皖北。1950 年考入臺灣省立師範學院史地學系，1955 年進入中研院近代史研究所。1961 年赴德國漢堡大學（Universität Hamburg）深造，並於 1965 年獲得博士學位。1968 年回到中研院近代史研究所工作。1970 年起，任教於臺灣師範大學歷史研究所，翌年任所長，期間創辦《歷史學報》，1996 年退休。

李國祁長期從事中國近代政治外交史、中德關係史等領域研究，代表作有《中國早期的鐵路經營》、《中德對三國干涉還遼及德租膠州灣態度之研究》、《張之洞的外交政策》等。

2005 年，紀念中國同盟會成立 100 周年暨孫中山逝世 80 周年國際學術討論會，攝於南京。
左起依次為：朴宣泠、張憲文、李國祁、曾瑪莉（Margherita Zanasi）。

關於受聘南京大學中華民國史研究中心客座教授事宜

1993 年 8 月，李國祁來信告知，由南京大學中華民國史研究中心發出的客座教授邀約已收到，對此表示感謝，並詢問關於該職位的詳細情況。

1993 年 8 月 20 日

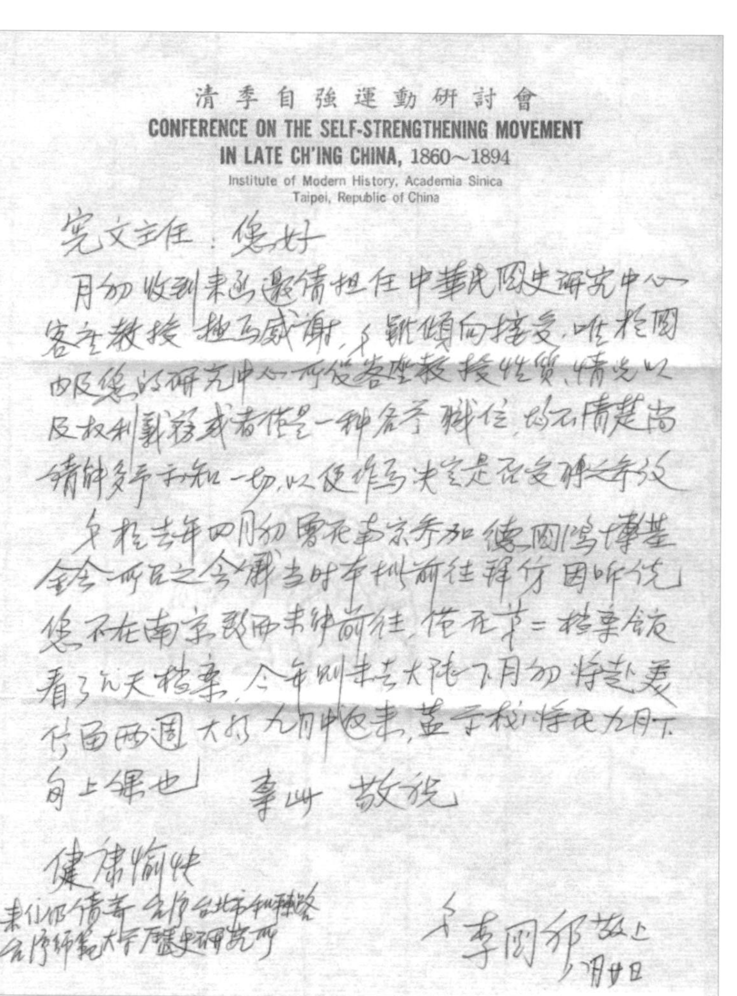

清季自強運動研討會
CONFERENCE ON THE SELF-STRENGTHENING MOVEMENT
IN LATE CH'ING CHINA, 1860~1894
Institute of Modern History, Academia Sinica
Taipei, Republic of China

憲文主任：您好

月初收到來函邀請擔任中華民國史研究中心客座教授，極為感謝，弟頗傾向接受，唯於閣下及您的研究中心所設客座教授性質、情況以及權利義務，或者僅是一種名譽職位，均不清楚，尚請詳予示知一切，以便作為決定是否受聘之參考。

弟於去年四月初曾在南京參加德國沃博基金會所召之會議，當時本擬前往拜訪，因聽說您不在南京，致而未能前往，僅在第二檔案館看了幾天檔案。今年則未去大陸，下月初將赴美訪問兩週，大約九月中返來，蓋本校將在九月下旬上課也。專此 敬祝

健康愉快

來信仍請寄：台北市和平東路台灣師範大學歷史研究所

弟李國祁敬上
八月廿日

關於「第二屆張謇國際學術研討會」參會事宜

1995 年 3 月，李國祁告知「第二屆張謇國際學術研討會」的會議邀請函已收到，但因 8 月至 10 月期間需要前往歐洲訪學無法參加，來信致歉。

1995 年 3 月 22 日

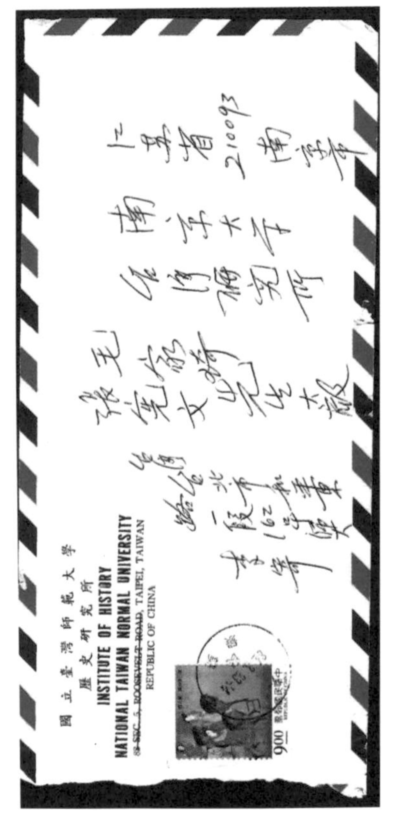

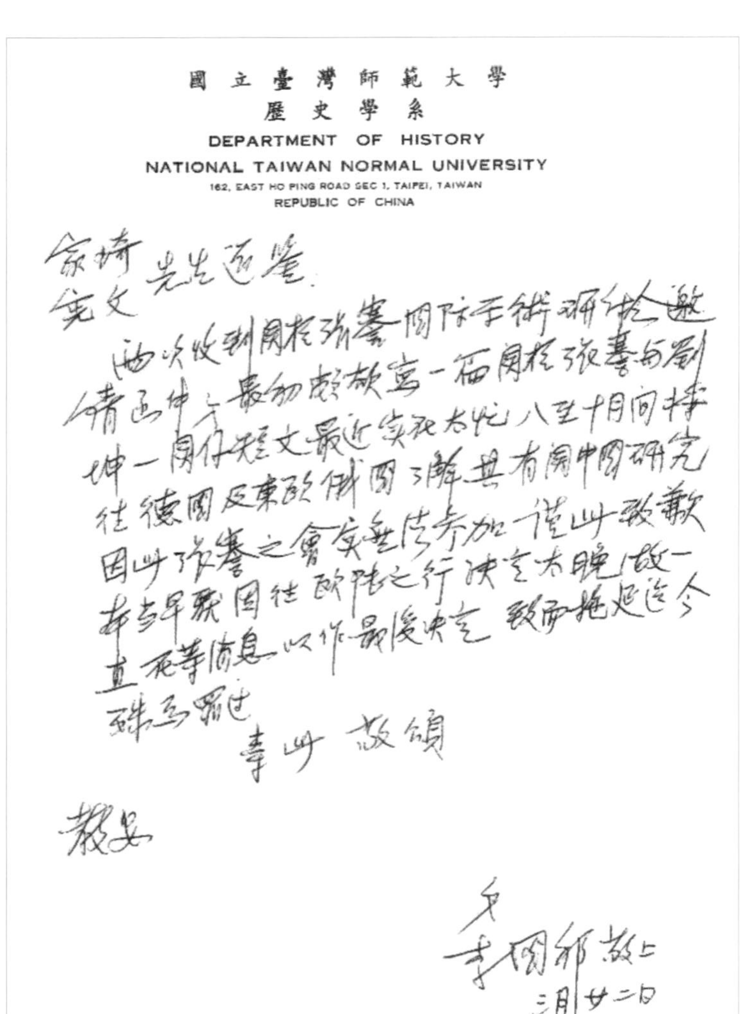

國立臺灣師範大學
歷史學系
DEPARTMENT OF HISTORY
NATIONAL TAIWAN NORMAL UNIVERSITY
162, EAST HO PING ROAD SEC 1, TAIPEI, TAIWAN
REPUBLIC OF CHINA

家琦
宪文 先生道鑒：

兩次收到關於張謇國際學術研討會邀請函件，最初就擬寫一篇關於張謇與劉坤一關係短文，最近突然太忙，八至十月間將往德國及東歐俄國訪問有關中國研究，因此張謇之會實無法參加，僅此致歉。本當早覆，因往歐陸之行決定太晚，故一直在等消息以作最後決定，致函拖延迄今，殊為歉。耑此 敬頌

教安

弟 李國祁 敬上
三月廿二日

學者交往

年份不詳，3 月 25 日

憲文先生道鑒：

今日抵杭州開華僑教育課程國際會議，在此停留三日，然後去北京，再留三日，轉廣州返台。因節日安排緊湊，難以前往尊府拜候，茲隨函奉呈舊作《閩浙台區域研究》一冊，敬請指正。

今年暑假將再來開近代化會議，屆時或可相聚一敘，容將來面敘。

敬頌

研安

李國祁敬上
三月廿五日

地址：杭州莫干山路81号　電話：882924　電挂：8311
Add: № 81 Mo Gan Shan Road Hang Zhou　Tel: 882924　Cablex: 8311

李雲漢

個人簡介

李雲漢（1927-2019），祖籍山東昌樂縣。1954 年考入政治大學教育研究所。1957 年起，進入中國國民黨黨史會工作，擔任編審。1967 年至 1969 年赴美訪學，返臺後，歷任黨史會專門委員、副主任委員，並於 1991 年接任秦孝儀擔任黨史會主任委員。李雲漢曾任教政治大學三十餘年，開設「中國近代史」、「中國國民黨歷史與理論」、「現代人物」等課程。

李雲漢長期從事中華民國史、中國國民黨史研究，代表作有《從容共到清黨》、《西安事變始末之研究》、《中國國民黨史述評》等。其中，《中國國民黨史述評》是首部中國國民黨全史。

1997 年張憲文赴中央大學講學，適逢李雲漢卸任國民黨黨史會主任委員職。攝於福華飯店。

同鄉亦好友。2005 年，紀念中國同盟會成立 100 周年暨孫中山逝世 80 周年國際學術討論會，攝於南京石象路。

學者交往

李雲漢長期供職於國民黨黨史會。該機構 1930 年成立於南京，全稱「中國國民黨中央委員會黨史史料編纂委員會」，創設目標在於徵集、典藏民國革命史料及文物等。遷臺後搬至南投縣草屯荔園。1972 年，國民黨中央委員會組織全面調整，黨史史料編纂委員會改稱黨史委員會。1979 年遷至陽明山上的中興賓館，外界一般代稱為「陽明書屋」。

1993 年，南京大學成立中華民國史研究中心，張憲文擔任主任。雙方就史料搜集和專題研究展開交流。

1995 年 2 月 4 日

南京
南京大學歷史所
張教授憲文道啟
陽明書屋李緘
臺北市陽明山中興路十二號
臺北市陽明山郵政第二十號信箱
113

憲文教授道席：前後
華翰暨春節賀卡均敬誦悉，多謝多謝。民國史
研究在
賢者精心擘劃卓越主導之下，開展迅速，毋任
欽佩，至盼日後能有更多切磋觀摩之機會。
肅此申復，順頌
春釐

弟 李雲漢拜
二月 日

雲漢用箋

新年賀卡

2005 年 12 月 20 日

李雲漢

張憲文 先生
夫人

南京大學中華民國史研究中心
南京市 漢口路22號 郵編 210093

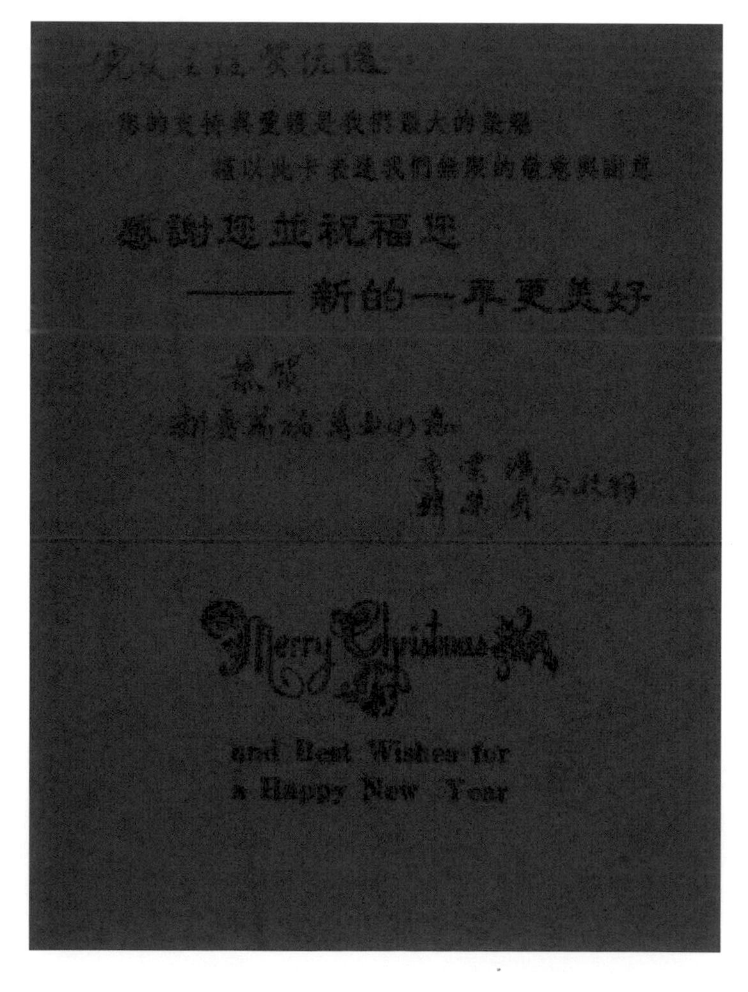

您的支持與愛護是我們最大的榮耀
謹以此卡表達我們無限的敬意與謝意

感謝您並祝福您
——新的一年更美好

恭賀
新春萬福 萬事如意

李雲漢

Merry Christmas
and Best Wishes for
a Happy New Year

汪正晟

個人簡介

汪正晟，臺灣大學歷史研究所碩士，加州大學爾灣分校（University of California, Irvine）歷史學博士。現任中研院近代史研究所副研究員。

汪正晟長期從事中國現代政治史、國共政治比較研究、政治史方法論、青年政治等領域研究，代表作有《以軍令興內政——徵兵制與國府建國的策略與實際（1928-1945）》、《「不可理喻」的力量——反思抗戰農村婦女工作中的理性人預設》、《青年政治運動之底蘊與兩難——以浙江各縣戰時政治工作隊為例（1938-1940）》等。

告知查閱資料行程

2004 年 12 月 24 日

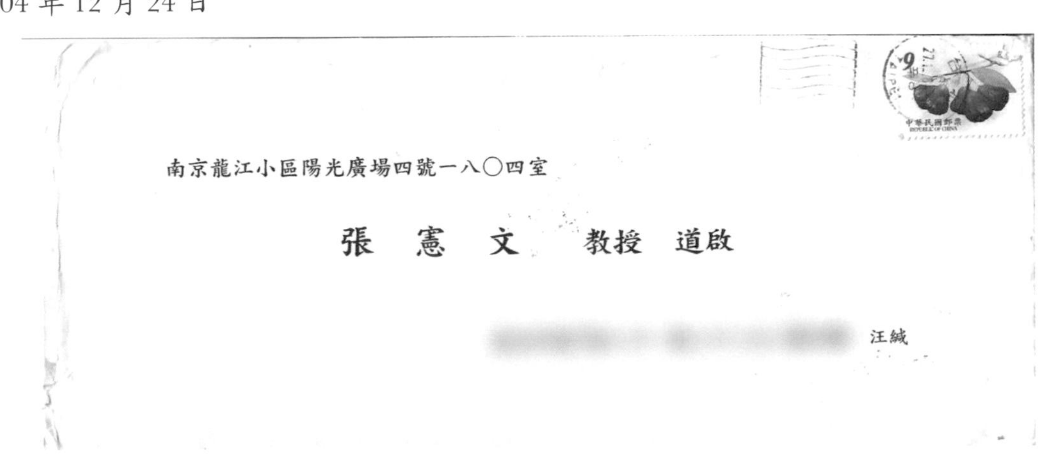
南京龍江小區陽光廣場四號一八〇四室

張　憲　文　教授　道啟

汪緘

憲文教授道鑒：

您好！

學生汪正晟，目前就讀於臺灣大學歷史研究所碩士班三年級。先前承蒙 您的慷慨協助，已經獲得中華開發基金會資助，預定於2005年2月21日進行約六個星期的短期研究，期間計畫拜訪 先生與南大中華民國史研究中心各位師長前輩，冀聆教益；並於第二歷史檔案館、江蘇省檔案館與南京市檔案館等處蒐集資料。諸多不到未周之處，還請您海涵賜正。

謹致上學生衷心感謝之意，

祇頌

儷安！並賀

春釐

正晟 敬上 2004.12.24

霞光徵曉瑞
雲物報豐年
深摯祝福新年平安如意
Greetings of the Season and Best Wishes for the New Year

沈懷玉

個人簡介

沈懷玉（1949-2018），臺灣嘉義人，畢業於臺灣師範大學歷史學系。1971 年進入中研院近代史研究所工作，1991 年擔任口述歷史組執行秘書，2014 年退休。

沈懷玉主要從事民國制度史、口述史等領域研究。參與「中國現代化的區域研究」專案，負責湖北、湖南兩省的資料搜集與摘要工作。擔任口述歷史組執行秘書期間，參與警政人物、外交官、學術界、榮民總醫院、政治受難者、地震水災、都市計畫人物、臺灣高鐵、郭廷以門生故舊等口述訪談工作。參與出版《國民政府職官年表》、《蔣經國先生侍從與僚屬訪問記錄》、《陳雄飛先生訪問記錄》等。

此外，沈懷玉長期在兩岸學術往來中扮演使者角色，介紹和推薦臺灣學者訪問南京大學及赴中國第二歷史檔案館、南京圖書館等機構查閱檔案和圖書資料，為兩岸史學交流做出了有益貢獻。

左起依次為：劉紹唐、沈懷玉、張憲文。

2009 年 9 月，攝於南港胡適紀念館。

關於南京大學與中研院近代史研究所圖書互換事宜

1989 年，沈懷玉與張朋園一同到訪南京，並與張憲文會面，雙方討論了有關兩岸開放檔案、互換圖書等問題。返臺後，沈懷玉來信告知雙方接洽後續，轉達時任中研院近代史研究所圖書館主任陳永發關於購書手續流程的意見，並附上最近請張憲文代為購買的圖書清單。

1989 年 10 月 16 日

中央研究院近代史研究所
INSTITUTE OF MODERN HISTORY
ACADEMIA SINICA
NANKANG, TAIPEI, TAIWAN

憲文教授：您好！

首先謝謝您的送行，也感謝您多日來在工作上的協助及旅遊上的安排，更謝謝您陪同參觀南京各旅遊點，這是我一生中最愉快也最難忘的一趟旅行。您的幫忙與照顧，除了感銘在心外，實在難以回報。

您送的馬我們都很喜歡，盒子也捨不得丟，因為仔細一瞧，才發現是多麼的費心，捧著盒子，著實感動不已，在我看來，它與禮物一樣貴重。

您的交待，我已跟張所長報告了，有關資委會方面，他認為目前只能就已經整理出來的檔案出版聯合目錄，其他問題，他應當會再給您寫信。您的熱誠幫忙，他極為感謝，也一再叮囑我務必致謝，我曾打了好幾次電話，老是接不通，只好等來日再當面致謝。

中國現代史辭典一書，人物部份已出版，由航空郵寄，敬請查收，史事部份在排版中，出書後將陸續寄上。您如有任何需要我能幫忙的，請儘管吩咐。

回來以後，還有事情麻煩您，同事需要之＜山西商人＞、＜山西文史資料選輯＞第23--26輯，及61輯以後諸書，我沒買到，如是方便，請您找人代購。另外，中美關係史叢書編委員會主編，重慶出版社出版的下列諸書，也請一併找人代購：

1.項立屹著，轉折的一年---赫爾利使華與美國對華政策
2.王愛之著，史迪威使命
3.中美關係史論文集，第一、二輯

上列諸書，如買不到也就算了。此外，陳永發先生亦有所請託，他現在兼任本所圖書館館長，有關購書之事，他會與您聯絡，如他開列有書單，請您找人代購。以上購書之款及郵資，敬請您費神，從

中央研究院近代史研究所
INSTITUTE OF MODERN HISTORY
ACADEMIA SINICA
NANKANG, TAIPEI, TAIWAN

我所留款項中支付，如是超支，請您盡速告知，以便設法匯款。

二檔館未閱讀完的檔案，仍須前往繼續看完，何時氣候較適宜，還得請您告知。再去時，我會把您需要的書順便帶着。

隨函附上照片數禎，敬請笑納，諸位教授先生也請您代為轉贈。黃教授要我帶給王爾敏先生的書信，已面交他本人，請您轉告他。謝謝您，畢竟我是晚輩，不情之請太多，只有把您當做長輩朋友，才能聊以心安。　　敬祝

教安

懷玉　敬上
1989.10.16

1989 年 11 月 18 日

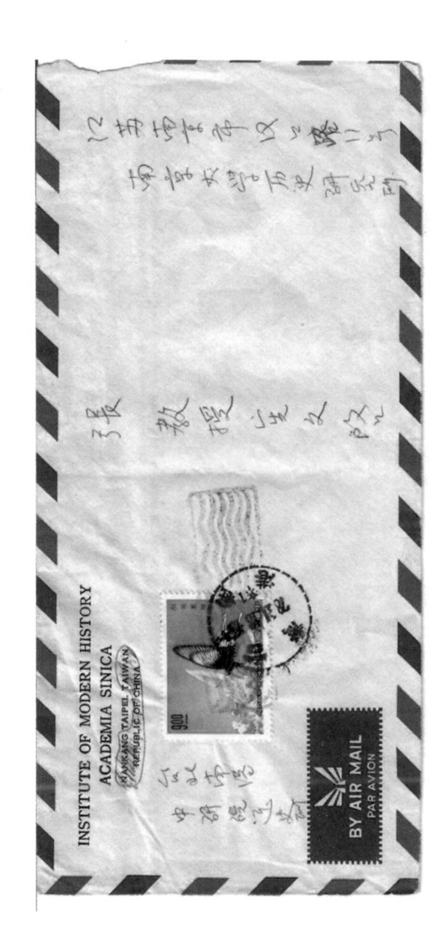

中央研究院近代史研究所
INSTITUTE OF MODERN HISTORY
ACADEMIA SINICA
NANKANG, TAIPEI, TAIWAN

憲文教授：

謝謝您的來信，也感謝您費神的協助。

自寧歸來後，有好幾張卷必須限期交出，其中我幫國史館寫的軍職志最近一定要全部完稿，該館等著十二月出書，趕得苦不堪言。沒想到朱館長還要朋園先生和我在十二中旬做一次閱讀檔案報告，並得交一篇文章，由我負責執筆，大略閱讀了手邊的資料，並拜讀過您的大作後，實在不敢提筆。上次在電話中向您請教的問題，我們所知有限，只有請您鼎力幫忙。您的協助將使我們的報告更真切。二檔館陳興唐先生要我幫忙找黃埔軍校同學錄，我寫了信給他，也順便請他提供該館的信息，至今尚未接到信。我們很熱切的盼望，透過真切的報導，能使台灣的檔案更為開放。

您提的問題，我曾跟朱館長講過，他也有促進彼此學術研究的共識，但是進一步的行動，只有等待政治氣候了。

圖書館購書之事，永發先生要我給您寫信，凡是貴系、所採購之新書，或是新近之出版品目錄，請您來信或傳真到本所，我們再根據您的推薦採購，這比透過香港書商快得多。永發先生堅持麻煩您買書一定要「書價＋郵費＋手續費＋傳真費用」。書請直接寄來本所，至於以後大量採購，有關匯款及收據等問題，可否請您在香港的學生幫忙，要是令高足無法開立收據，永發先生要他找許定銘先生，地址：香港北角英皇道121號　七海中心G 19號。

十七日晚上，我打了電話要告訴您本所傳真號碼，適巧您不在，只好請張夫人轉達，但電話中有回音，不太清楚，玆再次摘錄如下：

FAX：011-886-2-7861675

書目傳真較快，如是不方便，直接郵寄亦可。

此外，永發先生還要您幫忙本所購買下列二書：

1.劉國銘主編：中華民國國民政府軍政職官人物誌
（經銷：蘭州大學法律咨詢服務中心圖書資料服務部
發行：春秋出版社　北京1929信箱，中央黨校南院）

中央研究院近代史研究所
INSTITUTE OF MODERN HISTORY
ACADEMIA SINICA
NANKANG, TAIPEI, TAIWAN

2.陳鳴鐘、陳興唐主編：台灣光復和光復五年省情

其中二陳主編者，請買兩套。永發先生還吩咐，以後二檔館之新書，均請您代購。

麻煩您的太多，無從一一謝起。回想在南京及蘇杭期間，受到您及金教授、張校長的禮遇，非常感謝。他們二位我尚未寫信致謝，如有機會，請您謝謝他們。專此　敬祝

教安

懷玉　敬上
1989.11.18

1989年12月5日

中央研究院近代史研究所
INSTITUTE OF MODERN HISTORY
ACADEMIA SINICA
NANKANG, TAIPEI, TAIWAN

憲文教授：您好！

接到您的電話，我感到很驚喜，您的大力幫忙，的確幫我解決了不少難題，實在感激不盡。

上月九日、十三日的來信以及資料都已收到了，從信中得知您曾受涼感冒，只有請您多保重。

我一號曾打了電話要謝謝您，您還沒回來。沒有您及黃女士、陳先生的幫忙，我真不知道國史館的「史政講座」要如何交差。有機會請您代向他們二位致謝，改天我會寫信謝謝他們。

目前陳先生的資料我還沒收到，一方面由於趕著軍職志及職官表的增補，講稿尚未寫，只好要求順延至十二月下旬。

永發先生提及要送貴所的英文雜誌，我再請他直接跟您聯絡。至於他要請您幫忙本所購書一事，我上次信中已提及，不知是否會有困難，我應先跟您商量才對，否則就如同我熱心幫忙同事買書，結果把負擔加在您身上一樣。這些瑣事，費心又費時，免不了耽誤您的研究。

您來信所列四本書均請代購，同事陳存恭先生得知買得到，相當高興，要我謝謝您。另外，征購中的山西文史資料，不知是否可以分冊購買，如是可以，亦請代購61--62、65--66。至於重慶方面的書，如買不到，也無所謂。我不願拿瑣碎事佔用您太多時間。謹此

敬祝

安好

懷玉　敬上

1989.12.5

告知查閱資料行程

1989年起，為編輯《國民政府職官年表》與《中華民國史公職志初稿》的軍職制度部分，沈懷玉多次前往中國第二歷史檔案館、南京圖書館特藏室、桂林圖書館等地查閱檔案。關於行程的安排情況，與張憲文多次往來書信溝通。

沈懷玉返臺後，在刊物上發表了介紹中國第二歷史檔案館館藏情況的文章，並做了專題報告[3]。在這批材料的基礎上，陸續寫成並發表《行政督察專員之創設、演變與功能》、《湖北省的行政督察專員制度（1932-1949）》等論文。

1990年1月1日

中央研究院近代史研究所
INSTITUTE OF MODERN HISTORY
ACADEMIA SINICA
NANKANG, TAIPEI, TAIWAN

憲文教授：

謝謝您寄來的書，一再的麻煩您，卻沒能為您盡點力，實在很慚愧。

國史館的史政講座，已順利過關，頗受好評，首先應該感謝您的幫忙，您的鼎力相助，確實解決了我工作上不少難題，對您的感激，實在不是三言兩語所能道盡的。

目前報告的文章，初稿已完成，題目是《大陸民國檔案與民國史研究概況》，綱要為：各級檔案館沿革及所藏民國檔案性質比較、有關民國檔案的整理概況、民國檔案的利用與民國史研究趨勢。在準備講稿前，綱要已經發出，才在《近きに在りて》第15號拜讀到您的大作——《中華民國史研究の現狀と展望》一文，更改題目已屬不可能，文中除了盡量引用您的大作外，並將《歷史檔案》、《民國檔案》、《歷史研究》以及您編的《民國檔案與民國史學術討論會論文集》等有關檔案的文章全部收集參考，將各級檔案館的報導綜合整理後作抽樣示例介紹。但在館際、學術界之間合作整理編輯檔案史料方面，我所知有限，仍感覺不完整。由於這篇文章系報導性質，必須真切，否則寧可不發表。永發先生本想幫我帶去請您指正，我以為醜媳婦見不了公婆，沒讓他帶去。等我把還要交國史館的《兵役制度》、《軍隊編制》等完稿，回頭再做修改後，如是尚可，方請您斧正，目前要交稿給國史館，實在是沒勇氣。反正口頭報告已順利過關，下面再一步步來。

永發先生元月三日從台北出發，先到荷蘭開會，下旬再由巴黎飛北京，二月初會到南京，有關書刊的贈送，以及麻煩您幫忙圖書館購書之事，當面交換意見，比較能解決問題。我順便託他帶了「天大尾」的人參給您，國史館給的演講費，首先要謝的是您，您幫的忙，報答不了，所以請您務必接受。

本所資深研究員現任經濟史組組主任王樹槐先生，由於研究《建設委員會》，四月左右打算到南京閱讀檔案及資料，我請他直接和您連絡，他認為這樣不太禮貌，要我先給您寫信徵求同意，如是您方便，他再麻煩您作安排。我受人之託，只有再次請您幫忙，如他到南京，住的問題，以及到圖書館、二檔館查找資料等，只有請您費神幫忙。王先生大學時代是台大電機系的高才生，得遇郭廷以

3 馬振犢：《民國檔案的兩岸交流與開放利用》，呂芳上主編：《春江水暖：三十年來兩岸近代史學交流的回顧與展望》（臺北：世界大同文創，2017）。

中央研究院近代史研究所
INSTITUTE OF MODERN HISTORY
ACADEMIA SINICA
NANKANG, TAIPEI, TAIWAN

先生後，改行歷史，如今著作等身，得獎的作品不少，有《庚子賠款》、《現代化的區域研究－－江蘇省》等等，是台灣史學界的泰斗，曾在師大歷史研究所開過「史學方法」等課程，近年來全力投入經濟史方面的研究，並指導了不少這一方面的研究生。上次史全生教授請教的問題，如他到南京，將可以給您們滿意的答案。回來前夕，我在二檔館遇到史教授，曾答應寫信告訴他目前台灣這方面的研究動態，無奈個人能力有限，為了交卷，經常徹夜未眠，著實讓我喘不過氣，更別談報告他有關這方面的動態，因此久久無法實現諾言，我感到很抱歉，謹請您轉告史教授，請他等待王先生，只有他最具資格答覆您們的問題。

在此還有一事要麻煩您，姜立夫著，《民國軍事史論稿》第一卷（1987 年7月，北京中華書局出版）一書，我在南京、蘇州、杭州的書店都沒看到，又忘了託永發先生買，最近如陸續有第二卷出版，請您幫我買，如貴所有第一卷，也請您找個人幫我影印。要是沒有就算了，這些瑣碎事一再的麻煩您，讓我既感動又不安，只有來日再當面致謝。

江蘇社會科學院孫先生曾寄來兩份《港口發展與中國現代化學術討論》邀請函，給朋園先生和我，由於王樹槐先生研究江蘇，我把邀請書給他，但他興趣不高。如朋園先生要去，我再給您寫信。我是非把握時間將檔案看完不可，為了職官表的增補，在閱讀檔案方面，歷經曲折，既耗了這麼多時間，也埋掉了「青春」，只有繼續完成。不知萬先生的大作出來了沒，如果出版，也請您幫忙購買。

目前我還沒收到陳先生的信，在拜讀過他的大作後，我感到很慚愧，我給了他難題，我將再寫信謝謝他。

敬 頌

研 安

懷玉 敬上

1990.1.1

1990 年 2 月 18 日

中央研究院近代史研究所
INSTITUTE OF MODERN HISTORY
ACADEMIA SINICA
NANKANG, TAIPEI, TAIWAN

憲文教授：

您好！非常感謝您的關懷，前後兩封信均已敬悉，寄來的《中華民國國民政府軍政職官人物志》我已交給圖書館，謝謝您。還有同事請您幫忙買一部，一再的麻煩您，實在很過意不去。

在此我為王先生的事向您致最深的歉意，二日本所咖啡時間，王先生告訴我，因攜眷隨團回湖南，改變行程，無法到南京，我打電話給您後，七日接到您的信，得知又讓您為難，我感到很抱歉，但已於事無補，只有請您原諒。

目前所接的新工作部份需要學習，又兼管電腦；四月必須編寫出本所研究概況一冊，以備七月院士會議之用；同月底左右，政大又要我去演講；職官表第三冊也必須趕送印刷廠，日子就是在跟時間賽跑。工作上我有考量的權利，卻毫無選擇的餘地，以至再去看檔案的行程未定。

您是民國史的權威，在台灣知名度很高，我是後學，各方面都有待您指教。國史館的講稿要補充修訂之處甚多，我希望有機會當面請教您，或許較能解決問題。目前暫不交稿，僅將討論回答部分交給館方，也請他們不要將記錄發表。

最近本所通訊主編要我評職官人物志，限三月底交稿。我的立場難免主觀，而且所知有限，只有請教您，目前該書是否有所增訂，我想多了解，讓我的看法能較客觀，畢竟我們編的也有錯誤。

《史迪威使命》一書買不到也沒關係，同事的委託，您幫了大忙，再次謝謝您。

我幫國史館寫的軍職志，我以為交完卷就沒事，最近館長又要我抽出其中一篇登在館刊，這一系列的志，主題是民國以來的軍制史，如作為論文發表，仍須補充。只有再請您幫忙，您主編的《中華民國史叢書》中，如有相關部份，或是最近出版的軍事史，方便的話，請您幫我購買

中央研究院近代史研究所
INSTITUTE OF MODERN HISTORY
ACADEMIA SINICA
NANKANG, TAIPEI, TAIWAN

。在工作上得自您的幫忙太多，讓您為難之處也不少，這樣的恩情，實在是謝不了。

給您的回信耽擱太久，很不禮貌，只有請您寬容。

敬　祝

教　安

懷玉　敬上

1990.2.18

1990 年 2 月 24 日

中央研究院近代史研究所
INSTITUTE OF MODERN HISTORY
ACADEMIA SINICA
NANKANG, TAIPEI, TAIWAN

憲文教授：

謝謝您送的漂亮絲綢和國畫，託永發帶的信我也收到了，非常感謝您。昨天我打電話謝您，令公子接了，他跟您一樣親切客氣。您幫的忙，再貴重的禮物也謝不了，僅能略表心意，願您及夫人身體都健康，您卻又這麼客氣。

永發先生和我均有同感，沒有您的安排與協助，我們都沒有安全感。我們也都感到從您那领受的是沒有距離的親情。

雖然我不是去探親，但在寧及蘇杭期間，內心受到的衝擊幾乎每天都無法入眠，竟然沒病倒，回來後，只是衣服都變大了，身體倒也安然無恙。工作上又得自您的協助，才能順利交差，這是特別要感謝您的，您的情誼已無法答謝，卻又讓永發先生帶回禮物，實在受之有愧。

再去看资料，還是需要您的協助，我希望您在國內時能順利成行。

我麻烦您買的書，只要您推介的均可，我不願讓瑣事佔用您的時間。　謹此

敬祝

安好

懷玉　敬上

1990.2.24

1990年2月26日

中央研究院近代史研究所稿紙

憲文：您好！

1月28日的信已收到，很抱歉今天才給您寫信。因2月19日本院評議會評估第一、二兩期發展計劃的績效，並評審第三期五年發展計劃，過年前一直忙著寫這些稿子。接著又寫最近一年本所績效及台灣史研究概況。本可鬆一口氣，今天又要趕著改寫第三期發展計劃的說明。所長把這些傷腦筋的工作丟下來，現在實在寫不下去，先給您回信。

下午旅行社打電話來，2月28日將送來機票及護照。我3月7日早上搭9點的飛機到香港，再乘11點40分的至南京的班機，到達時間是下午1點半。恐怕飛機誤點讓您久候，得知住的地方，我自己前往即可。回程後來再延一天，改為3月11日。

前幾封信提及寄給您各級檔案館資料，只好此行一併帶去。上回所借的兩本書以及影印的"大事長編初稿"十二本也會帶去。

要請教的問題到時再談。您接到信後，大概來不及回信告知我住的地方，只好打電話問您。簡此　敬祝

安好

懷云 敬上 1990.2.26

25×20—500　　紙邊300 mm×210 mm

1990 年 5 月 7 日

中央研究院近代史研究所
INSTITUTE OF MODERN HISTORY
ACADEMIA SINICA
NANKANG, TAIPEI, TAIWAN

憲文教授：

您好！4月6日及22日的來信已收到，謝謝您。未能及時給您覆信，甚念！

最近由於研究院組織法修改，致使多數人權益受損，引起相當大的反彈，目前爭議仍多，我代表人文組，列席提出建言，幾次會議後，能爭的權益很有限，感到很無奈；再面對不得不接的行政工作（我的老師呂實強認為不接是開玩笑），竟病了一個多月，現已稍好轉。

今天早上跟張所長商量去南京閱讀資料，預計六月中旬前往，他同意我去一個月，但要速去速回。目前因有事仍待處理，尚未辦手續，今天晚上很高興接到您電話，我的行程當然要配合您。我將盡量與旅行社聯絡，請他們協助讓我在五月底六月初得以成行，辦的結果如何，我將會打電話給您。您多方面的一再幫忙，常常想著您，希望能順利成行，當面謝謝您。

《史迪威使命》與《山西商人研究》二書買不到，可不必影印。寄來的書，收到後，我再給您寫信。

目前本所新近出版的集刊、通訊、六十年來的近代中國都由所裡寄給您和茅教授。永發先生亦會以圖書館名義寄給您部分，如您尚有需要，我會為您寄上。　謹此

敬 祝

教 安

懷 玉　敬上

1990.5.7

1990年5月12日

中央研究院近代史研究所
INSTITUTE OF MODERN HISTORY
ACADEMIA SINICA
NANKANG, TAIPEI, TAIWAN

憲文教授：

您好！

我到南京的手續尚未辦好，旅行社已幫忙訂好機票，日期確定爲五月二十九日，早上台北九點的班機，到香港轉十一點半的飛機，下午兩點半可到南京。

由於工作的關係，我在南京只能停留三個星期，六月二十四日必須回來。短時間內能看的資料有限，我希望急須補齊的部分能順利完成。這還得您大力幫忙，畢竟不看生面也得看佛面。

已完稿的軍職志，計劃修改補充後出專刊，目前大陸學者有關這方面的著作，到寧之後再請教您。另國史館的講稿尚未修改，也須一併請教您，否則無法發表。

目前去寧的機票已確定，只等簽證。前天我請您幫忙向南航訂房間，如須塡個人資料，等我去了之後再補塡。由於辦手續的時間比較匆促，我希望能順利成行。如有問題，我會給您電話。　謹　此

敬　祝

教　安

懷　玉　　敬上

1990.5 12

關於《中國現代史史料學》擬在臺灣出版事宜

1990年起，張憲文計畫將《中國現代史史料學》[4]一書在臺灣出版，並希望與沈懷玉合作，由她對書中臺灣部分和外文史料進行補充。這一時期，雙方圍繞出版事宜多次通信，但因時間緊張，該書最終未能在臺灣出版。

1990年7月28日

中央研究院近代史研究所
INSTITUTE OF MODERN HISTORY
ACADEMIA SINICA
NANKANG, TAIPEI, TAIWAN

憲文：

您好！16日早上接到您的信，想好好給您寫信，情緒總定不下來，原想25日下午寫好託朱宗源帶著，而他當天中午之前就要走，那天早上我又正与廠商洽談新建研究大樓電腦線路的規劃，利用空檔，草草幾筆就託朱先生帶走，感到很抱歉！

我8月1日必須接所印，4日開所務会議，很多接辦的事都是燙手山芋，我完全可以勝任，但志不在此，又拗不得，未必愉快。為了所務只有寬宏忍耐，唯有閱讀來信，才得安慰。

史料學的修改再版，我很感興趣，所列書名中以為"中國現代史史料評要"較妥。体系方面，外文史料，檔案部份可納入第二章"檔案史料"中；第七章"口碑史料"似可改為"口述史料"。這部書是您的心血，我很

4　該書1985年由山東人民出版社出版。

中央研究院近代史研究所
INSTITUTE OF MODERN HISTORY
ACADEMIA SINICA
NANKANG, TAIPEI, TAIWAN

樂意參考，也將盡力搜集台灣方面的資料。署名的問題不是最重要，您的厚愛，我很感動。為興趣而工作，是我生活的全部，更何況是您的研究！您儘管全心全力的做去，要我如何與您配合，您來信就是。

國外史料方面，本所及美文所購有部份的微捲檔案，目前本所與哥倫比亞大學有合作關係，該校提供有顧維鈞等人的個人檔案資料。我認為所增的外交史料一章，处理可能費時又費事，但不列入又感覺不完整。專章討論，資料雖可找人幫忙搜集，未必能完全掌握史料，可能吃力不討好，不如分散納入有关各章，可能較易处理。

至於出版問題，未收到來信之前，與王壽南教授已大致談過您修改史料學一事，詳情託張所長的信中已提及。接到來信，我

中央研究院近代史研究所
INSTITUTE OF MODERN HISTORY
ACADEMIA SINICA
NANKANG, TAIPEI, TAIWAN

曾打電話找王先生，他比較忙，很難找人。原則性的問題，給您的信中已提过，一再的向他強調反而不宜，我不願讓您有任何的困擾。此信寄走後，与他再联絡後，我再給您電話。

您与商務洽談時，如对方有出版意願，除稿費外，還有版稅可抽成，但版权属出資对方。如商務有意見，我將找人向联經出版社。最下策就是用我們家的"華人出版社"印行，"華人"已近十年沒出書，最近新政府寄来的公文，我才知道執照仍有效，用自己的出版社，各方面都不必求人，不过還得尊重您的意見。

託朱先生帶的信，附有蘇雲峰先生要您轉告張所長打電話給周偉民的便條。此事我曾請張夫人轉告。苏先生比較緊張，他十二月要回海南，請張所長先幫他打先鋒。除要我轉告您之外，并分别委託李又寧（她来本所再

中央研究院近代史研究所
INSTITUTE OF MODERN HISTORY
ACADEMIA SINICA
NANKANG, TAIPEI, TAIWAN

去廣州，然後到本所參加朋園先生主持的現代化國際學術會議），朱先生轉達。黃先生並要我問您南大是否出版有沿革史，如有請您代購一冊寄上。

上次電話中曾麻煩您請葉教授接待本所許雪姬小姐，由于與她同行的楊小姐在上海病倒，未去到南京，請您向葉教授致歉意。

政大研究生許育銘，8月25日要到二檔館閱讀資料，可否請您幫他寫個介紹函，他是蔣永敬的學生，研究汪傳，擬在南京停留兩個禮拜，9月中旬由上海轉往日本。為不增加您困擾起見，等他機票確定後，我再寫信給您讓祥平先生幫忙訂房間。

您一路勞累，回來後又有事待處理，請您多保重。謹此　敬祝

安好

憶云敬上
1990.7.28

1990 年 7 月 29 日

中央研究院近代史研究所
INSTITUTE OF MODERN HISTORY
ACADEMIA SINICA
NANKANG, TAIPEI, TAIWAN

憲文：

您好！昨天晚上十點半，再打電話終於找到王壽南轉告您要接他之事，他們一行七、八人，8月1日出發，先到北京，8日南下，接待已安排好了。王教授對您的誠意很感謝，他們9日下午可到南京，住金陵飯店，到達後，王教授會立即給您電話，此事今早我已電話告知張夫人。王教授並告訴我，帶洋酒及他的大作"隋唐史"送您。他主動的，也很誠意的要幫我帶東西，我托他帶了兩件襯衫送張夫人，另一盒人參，及給万館長等人的照片。明天我將親自送到他府上，順便謝謝他。同時再問有關出版之事，來不及給您寫信，我將打電話。

昨天由于電話中，他問了行程細節問題佔了很多時間，有關出版之事，上次開會已大略提過，也就不便直截了當再問。從他對您的感謝，我想透過他帶東西給您，讓您們有機会先交換

中央研究院近代史研究所
INSTITUTE OF MODERN HISTORY
ACADEMIA SINICA
NANKANG, TAIPEI, TAIWAN

意見，然後再作公開安排，這樣比較好。如是您請校長出面招待，他也希望由您安排回請，這是雙方進一步交流的基礎，王教授倒是蠻重視的。這還得您費神。

他們在南京擬停留三天，您是最佳導遊，我已告訴王教授，您会安排參觀旅遊，請他放心，未得您同意，先幫您開支票，讓您去兌現。　敬祝

研安

陳三井 上
1990.7.29

告知易勞逸罹患腦癌一事

1990 年，沈懷玉來信告知，美國伊利諾大學（University of Illinois）歷史系教授易勞逸（Lloyd E. Eastman）在臺灣確診腦癌，擬即返美治療。

1990 年 12 月 6 日

第　頁　中央研究院近代史研究所稿紙　No.

憲文：您好！

今早收到您11月27日的來信，有關史料的問題將再給您寫信。昨天寄給您一信，提及易勞逸教授病情，早上他的學生賴澤涵又打電話告訴我，確定他得了腦癌，本想在榮總開刀，醫生也建議不宜長途高空飛行。但病情既已確定，他們堅持回美國，預定12月7日走。5日給您的信，您回寄時，他人已不在台灣，信中告知的電話亦找不到人。如是您寄了信到臨沂街，他大概要請家中幫他轉回美國。今天下午我要到醫院看他，詳情再寫信告訴您。但願上帝看著醫生的手治療他，保守他一切平安。

以前跟您提及的"胡適討論會"，由政大與胡適研究會合辦，12月15、16兩日召開。政大的王壽南先生負責，他早上打電話邀請我參加，我將利用機會側面提一提有關出版之事。這些事不便正面討論，除非王教授直接提出。有進一步消息會給您寫信。簡此　敬祝

安好

P.S. 賴澤涵先生告訴我，不宜讓易勞逸教授得知病情。

懷玉 上

1990.12.6

25×20—500　紙張300 mm×210 mm

查閱資料事宜

1992 年 6 月 26 日

第　頁　中央研究院近代史研究所稿紙　No.

憲文兄：您好！

上次請問您南京圖書館資料事，不知該館是否有我所需資料。我定八月前往看檔案，目前手續尚未辦。希望此行能解決取官表若干問題，同時搜集專員資料。關于專員方面，最近大略閱讀手邊資料後，仍覺不完整，只好陸陸續續搜集，很費工夫，但比以前毫無頭緒好，閱讀兩三千种地方志好一點。很希望您能告知那几个地方資料比較集中，好安排行程：目前我只能利用休假前往，停留時間最多一个月，本想請公假，可多停留，但要兩個月前提出申請，還要有計劃書，比較麻煩。最近有兩个人要我請您介紹至二檔館，一位是工專講師，要看國民大會資料，另一位大概是政大博士生，要看中國銀行人事方面檔案。都預定八月前往，屆時陳謙平如已回來，麻煩您請他幫忙打个[illegible]。這兩人工專講師名字李南海，是位男士，政大博士生是位女士，叫毛知礪。我前往的時間與他們大致相近，但不同行，省得麻煩。我机票尚未定，等您回信後，再交旅行社办理。

敬祝

安好

[illegible] 上
1992.6.26

25×20=500　紙邊300 mm×210 mm

關於《中國現代史史料學》在臺灣出版進展

1993 年 10 月 30 日

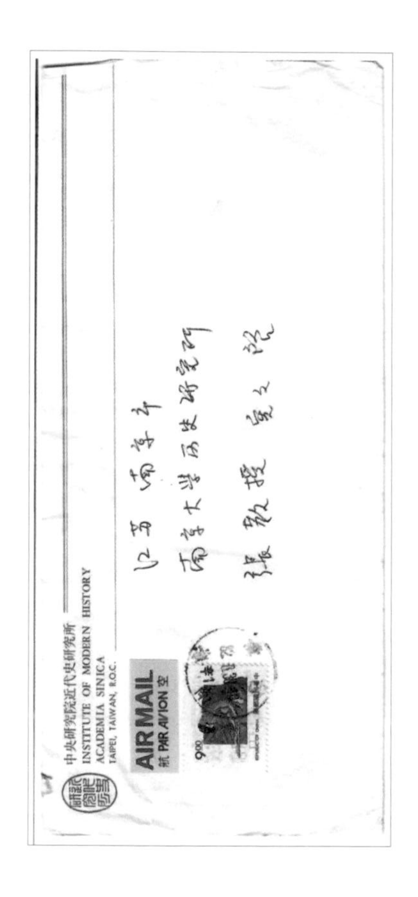

中央研究院近代史研究所
INSTITUTE OF MODERN HISTORY
ACADEMIA SINICA
NANKANG, TAIPEI, TAIWAN

憲文兄您好！

22日及24日信諒已收到，不知令母親近況可好。21日文化大學教授王綱領先生從我處借走《中國現代史史料學》一書，據稱影印了五六本作為教材。今年又有一博士班學生再向我借書影印。此書甚受重視，恐遭盜版。除您手邊剩餘之書寄來我請本所出版組及我書商寄售外，另可託呂芳上等人上課時向學生推介此書，讓學生訂購。同時可考慮在台灣發行再版，聘請原字眼改排，當依之提議等待。我請印刷廠估價再版，出版發行可用華人出版社。目前華人出版社執照仍可用，這是1970年申請的，曾經過註冊手續，出版過几本書。如您同意在台再版，我再進行向中央圖書館申請ISBN碼，有了國際書碼，出書之前可電腦查詢該書出版概況，亦有廣告作用。此書為研究所學生必讀者，如重新版權，作者利潤不高。在業務上每天與印刷廠均有工作往來關係，因此再版印刷費如何不會多取，印刷費我來支付，封面如舊，亦可我再找人設計，由您決定。再版版稅費，我到郵局申請郵購帳號，方便郵購，並另立存款帳號，您說好嗎？

此書亦應著手進行改寫補充，以前所談綱目，再仔細思考後，再寫信給您。將精力投入這方面工作，能比每

中央研究院近代史研究所
INSTITUTE OF MODERN HISTORY
ACADEMIA SINICA
NANKANG, TAIPEI, TAIWAN

天同家事對付來得有意義。

再者，為了爭取時效，原書照原版出版，可能比新排版節省時間，且不必校對，成本亦較低。我會與印刷廠聯絡後及了解市面上出版大陸著作情況後，再寫信告知。決定之前請電話聯絡。此事不宜遲，自己不再版，會有人搶您再版牟利。如附上版權所有章頁，盜版版稅可爭取回來。進行如何再寫信給您。

敬祝

安好。

懷之 上
1993.10.30

林能士

個人簡介

林能士（1940-2022），臺灣屏東人。1978 年畢業於臺灣大學歷史研究所，師從李守孔，取得博士學位。歷任中研院近代史研究所助理研究員，政治大學歷史學系講師、副教授、教授。1996 年至 1999 年期間擔任歷史學系主任兼研究所所長[5]。2003 年退休，復任政治大學兼任教授、東南科技大學教授。

林能士長期從事中國近代史研究，代表作有《清季湖南的新政運動》、《辛亥時期北方地區的革命活動》、《經費問題與護法運動（1917-1923）》等。此外亦致力於歷史教科書撰寫。

2009 年 9 月，攝於政治大學旁餐廳，從左至右依次為：劉維開、林能士、張憲文、呂紹理。

5　1992 年 8 月，政治大學歷史系與歷史研究所「系所合一」。

學者交往

2002 年，林能士曾來南京大學訪問，和張憲文會面並進行學術交流，雙方建立了友好的關係。此後，林能士多次寄來新春賀卡。

2004 年 1 月 12 日

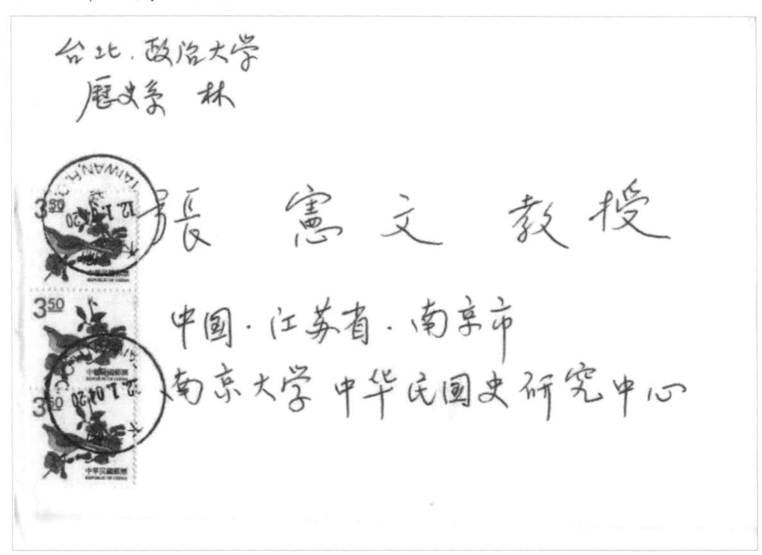

台北．政治大学
歷史系 林

張憲文教授

中國．江苏省．南京市
南京大学中华民国史研究中心

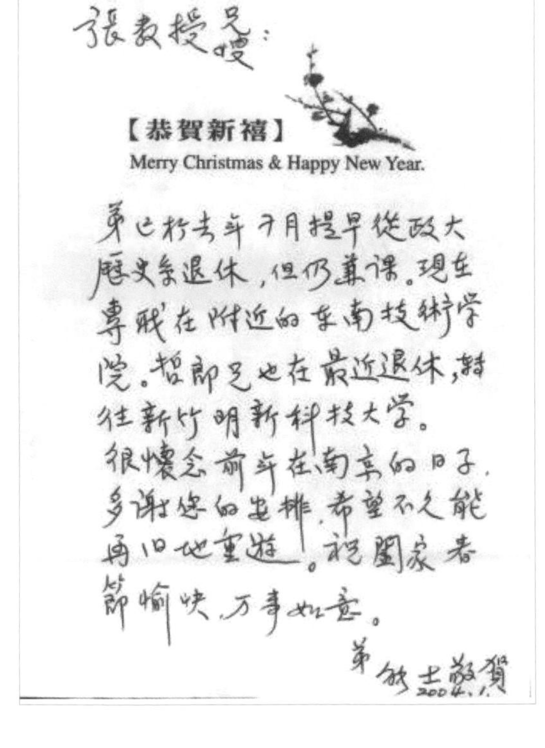

張教授兄嫂：

【恭賀新禧】
Merry Christmas & Happy New Year.

弟已於去年7月提早從政大歷史系退休，但仍兼课。現在專職在附近的东南技術学院。哲郎兄也在最近退休，轉往新竹明新科技大学。
很懷念前年在南京的日子，多谢您的安排，希望不久能再旧地重遊。祝闔家春節愉快，万事如意。

弟能士敬賀
2004.1.

新年賀卡

2004 年 12 月 20 日

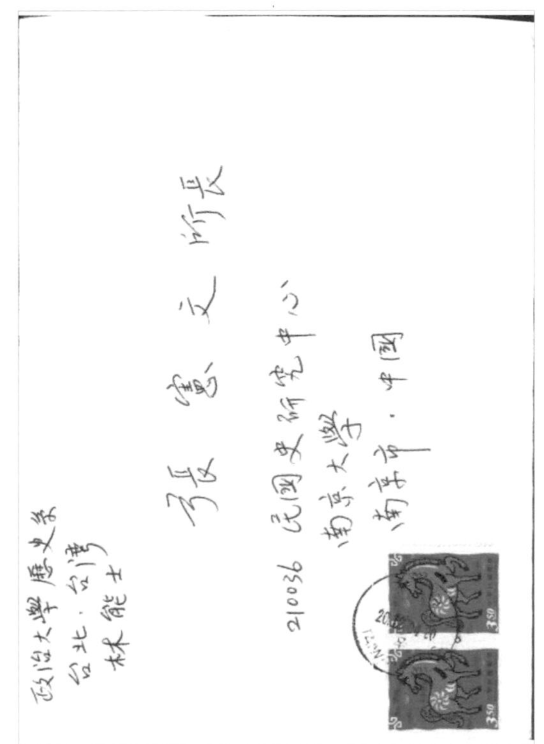

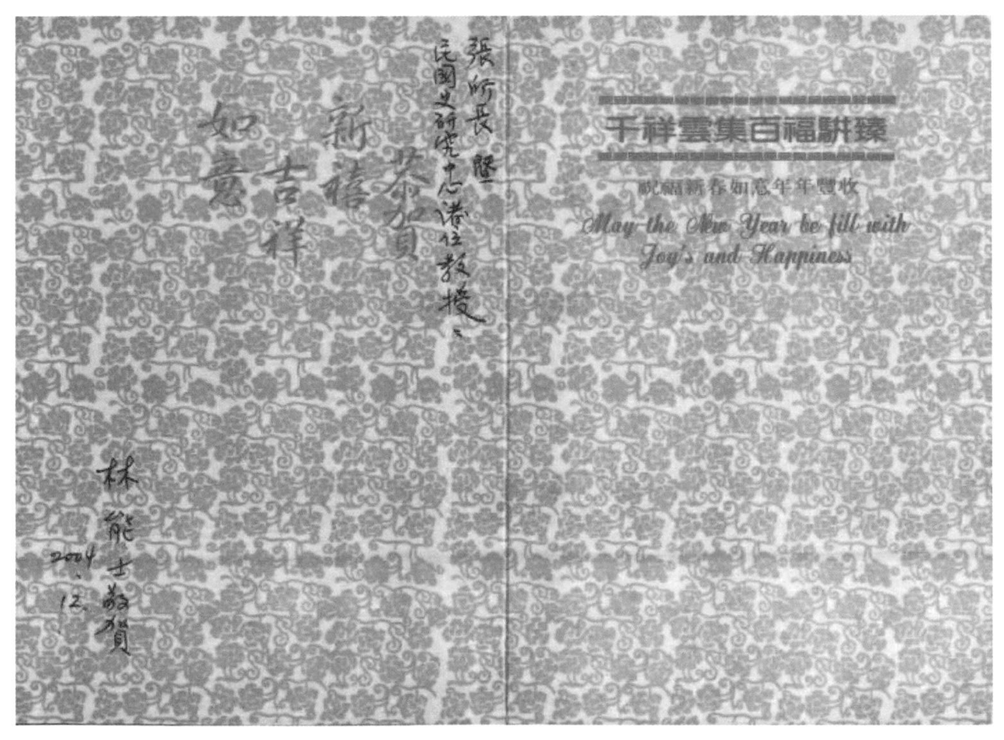

2006 年 1 月 19 日

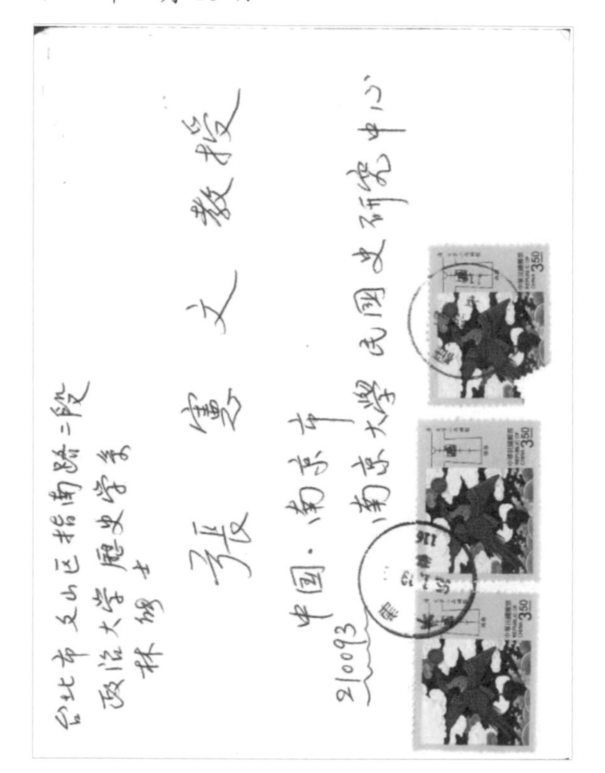

憲文教授如晤：

謝々賀卡，並祝

春節快樂

May the light of the
menorah shine brightly in
your home during this
joyful season

弟

林能士敬賀

2006.1.

邱進益

個人簡介

邱進益，1936 年出生於浙江嵊泗，先後畢業於政治大學、新加坡國立大學，並獲得南京大學歷史學博士學位。1993 年出任海峽交流基金會副秘書長兼秘書長，在任期間積極推動並參與了辜汪會談。

邱進益長期致力於兩岸關係的和平發展，先後提出了《兩岸和平合作協定》稿本，「兩岸主權共用」理論等[6]，為兩岸建立互信關係不斷努力。代表作有《我和新加坡的情緣》、《肺腑之言：我的臺灣情與中國心，邱進益回憶錄》。

2009 年，在邱進益的介紹和支持下，南京大學中華民國史研究中心與臺灣婦聯會順利達成合作協定，共同推動宋美齡系列研究。2015 年，五卷本《宋美齡文集》在臺灣出版，2017 年至 2019 年，「宋美齡與近代中國」研究系列共八部專著，由北京東方出版社陸續出版。

6　邱進益：《肺腑之言：我的臺灣情與中國心，邱進益回憶錄》（臺北：時報文化出版企業股份有限公司，2018）。

2009 年，攝於臺北。左起為：張憲文、邱進益。

2009 年 6 月，邱進益與答辯委員會合影，攝於南京大學鼓樓校區門雞閘會議室。
左起依次為：崔之清、張磊、張同新、邱進益、姜義華、張憲文。

新年賀卡

2005 年 12 月 4 日

2005 年 12 月 12 日

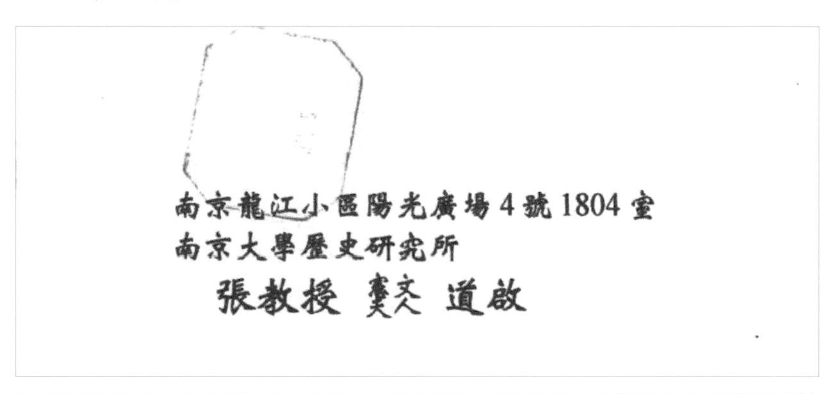

邵銘煌

個人簡介

邵銘煌，出生於臺灣臺中，1978 年畢業於政治大學歷史研究所，1989 年畢業於中國文化大學並獲得歷史學博士學位。歷任中國國民黨黨史會幹事、秘書、黨史館主任等職，並在政治大學任教，擔任圖書資訊與檔案學研究所教授。

邵銘煌長期從事中國近現代史、兩岸關係史、影像史學等領域研究，主編《蔣中正總裁批簽檔案目錄》、《蔣中正與黨政關係》，代表作有《錢大鈞隨從蔣介石的日子——解讀蔣介石抗戰前後之密令手諭》、《臺灣人民與抗日戰爭》、《和比戰難？八年抗戰的暗流》等。

2009 年 9 月，張憲文訪問國民黨黨史館，攝於邵銘煌主任辦公室。

新年賀卡

1998 年，邵銘煌曾率團到訪南京大學，此後在美國夏威夷召開的「孫中山先生與中國改造學術討論會」、南京大學召開的「第四次中華民國史國際學術討論會」等學術會議上都曾與張憲文見面，彼此十分高興。

1998 年 12 月 29 日

台北市中山南路十一號七樓 100
邵銘煌

南京市 北京西路二号新村
13幢408室
張憲文 教授啟

花開富貴福滿門　萬事如意皆吉祥
福星高照鴻運臨門・吉祥如意事事圓滿
HAPPY NEW YEAR
敬祝
新年快樂
万事如意
近代中國雜誌社
邵銘煌　敬賀

侯坤宏

個人簡介

侯坤宏，臺灣嘉義人，1955 年生，政治大學歷史學學士、碩士、博士。1986 年起，任職國史館，曾任修纂處助修、協修、纂修、處長等職，2015 年 2 月退休後，仍繼續從事研究工作。曾任臺灣科技大學兼任助理教授、玄奘大學宗教與文化學系專任教授。

侯坤宏長期從事戰後臺灣佛教史、戰後臺灣政治史、近代財經史等領域研究，代表作有《浩劫與重生：1949 年以來的大陸佛教》、《抗日戰爭時期糧食供求問題研究》、《流動的女神——觀音與媽祖》、《太虛時代：多維視角下的民國佛教（1912-1949）》等。

2018 年 7 月，紀念全面抗戰爆發八十周年暨抗日戰爭研究國際大學聯盟籌建會議，攝於中央飯店。左起依次為：朱慶葆、侯坤宏、張憲文。

告知「大溪檔案」資料公開消息

「大溪檔案」收錄了大量蔣中正 1920 年代以來的公務和私人活動材料，包括公文、信函、手令、手稿、筆記等。這批檔案曾存放於桃園縣大溪鎮頭寮賓館，由此得名。1979 年 2 月，這批檔案移存至臺北陽明山陽明書屋，1995 年移交給國史館。1997 年 2 月，臺灣當局正式宣佈將該材料對外開放。

1998 年 5 月，侯坤宏來信告知張憲文這一消息，信中提及同時開放的還包括特交檔、革命文獻、特交文獻、特交檔案等，並邀請張憲文來館閱覽。

1998 年 5 月 22 日

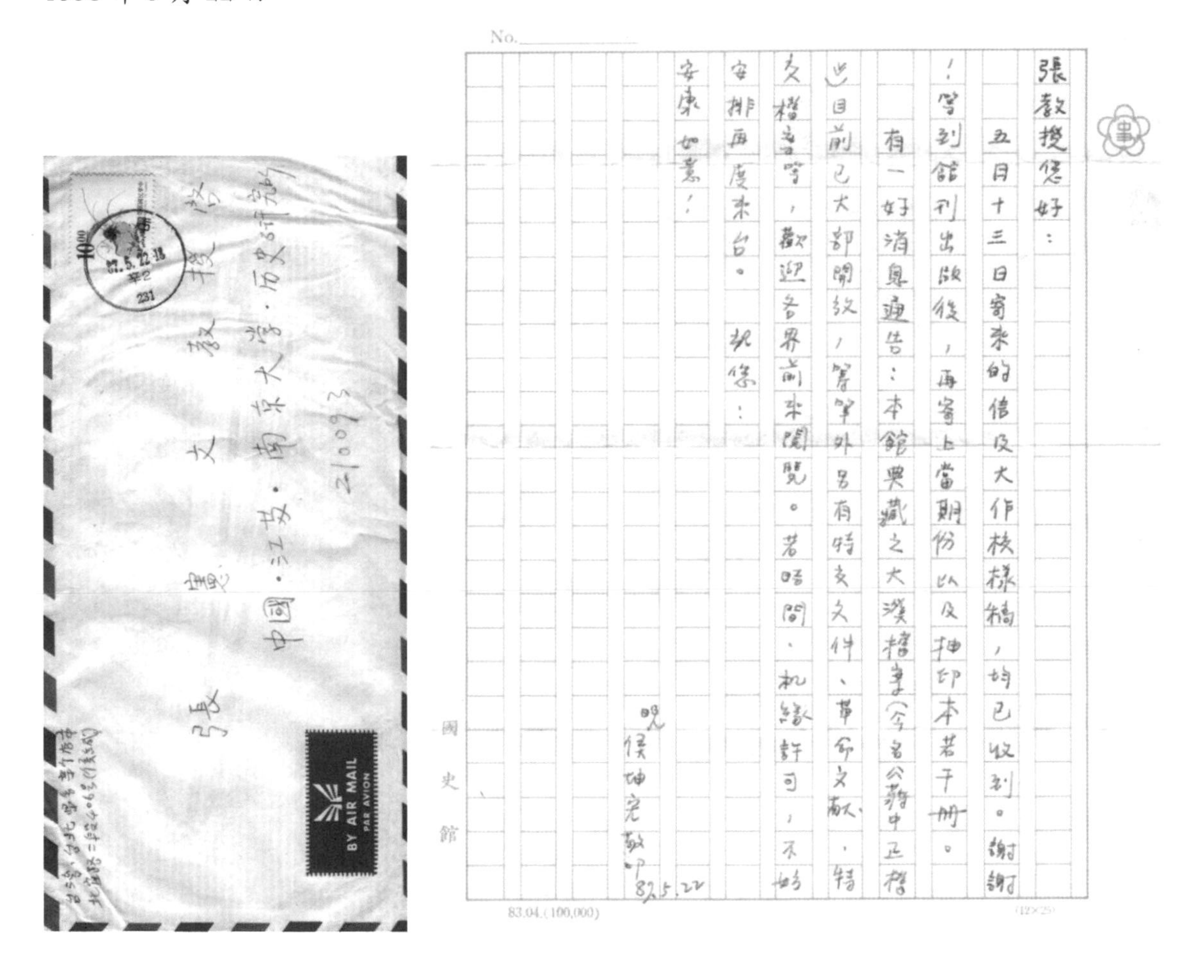

中國·江蘇·南京大學·历史研究所
張憲文教授
210093

張教授您好：

五月十三日寄來的信及大作校樣稿，均已收到。謝謝！等到館刊出版後，再寄上當期份以及抽印本若干冊。

有一好消息通告：本館典藏之大溪檔案（今名公務中正檔）目前已大部開放，另外另有特交文件、革命文獻、特交檔案等，歡迎各界前來閱覽。若時間、机緣許可，不妨安排再度來台。祝您：

安康如意！

晚 侯坤宏敬印
87.5.22

國史館

論文發表事宜

1998 年 10 月，侯坤宏來信告知，張憲文的《孫中山與蔣介石》一文因編輯部意見出現分歧，可能無法如期登刊。

1998 年 10 月 12 日

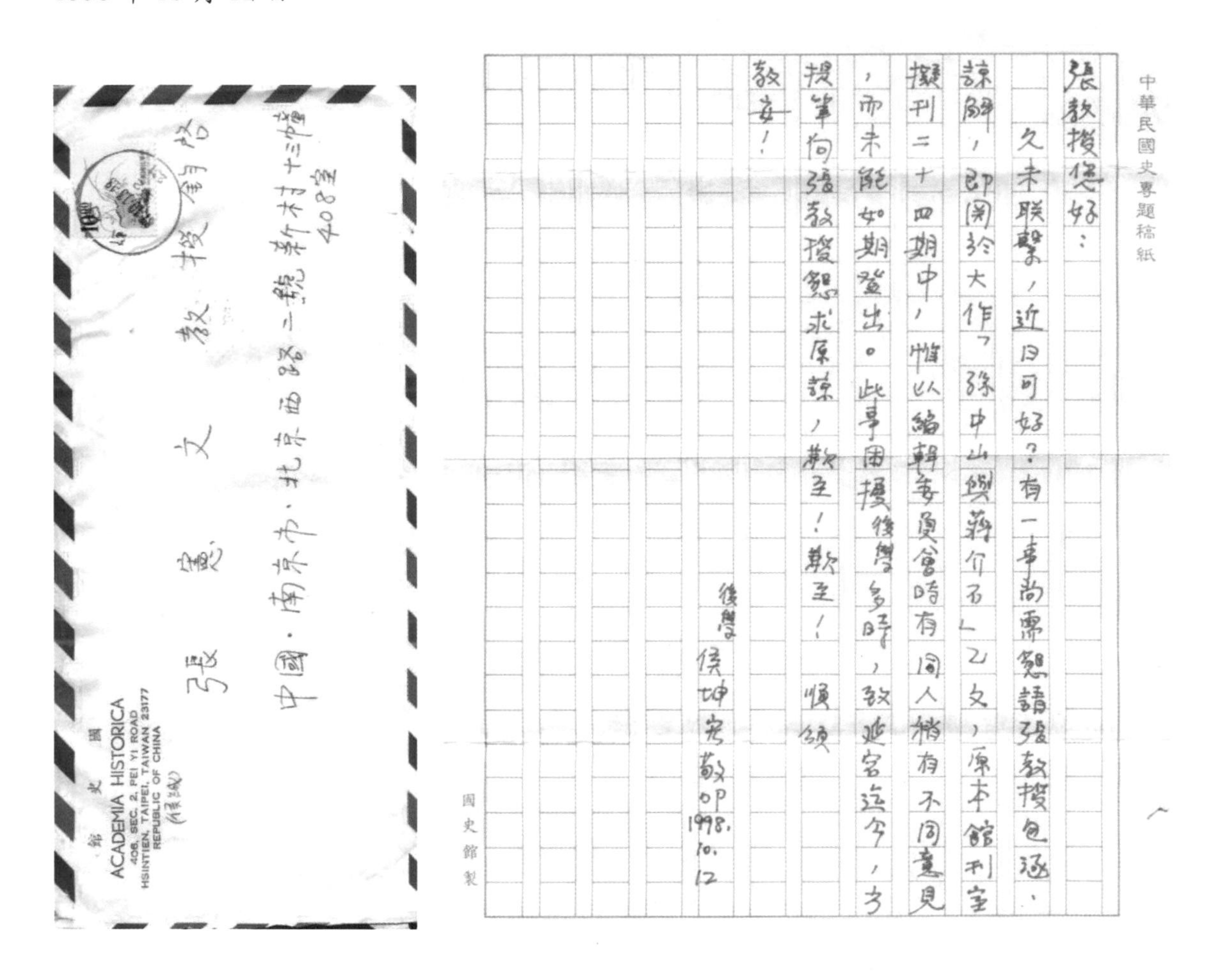

張憲文教授鈞啓

中國·南京市·北京西路二號新村十三幢408室

國史館
ACADEMIA HISTORICA
406, SEC. 2, PEI YI ROAD
HSINTIEN, TAIPEI, TAIWAN 23177
REPUBLIC OF CHINA
（侯緘）

中華民國史專題稿紙

張教授您好：

久未联繫，近日可好？有一事尚需懇請張教授包涵、諒解，即關於大作「孫中山與蔣介石」乙文，原本館刊定擬刊二十四期中，惟以編輯委員會時有同人稍有不同意見，而未能如期登出。此事困擾後學多時，致延宕迄今，方提筆向張教授懇求原諒，歉至！歉至！順頌

教安！

後學 侯坤宏敬卯
1998.10.12

國史館製

稿費處理事宜

1998 年 12 月 28 日，侯坤宏寄來新年賀卡，並告知關於稿費處理一事。

1998 年 12 月 28 日

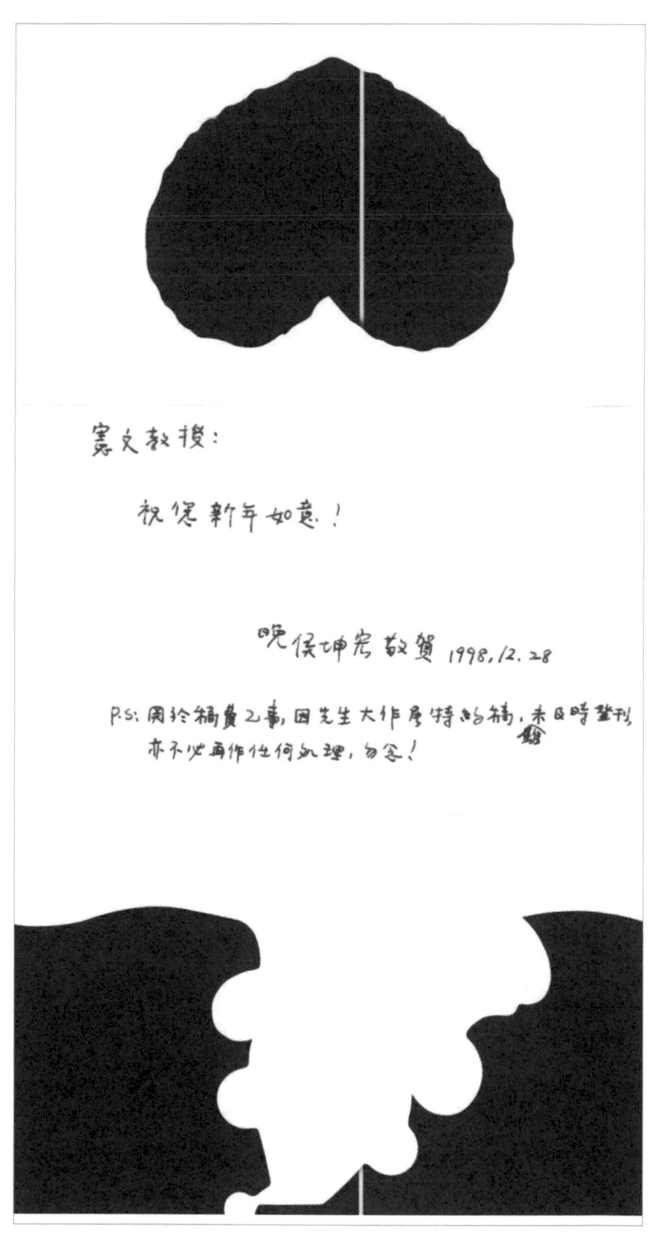

憲文教授：

祝您新年如意！

晚侯坤宏敬賀 1998.12.28

P.S.: 關於稿費之事，因先生大作屬特約稿，未能及時登刊，亦不必再作任何處理，勿念！

胡國台

個人簡介

胡國台，曾任中研院近代史研究所副研究員，從事近代高等教育研究，代表作有《浴火重生——抗戰時期的高等教育》、《早期美國教會在華教育事業之建立（1830-1900）》等。

新年賀卡

1992 年 1 月 30 日

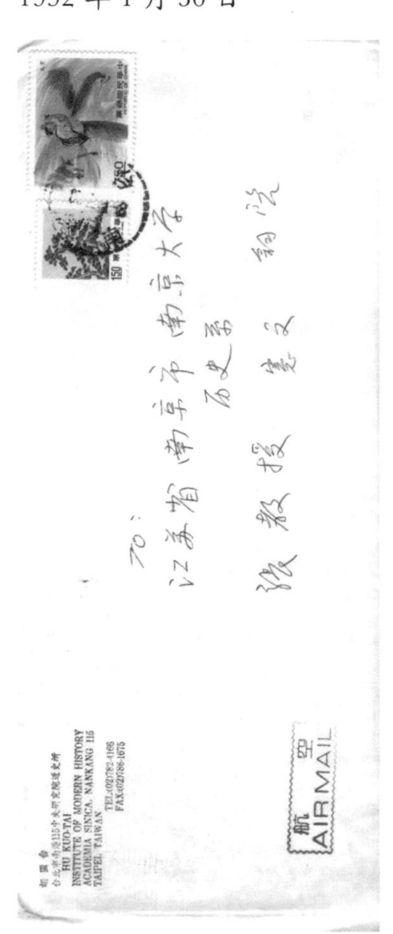
TO：
江蘇省南京市南京大學
歷史系
張教授 憲文 鈞啟

胡國台
台北市南港115中央研究院近代史研究所
HU KUO-TAI
INSTITUTE OF MODERN HISTORY
ACADEMIA SINICA, NANKANG 115
TAIPEI, TAIWAN
TEL:(02)782-4166
FAX:(02)786-1675

航空 AIR MAIL

憲文教授：

月前 您所說學校學術
會議之事，一有眉目，定當
專函奉告。

敬賀
國台 敬上
1992.
1.30.

1992 年 12 月 30 日

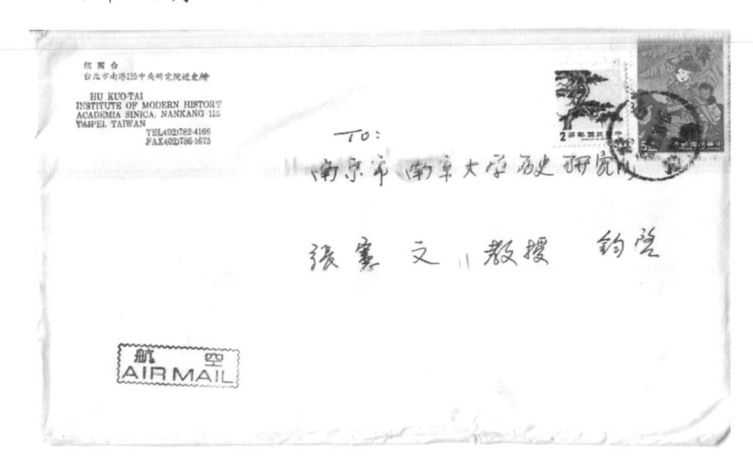

胡國台
台北市南港115中央研究院近史所

HU KUO-TAI
INSTITUTE OF MODERN HISTORY
ACADEMIA SINICA, NANKANG 115
TAIPEI, TAIWAN
TEL:(02)782-4166
FAX:(02)786-1673

TO:
南京市南京大學歷史研究所
張憲文教授 鈞啓

航空
AIR MAIL

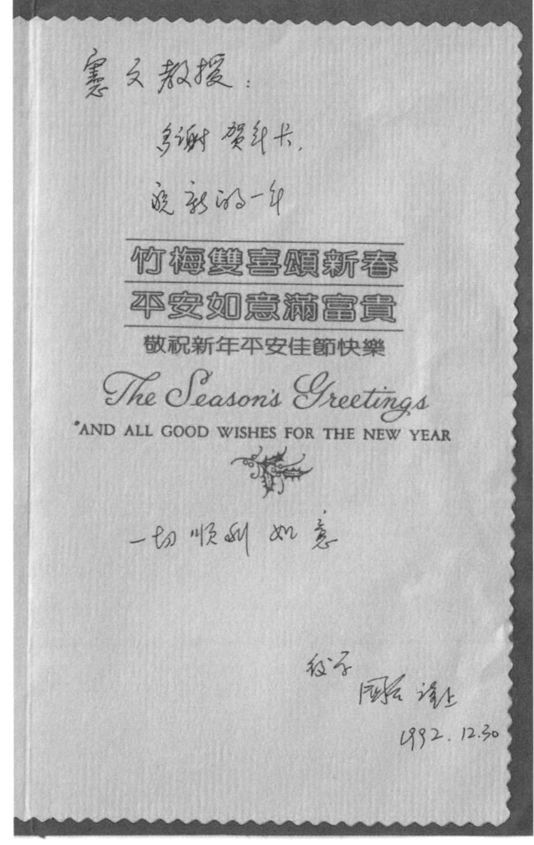

憲文教授：

多謝賀年卡，

祝新的一年

竹梅雙喜頌新春
平安如意滿富貴
敬祝新年平安佳節快樂

The Season's Greetings
AND ALL GOOD WISHES FOR THE NEW YEAR

一切順利如意

弟
國台 謹上
1992.12.30

1993 年 12 月 30 日

HU KUO-TAI
INSTITUTE OF MODERN HISTORY
ACADEMIA SINICA, NANKANG 115
TAIPEI TAIWAN
TEL:(02)782-4166
FAX:(02)786-1675

To:
大陸
南京北京西路二號新村
13幢408室
張憲文教授 收

航空
AIR MAIL

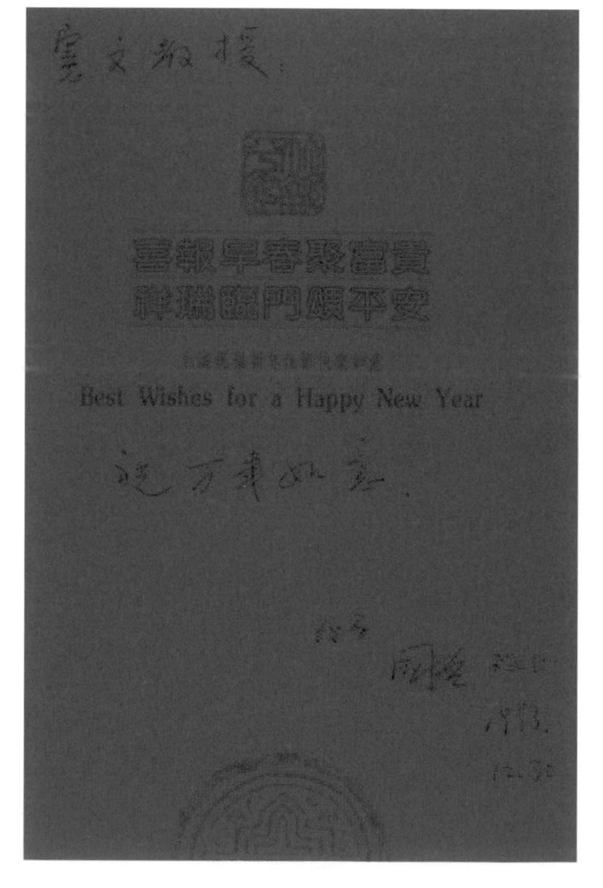

憲文教授：

喜報早春聚富貴
祥瑞臨門頌平安

Best Wishes for a Happy New Year

告知查閱資料行程

1999年7月28日

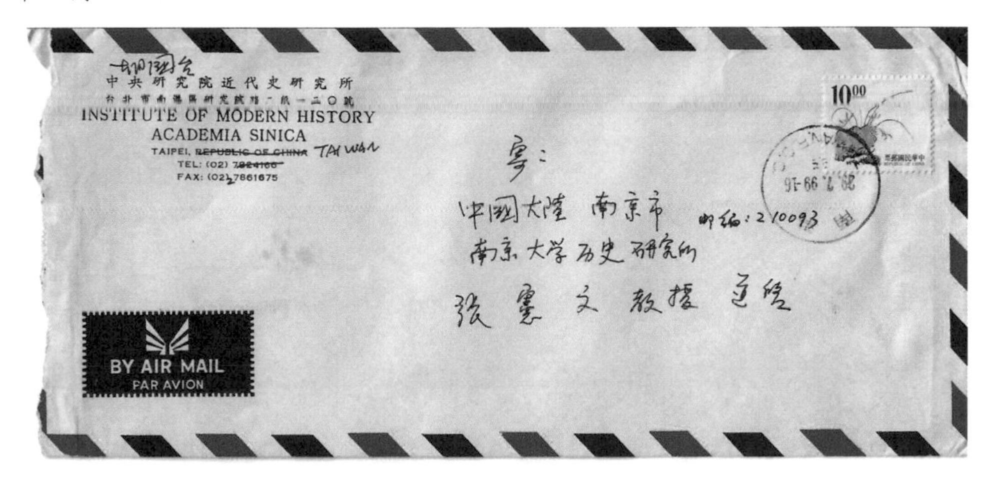

胡國台
中央研究院近代史研究所
台北市南港區研究院路二段一三〇號
INSTITUTE OF MODERN HISTORY
ACADEMIA SINICA
TAIPEI, ~~REPUBLIC OF CHINA~~ TAIWAN
TEL: (02) ~~7824166~~
FAX: (02) 7861675

寄：
中国大陆　南京市　邮编：210093
南京大学历史研究所
張憲文教授　道啓

BY AIR MAIL
PAR AVION

中央研究院近代史研究所
INSTITUTE OF MODERN HISTORY
ACADEMIA SINICA, TAIPEI, TAIWAN, R.O.C.
TEL: (02) 7824166 · 7822916 FAX: (02) 7861675

憲文教授道鑒：

来函敬悉！澳大利亚一别已近十年，很高兴近日内即将重逢。此次赴宁，纯粹收集抗战时期高等教育资料。

住宿已请黄教授、胡成教授代订钟山宾馆。

预计八月九日10:40分由香港搭港龙航空KA 810班机，下午13:05抵达南京，多谢允诺接机。烦劳之处，容当面谢。　耑此

敬颂

研安

后学　胡国台　拜上　1999.7.28.

1999 年 9 月 6 日

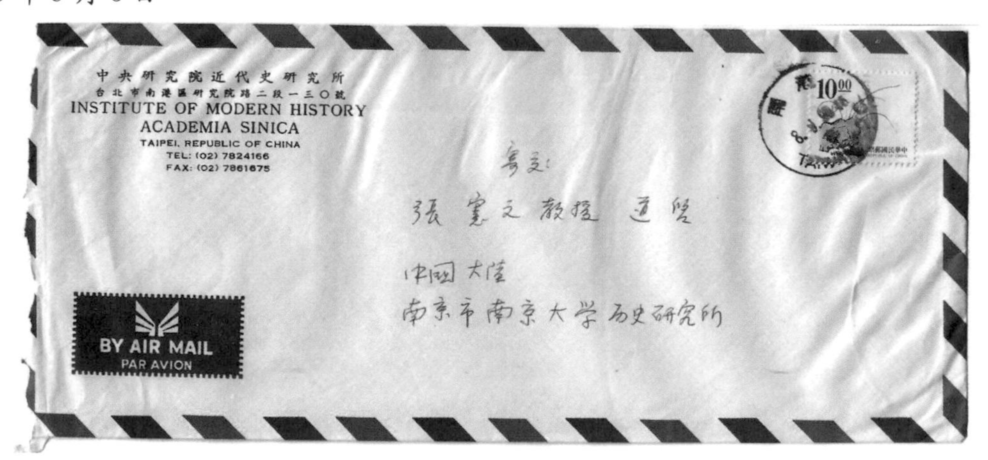

中央研究院近代史研究所
INSTITUTE OF MODERN HISTORY
ACADEMIA SINICA
NANKANG, TAIPEI, TAIWAN
TEL: ~~(02)7824166~~ 02-27898250 FAX: (02)786-1675

宪文教授道鉴：

在宁期间多蒙照顾并协助，此行收获极丰硕。

回台途经香港，适逢华航事故次日。机场内一片混乱，有若逃难景象。许多旅客躺卧地面。据香港当地报纸估计，约有二、三万人滞留机场。

幸好我受的影响不大，仅耽误一天。机场关闭後，次日即回到台北。

下次您若再度来访台北，请务必赐告，以便尽地主之谊。草此　即颂

研安

後学
胡国台　拜上
1999.9.6.

孫若怡

個人簡介

孫若怡，1998 年畢業於臺灣師範大學歷史學系，獲得博士學位。任稻江科技暨管理學院學術副校長，中興大學歷史學系主任。現擔任中國文化與高等教育交流協會理事長與《海峽評論》編輯委員。

孫若怡長期從事西洋外交史、國際政治與戰略、文化史等領域研究，代表作有《由拒戰到宣戰——法國大革命時期對外作戰的背景》、《中法戰爭時期總理衙門之秘密外交》、《圓明園西洋樓景區的園林建築與精緻文化》等。

2015 年 10 月 27 日，攝於南京。

2018 年 7 月，紀念全面抗戰爆發八十周年暨抗日戰爭研究國際大學聯盟籌建會議，攝於中央飯店，左起依次為朱慶葆、孫若怡、張憲文。

新年賀卡

1993 年 12 月 24 日

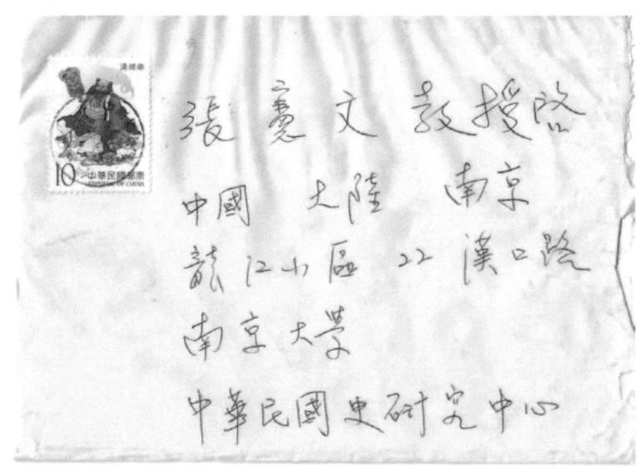

張憲文教授啓
中國 大陸 南京
龍江小區 22 漢口路
南京大學
中華民國史研究中心

【恭賀新禧】
Merry Christmas & Happy New Year.

張教授您好：

先在這兒給您拜個早年；日子總是在匆忙中逝去，但只要身体健朗，心情愉快，倒也是一种人生的幸福。我這學期特别忙，但也沒忘進取；遙祝您及闔府在即將到來的新的一年中喜樂、顺心、又康泰。

晚 孫若怡 敬上
93.12.24.

學者交往

1994 年 10 月 20 日

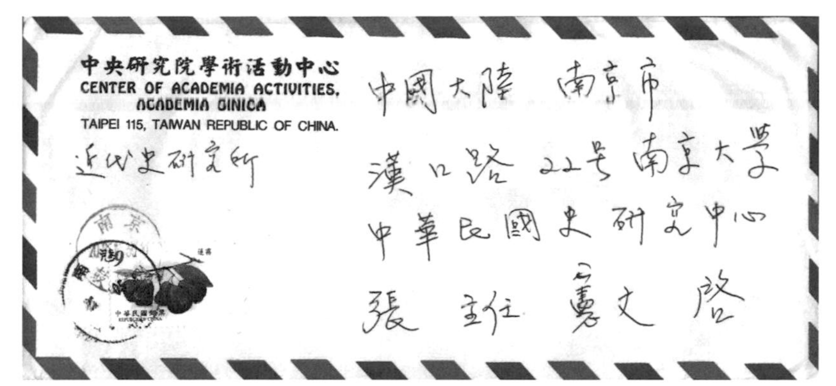

DEPARTMENT OF HISTORY
NATIONAL CHUNG-HSING UNIVERSITY
TAICHUNG, TAIWAN (402) R.O.C.
TEL: (04)287-8064, 285-0214
FAX: (04)287-8064

張主任尊鑒：

已進入10月底的天氣了，這兒也不時出現絲絲寒意，想必南京的溫度也已轉低變冷了吧？希望您與師母都常保健康快樂。

我目前仍在中研院近史所訪問研究，要到12月31日才算告一段落；过去一段时间忙於行政工作，這幾個月能呆在近史所不教課，可謂難得的輕鬆。

昨天由學校方面轉寄來英國劍橋大學方面給我的那筆錢支票一張，在此向您報告一下，免您再掛心。近期您有無訪台的計劃或可能？若有，切別忘了通知我呀！

謹此

順頌　康泰

晚　孫若怡　敬上

94. 10. 20.

關於「第三次中華民國史國際學術討論會」參會事宜

1994 年，第三次中華民國史國際學術討論會在南京召開。此次會議得到了臺灣實業家陳清坤的資助支持，曲欽岳校長代表南京大學致開幕詞。這次會議進一步溝通和加強了兩岸學術交流，在若干民國歷史人物、歷史事件等問題上逐步消除分歧、達成共識，增進兩岸學者的友好情誼。

孫若怡因身體抱恙，遺憾未能出席。

1995 年 1 月 5 日

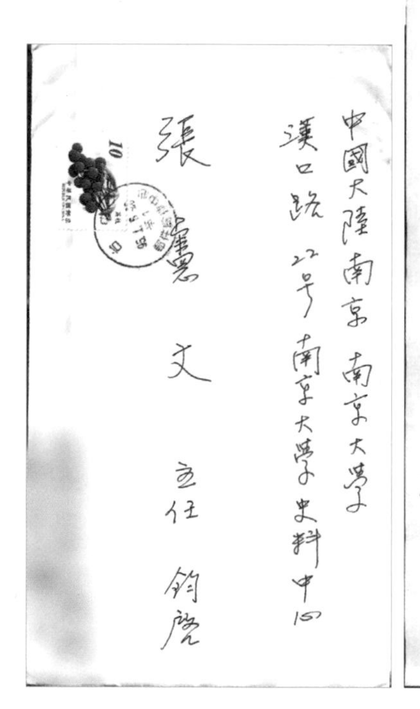

中國大陸南京 南京大學
漢口路 22 號 南京大學史料中心
張憲文 主任 鈞啟

張主任尊鑒：很遺憾因為臨時身體不舒服，未能及時參加會議。志元回來高興地說"他看到了好多在南京大學各領域中有名望的學者"。想必這次的南京之旅，對他而言也是一個難得的經驗。您給我的"景泰藍銀針"我已收到了。許久以來承蒙您的愛護與提攜，每每想起，除了感激更覺得開心的不得了。願您在新的一年裏 闔府健康平安

而您也永保朝氣活力及好精神。

晚孫若怡敬上
95.1.5.

關於「『全球化下的史學發展』國際學術研討會」事宜

2004 年 6 月 4 日至 5 日，由孫若怡所主辦的「全球化下的史學發展」國際學術研討會在中興大學召開。

2003 年 8 月 12 日

Sina Mail 信件名称　　页码，1/1

寄件人：　歷史系 <history@dragon.nchu.edu.tw>　拒收寄件人　添加到通讯录
收件人：　"jiangliangqin" <jiangliangqin@sina.com>
抄送：
日期：　Wed, 13 Aug 2003 08:53:10 +0800
主題：　Re: 回复"邀请"

回复　回复全部　按附件　转发　删除　前一封　后一封　返回

張憲文教授：

您好！很榮幸收到您的回函，同意參與本系舉辦的「全球化下的史學發展」研討會；我們會盡快將會議相關情況向您告知。另外，我們將為所有與會者安排到達台灣之後的食宿費用，往返的機票則無法支出，尚請見諒。

敬頌

道安

孫若怡 敬上

2003.8.12

http://mail.sina.com.cn/cgi-bin/rdMail.cgi?tmb=1&sid=BbnZMCrbZZg7D5...　2003-8-18

徐　泓

個人簡介

徐泓，1943 年出生於福建省建陽縣，畢業於臺灣大學歷史學系，獲得博士學位。曾任臺灣大學歷史學系教授兼系主任、藝術史研究所創所所長，香港科技大學歷史學講座教授兼人文學部創部部長，暨南國際大學歷史學系創系主任、教務長及代理校長等職。曾任兩屆中國明代研究學會理事長，參與創辦學術期刊《明代研究》。現任暨南國際大學歷史學系榮譽教授。

徐泓長期從事明清社會經濟史、中國城市史等領域研究。主編《閩南區域發展史》、《閩南文化叢書》等，代表作有《二十世紀中國的明史研究》、《清代兩淮鹽場的研究》等。

學者交往

1994 年 12 月 30 日

徐泓
國立臺灣大學歷史學系
DEPARTMENT OF HISTORY
NATIONAL TAIWAN UNIVERSITY
TAIPEI 10764, TAIWAN, REPUBLIC OF CHINA

南京市
南京大学歷史系
張憲文 教授 道啟

BY AIR MAIL
PAR AVION

憲文教授：

台北一別又近半年，近來可好？此次明史同道近日成立明代研究會，明年將組團來鳳陽開明史學年會，弟決定前往，擬會後來南京向兄請教，並到南京故宮遺址與其他明代遺蹟看看。茲有一事相求，最近因本系與一項歷史系所課程檢討工作，擬參考貴校歷史課程，方便的話，請賜寄一份貴校歷史課程表與課程簡介，麻煩之處，先在此謝過。時值歲暮，謹頌

闔府

新年吉祥如意

弟徐泓謹上
一九九四十二卅

國立臺灣大學歷史學系
歷史學研究所
台北市羅斯福路四段

張　力

個人簡介

張力，1952 年出生於臺灣高雄。畢業於政治大學歷史研究所，並獲得博士學位。1984 年進入中研院近代史研究所工作，歷任助理研究員、副研究員、研究員。1996 年起，任職於東華大學，擔任人文社會科學學院第五任院長。1999 年，創建東華大學歷史學系並擔任首位系主任。

張力長期從事中國近代外交史、軍事史領域研究，代表作有《國際合作在中國：國際聯盟角色的考察》、《江南造船所承造美船之追討欠款交涉（1917-1936）》等。此外亦參與大量史料的整理出版工作。

2011 年 10 月，協商兩岸四地學術合作事宜，攝於南京丁山賓館。
左起依次為：張玉法、張力、管美蓉、張憲文。

查閱資料事宜

1989 年夏，張力曾訪問中國第二歷史檔案館，但由於時間緊張，未來得及到訪南京大學。1990 年 8 月再度赴中國大陸，計畫前往西安、蘭州等地搜集研究資料，行前沈懷玉告知曾向張憲文提及此事，請南京大學方面提供幫助。但此時張力已與陝西社會科學院歷史所和蘭州大學歷史系取得聯繫，行程基本已經確定，因而來信告知。此後，就資料查閱和檔案開放一事，雙方仍有通信，1990 年 10 月，張力隨函附上論文一篇。

1990 年 7 月 31 日

中央研究院近代史研究所用箋

張教授道鑒：

去年夏天後學赴南京一遊，因時間匆促，未及拜望先生，至感遺憾。本所沈懷玉小姐屢次提及您的熱心照應，後學盼能早日向先生求教。

今年八月底後學將前往西安蘭州蒐集研究資料，沈小姐曾向您提及此事，並請您協助。如今後學已和西安的陝西社科院歷史所及蘭州大學歷史系取得聯繫，彼等均願協助，因此後學的行程大致沒有問題。當地如有您的友人，後學亦願前往拜訪請益。

陝甘之行結束後，後學想趁暇前往南京。不過後學計劃明年暑天再往南京第二檔案館查閱資料，屆時定將拜訪先生。

謹肅　恭頌

崇祺

後學　張力　敬上
1990 7 31

王教授吉便帶致　敬煩

張憲文教授道啟

中央研究院近代史研究所　張力緘

11529

學者交往

1990 年 10 月 6 日

中央研究院近代史研究所用箋

張教授道鑒：

九月八日大函敬悉，譽獎之處，後學愧不敢當，有機會仍應向您多多請益。

陝甘之行，蒐集了不少資料，但因停留時間過短，而各圖書館的資料借閱規定不同，有時不免遺漏困擾，希望日後能再赴兩地查閱補充。

隨函奉上近作一篇，係應李雲漢老師之邀所撰。近年大陸出版多種中國國民黨黨史的著作，而台灣卻付之闕如，我們都盼望李老師能完成一本黨史著作。此作亦在刺激黨史會開放更多史料，以便之後我們能進行更深入的研究，希望此作對您的研究亦能有些許幫助。

敬祝

研安

後學 張力 敬上
1990.10.6

中央研究院近代史研

附《中國時報》文章

私人記載的抗戰歷史

自傳、回憶錄、口述歷史、日記只是史料的一種，若要求得歷史眞象，還需配合他種史料，辨其眞僞……

◎張力（中研院近史所助理研究員）

依照史料的分類，自傳、回憶錄、口述歷史或是日記，均爲直接史料。這類史料的特點在於均係當事人對於事實的直接觀察或回憶，因此極具參考價值。不過由於個人往往只能從各自的角度體會事實，難免帶有主觀色彩，甚或有意無意間隱瞞事實。研究歷史固然渴望尋獲此類史料，卻也不能不小心運用，避免以偏概全。

對日抗戰是中國現代史上的大事，一般認爲抗戰歷時八年，若把盧溝橋事變前中日之間的大規模衝突也包括在內，則對日抗戰應起自民國二十年的「九一八事變」，這種說法，亦不爲過。就自傳等私史料的寫作來看，抗戰通常只是其個人平生經歷中的一個階段。而抗戰也是「地不分東南西北，人不分男女老幼」的全面性戰爭，因此我們無法忽略任何階層人士的記載。這樣一來，值得參閱的懷往著作就多不勝數。而有些人物在抗戰之中，經歷非只一端，所記載更爲豐富。本文試從幾個角度舉出相關的論著，俾從多重層面認識抗戰，然而掛一漏萬，在所難免。

戰場的回憶

戰爭主要是軍事的對抗，當年轉戰各地的將士於戰爭結束之後，其中有不少人記載了各個戰場的回憶。而以一九四九年以後遷至大陸以外地區的前國軍將領出版的自述較多，如王鐵漢、蔡廷鍇、羅大愚、王煥、彭嘯垣、朱文伯、李宗仁、白崇禧、黃杰、石覺、李品仙、李先良、李振清、何應欽、何成濬、冷欣、孫震、錢大鈞、薛岳、馬鴻逵、黃鎮球、顧祝同、孫連仲、劉峙、劉玉章、俞濟時、張晴光、徐啓明、李誠毅、陳紫楓、陳濟棠、張發奎、秦德純、盛文、萬耀煌、趙學淵、何紹祥、黃錫、鄭天杰、[illegible]。以上諸人除最後兩位分別爲海、空軍外，其餘均爲陸軍。中共原本全面否定國民政府抗戰時的領導地位，但近年也逐漸承認所謂國民黨的「正面戰場」。因此發動留在大陸的前國軍將領撰寫回憶錄，較著者有張治中、宋希濂、黃其武等人作品，以及《原國民黨將領抗日戰爭親歷記》叢書一種。

外交戰場

外交是軍事之外的另一個戰場。早期外交官的懷往著作也有一些，《顧維鈞回憶錄》爲最有系統者。民國二十年代有關中日衝突之交涉和尋求國際聯盟的支持，以及戰爭末期中國加入聯合國事，顧氏均爲其中主要人物。此外如程天放、顏惠慶、金問泗、宋選銓、夏晉麟、邵毓麟、孫碧奇等外交官也曾或多或少記載了相同的主題。黃仁霖則偏重與美方軍事關係。張群曾任戰前國民政府外交部長，他的《我與日本七十年》重要性自不待言。

戰時的黨政運作

抗戰時期黨與政如何運作，涉及層面甚廣。王雲五、阮毅成、陶百川三人在各人八十歲時所發表的懷述，都提及了戰時諮議機構國民參政會的情形。我們也可以從劉健群、陳布雷、孫科、鄒魯、陶希聖、鄭彥棻、蔣廷黻、馮玉祥、苗培成、朱鎮、張金鑑、陳天錫、蔡孟堅、王世杰、朱浩懷、何綱五、李宗黃、易君左、張式綸、黃寶實、曹聖芬、徐實圃等人的懷往著作中，窺知抗戰時期中央或地方的黨政概況。

戰爭進行之中，建設事業並未偏廢。文教方面爲精神建設，經濟方面爲物質建設。前者我們可以找到一些文教界人士的著作，如蔣夢麟、吳大猷、陳啓天、鄭通和、方治、劉眞、李抱忱、沈亦雲、楊振寧、賈嘯岑。後者的類別更廣，如何廉、羅敦偉、朱大經之於一般經濟，沈宗瀚、趙連芳、李先聞、曲直生之於農業和糧政，錢昌祚、胡光麃、林繼庸、周雍能之於工業，凌鴻勛、劉景山、王奉瑞、宋希尚、孫源楷、王洸之於交通運輸，徐世大、董文琦之於水利，于潤生之於通訊事業，皆有相關之記載。

淪陷區的記載

抗戰期間日本人在淪陷區成立了偽組織，偽滿皇帝愛新覺羅．溥儀的《我的前半生》，及汪偽政權的第三號人物周佛海所留完整的日記，均可供我們參考。曹汝霖、殷翹、萬墨林、葉曙也有淪陷區之記載。陳恭澍、黃家才、劉子英、張炎元則記述了當時國民政府的地下特工組織和人員的活動情形。

中共的觀點

中共從其本身角度，也出版了甚多懷往著作，亦以軍事將領回憶錄居多，如彭德懷、徐向前、劉伯承、聶榮臻、徐海東、蕭勁光、粟裕、呂正操、許世友、葉飛、陳再道、莫文驊、程子華、馬璋、李克林、李明顯等。軍事以外者如陳翰笙、鄧穎超、胡蘭畦、管文蔚、吳玉章、李維漢、李維民、徐特坤、夏衍、黃薇、凌其翰等，以及阿英、謝覺哉、竺可楨的日記。

另有一類懷往著作，是出自新聞從業人員手筆，如王新命、薛偉柏、趙效沂、徐詠平、董顯光、陳紀瀅、沈宗琳、張友漁、曾虛白、金雄白、曹聚仁等人所撰之書，內容不限新聞界之發展，實包含彼時所見之政治、軍事、經濟、文化之發展，甚至一般人民的生活情形，頗具參考價值。

由於篇幅所限，本文僅提及人物姓名，而未列出完整書名。除大陸出版品外，其餘書籍應可在國內大型圖書館中，依作者姓名索引尋得。此外尚有大批懷往著述並未成書，其中刊於《傳記文學》、《春秋》、《中外雜誌》，及大陸各省、市、縣所出版的文史資料中者，佔最多數。私人記載只是史料的一種，若要求得歷史眞象，還需配合他種史料，善用史學方法，辨其眞僞，才不致爲此類著作所囿。

張教授 存正
晚 張力 拜呈

刊於1990年7月6日台北中國時報第27版

張玉法

個人簡介

張玉法，1935 年出生於山東嶧縣，1959 年畢業於臺灣師範大學史地學系，1964 年進入中研院近代史研究所工作。1968 年 10 月前往美國哥倫比亞大學進修，開展《西方社會主義對辛亥革命的影響》課題研究。1971 年起，先後在臺灣師範大學、政治大學和臺灣大學等校歷史研究所兼任教授。1982 年出任中研院近代史研究所副所長，1985 年至 1991 年期間擔任所長，1992 當選為中研院院士。

張玉法長期從事辛亥革命史、山東區域史、女權運動史、工業發展史等領域研究。代表作有《清季立憲團體》、《民國初年政黨》、《中華民國史稿》、《中國現代史》、《中國近現代史》、《辛亥革命史論》等。

1989 年 8 月，張玉法首訪南京大學，受茅家琦、張憲文熱情接待，同遊民國遺址，攝於紫金山。右一為張玉法、右二為張憲文。

1989 年 8 月攝於中山陵。

學者交往

1987 年 10 月 7 日至 10 日，第二次中華民國史國際學術討論會在南京金陵飯店召開。此時臺灣剛剛開放中國大陸探親，借此機會，張憲文請齊錫生帶信給張玉法、張朋園、張忠棟三位學者，邀請他們來南京訪問和講學，但未能成行。

1989 年，張憲文託付前來探親的親戚田福麟（居住在臺灣高雄）帶信，再次邀請張玉法等訪問中國大陸。8 月，張玉法赴山東老家探親，並順訪北京大學、中國社會科學院、南京大學和復旦大學。張玉法是改革開放後第一位來南京大學交流的臺灣學者，在寧期間，受到了張憲文和茅家琦的熱情接待。

信中所提的《外交部公報》指中國第二歷史檔案館影印出版物《國民政府外交部公報》，共四十二冊，1989 年由江蘇古籍出版社出版。

1989 年 5 月 12 日

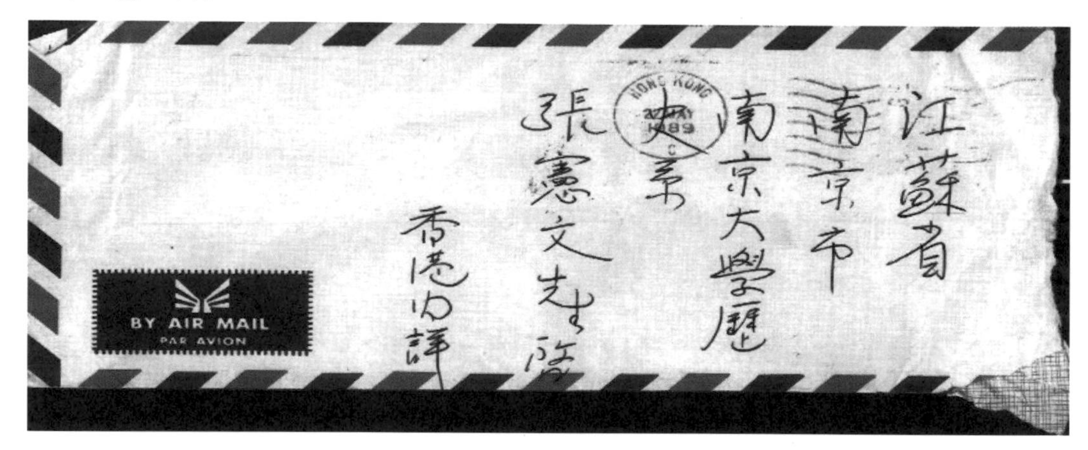
江蘇省
南京市
南京大學歷史系
張憲文先生啟
香港內詳

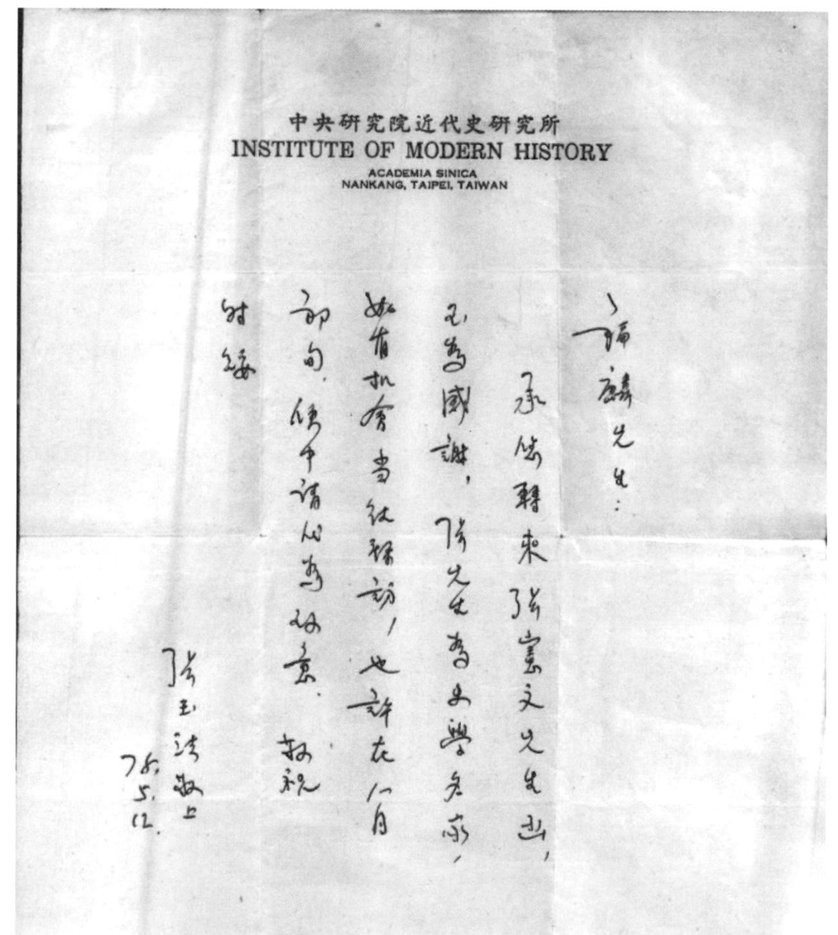
中央研究院近代史研究所
INSTITUTE OF MODERN HISTORY
ACADEMIA SINICA
NANKANG, TAIPEI, TAIWAN

福麟先生：

承您轉來張憲文先生函，至為感謝，張先生為史學名家，如有機會當往拜訪，也許在八月初旬。便中請代為致意。敬祝

時綏

張玉法敬上
78.5.12.

1989 年 9 月 16 日

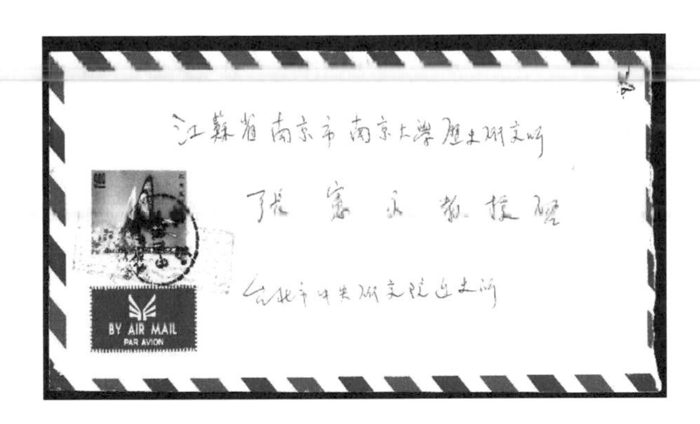

中央研究院近代史研究所
INSTITUTE OF MODERN HISTORY
ACADEMIA SINICA
NANKANG, TAIPEI, TAIWAN

正寫信間，接吾兄八月27日來信，至為高興。郭會欣先生有信來，已回他一信。所缺之… 將直接試寄。又及。

憲文教授吾兄：

此次乘返鄉探親之便，至貴校參觀，承吾兄及茅教授等相陪，縱遊南京名勝及學術機關堂奧，深為感謝。歸來瑣事纏身，迄今始能寫信致意，至以為歉。第二歷史檔案館影印外交部公報，為史學界的大喜訊。所缺部分，此間亦未找到，順附轉告。吾兄與茅教授等，著述甚多，多謝相贈，當再細讀。離開南京後即赴上海，得姜義華等先生安排，在復旦見到不少史學界同仁，相談甚歡。

中央研究院近代史研究所
INSTITUTE OF MODERN HISTORY
ACADEMIA SINICA
NANKANG, TAIPEI, TAIWAN

上海名勝大都無去，參觀了孫中山故居等地方。十二日即搭機經港回台，因本所正要舉行「近代中國農村經濟史研討會」，前前後後忙了一陣。聞吾兄已接所主任，至以為賀。承瑞教授去了青島，是短期還是長期，念念。聞此間郵政稍微放寬，寄信之外，可以寄少量的書，甚好。也許不久可以交換一些出版品，兩方面的學術隔了40年，真是學術史上的大不幸。盼各種有利於學術交流的情況能日漸好轉。如果您們也能來台灣講學多好。朋圓兄後天啟程，想不日即可見面矣。專此 敬祝 安好

弟張玉法敬上
1989.9.16

關於「『孫中山與亞洲』國際學術討論會」參會事宜

1990 年 8 月 3 日至 6 日，「孫中山與亞洲」國際學術討論會[7]在廣東省中山市翠亨村舉辦（即信中所提「廣州會議」）。會議規模空前，到會學者一七五人，近半數來自臺灣，香港、澳門、韓國、印度、日本、美國等國家和地區[8]。其中，臺灣參會學者三十五名，為海外學者人數之冠。

此時，兩岸學術交流尚未開放，臺灣學者不得不以「探親」的名義來中國大陸參會。時任廣東省孫中山研究會會長的陳錫祺感慨：「分離了四十年的海峽兩岸的同行，在孫中山的故鄉相聚，實在是令人高興、值得紀念的大事！」張玉法稱：「兩岸學者一見如故，大家可以各抒己見。」

7　臺灣方面參會論文有：
東海大學　呂士朋　《孫中山的民生主義與臺灣經濟發展》；
世界新聞專科學校　周傳譽　《孫中山先生思想大眾化》；
臺灣大學　賀凌虛　《孫中山與章太炎》；
臺灣大學　邱榮舉　《孫中山的政黨論》；
臺灣大學　周繼祥　《孫中山萬能政府論的剖析》；
臺灣師範大學　程光裕　《孫中山的宗教理念及其與黃乃裳的訂交》；
臺灣師範大學　王家儉　《孫中山民族主義思想的影響——以大亞洲主義為中心》；
中國文化大學　周大中　《從兩岸經濟發展論中國和平統一》；
中研院　朱浤源　《孫中山與胡志明民族主義之比較》；
中研院　張玉法　《孫中山的歐美經驗對中國革命的影響》；
政治大學　胡春惠　《孫中山對聯邦論的認同及其演化》；
政治大學　蔣永敬　《孫中山與潘佩珠》；
政治大學　李瞻　《孫中山思想與新聞政策之研究》；
政治大學　馬起華　《三民主義與中國》。
臺灣方面其他參會學者有：
東海大學　戴盛虞、古鴻廷；
淡江大學　陳敏男；
國父紀念館　韓廷一；
華夏代書事務所　黃榮華；
嘉義農業專科學校　李明仁；
世界新聞專科學校　王玉楚；
臺灣大學　陳志奇、繆全吉；
臺灣師範大學　李國祁；
中國文化大學　王綱領；
中研院　賴澤涵；
政治大學　蔡佩真、雷飛龍、劉龍心、廖立宇、宋秉仁、邵宗海、楊正凱。
以上參見：陳三井：《輕舟已過萬重山：書寫兩岸史學交流》（北京：社會科學文獻出版社，2011）。

8　李時嶽：《「孫中山與亞洲」國際學術討論會綜述》，《學術研究》，1990 年第 5 期，第 98-100 頁。

1989 年 12 月 27 日

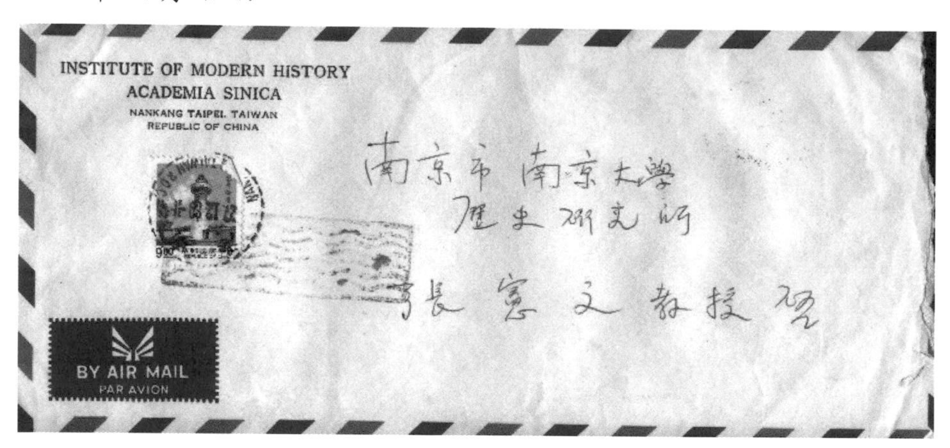

中央研究院近代史研究所用箋

憲文教授兄：

接十一月十日大函，已謝。暑假中本所同仁先後造訪，承兄協助考察，並幫助沈小姐去辦閱覽檔案，深為感激。廣州開會的事，此間政策尚未定，當不致影響此間學者前往。希望在不久你們也能來此講學，只是目前還未開放。近日來的大陸學者甚多，多係直接由美、歐等地來者。無採訪的資料，因此黨史會似無收

中央研究院近代史研究所用箋

識，如何將名單弄得全面，而且無誤，恐是一大工程。謝謝茅教授託人照的名單照片，而那天參觀時，也照了兩張，只是都不太清楚。自到台後，大陸之間的聯繫，只好放棄，大量圖書文摘尚有關雜，遂未能找選擇我的大學的歷史系所，包括貴所在內。接到將來的學刊及通訊者，貴處如有出版品，盼可說情形寄一些來。但願學術交流諸策早定。專此敬祝

年禧

弟 [illegible] 敬上

[illegible]

關於介紹楊翠華訪問南京查閱資料事宜

1990 年 10 月，張玉法來信推薦近代史研究所副研究員楊翠華來南京查檔，並感謝張憲文在資料收集過程中提供的幫助。

1990 年 10 月 6 日

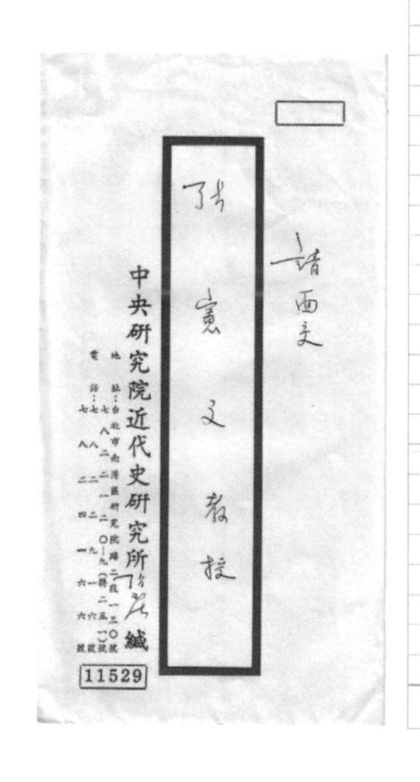
張憲文教授
請面交
中央研究院近代史研究所張玉法緘
11529

No.

憲文兄：

許育銘同學回來，帶來吾兄大函，讀後甚為高興。台灣地區的學者研究中國近現代史，依賴大陸各地所藏資料甚多，也因為如此，近兩年來訪問您的地方甚也夠多。如果您們很快有機會來訪問我們，學術交流的交流才算真的展開，可憐的學者們，老是為一些看不見的手支配著。現在介紹本所副研究員楊翠華博士來向您請教，楊小姐專研究近代中國科技史，近兩年的研究專題是中基會與中國科學教育，她聽說二檔館或其他地方有這一方面的材料，特專程前往搜集，請吾兄多加指導與協助。請楊小姐帶上近著二冊請指教，另一冊送茅家琦教授。今之事如有需要，請隨時賜知。敬祝安好

弟 張玉法 敬上

關於介紹二二八研究小組訪問南京查閱資料事宜

臺灣解除戒嚴之後，針對二二八事件的研究逐漸深入。1991 年 3 月，張玉法來信介紹二二八研究小組來中國大陸查檔，張憲文為他們提供了幫助。

1991 年 3 月 6 日

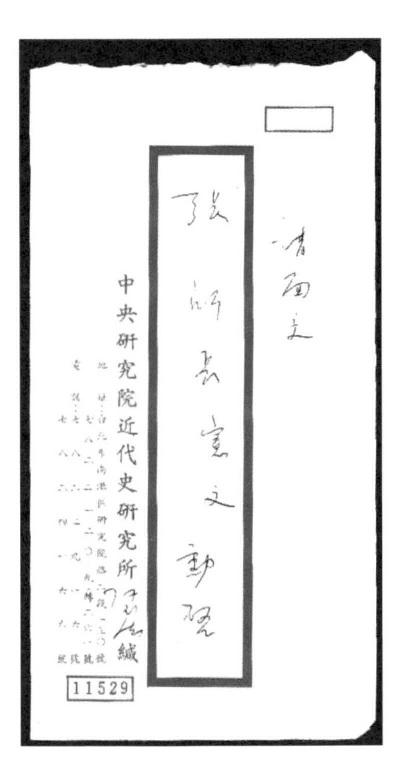

中央研究院近代史研究所用箋

憲文教授吾兄：

久未致候，想近來一切佳吉。最近本所沈懷玉和姐赴南京，特請帶上拙著兩冊，請指教。又本所研究員兼一般近代史組主任許雪姬，本院社科所研究員兼第一組（歷史）主任賴澤涵，台灣大學歷史系教授黃富三，師範大學歷史系教授吳文星近月開始共同研究一九四七年在台灣發生之二二八事件，此一事件不僅對台灣地區的政治發展造成深遠的影響，

中央研究院近代史研究所用箋

對將來中國大陸地區與台灣地區之整合有所增進，成極大的影響。對於所有關心中國現代史的學者而言，都希望早日能對此一事件的真相有所了解。關二檔館及大陸其他各地，有關二二八事件的檔案和其他資料不少，近月四位研究人員利用分批前往大陸各地搜集資料，我建議他們去南京向您及某教授等請教，請多協助他們。詳情請沈小姐代達一切。十月武漢之會，希能見面。祝好

弟張玉法上

一九九一.三.五.

關於介紹許雪姬訪問南京查閱資料事宜

1991 年 5 月 15 日

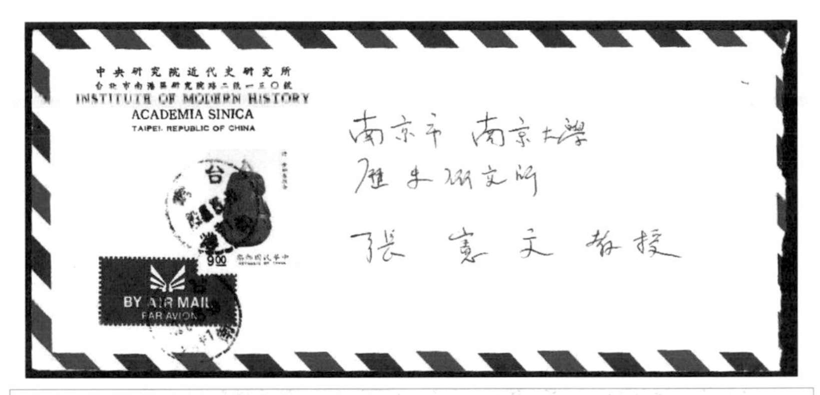

中央研究院近代史研究所
INSTITUTE OF MODERN HISTORY
ACADEMIA SINICA
NANKANG, TAIPEI, TAIWAN

憲文兄：

託淑玲小姐帶來尊作暨函及大函均收，非常感謝。前月介紹吳、黃二教授前往南京搜集資料，純粹就學術研究考慮，想不到在政治敏感的環境中竟一籌莫展。如果吾兄帶來困擾，覺得十分難過。但學術交流的路仍然要走，走一步算一步，不知吾兄以為然否？茲有敝所研究員兼一般近代史組主任許雪姬小姐，計劃於六月間去廈門、南京、上海等地搜集戰後台灣政治、社會史料，屆時仍請吾兄指點迷津，本所將有函給貴校，不知有困難否。敬祝

時安

對不起，筆不出水，簽名不整。

弟張玉法拜上
1991.5.15.

告知訪問南京行程

1991 年 7 月 18 日

中央研究院近代史研究所
INSTITUTE OF MODERN HISTORY
ACADEMIA SINICA
NANKANG, TAIPEI, TAIWAN

憲文兄：

久未奉候，想近來一切佳吉。報載長江中下游水災嚴重，南京狀況如何？念念。

今夏擬陪內人返鄉探親，預計八月十七日下午3:35飛抵南京，第二天一早坐火車去徐州，可否請代訂玄武湖飯店一宿？此行可能無暇去南大拜訪，如果可能，可約時一敘。

謝謝送畫朱竹一幅，已掛在書房，增色不少。專此　敬祝

時祺

弟 張玉法 手上
1991.7.18.

關於介紹呂玲玲訪問南京查閱資料事宜

1992 年，張玉法來信介紹政治大學歷史研究所呂玲玲來南京查檔。在張憲文的幫助下，呂玲玲順利獲得相關材料，並於 1993 年完成碩士論文《國民政府工業政策之探討（1928-1937）》。

1992 年 11 月 6 日

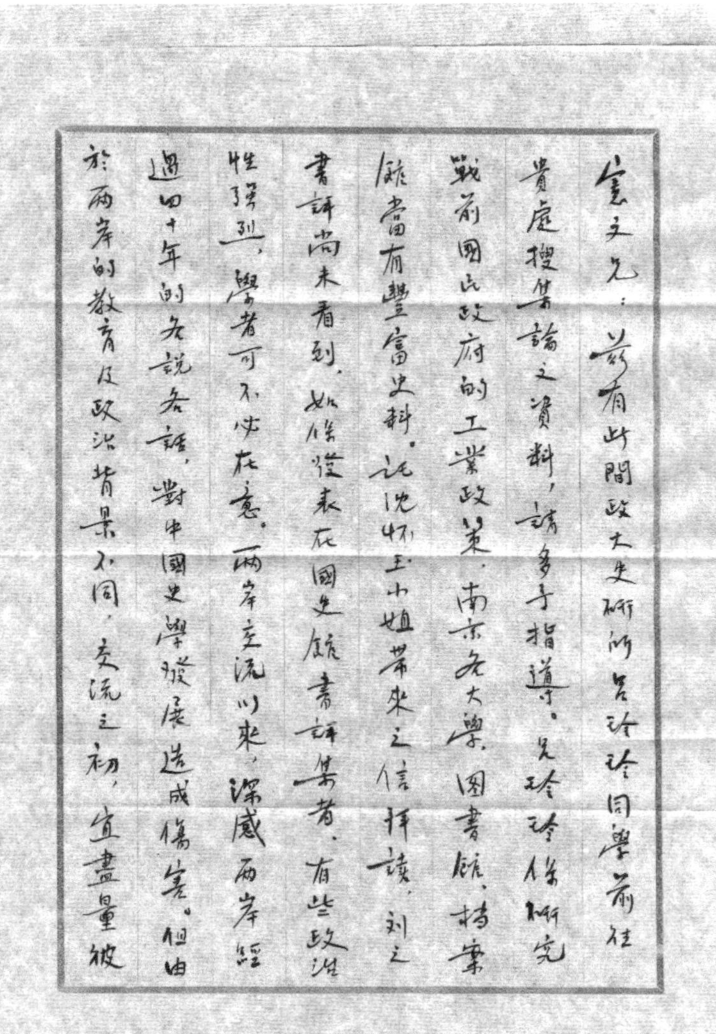

憲文兄：茲有此間政大史研所呂玲玲同學前往
貴處搜集論文資料，請多予指導。呂玲玲係研究
戰前國民政府的工業政策。南京各大學、圖書館、檔案
館當有豐富史料。託沈懷玉小姐帶來之信拜讀，刘之
書評尚未看到，如係發表在國史館書評集者，有些政治
性强烈，學者可不必在意。兩岸交流以來，深感兩岸經
過四十年的各說各話，對中國史學發展造成傷害。但由
於兩岸的教育及政治背景不同，交流之初，宜盡量彼

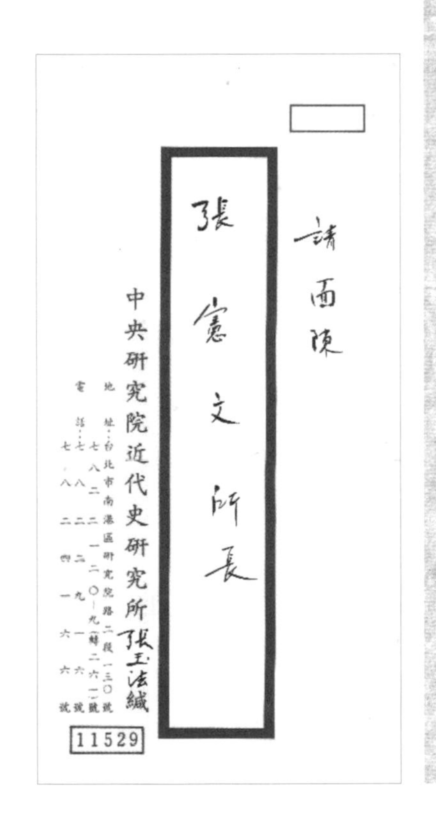

請面陳

張憲文所長

中央研究院近代史研究所張玉法緘

地址：台北市南港區研究院路二段一三○號
七八二二一二○—九（轉二六一一）號
電話：七八二二二九一六號
七八二四一六六號

11529

此包容，不念舊惡，不添新愁，同心合力，再開中國史學新天地，願共吾兄以此共勉。對一切批評，以大度容之。吾兄近年推動兩岸學術交流不遺餘力，弟亦追隨吾兄之後，總望兩岸學術差距日益減少，不再發生類似之干格，不知吾兄以為然否？弟近撰民國史，對吾兄及家琦兄等著作都細心閱讀，將盡量以基本史實為主，盼吾兄多指教。專此敬祝

大安

弟 張玉法拜上

一九九二、十一、六

祝賀南京大學中華民國史研究中心成立

1993 年 6 月，在中國社會科學院近代史研究所等單位和學者的倡議和支持下，南京大學成立了中華民國史研究中心，旨在繁榮學術、促進交流，將民國史研究推向深入[9]。張憲文擔任中心主任。7 月，張玉法來信，對南京大學中華民國史研究中心的成立表示祝賀。

信中提及「台兒莊之會」，指 1993 年 4 月 8 日至 11 日在山東省棗莊市台兒莊區舉辦的「台兒莊大戰 55 周年國際學術研討會」。會議邀請了包括中國大陸、香港、臺灣、美國、加拿大、義大利、俄羅斯、印度和西班牙等國家和地區百餘位學者出席會議，部分參戰的愛國將士及其親屬也參加了會議[10]。

1993 年 7 月 10 日

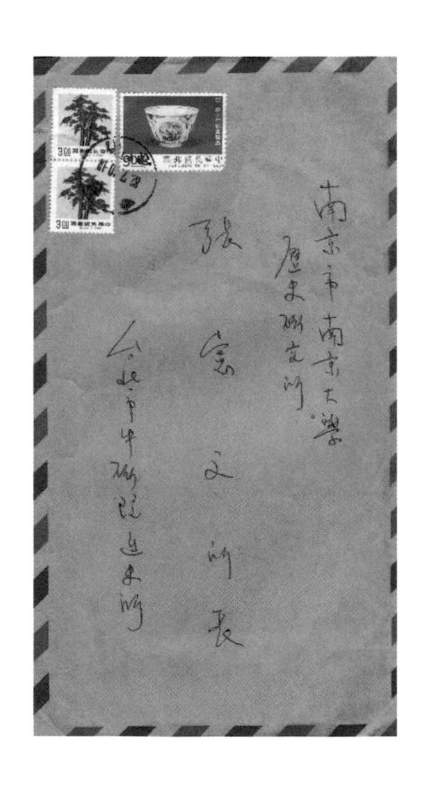

中央研究院近代史研究所用箋

憲文兄：台兒莊之會，轉瞬三月，想近來一切均好。弟離台兒莊，在北京停留二週，在廈門停留一週返台，歸來兩月，為事纏身，迄今始料理，為歉。閱報知民國史研究中心已成立，不知如何去[illegible]，念念。今夏不擬去大陸，此間王樹槐先生及多位研究所同學先，將於七、八月間去二檔館找資料，不及向您介紹，有機會見面時，請多關照。隨書附上[illegible]作紀念，專此 敬祝

夏安

弟 張玉法 敬上 一九九三、七、十

電話：七八二四一六六
傳真：七八六一六七五

9　陳紅民：《南京大學成立「中華民國史研究中心」》，《近代史研究》，1993 年第 6 期。

10　參見：呂偉俊：《台兒莊大戰 55 周年國際學術研討會綜述》，《山東社會科學》，1993 年第 3 期。

學者交往

1993 年 8 月 10 日

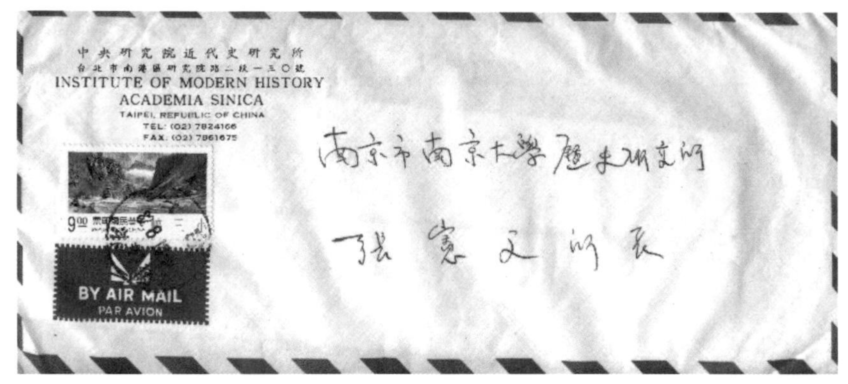

中央研究院近代史研究所用箋

憲文兄：在台灣召開會時，聞於中華民國史研究中心的事未有面請教，不知8月18日就要成立，不及在成立時表示賀意，覺得遺憾。南大歷史所在吾兄領導下有此中心、有此氣勢，是史學界的幸事。此間學者如果能略盡棉薄，自當協助。頃與永敬、國祁諸兄談及此事，大家希望能早日看到貴中心工作計劃。大陸上許多學術文件，常帶有「在……領導下，早日完成……」之類的政治標識，此不僅貽抑學術，且影響客觀，不知吾兄以為然否？台灣　許友

電話：七八二四一六六
傳真：七八六一六七五

中央研究院近代史研究所用箋

學者，對學術文化交流很極熱心，常因政治小動作，使人覺不舒暢。易兄當記得，一九八〇年於杭州舉行之會，中國當局制止一些人散發「三民主義統一中國」之類的文件，鬧得他們不高興，我也不在乎。曾去台北在開會，又有人想將中央研究院改名為台灣研究院，經本所李毅力爭乃止。此類小笑話，除不願刊於文字，因見政治影響學術太深，不能無所感。閱後請勿示人，免貽笑大方也。專此敬祝

近安

中形敬上
一九八三．八．十．

電話：七八二四一六六
傳真：七八六一六七五

關於請沈懷玉代為複印資料事宜

張玉法研究近代人物曾國藩，需要查閱南京地區收藏的相關檔案。下面三封信件涉及他請沈懷玉在南京代為查閱檔案的相關細節，張憲文在其中提供了很多幫助。1994年1月，張玉法在《故宮學術季刊》上發表題為《曾國藩的歷史地位》的論文。

1993年9月6日

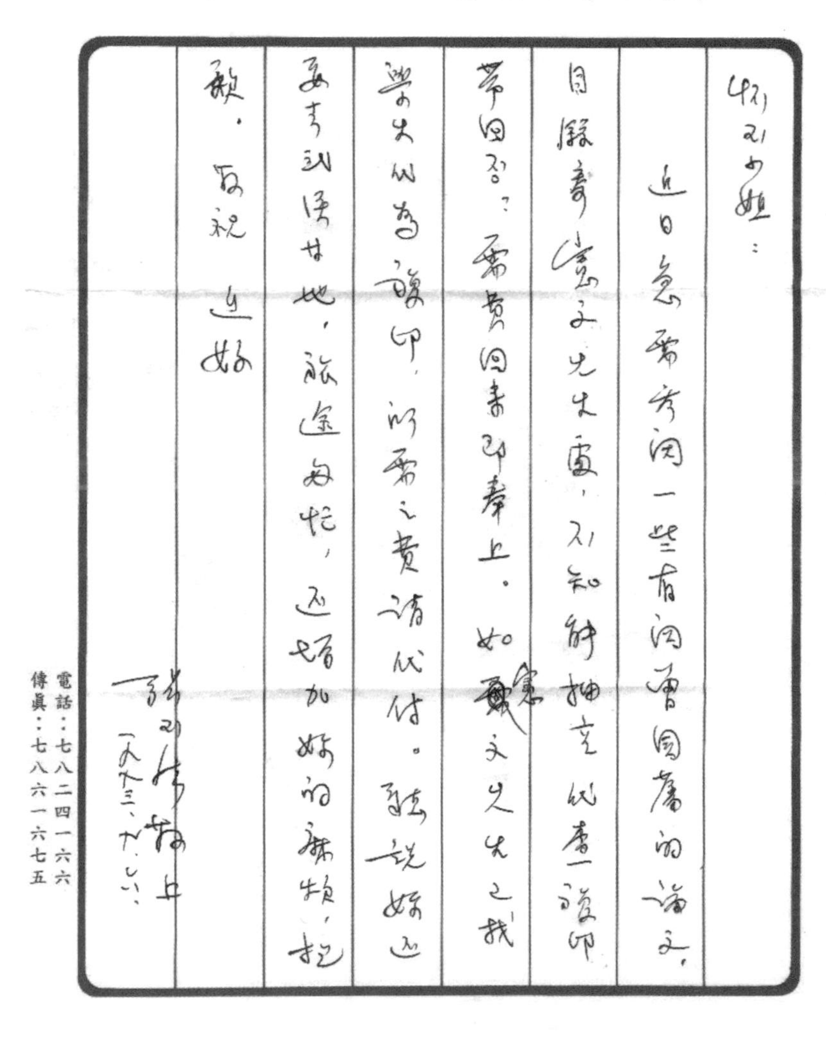

中央研究院近代史研究所用箋

懷玉小姐：

近日急需參閱一些有關曾國藩的論文，目錄寄憲文先生處，不知能抽空代查一複印篇目否？需費用當即奉上。如憲文先生之找學生代為複印，所需之費請代付。張先生說好還要[illegible]地，旅途安忙，還望加[illegible]的[illegible]，[illegible]教。敬祝

近好

張玉法 拜上 八二、九、六

電話：七八二四一六六
傳真：七八六一六七五

中央研究院近代史研究所用箋

憲文先生：

沈懷玉小姐不知尚在南京否？其已自錄之資料，如能近日檢出，擬需參閱，不知可否轉知沈小姐代為查出，影印帶來。如果沈小姐不在南京，可否請委託一研究生為我辦此事？有關影印費用，請沈小姐代付。返日又當由本所之邀請者，須支撥「中央研究院」五字，不知何義？請沈小姐代達之意見，想已代達矣。耑祝

近好

弟 劉鳳翰 敬上
一九九三、九、六、

電話：七八二四一六六
傳真：七八六一六七五

1993 年 9 月 20 日

中央研究院近代史研究所用箋

憲文兄：志伯身體違和，想已康復，為祝為禱。週前寄上一函，託沈懷玉小姐查印一些曾國藩的論文資料，不知收到否？請告訴沈小姐，印的資料最好自己帶，因大陸海關會查扣。四月在此影印的資料即遺失。因為不知中華民國史研究中心的性質，附表到現在才寄上，也來不及另照寫了。如果來不及，可作罷論。您那裡早就是中華民國史研究中心之一，今年暑假又有一些朋友和學生去請教您，謝謝。敬祝

一切順利

弟 呂芳上 上

一九九三、九、廿

電話：七八二四一六六
傳真：七八六一六七五

關於「『中國歷史上的分與合』學術研討會」事宜

1993年，在臺灣聯合報系文化基金會執行長、政治大學邵玉銘的召集下，中研院歷史語言研究所、中研院近代史研究所、臺灣大學、臺灣師範大學、政治大學等機構聯合舉辦「中國歷史上的分與合」學術研討會[11]，旨在進一步推進兩岸學術交流。作為會議籌備委員，張玉法在1993年11月29日、1994年4月25日兩次來信與張憲文溝通赴臺進展。

會後，張憲文受邀前往中研院近代史研究所訪問一個月。

訪問臺灣時，張玉法（右）在臺北家宴款待張憲文。

11　會議按照中國歷史斷代情況安排論文發言，中國大陸方面共邀請九位學者報告，具體情況如下：
北京師範大學　劉家和　《論先秦時期天下一家思想的萌生》；
北京大學　吳榮曾　《戰國秦漢歷史演進的趨勢》；
北京大學　田余慶　《古史分合中的國土開發與民族發育》；
上海師範大學　朱瑞熙　《大運河和唐宋帝國的統一》；
東北師範大學　吳楓　《從分合大勢看南唐的歷史地位》；
吉林省社會科學院　李治亭　《論清代邊疆民族的離心運動》；
北京大學　王天有　《如何評價清朝的統一和南明的抗清鬥爭》；
東北民族學院　關捷　《清朝前期少數民族在實現與維護國家統一中的作用》；
南京大學　茅家琦　《地方勢力擴張與晚清政局》；
南京大學　張憲文　《試論袁世凱的集權政治與省區地方主義》
以上參見：陳三井：《輕舟已過萬重山：書寫兩岸史學交流》（北京：中國社會科學文獻出版社，2011）。

1993 年 11 月 29 日

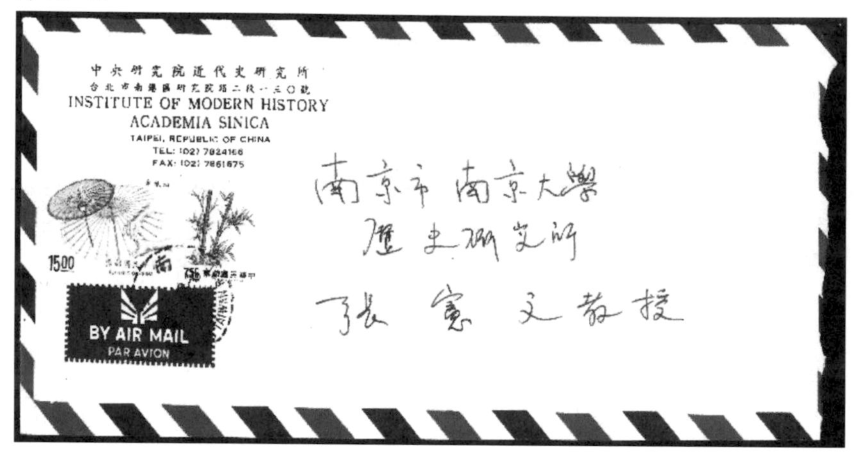

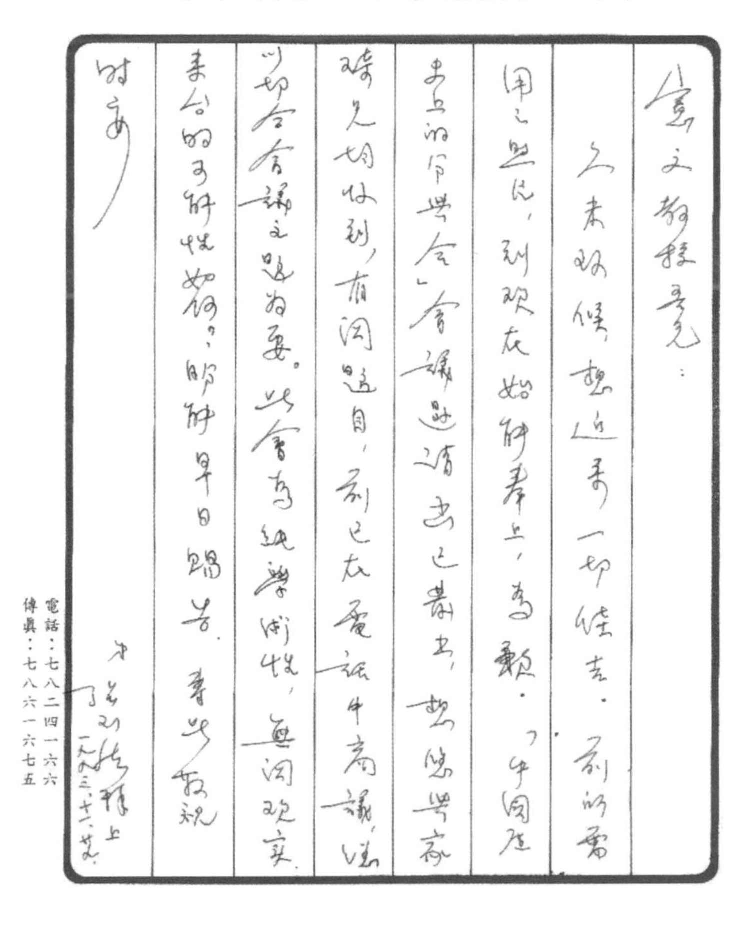

中央研究院近代史研究所用箋

憲文教授兄：

久未問候，想近來一切佳吉。前所需用之照片，到現在始能奉上，為歉。「中國歷史上的分與合」會議邀請函已寄出，想您業已[illegible]收到，有關題目，前已在電話中商議，請以「分合」論文題為要。此會為純學術性，無關政治。來台的可行性如何？盼能早日賜告。專此　敬祝

時安

弟　張玉法　上
一九九三．十一．廿九．

電話：七八二四一六六
傳真：七八六一六七五

告知訪問南京行程

1994 年 1 月 10 日

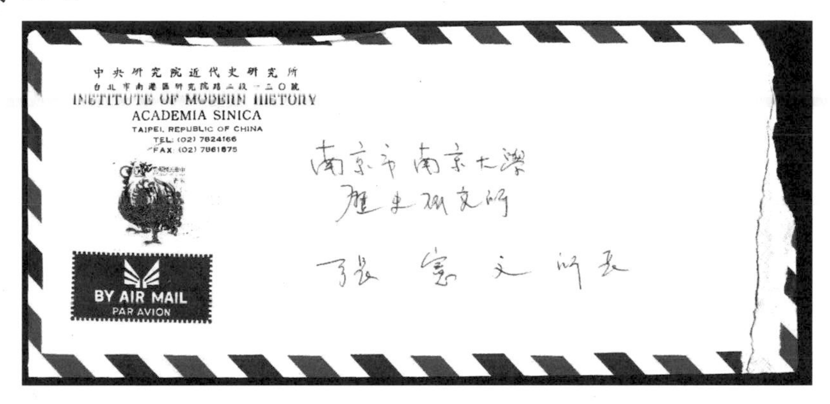

中央研究院近代史研究所用箋

憲文兄：

聘書收到，謝謝。中華民國史研究中心似乎有了很好、很鄭重的開始，請聯合各方做些研究及學術交流的事。今年八月擬組大學旅行團，訪問廣西、貴州、雲南、四川、湖北、甘肅，之後去威海參加甲午戰爭百年會，如有需要，此團去山東前可在南京停留兩日，與貴處學者座談，題目請吾兄安排。此只是目前的初意，能否成行未知。順祝

新禧

弟 張玉法 敬上
一九九四、一、十

電話：七八二四一六六
傳真：七八六一六七五

關於「第三次中華民國史國際學術討論會」參會事宜

1994 年 4 月 25 日

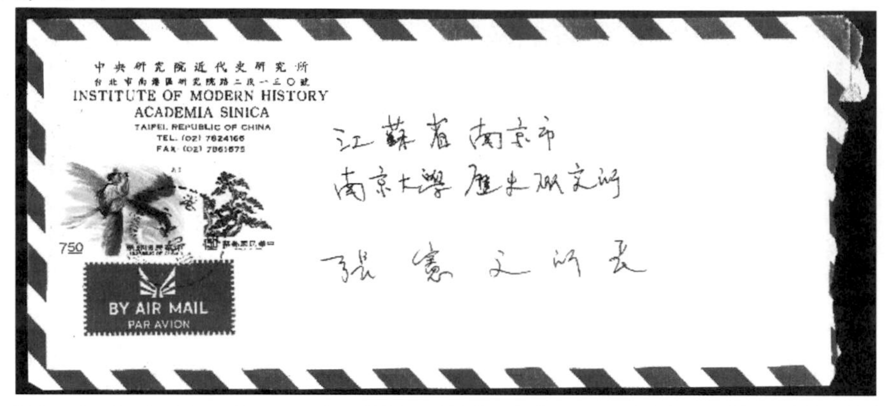

中央研究院近代史研究所
INSTITUTE OF MODERN HISTORY
ACADEMIA SINICA
NANKANG, TAIPEI, TAIWAN
TEL: (02)7824166 FAX: (02)786-1675

憲文兄：

久未通信，想近來一切均好。「中國歷史上的分與合」會議來台手續辦得如何？念念。「郭廷以先生九十誕辰紀念論文集」，北京近史所有幾篇稿子來，南京大學近來收到論文，不知吾兄能找幾篇論文，將北京、台北、南京三角聯劃出否？已計劃兩年，今年八、九月間可能有一月時間在大西南地區旅遊，並作學術訪問，之後去廣州參加甲午戰爭百年會，十二月實無法再去南京開會，此外羅榮渠先生要十一月開現代化研討會，也無法參加，實在是力不從心。相信您籌備的會是熱鬧的，請免我一次。敬祝

會議籌備成功

弟 王[illegible]敬上
1994.4.25

學者交往

1994 年 8 月 11 日

憲文兄：因行程早作安排，不能在台北多留住，為歉。弟主編之「中國現代史叢書」第一種「中國抗戰史」，昨送樣書來，特送上乙冊。吾兄或其他朋友如有適當的書稿，敬請惠賜下。附東大圖書公司的稿有關規定。如有需要，可複印送給可能寫書的朋友。作者望在副教授以上。九月一、二日，請代訂全達飯店雙人房兩天。屆時當再電話聯絡。開會題目及節要為急需，是否合用，由吾兄定奪。

敬祝

時安

國史館

張玉法 敬上

一九九四、八、十一

關於「第三次中華民國史國際學術討論會」會議事宜

1994 年 12 月 18 日至 20 日，由南京大學中華民國史研究中心主辦的「振興中華—第三次中華民國史國際學術研討會」在南京大學召開 [12]。會議邀請了來自中國大陸、臺灣、港澳、美國、日本、英國等國家和地區的共一百三十多名學者出席。張玉法應邀參會，發表論文《晚清政治改革（1901-1911）》，並在開幕典禮致辭。

1995 年 1 月 12 日

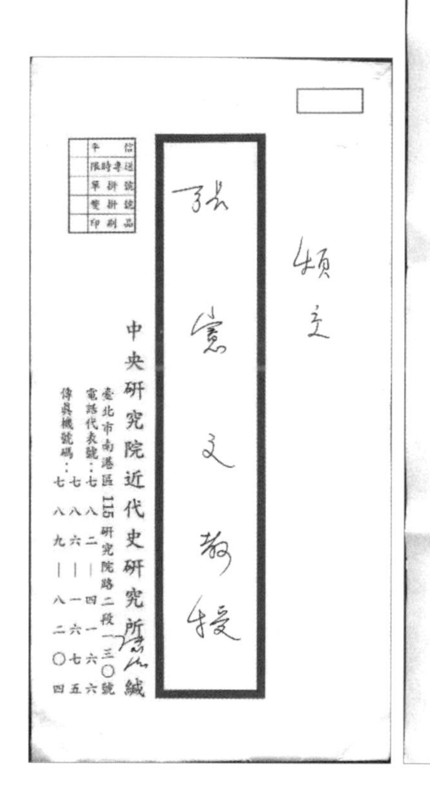

12 此次會議議題包括：
（1）興中會成立以來的中國社會變遷；
（2）民國時期的對外關係；
（3）對外開放與民國時期的經濟發展；
（4）民國時期的思想文化；
（5）民國時期重要人物的研究
以上參見：陳紅民：《民國史研究新趨勢的檢閱——第三次中華民國史國際學術談論會側記》，《近代史研究》，1995 年第 3 期。

中央研究院近代史研究所
INSTITUTE OF MODERN HISTORY
ACADEMIA SINICA, TAIPEI, TAIWAN, R.O.C.
TEL: (02) 7824166 · 7822916 FAX: (02) 7861675

先向吾兄提出建议。吾兄乃一方之主，不知能否将弟之建议与各方学界领袖交换意见，海外学者自负交通费、不付注册费，就目前状况，应属合理。如将来台湾地区亦收取注册费，大陆地区自可以照办理。弟在此，深知此间学者想法，又视吾兄为老友，故将此看来甚小、影响颇大的问题告诉吾兄。此事如属「教委会统一规定」（就弟所知，各地收费不一，亦有不收者），亦望吾兄能向上反应。弟望此间学者能得此项「优待」，亦是大地区学者之认识。（据弟所知，有相当多的海外学者，觉得开会单位应自筹开会经费，不应由开会者分担费用；若仍照目前之例收注册费，亦只能算无奈的收一点。不知吾兄以为然否？）此次开会之会甚圆满，承吾兄在百忙中安排接待，至谢。八月此间能召开年会，邀请函已发出，盼吾兄能来。敬祝

新禧

弟 [illegible] 敬上
1995.1.12.

记得前些年也举行过开会，亦不收注册费一二十元美金，以注册费作为设限的用意，以免什么人都来。

前记[illegible]之处，如有质目，请即示知为务，为何，[illegible]

關於編著《民國山東通志》事宜

《山東通志》初修於明嘉靖年間，清康熙、雍正和光緒年間均進行重修。民國後，山東各縣陸續修志，但未有省志。1949 年起，中國大陸各省陸續撰修方志，出版《山東省志》數十種，包括地理志、氣象志、交通志、文化志等，但對於民國時期史事記載甚少。1995 年起，張玉法聯合臺海兩岸學者共四十餘人，在立青文化基金支持下，歷時五年，完成《民國山東通志》的編著，定稿共三十二志、三百三十萬字。其中，來自南京大學的申曉雲、任銀睦、紀乃旺、姚群民、張佩國等參與此書撰寫。

1995 年 10 月 24 日

中央研究院近代史研究所
INSTITUTE OF MODERN HISTORY
ACADEMIA SINICA, TAIPEI, TAIWAN, R.O.C.
TEL: (02) 7824166 · 7822916 FAX: (02) 7861675

憲文兄：

十月一日來函拜讀，[illegible]事已畢，返[illegible]。修《民國山東通志》事，承吾兄大力協助，南大諸多年輕學者願意參與工作，此千秋大業應該不難完成。[illegible]先生通信[illegible]，對山東地區學風深感失望。此事原擬與山大合作，現不得已由此間山東文獻社單獨推動。但能獲得大陸地區學者們熱心參與，作為兩岸學術交流的一個小橋梁。如果山東方面連[illegible]資料也不開放使用，將難負起歷史的責任。修纂《民國山東通志》的計劃[illegible]開之後，此間學界反應尚好。目下①史事志、④行政志、⑥經濟志、⑦財政志、⑨地政志、⑮教育志、⑳宗教志、㉒[illegible]志、㉗[illegible]志、㉚人物志等十志已有學者願意撰寫。可否請南大諸友先將各志依志趣認領？資料方面再商定解決。此間有資料，當隨時影印寄去。祝好

弟玉法敬上 1995.10.24

關於「南京觀點的中華民國學術討論會」會議事宜

2005 年 12 月，由張憲文主編的《中華民國史》（全四卷）在南京出版。該書引發了民國史學界的廣泛關注和討論。2006 年 11 月，中研院近代史研究所和中國近代史學會聯合舉辦「南京觀點的中華民國學術討論會」，並邀請張玉法發言致辭。11 月 16 日，張玉法來信，就會議發言稿一事與張憲文進行探討。

2009 年 10 月 9 日，攝於臺灣。

2006 年 11 月 16 日

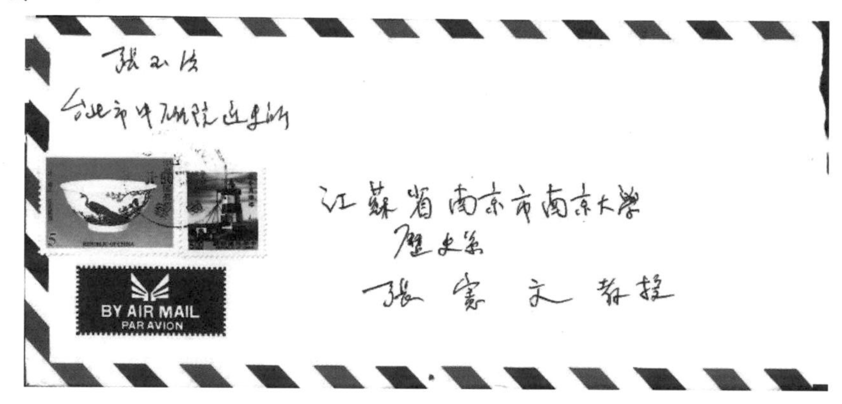

中央研究院近代史研究所用箋

憲文兄：滬上一晤，又三月餘。您這些年在此國史方面的開拓，令人敬佩。回台之後，陳永發先生說，希望能對您弟子們完成的中華民國史，作些回應。他找了四位年輕學者各讀一卷，要我也說幾句話。因為時間倉卒，尚未仔細讀。張力說，您們急需要看發言稿，託他一併轉給您，想已看到。這是兩岸學者第一次對這麼大的一套書，真誠地各表己見；出書能受到

中央研究院近代史研究所用箋

學術界如是重視，在史學界也少見。說來慚愧，台灣史學界自一九八〇年代出版了中華民國建國史十六鉅冊以來，未再見有套書出版，真是「評書容易寫書難」。新近此間學者提出許多批評意見，您們對研究破除諸禁忌，提出這麼多學術研究果，實屬難能可貴。我的發言稿如有失誤之處，請賜正，這不是客套話。專此敬祝

秋祺

弟 張玉法敬上

二〇〇六．十二．十六

關於《中華民國專題史》出版事宜

《中華民國專題史》是張玉法和張憲文的又一次學術合作。該書聯合了兩岸四地七十餘名專家學者協同研究、合作編著而成，各方本著求同存異的初衷，以平實、客觀、理性的治史態度，形成對中華民國連續性、複雜性、曲折性歷史的科學認知和共識[13]。全書共十八個專題，三百三十萬字。這也是這是海峽兩岸史學界的首次大型學術合作。

2018 年，張玉法來信同意香港和平圖書有限公司出版《中華民國專題史》繁體版，並委託張憲文全權處理。

2015 年 4 月 20 日，《中華民國專題史》新書發佈會在南京召開，攝於紫金山莊。

13　南京大學出版社：《中華民國專題史》（18 卷），《出版發行研究》，2015 年第 7 期。

2018 年 5 月 30 日

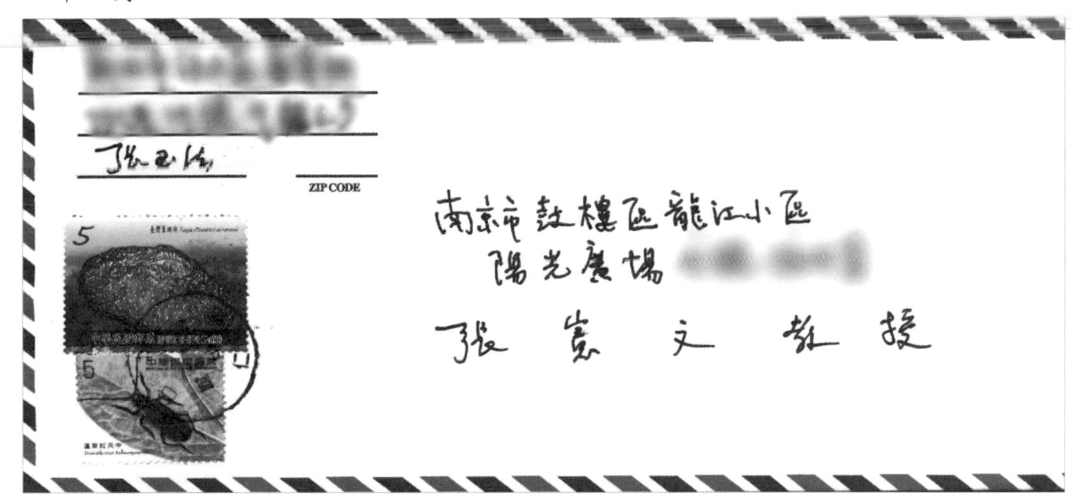

中央研究院近代史研究所
INSTITUTE OF MODERN HISTORY
ACADEMIA SINICA, TAIPEI, TAIWAN, R.O.C.
TEL:(02)27824166・27822916 FAX:(02)27861675

本人同意將本人與張憲文先生合編之《中華民國專題史》授權給香港和平圖書有限公司出版繁體字版。授權出版合約書之簽訂以及後續之出版事宜，茲委託張憲文先生全權處理。

張玉法

2018年五月卅日 台北

張朋園

個人簡介

張朋園（1926-2022），貴州貴陽人，1961年碩士畢業於臺灣師範大學國文研究所。1961年，進入中研院近代史研究所工作。1964年赴美哥倫比亞大學、哈佛大學等校訪問研究。返臺後歷任中研院近代史研究所助理研究員、副研究員、研究員。1980年至1981年擔任臺灣師範大學歷史學系主任。1997年2月退休，復任中研院近代史所兼任研究員。

張朋園長期從事中國近代政治史、思想史等領域研究，曾主持「中國現代化的區域研究」專案，也是中研院口述歷史計畫最早的參與者之一。主編《國民政府職官年表（1925-1949）》，代表作有《立憲派與辛亥革命》、《中國現代化的區域研究：湖南省（1860-1916）》、《中國現代化的區域研究——雲貴地區》、《郭廷以、費正清、韋慕庭：臺灣與美國學術交流個案初探》、《知識份子與近代中國的現代化》、《中國民主政治的困境：1909-1949晚清以來歷屆議會選舉述論》、《從民權到威權：孫中山的訓政思想與轉折兼論黨人繼志述事》、《中國現代化的區域研究：架構與發現》等。

1989年，張朋園、沈懷玉首訪南京大學。左起依次：張憲文、沈懷玉、張朋園、蔡少卿。

告知訪問南京事宜

1987 年 7 月，蔣經國宣佈解除戒嚴。政治環境的改善，使得長期隔絕的兩岸學者有了彙聚一堂的可能。1988 年，張朋園與南京大學茅家琦在澳門會面。翌年，張朋園來信告知，正在籌備與沈懷玉到訪南京，並計畫到中國第二歷史檔案館查閱檔案。當時，港澳臺學者如要進入檔案館查檔，必須持有相關單位（如南京大學歷史系）開具的介紹信，圍繞此事，雙方進行了大量通訊。

1989 年 8 月 7 日

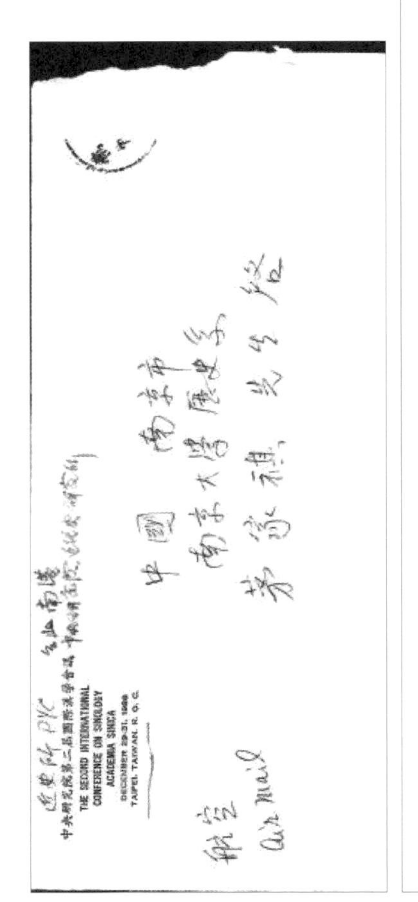

中央研究院近代史研究所
INSTITUTE OF MODERN HISTORY
ACADEMIA SINICA
NANKANG, TAIPEI, TAIWAN

家祺教授道席：

去年澳洲匆匆一晤，未能多所請益，别来諸事迪吉為念！弟曾編製一民國職官表，第一冊業已出版，第二冊因部份資料殘缺，還未能付梓。弟今同事沈懷玉女士計劃於九月二十日左右前來南京第二檔案館參閱有關資料，届时還望介绍拜識民國史學者，特檔案館方面亦請引見主管人員，俾能順利得讀資料，目前曾与蔡少卿先生去一箋，至今未見回音，請代為致候，謹此 順頌

撰安

弟 張朋園 拜上
一九八九、八、七。

張朋園沈懷玉訪問南京學術座談會

1989年9月，張朋園正式訪問南京大學，並應邀在鼓樓校區圖書館一樓大會議室做學術報告。在南京期間，還與來自其他高校、科研院所以及檔案館的學者與師生進行了座談。以下是張朋園、沈懷玉訪問南京學術座談會的簽到名單。

1989年9月南京大學學術座談會[14]

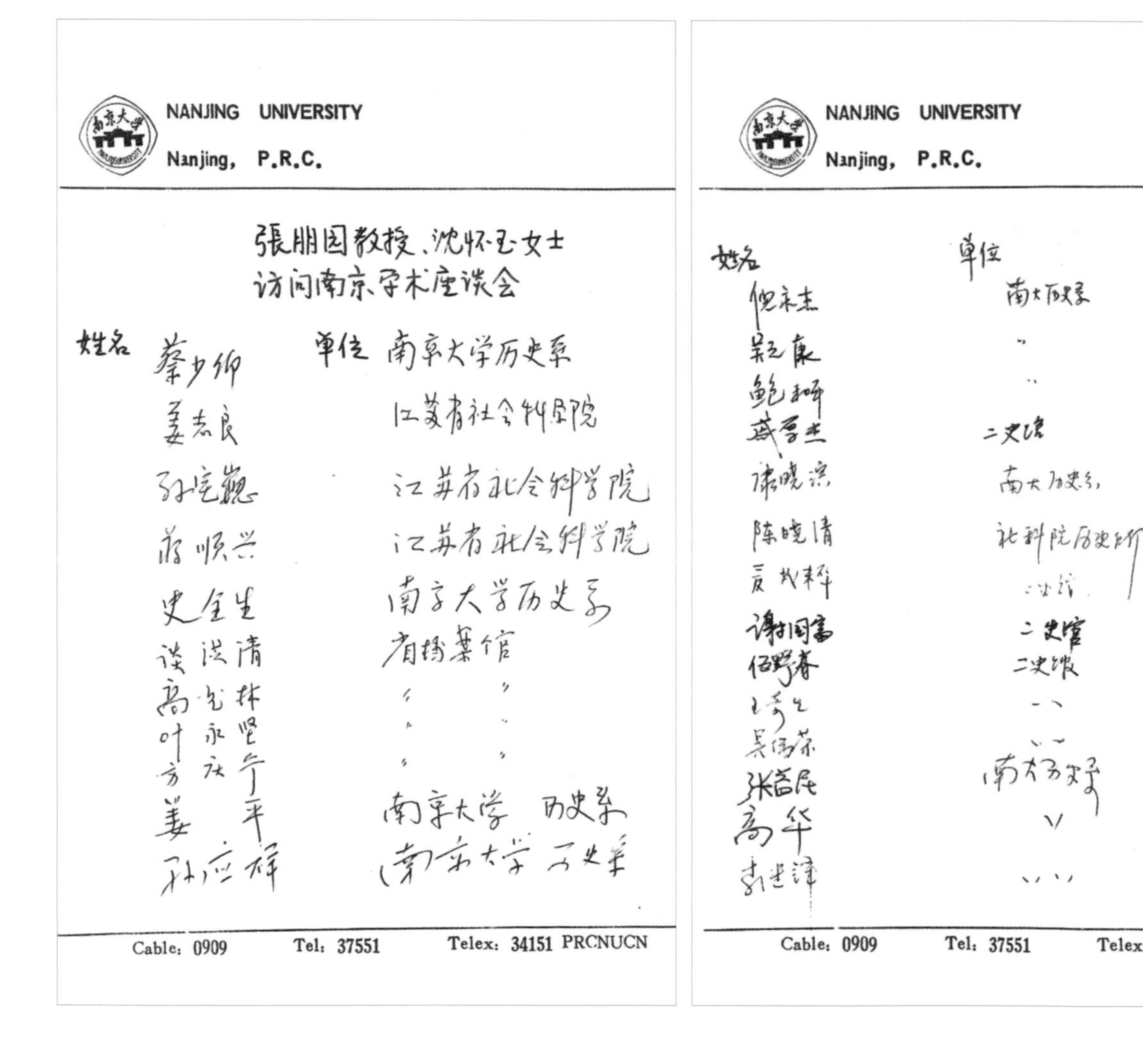

NANJING UNIVERSITY
Nanjing, P.R.C.

張朋园教授、沈怀玉女士
访问南京学术座谈会

姓名	单位
蔡少卿	南京大学历史系
姜志良	江苏省社会科学院
孙宅巍	江苏省社会科学院
蒋顺兴	江苏省社会科学院
史全生	南京大学历史系
谈洪清	省档案馆
高光林	〃
叶永坚	〃
方庆秋	〃
姜平	南京大学历史系
孙应祥	南京大学历史系

Cable: 0909　Tel: 37551　Telex: 34151 PRCNUCN

NANJING UNIVERSITY
Nanjing, P.R.C.

姓名	单位
倪永杰	南大历史系
吴之康	〃
鲍耕	〃
戚厚杰	二史馆
陈晓东	南大历史系
陈晓清	社科院历史所
袁成毅	〃
谢国富	二史馆
伍野春	二史馆
王奇生	〃
吴传芬	〃
张宪民	南大历史系
高华	〃
李世泽	〃

Cable: 0909　Tel: 37551　Telex: 3

14　與張朋園部分往來信件得到商丘師範學院楊金華博士協助獲得，謹表謝意。

NANJING　UNIVERSITY

Nanjing，　P.R.C.

王德宝　南京大學政治學系

杨振亚　南京大学历史系

高柳信夫　南京大学日本留学生

黄征　〃 〃 留学生部

高田幸男　南京大学日本留学生

細井和彦　南京大学日本留学生

严安林　南京大学历史系中国近现代史博士生.

万灵　南大历史系中国近现代史博士生

朱宝琴　南大历史系中国现代史教研室

孫淑　南京大學政治学系

張鑫濱　南京大学历史系

NANJING　UNIVERSITY

Nanjing，　P.R.C.

刘平　历史系.

田云　[illegible]

陈红民　南京大学历史系

陈谦平　南京大学历史研究所

申晓云　同上.

方之光　〃

崔之清　〃

張憲文　〃

Cable：0909　Tel：37551　Telex：341

學者交往

1989 年 10 月，張朋園來信告知已順利返臺，並隨函寄贈照片。信中提及，希望未來能夠邀請張、茅兩位學者赴臺訪問，並表示將盡力促成此事。張憲文覆信表示，非常期待兩岸能夠有更深入的學術交流與合作。但限於機會有限，該計畫直到 1994 年才成行。

1989 年 10 月 22 日

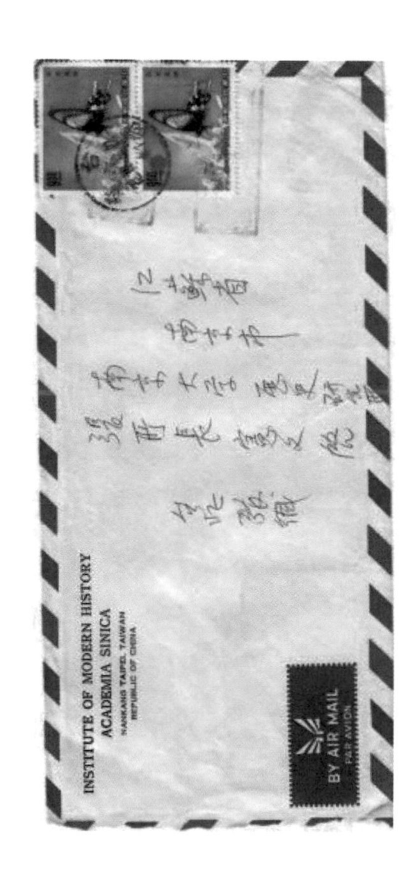

中央研究院近代史研究所
INSTITUTE OF MODERN HISTORY
ACADEMIA SINICA
NANKANG, TAIPEI, TAIWAN

憲文所長吾兄道席：

九月中旬匆匆一晤，別來不覺經月。弟與同事沈懷玉女士此次前來南京，一則拜訪學界先進，再則閱讀第二檔案館之資料。承蒙熱烈招待，沈女士之能順利得讀有關資料，全憑我兄鼎力支持。目前弟已返港，與沈女士會合，得悉吾兄之種種照拂，感激之意，無以表達，惟有銘記於中。弟甚盼明年有訪南京，進一步向方家請益；亦盼台北早日開放大陸學者來台訪問，當全速促成吾兄與茅家琦、蔡少卿兩學者之台北遊。海峽兩岸隔絕幾四十年，非有開明之政策，不足以使學術交流之進步。此次弟等受惠實多，特以片紙致意。謹祝

教安

弟　張朋園拜啓　一九八九年十月廿二日

P.S. 照片數幀，兩岸學術交流之見證也。相同二張，請轉黃小姐。又及

1989 年 11 月 10 日

南京大学历史研究所
INSTITUTE OF HISTORY
UNIVERSITY OF NANJING
HANKOU ROAD, NANJING, CHINA

朋園学兄大鉴：

您好！十月二十六日大札並照片等件，均已收到。这次您和怀玉女士並两位姪女前来南京访问，大家都很欢迎。特别是您的学术报告，这里学界同仁很感兴趣。可惜时间匆匆，未得向您多多求教，实为憾事。深望明年能够在南京再次相会，切磋学术问题。

怀玉女士去中国第二历史档案馆查阅档案，館方还是十分重视的。我们都盼望进一步加强与台湾学者的往来。但不足处，这次怀玉女士未能复印所需材料，劳她手抄，深为遗憾。下次怀玉女士再来时，我当帮她解决这一技术问题。

您和王[illegible]兄来宁访问，是两岸史学界交流的新起点，很有历史意义。我们都盼望更深入一步进行学术交流与合作，也盼望将来有机会

南京大学历史研究所
INSTITUTE OF HISTORY
UNIVERSITY OF NANJING
HANKOU ROAD, NANJING, CHINA

去台湾与更多的学者相会。

专此即颂

大安

向怀玉和两位姪女问好

弟 宪文 敬叙

1989.11.10.

關於介紹王樹槐訪問南京查閱資料事宜

1990 年 1 月 6 日，張朋園來信介紹中研院近代史研究所王樹槐來中國第二歷史檔案館查閱資料。

1990 年 1 月 6 日

中央研究院近代史研究所
INSTITUTE OF MODERN HISTORY
ACADEMIA SINICA
NANKANG, TAIPEI, TAIWAN

憲文教授吾兄：

这封信抵达时，当在新正前后，谨此拜年，敬祝
新岁身体健康，事事如意！兹有恳者，本所同事
王樹槐教授即将於今年四月间前来南京，一则拜候
吾兄及贵校先进学者，再则拟在第二档案馆参阅
资料，敢烦吾兄介绍，俾能顺利入馆阅读。王樹
槐先生是近史所的资深研究员，早年研究戊戌变
法、云南回民事变、庚子赔款，各有专著一本。近年
转来研究经济史，曾参加本所之区域现代化研究
计畫，发表江苏省现代化一书，论文十数篇。目前
仍集中精力，继续探讨江苏省之近代经济变迁，

中央研究院近代史研究所
INSTITUTE OF MODERN HISTORY
ACADEMIA SINICA
NANKANG, TAIPEI, TAIWAN

此次前來南京檔案館參閱資料，仍為解決江蘇省經濟史中某些問題而努力。王先生對學問之認真和執着，為弟所望塵莫及；其為人敦厚，同輩中人人稱道，陶業更是衷心佩服，引為模範。此次前來訪問，還望給予指引，滿足其入寶山不空手歸之心願。再者王先生可藉便攜帶若干之出版品，吾兄有何需要，請及早賜示，由其順道帶來。王先生為弟之好友，弟之近況請其轉陳，不一。

謹此敬頌

百福

弟　張朋園　拜啓　一九九〇年元月六日

學者交往

1990 年 2 月，時值春節，張憲文向張朋園致以新春祝福，再次表達加強雙方學術交流合作的願望。

1990 年 2 月 12 日

南京大学历史研究所
INSTITUTE OF HISTORY
UNIVERSITY OF NANJING
HANKOU ROAD, NANJING, CHINA

朋園教授吾兄：

在马年新春開始之际，向您和夫人雁秋並兩位姪女問好！祝你們全家快乐！幸福！

回顾數月前在南京的相会，甚为愉快。希望您有机会偕夫人再次來大陸观光。

最近陈永發教授由欧洲開会归来，在南京访问數日，明日將去上海访问，然后經香港返回台北。

我們期望進一步加强双方學术上的联系和交往，我相信隨着时間的推移，会出现可喜的前景。

趁永發返台之际，遥致問候之意！

弟

張憲文

90.2.12.

關於介紹沈懷玉訪問南京查閱資料事宜

1990 年 5 月，張朋園來信，介紹沈懷玉赴南京中國第二歷史檔案館，進一步搜集有關民國職官的資料。不久再次來信，請張憲文幫助尋找《中國人口》（雲南分冊）一書。此書當時南京市面上緊缺，於是張憲文委託在雲南的好友謝本書代為購買，並由航空寄往臺灣。

這一時期，由於交通不便以及兩岸之間來往的諸多限制，學者們在通訊中均多次表達對於未來能夠跨越海峽自由通行的希冀與期待。

1990 年 5 月 26 日

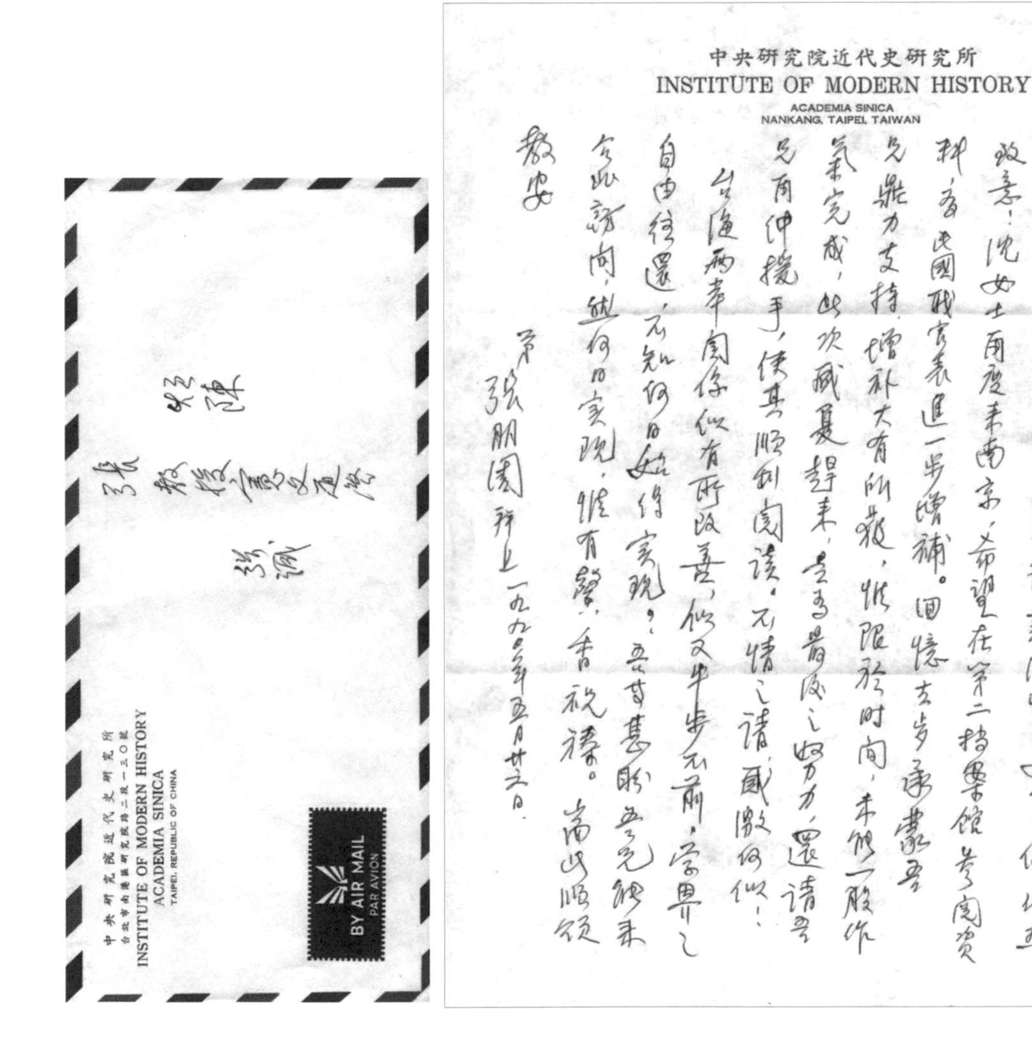

中央研究院近代史研究所
INSTITUTE OF MODERN HISTORY
ACADEMIA SINICA
NANKANG, TAIPEI, TAIWAN

憲文吾兄道席：

久疏音候，想近況佳勝，謹藉沈懷玉女士之便，代為致意：沈女士再度來南京，希望在第二檔案館查閱資料，為民國職官表進一步增補。回憶去歲承蒙吾兄鼎力支持，增補大有所獲，惟限於時間，未能一般作業完成，此次戚夏歸來，並為背後之努力，還請吾兄再伸援手，使其順利閱讀，不情之請，感激何似！台海兩岸關係似有所改善，似又半步不前，常冀之自由往還，不知何日始得實現，吾甚盼吾兄能來台北訪問，然何日實現，惟有馨香祝禱。專此順頌

教安

弟　張朋園拜上　一九九〇年五月廿六日

1990 年 5 月 29 日

張緘

中央研究院近代史研究所
台北市南港區研究院路二段一三〇號
INSTITUTE OF MODERN HISTORY
ACADEMIA SINICA
TAIPEI, REPUBLIC OF CHINA

江蘇省
南京市
南京大學 歷史系
張憲文 教授 啓

BY AIR MAIL
PAR AVION

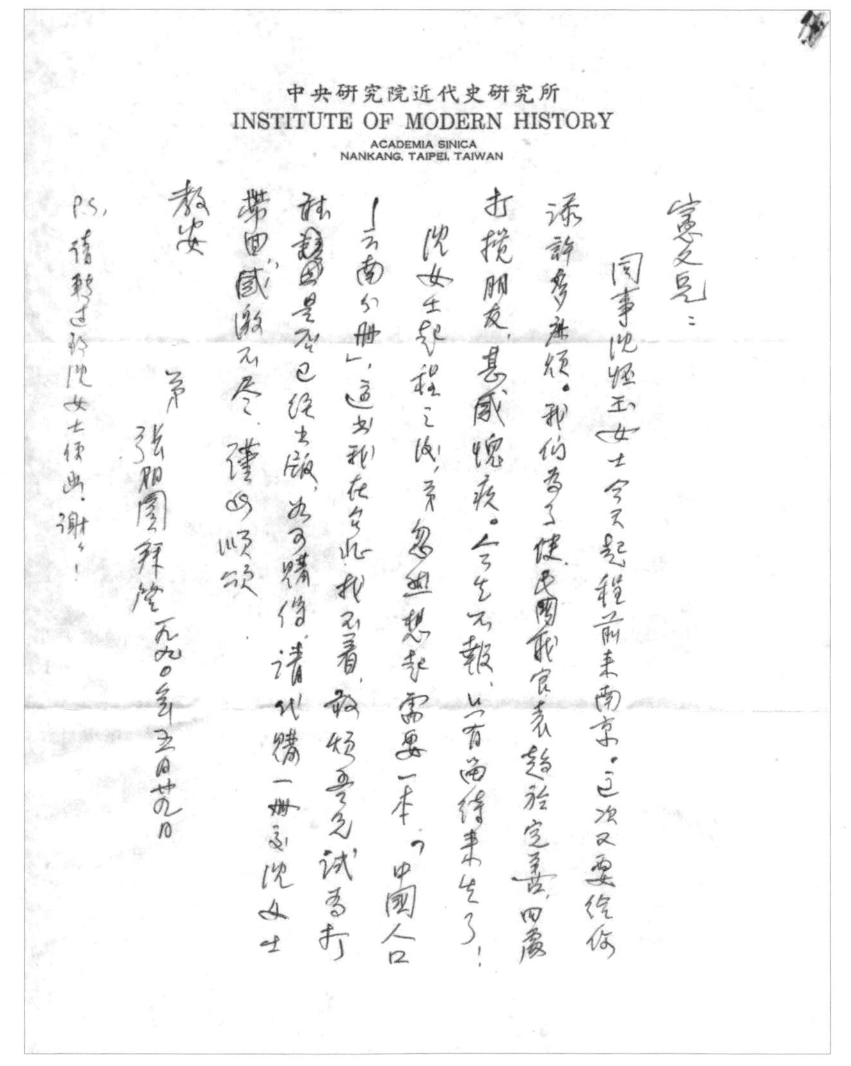

中央研究院近代史研究所
INSTITUTE OF MODERN HISTORY
ACADEMIA SINICA
NANKANG, TAIPEI, TAIWAN

憲文兄：

同事沈懷玉女士今天起程前來南京，這次又要給你添許多麻煩。我們為了使民國職官表趨於完善，因為打擾朋友，甚感愧疚。今生不報，只有留待來生了！

沈女士起程之後，弟忽然想起需要一本《中國人口雲南分冊》，這書我在台北找不着，敢煩吾兄試為打聽該書是否已經出版，如可購得，請代購一冊交沈女士帶回，感激不盡。謹此順頌

教安

弟 張朋園拜啓 一九九〇年五月廿九日

P.S. 請轉送給沈女士便函。謝謝！

1990 年 6 月 23 日

南京大學历史研究所
INSTITUTE OF HISTORY
UNIVERSITY OF NANJING
HANKOU ROAD. NANJING. CHINA

朋園学长：

您好：来信并托怀君女士带来的礼物，均已收到。非常感谢您的深厚情谊。这次怀君前来补充史料，由于天气炎热，十分辛苦。对她的严谨的治学精神，这里的同仁都十分敬佩。二十多天都泡在档案馆里，我们曾劝她出去旅游，但是她把工作摆在第一位，不愿意耽搁时间。您真是找到一位好的助手和合作者。

《中国人口—云南分册》一书，南京书店无货，我已发快信去云南昆明，请我的朋友谢本书先生帮忙找一本。来不及请怀君女士带回。由于我6月底将出国去澳大利亚访问，为此我请我所陈谦平先生用航空直接寄给您。

南京大學历史研究所
INSTITUTE OF HISTORY
UNIVERSITY OF NANJING
HANKOU ROAD. NANJING. CHINA

欢迎您再次来宁访问讲学。

専此　顺颂

研祺

弟
张宪文
6.23.

1990 年 7 月 20 日

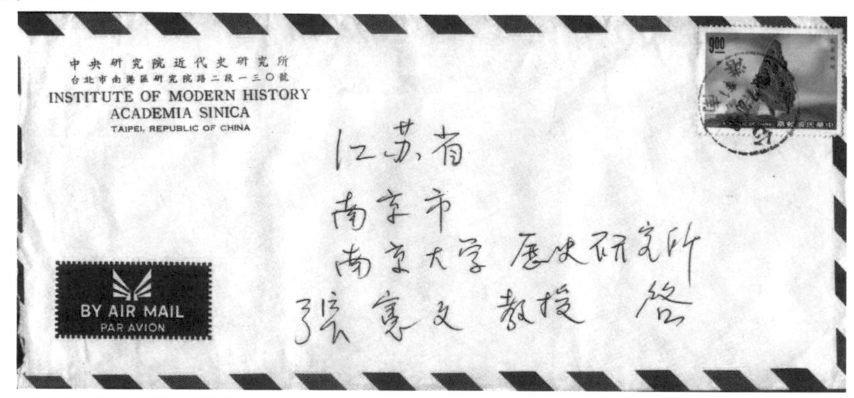

中央研究院近代史研究所
INSTITUTE OF MODERN HISTORY
ACADEMIA SINICA
NANKANG, TAIPEI, TAIWAN

憲文所長吾兄：

不知要怎麼說才能表達心中的謝意。弟和同事沈懷玉給您添了許多麻煩，吾兄卻不以爲意，種種幫助，使我們的研究進展十分順利，謝本書兄要快寄來把手邊的中國人口—江南分冊，感情可感，皆吾兄之所賜。惟有盼望兩岸之學術活動早日開放，大家來去方便，或者在有生之年還有機會展開一些合作研究。澳洲之行想必愉快！弟未曾二訪澳洲國立大學，其圖書館收藏甚爲豐富，目前陳館長抵台北，他對我們的研究多所指導，我問他何以如此清楚，他賣了一個關子，說什麼秀才不出門，後來我想起您的少卿兄乃是該校訪問，不覺天下之小。可惜海峽兩岸尚難飛渡也！

謹此 致候

教祺

弟 朋園 拜啓 一九九〇年七月廿日

關於介紹楊翠華訪問南京查閱資料事宜

1990 年 10 月，張朋園來信，介紹中研院近代史研究所的楊翠華博士來訪南京，並計畫赴檔案館收集有關科學史的資料，請張憲文幫忙居中聯繫。這一時期，沈懷玉亦多次往返中國大陸，受到了南京大學歷史系的熱情接待，張朋園在信中表達謝意。

1990 年 10 月 5 日

中央研究院近代史研究所
INSTITUTE OF MODERN HISTORY
ACADEMIA SINICA
NANKANG, TAIPEI, TAIWAN

憲文兄：

謹介紹弟的同事楊翠華博士前來拜候。楊女士是研究中國科學史的專家，此次來南京，希望能在第二檔案館查閱一些民國時期科學史方面的資料，又要勞煩吾兄關說，使其獲得方便，感激銘心，自在不言中。

弟九月間曾在北京參加社科院近史所的「近代中國與世界」討論會，會前以為一定會與吾兄把晤，及至見到茅家琦兄時，才知吾兄不克北上參加會

中央研究院近代史研究所
INSTITUTE OF MODERN HISTORY
ACADEMIA SINICA
NANKANG, TAIPEI, TAIWAN

議，不免有些失望。弟本可於回程中順訪南京，由於來去匆匆，心理上沒有準備，大家便失去了把握的機會。況煙霞女士每於說到我們的成就附都會想起先生當年給予的種種幫助，長歎無法報還，負負！弟明年或將三度回來，希望明年此時政治上已有野政黨自由地說，更能獲致學術上的交流。謹此敬頌

教祺

弟 朋園 拜上 一九九〇年十月五日

告知沈懷玉再次訪問南京事宜

1991 年 3 月，張朋園來信告知，沈懷玉即將再赴南京收集史料，並請張憲文幫忙聯繫中國第二歷史檔案館。

1991 年 3 月 5 日

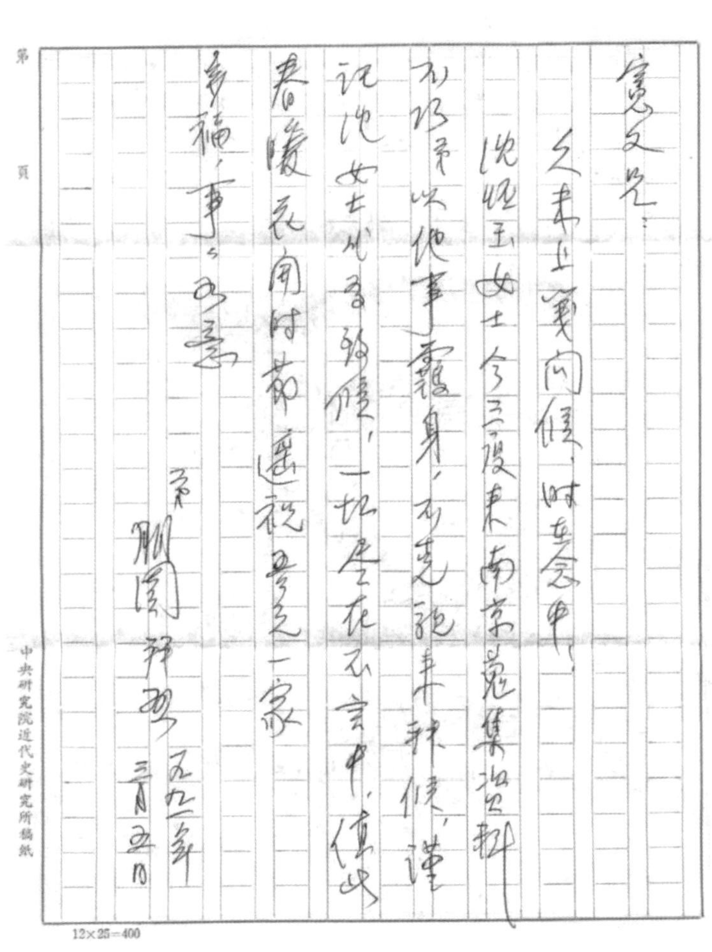

第　頁

憲文兄：

久未上箋問候，時在念中。沈懷玉女士今三度來南京蒐集史料，祇因弟以他事羈身，不克陪來秣陵，謹託沈女士代為致候，一切盡在不言中。值此春暖花開時節，遙祝吾兄一家多福，事事如意。

弟 朋園 拜啟
一九九一年三月五日

中央研究院近代史研究所稿紙

12×25=400

學者交往

1991 年 3 月，張憲文來信邀請張朋園參加在南京舉辦的紀念辛亥革命學術活動。

1991 年 3 月 10 日

南京大学历史研究所
INSTITUTE OF HISTORY
UNIVERSITY OF NANJING
HANKOU ROAD, NANJING, CHINA

朋园教授吾兄：

先后承蒙您的盛意，多次带来礼物，十分感谢。八九年分别后，一直未有机会会面，欢迎您今年能有机会再来南京讲学。十月份，南京将有辛亥方面的学术活动，欢迎吾兄前来参加，详情另请沈怀玉小姐转告。

顺颂

时祺

弟 宪文

91.3.10

學者交往

1993 年 1 月，張朋園寄來新年賀卡，並在信中繼續關注邀請張憲文赴臺訪問一事。

1993 年 1 月 1 日

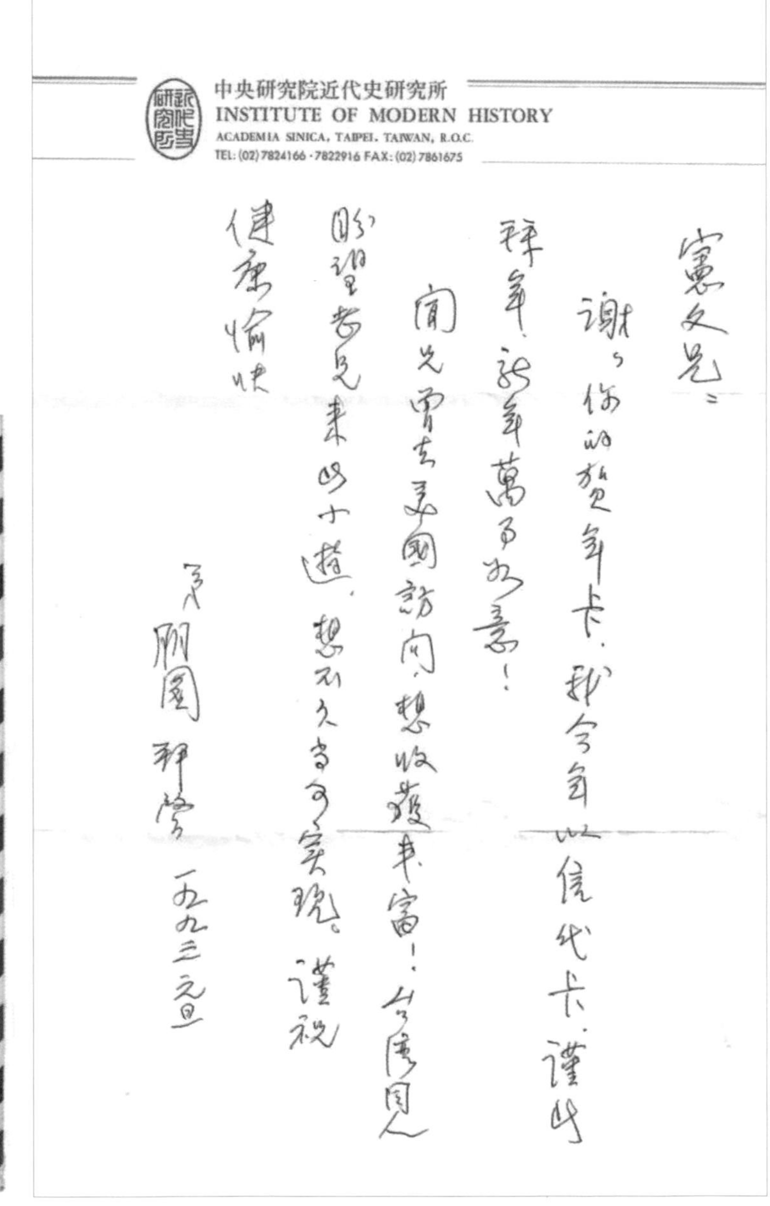

中央研究院近代史研究所
INSTITUTE OF MODERN HISTORY
ACADEMIA SINICA, TAIPEI, TAIWAN, R.O.C.
TEL: (02) 7824166 · 7822916 FAX: (02) 7861675

憲文兄：

謝謝你的賀年卡，我今年以信代卡，謹此拜年，新年萬事如意！

聞兄曾去美國訪問，想收獲豐富！台灣同人盼望老兄來此一遊，想不久當可實現。謹祝

健康愉快

弟 朋園 拜啟 一九九三元旦

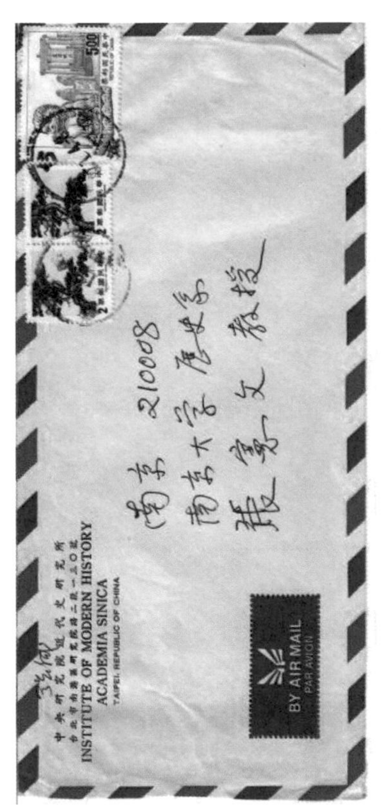

關於介紹黃克武訪問南京查閱資料事宜

1993 年 11 月，張朋園來信介紹中研院近代史研究所黃克武博士來中國第二歷史檔案館蒐集檔案資料。

1993 年 11 月 22 日

210008

南京市
南京大學歷史系
張憲文 教授

台北 張緘

南海麗晶大酒店
The Nanhai Regency
地址：中国广东省佛山市佛平路25号 电话：631043
528200

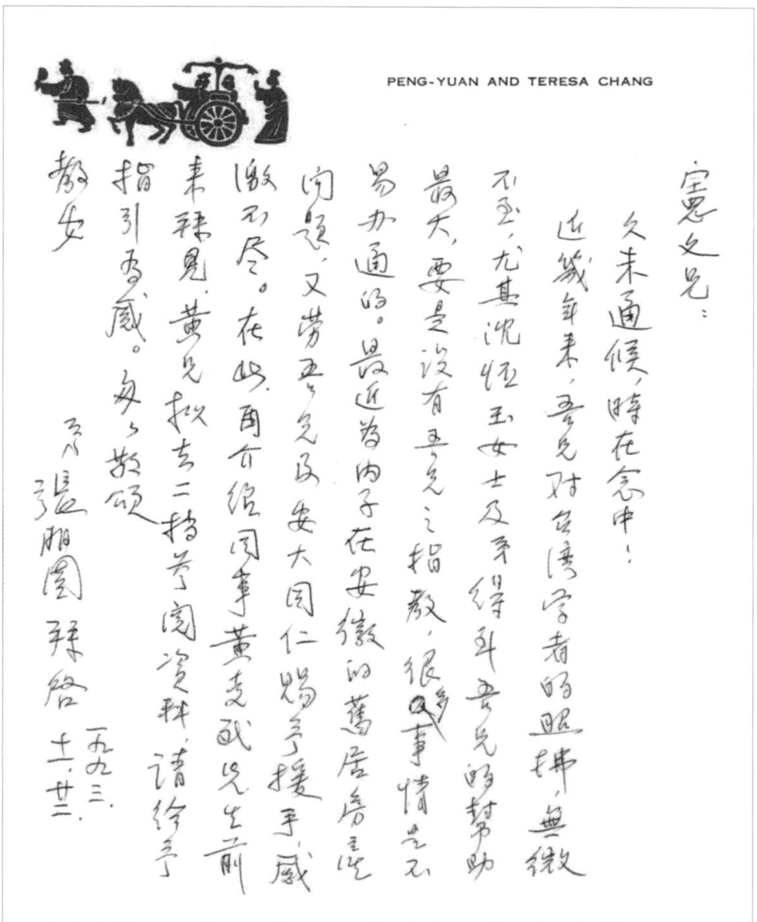

PENG-YUAN AND TERESA CHANG

憲文兄：

久未通候，時在念中！近幾年來，吾兄對台灣學者的照拂，無微不至，尤其沈怀玉女士及李緒武吾兄的幫助最大，要是沒有吾兄之指教，很多事情是不易办通的。最近為内子在安徽的舊居房屋問題，又勞吾兄及安大同仁賜予援手，感激不尽。在此，再介紹同事黃克武兄來拜見，黃兄擬去二檔查閱資料，請給予指引為感。耑此敬頌

教安

弟 張朋園 拜啟

一九九三．十一．廿二

學者交往

1994 年 3 月 12 日

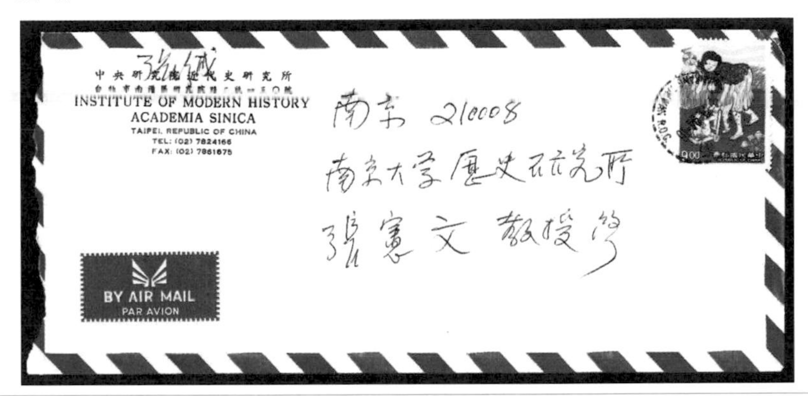

中央研究院近代史研究所
INSTITUTE OF MODERN HISTORY
ACADEMIA SINICA
NANKANG, TAIPEI, TAIWAN
TEL. (02)7824166 FAX: (02)789-8204

憲文兄大鑒：

二月廿七日大函奉接已久，多謝吾兄及安大貴友之幫助，內子沈飛秋在蕪湖的房產有了着落，將來無論能否空房收回，內心對諸兄的勞神，非常感激。有關房的進展，需要的用度，將來我們都要一一奉還。我們可能在秋天回來一趟，大恩當續當面道謝。弟即於三日啟赴美二月，五月十五左右返抵台北。謹此，敬候

教安

弟 朋園上 一九九四、三、十二、

沈懷玉小姐附候！

關於「第三次中華民國史國際學術討論會」參會事宜

1994 年，南京大學歷史系正在籌辦「第三次中華民國史國際學術討論會」，致信張朋園邀請參會。適逢 3 月間張朋園赴美國哥倫比亞大學（Columbia University in the City of New York）訪問研究，預計 5 月中旬才能返臺，因此可能無法收到第一號會議通知。張憲文得知後，來信再補寄一份會議通知。以下信件涉及參會的具體細節。

1994 年 4 月 25 日

南京大学历史研究所
INSTITUTE OF HISTORY
UNIVERSITY OF NANJING
HANKOU ROAD. NANJING. CHINA

朋园教授兄大鉴：

您好！大札收悉，知您已赴美访问研究。关于嫂夫人家乡房产问题，芜湖方面的朋友正在打听有关政策，如有消息，当再详告。

我们打算于今年12月18日—20日，在南京大学举行第三次中华民国史国际学术研讨会，以纪念兴中会名义，研讨广泛的学术问题，没有什么政治背景。前曾寄给您一份会议第一号通知，欢迎您提交论文，后知您已经赴美。

今再寄上会议通知一份，收到时估计您已由美国返回台湾。十分盼望您能出席会议，以为会议增辉。这次会议将有许多国内知名中国近现代史方面学者出席，为两岸学者交流的良好机会。

敬祝

安好

弟 宪文 94.4.25.

1994 年 5 月 26 日

田先生：

此已逾（一定動）由於時差的關係，因[illegible]遲遲作覆為歉。

謝謝先生和安徽有關友好幫助同子（先生及黃[illegible]勞神之至，的主催[illegible]業[illegible]）將來無論我們都要請代表我們的謝意，請代為轉達[illegible]下的意思。我們很想認同回來一趟，等我不久自身，當即打道東南[illegible]京。

承邀參加今年十一月的第三次中華民國史討論會。等目前最大的困難在於沒有論文。而且來，我參加國內外學術會很多次，發表論文四篇，將發表的有[illegible]用完了，一時之間還沒有找到合[illegible]寫出的論文來。如果有論文我一定前來的，否則只有謝謝會[illegible]了，請你們幾位和主持人陳先生（在）謝謝，他們的邀請。

[illegible]

1994/5/26

祝文安

1994 年 6 月 17 日

南京大学

朋园教授兄大鉴：

大札收到，知兄已由美国返台。我与亨琦兄等应邀赴台开会，目前已在办理手续，但愿能获得最后批准。

12月会议，欢迎兄拨冗出席。兄忙，不必撰写论文。您的出席，将会受到朋友们的欢迎，也愿我们再次在南京相会。

敬祝

安好

弟　张宪文
94.6.17

學者交往

1994 年 8 月 31 日

Department of History
Nanjing University
22 Hankou Road, Nanjing, China

朋園兄大鉴：

您好！8月22日离开台北经香港返回南京，一切顺利。目前学校已经开学上课。

这次赴台开会并在贵所里访问一段时间，蒙兄热情招待，非常感激。本应趁此机会多多请教，但未能如愿，甚觉遗憾。在台四十天，各方面老友多多，收获很大，深感海峡两岸加强交流之必要。我们盼望两岸学者能有更多的机会交流学术成果和加强学术友谊。

菱湖房产一事，弟一定放在心上，一定把它当作弟自己的事情尽力去做。有什么情况，以后再与您联系。

向嫂夫人问好　祝

近安

弟　茅家琦　94.8.31

1995 年 10 月 1 日

南京大学历史研究所
INSTITUTE OF HISTORY
UNIVERSITY OF NANJING
HANKOU ROAD. NANJING. CHINA

朋園教授兄：

您好！这次去台開会，匆匆忙忙，未有更多时间请教，行前也未及告辞，甚歉。

房产事能依照公文规定。除房契外，需要对你们离家后的处理情况有一证明。如果符合规定，或者大体上差不多，我可请人帮忙争取。

敬祝

安好

向嫂夫人问候

张宪文

95.10.1.

學者交往

1997 年，張朋園《郭廷以、費正清、韋慕庭：臺灣與美國學術交流個案初探》一書由中研院近代史研究所出版。該書運用第一手檔案資料及親歷者的證詞，討論了在中研院近代史研究所初創時期，美國與臺灣的學術往來情況。張憲文收到贈書後，致信張朋園表示感謝。

1997 年 11 月 26 日

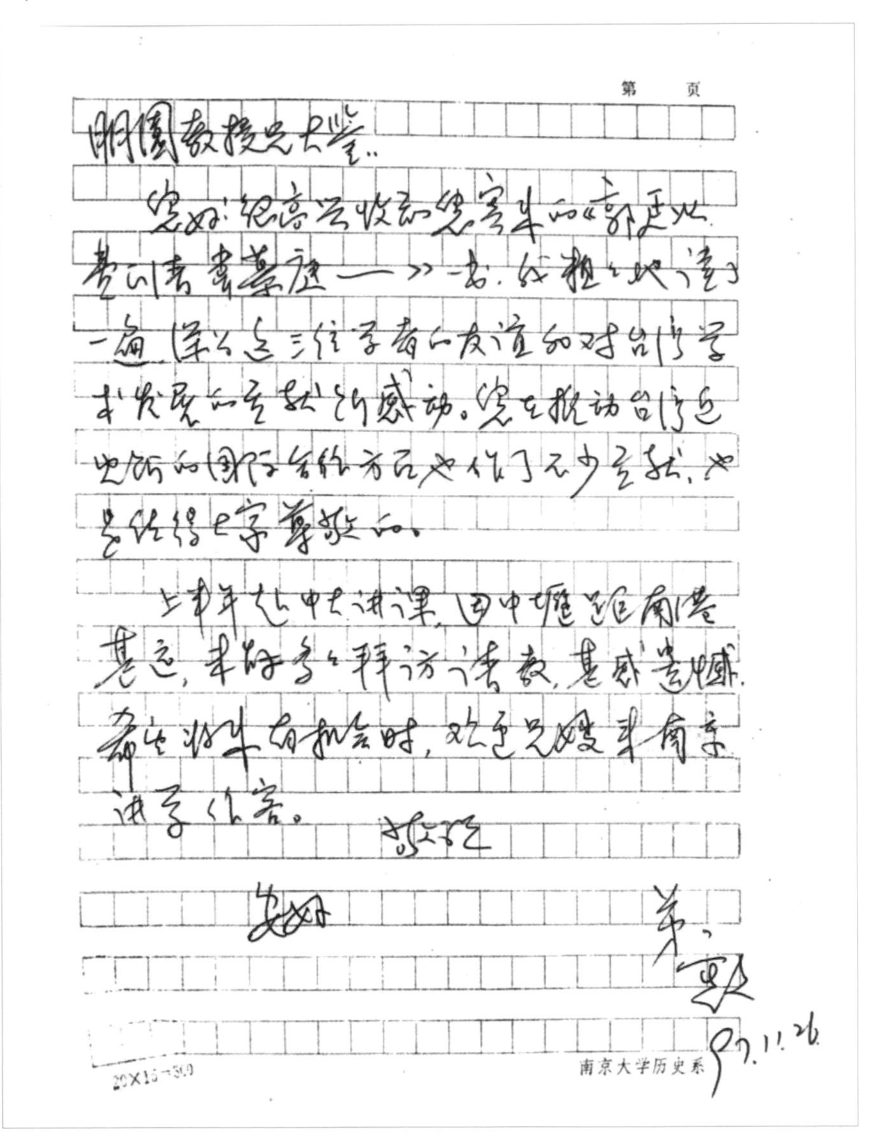

第　頁

朋園教授兄大鑒：

您好！很高兴收到您寄来的《郭廷以、费正清、韦慕庭》一书。我粗粗地读了一遍，深为这三位学者的友谊和对台湾学术发展的贡献所感动。您在推动台湾近史所的国际合作方面也作了不少贡献，也是值得尊敬的。

上半年在中大讲课，因中坜距南港甚远，未能多多拜访请教，甚感遗憾。希望将来有机会时，欢迎兄嫂来南京讲学作客。

敬祝

安好

弟　宪文

97.11.26

20×15=300　南京大学历史系

新年賀卡

2004 年 1 月，張朋園寄贈新年賀卡。

2004 年 1 月 14 日

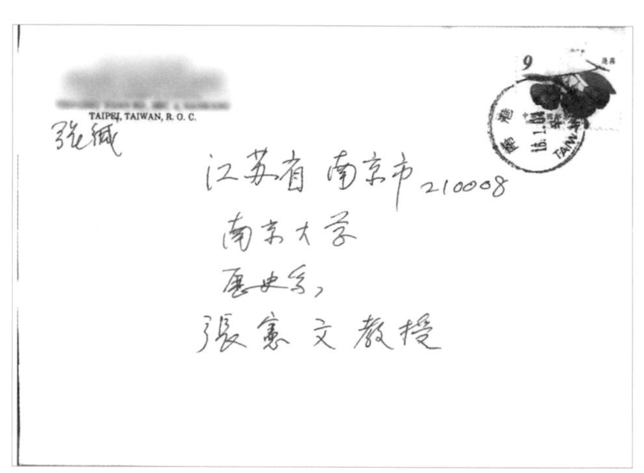
TAIPEI, TAIWAN, R. O. C.
張緘

江苏省南京市 210008
南京大学
歷史系，
張憲文教授

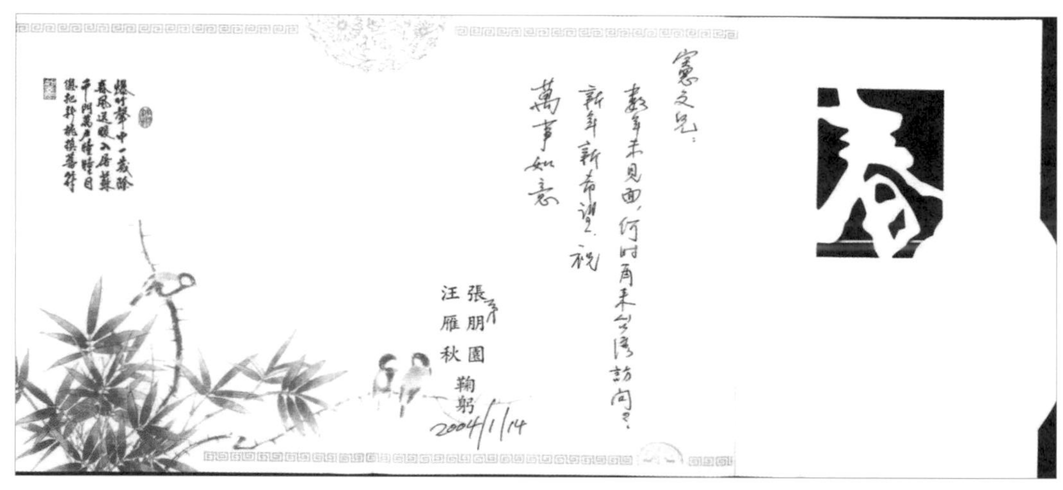

憲文兄：
多年未見面，何時再來台灣訪問？
新年新希望。祝
萬事如意
張朋園
汪雁秋 鞠躬
2004/1/14

2012年，月日不詳

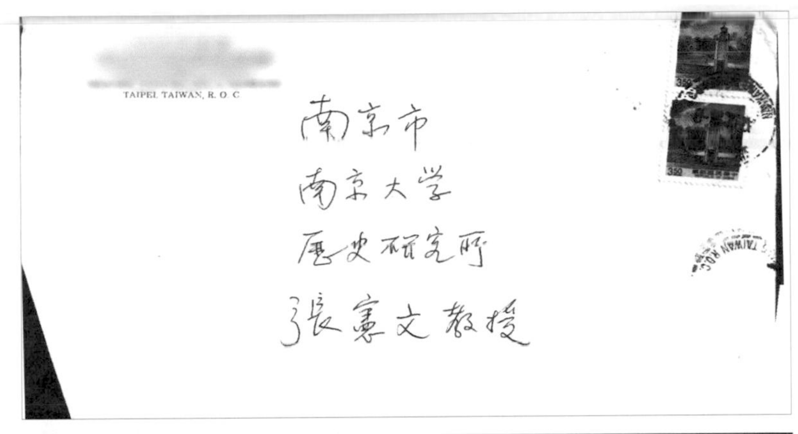

TAIPEI TAIWAN, R. O. C

南京市
南京大学
歷史研究所
張憲文教授

張建俅

個人簡介

張建俅，先後畢業於臺灣師範大學歷史研究所、政治大學歷史學系，並獲得博士學位。現為中正大學歷史學系副教授。

張建俅長期從事清末開埠、救濟與紅十字會史等領域研究，代表作有《清末自開商埠之研究（1898-1911）》、《中國紅十字會初期發展之研究》等。

告知訪問南京事宜

1998 年 3 月 12 日

張老師：

很对不起，許久未和老師連絡，去年十二月內人由国史館朱副館長處得知老師將至國史館看資料，於是我們便期待等到老師來時，再向老師當面致謝，不料後來可能是老師的行程臨時發生变化，以至於失去了與老師会面的机会，在此再一次向老師致歉。同時也謝謝老師同意成為我申請中华發展基金大陸短期研究計劃的大陸地區指導教授，目前這項申請已獲通过，我可能於四月中左右前往南京，惟行程尚未确定，或有可能提早。目前台灣地区历史系研究生赴大陸蒐集資料風氣大不如前，蓋風行草偃，再加上本地各处收藏資料日益开放，使得許多學生不免有求人不如求己的感覺，當然這对兩岸學術交流，乃至更遠大的目標，將是不利的。祝

健康平安

學生 張建俅敬上

1997.2.12.

新年賀卡

1999 年 1 月 21 日

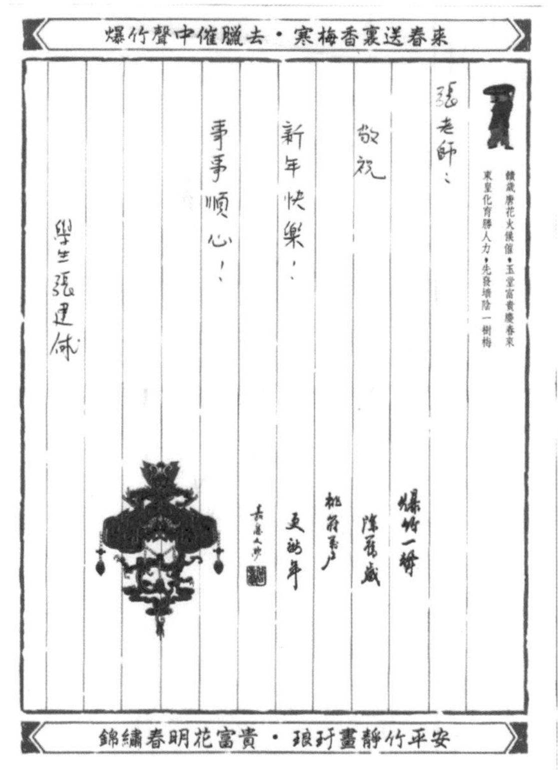

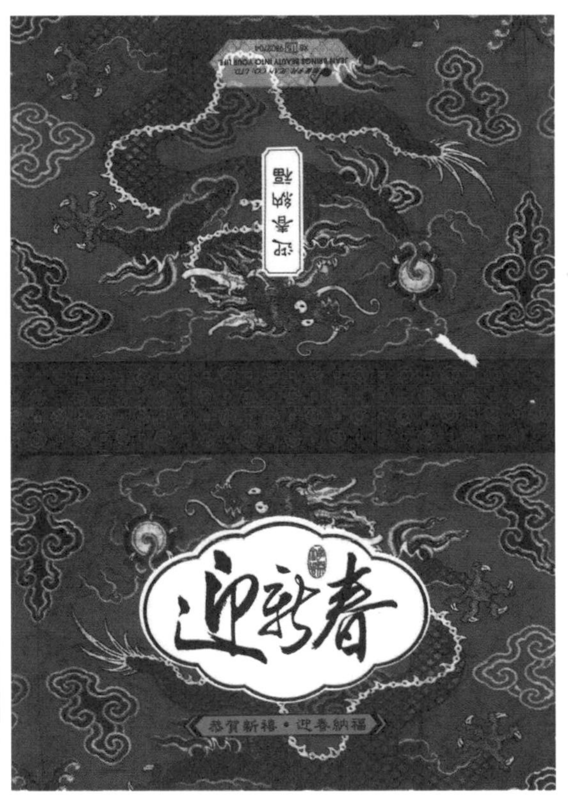

張哲郎

個人簡介

張哲郎，先後畢業於臺灣大學、美國明尼蘇達大學（University of Minnesota），並獲得明尼蘇達大學博士學位。1990 年至 1996 年擔任政治大學歷史學系主任，1997 年至 2000 年擔任文學院院長。2005 年任明新科技大學代理校長。

張哲郎長期從事明史與中國通史研究，代表作有《明代巡撫研究》、《關東世族與唐朝前期的政治》、《體壇三論》等。

告知訪問南京行程

1994 年 7 月 13 日至 15 日，由聯合報系文化基金會執行長邵玉銘牽頭，聯合中研院歷史語言研究所、中研院近代史研究所、臺灣大學、臺灣師範大學、政治大學等機構舉行「中國歷史上的分與合」學術研討會。張哲郎擔任該會議籌備委員會委員，並與張憲文在此次會議上結識。此後，張哲郎多次往返中國大陸參加學術活動，曾出席「第四次中華民國史國際學術討論會」。

2004 年，張哲郎來信告知，計畫在 8 月份前往南京參加「第 10 屆明史學術研討會」，希望能夠有機會與張憲文再次見面。

2004 年 4 月 12 日

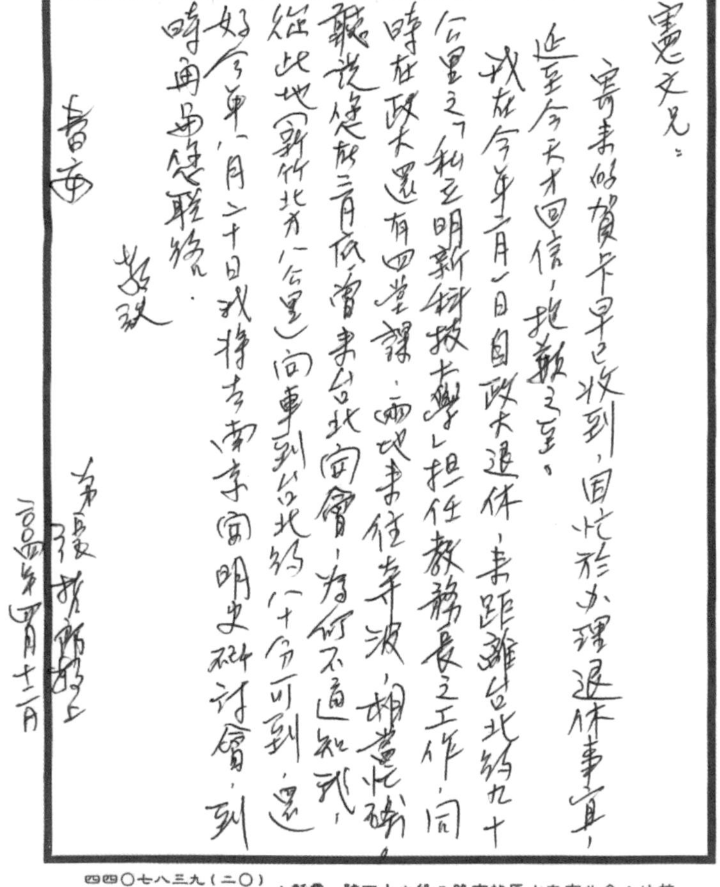

國立政治大學歷史學系

憲文兄：

寄來的賀卡早已收到，因忙於辦理退休事宜，延至今天才回信，抱歉之至。

我在今年二月一日自政大退休，来距離台北約九十公里之「私立明新科技大學」担任教務長之工作，同時在政大還有四堂課，兩地來往奔波，相當忙碌。聽說您於三月底曾來台北開會，為何不通知我！從此地（新竹北方一公里）開車到台北約八十分可到，還好。今年八月二十日我將去南京開明史研討會，到時再與您聯絡。

敬致

春安

弟 張哲郎 敬上

二〇〇四年四月十二日

校址：台北市文山區指南路二段六十四號　電話：（〇二）九三八七〇四四　（〇二）九三八七〇四五

張勝彥

個人簡介

張勝彥，臺灣大學歷史學學士、碩士，日本京都大學（Kyoto University）文學博士。先後任職於東海大學、日本京都大學、中央大學、日本關西大學（Kansai University）、臺北大學等校，此外曾任臺灣歷史學會會長、內政部古蹟評鑑小組委員、臺中縣誌總編纂、續修臺中縣誌總編纂、續修臺北縣誌總編纂等職。現為臺北大學兼任教授、《續修新竹縣誌》總編纂。

張勝彥長期從事臺灣政治社會史、日據時期臺灣史、日本史等領域研究。代表作有《南投開拓史》、《清代臺灣廳縣制度之研究》、《臺灣開發史》等。

新年賀卡

1999 年 1 月 1 日

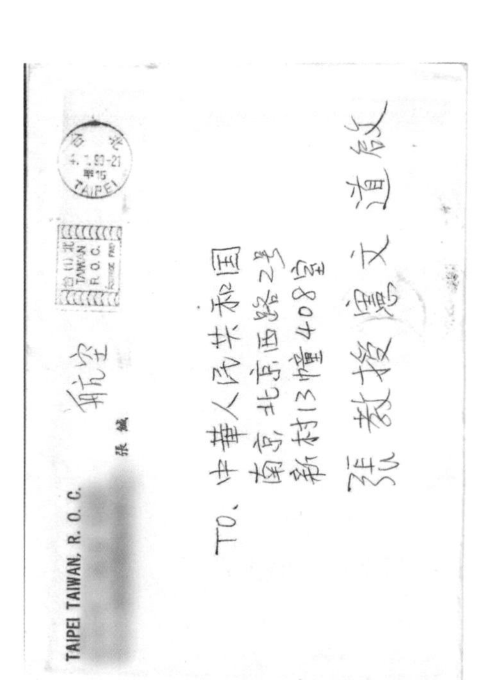

張勝彥　鞠躬
邱月華
一九九九年元旦

迎春納福事事如意

＊願你的佳節新年充滿喜氣歡樂＊

Best Wishes for Christmas
and the New Year.

張瑞德

個人簡介

張瑞德，畢業於臺灣師範大學，獲得歷史學博士學位。歷任中研院近代史研究所助理研究員、副研究員、研究員，中國文化大學史學系教授等職。2018 年退休，復任中研院近代史研究所兼任研究員。

張瑞德長期從事軍事史、社會經濟史研究，代表作有《中國近代鐵路事業管理研究：政治層面的分析（1876-1937）》、《平漢鐵路與華北的經濟發展（1905-1937）》、《山河動：抗戰時期國民政府的軍隊戰力》、《無聲的要角：蔣介石的侍從室與戰時中國》等。

2018 年 7 月，紀念全面抗戰爆發八十周年暨抗日戰爭研究國際大學聯盟籌建會議，攝於中央飯店，左起依次為：朱慶葆、張瑞德、張憲文。

告知查閱資料行程

在撰寫《抗戰時期的國軍人事》一書期間，張瑞德多次赴南京中國第二歷史檔案館、南京圖書館、重慶檔案館和重慶圖書館等地收集有關軍政部、軍令部、軍訓部檔案及軍方出版物等，並與張憲文就查閱資料一事通訊。1993 年 1 月，該書由中研院近代史研究所出版。

1992 年 3 月 6 日

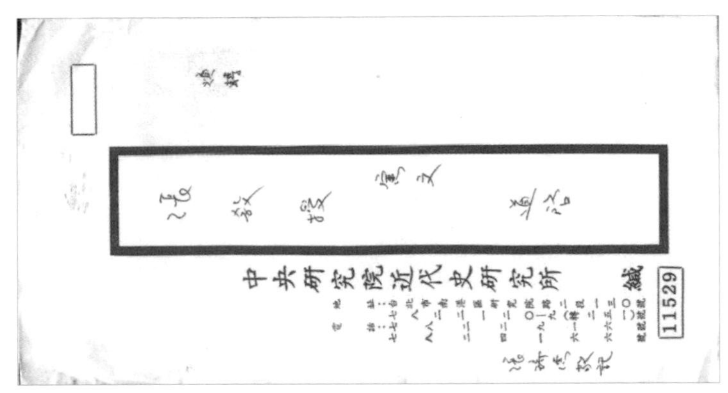

張教授憲文　道啟

中央研究院近代史研究所緘

11529

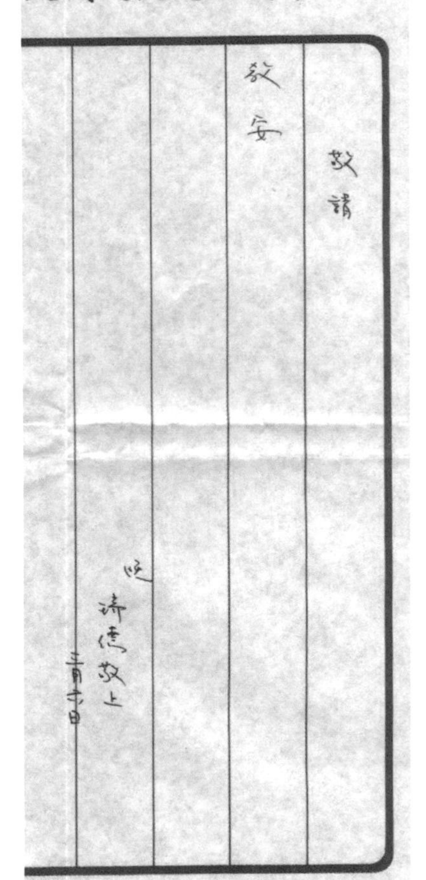

中央研究院近代史研究所用箋

憲公教授道鑒：

晚服務於中研院近史所，刻正從事「戰時陸軍志（一九三七—一九四五）」之研究，擬於今年三月下旬至南京第二歷史檔案館收集資料一個月，素仰憲公近年熱心支持敝所人員，不遺餘力，故冒昧請求協助，屆時如蒙介紹並安排住處，至為感激。不情之請，尚乞見諒。

隨函附呈近著「中國近代鐵路事業管理的研究」一冊，敬請賜教。耑此

敬請

教安

晚　瑞德敬上

三月六日

新年賀卡

1993 年 1 月 18 日

張瑞德
中央研究院近代史研究所
台北市南港區
TAIWAN

張教授憲文道啓
南京大學歷史系
江蘇省南京市
CHINA

AIR MAIL

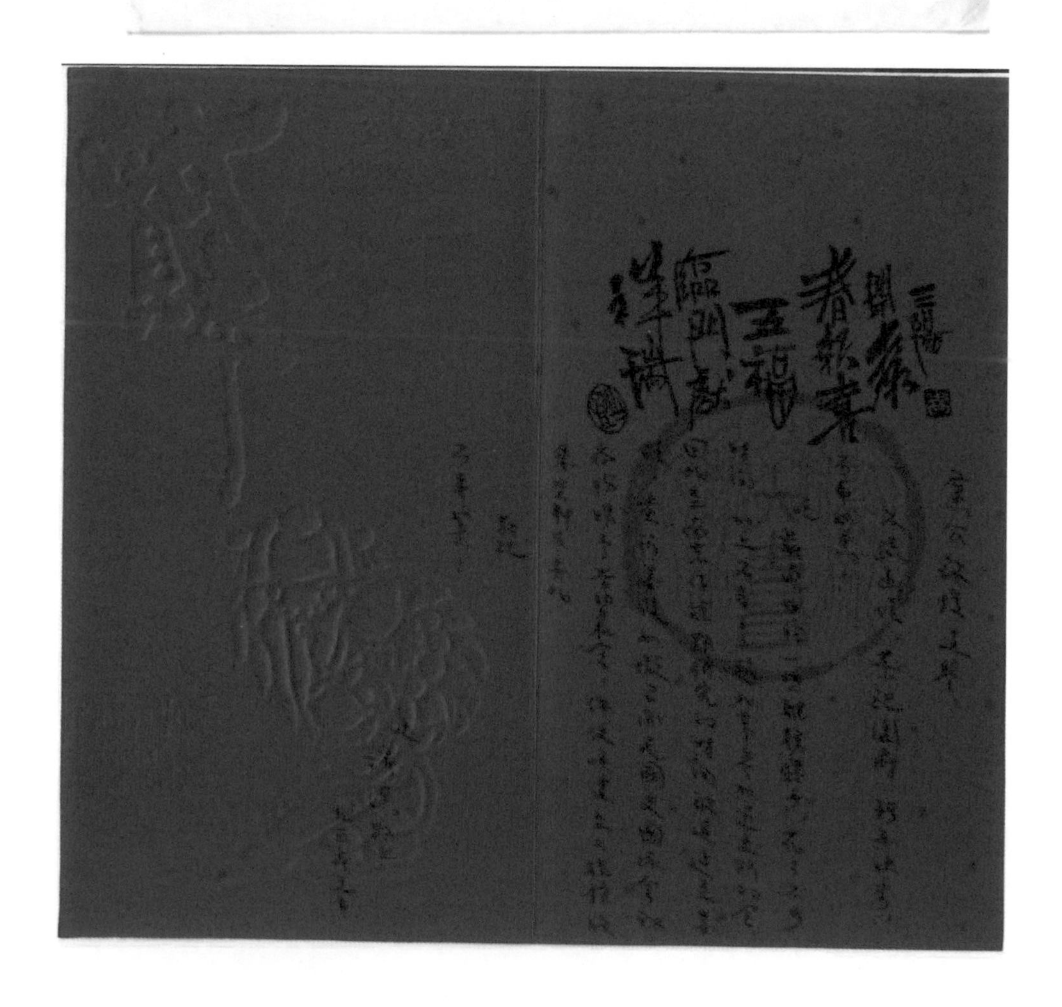

學者交往

2016 年 1 月，中國抗日戰爭研究協同創新中心[15]成立大會在南京大學舉行，張瑞德應邀出席，並將《山河動：抗戰時期國民政府的軍隊戰力》一書贈送給張憲文。

2016 年 1 月 25 日

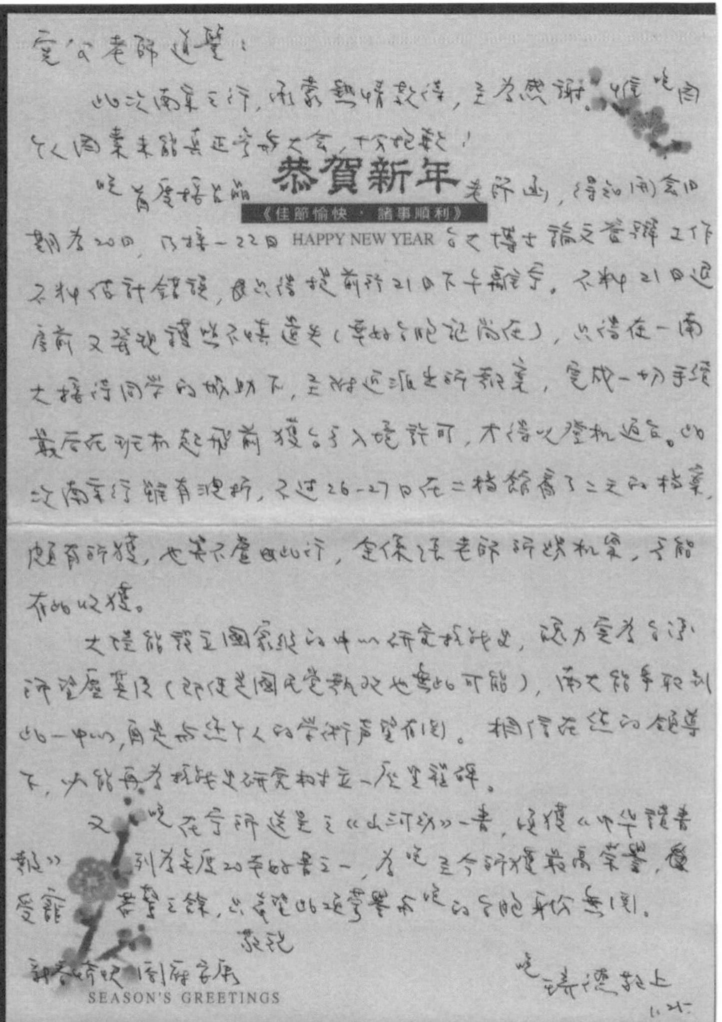

憲文老師道鑒：

此次南京之行，承蒙熱情款待，至為感謝。惟晚因個人因素未能出席學術大會，十分抱歉！

晚首度接獲老師函，得知開會日期為20日，乃擇一22日台大博士論文答辯工作。不料估計錯誤，故只得提前於21日下午離寧。不料21日返度前又發現護照不慎遺失（幸好台胞證尚在），只得在一南大接待同學的協助下，至附近派出所報案，完成一切手續，最后在班機起飛前獲台方入境許可，才得以登機返台。此次南京行雖有波折，不過26-27日在二檔館看了二天的檔案，頗有所獲，也算不虛此行，全係張老師所賜機會，才能有如此收獲。

大陸能設立國家級的中心研究抗戰史，識力令人讚佩，評論歷史（即使是國民黨執政也無此可能），南大能爭取到此一中心，自是與您個人的學術聲望有關。相信在您的領導下，必能再為抗戰史研究樹立一座里程碑。

又，晚在會議送呈之《山河動》一書，曾獲《中華讀書報》列為年度20本好書之一，為晚至今所獲最高榮譽，受寵若驚之餘，亦希望此項榮譽[illegible]與[illegible]身份無關。

敬祝

新春愉快　闔府安康

晚　張瑞德敬上
1.25

恭賀新年
《佳節愉快．諸事順利》
HAPPY NEW YEAR
SEASON'S GREETINGS

---

15 中國抗日戰爭研究協同創新中心由南京大學聯合北京大學、南開大學、武漢大學、中央檔案館、中國第二歷史檔案館、中國社會科學院近代史研究所等機構共同組建，旨在打造集人才培養、科學研究、隊伍建設於一體的新型智庫。

新年賀卡

年份不詳，12 月 9 日

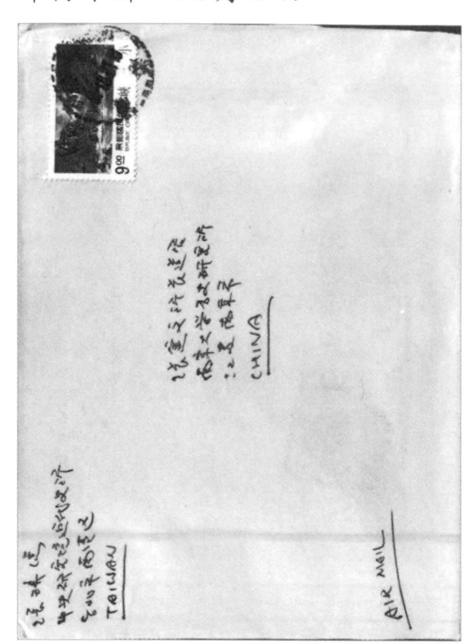

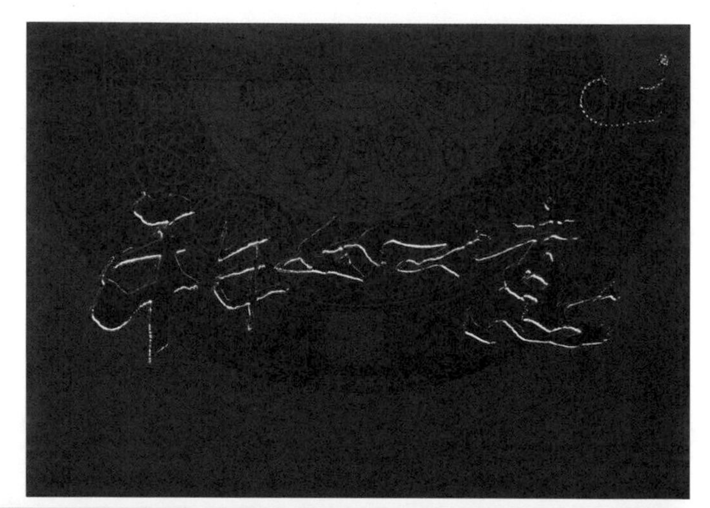

許育銘

個人簡介

許育銘，1965 年出生於臺北。先後就讀於政治大學、日本立命館大學（Ritsumeikan University）。1998 年獲得立命館大學文學博士學位。現任東華大學歷史學系副教授，主要講授日本歷史與文化、東北亞史、臺日關係史等課程。

許育銘長期從事中日關係史、日本史、東北亞區域史等研究。代表作有《汪兆銘與國民政府：1931 至 1936 年對日問題下的政治變動》等。

2009 年 10 月 17 日，攝於臺灣花蓮松園別館。

學者交往

1990 年，許育銘曾赴中國大陸查閱汪偽政權的相關檔案，張憲文推薦其前往中國第二歷史檔案館，並幫助開具介紹信和安排住宿。

1990 年 9 月 15 日

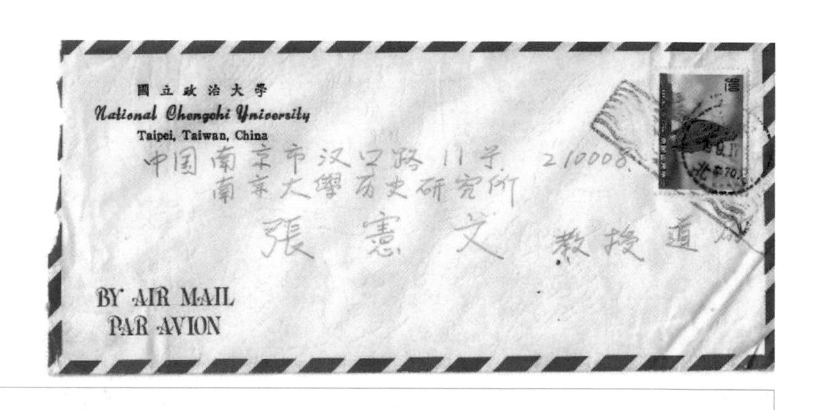

張教授：

您好。育銘已平安回到台北，此時學校將要開學。您託育銘轉交的事物，育銘皆已辦妥，特別在此報告給您。育銘此次到南京收集資料，承蒙您及南大历史系的大力協助，可謂收獲良多，對於您給育銘的照顧，深深在此表達感謝。並希望來日有機會再承您指導與教誨。育銘此次在南京表現如有不謹之處，望您多包涵，並於以糾正。誠希望兩岸學術能更加交流廣泛，待來日能邀您大駕光臨至台灣講學，使中國現代史研究能劃一新時代。

隨同此信，育銘並寄出一本有关留學日本之書，希望令郎能用得上，願令郎能飛翔海外，學運順利。

最後希冀能再赴大陸，再一探第二檔案館珍藏史料，並接受您的指正。祝

身体健康．萬事如意

及

教師節快樂！（台灣9.28為教師節）

晚學 育銘 敬上

90.9.15.

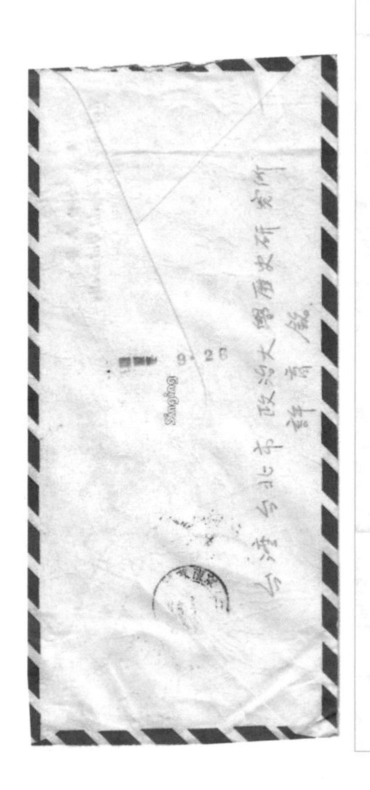

陳三井

個人簡介

陳三井，1937 年生於臺灣彰化，1956 年考入臺灣省立師範大學，1962 年進入中研院近代史研究所工作。1964 年考取中山獎學金[16]，前往法國留學，1968 年畢業於巴黎大學（University of Paris）文學院，獲得文學博士學位。同年返回臺灣，任職於中研院近代史研究所。1988 年擔任政治外交組主任[17]，1990 年 1 月，出任近代史研究所副所長，1991 年 8 月至 1997 年 8 月擔任近代史研究所所長。

陳三井長期從事口述史研究，曾參與白崇禧、周雍能、白瑜、郭廷以等人物的相關訪問工作，並參與口述著作編寫。此外，亦長於政治外交史，代表著作有《近代外交史論集》、《現代法國問題論集》、《國民革命與臺灣》等。

2015 年 10 月，攝於南京雙門樓賓館。
左起：陳三井、張憲文。

16　中山獎學金，又稱中山學術獎學金，1960 年由中國國民黨中央委員會創設於臺灣。

17　1988 年中研院近代史研究所拓展研究領域，設立一般近代史、政治外交史、社會經濟史和思想文化史四個研究組。

關於編纂《居正先生全集》事宜

由中研院近代史研究所與哈佛大學居蜜博士合作，編纂的《居正先生全集》，其中涉及到的居正擔任司法院院長時期相關材料，存於南京中國第二歷史檔案館。1992年11月，陳三井來信致第二歷史檔案館萬仁元館長，就資料複印及轉交一事表示感謝，並附沈懷玉致張憲文信。

《居正先生全集》於1998年6月由中研院近代史研究所出版發行。

1992年11月17日

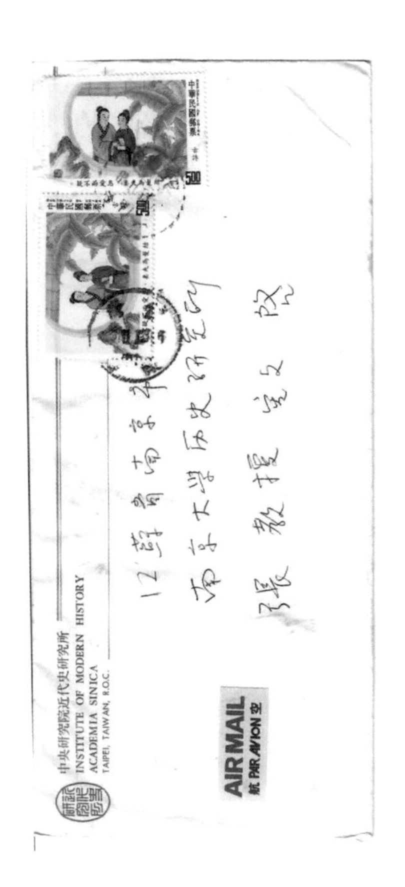

中央研究院近代史研究所
INSTITUTE OF MODERN HISTORY
ACADEMIA SINICA, TAIPEI, TAIWAN, R.O.C.
TEL: (02) 7824166・7822916 FAX: (02) 7861675

憲文：您好！

二檔館託人帶回的資料已收到。今天居蜜博士到本所，得以过目，所長覺得很有面子。當初我帶回目錄時，曾跟所長提过，請他致函二檔館，但因二館前此提供二二八檔案時，許小姐等人碰到不少問題，甚為不愉快，加以該館提供資料之前，將有關檔案交由此地遠流出版社出版，係陳興唐先生主編，賴、許等人甚為不滿，尤其得知文献会將邀方來台，即擬待彼來后，公開提出關於檔案之不合理待遇。我覺得似乎不必如此。十六日，二檔館託人帶回的檔案交予所長后，我再請他致函答謝，他寫好后，影印一份給我，隨函附上請您參考。曾奉您提及方來台事，確已進行。所長明年要將出席黃美真教授主持之会议，会后轉到南京，待行程確定后，再与您連絡接待。您對本所各方面之協助，並不在於此方，很盼望有机会您得以成行。

再次赴寧已確定於明年三月廿七日，先至杭州再到南京。計劃如此，諸多問題均需同時解決。預定十二月底完稿的文章，尚未動筆。在南開的資料，許多全在影印全書，不知姚先生處有否困難。我工作所碰到的問題，沒有像出面某在台湾展开。本想先將职官表暫擱，待完成賀孝某□一書后再回頭補編，目前似乎不可能，只好兩者同時進行。加上

中央研究院近代史研究所
INSTITUTE OF MODERN HISTORY
ACADEMIA SINICA, TAIPEI, TAIWAN, R.O.C.
TEL: (02) 7824166 · 7822916 FAX: (02) 7861675

口述史組的業務要推動，有關新加坡華僑人代表的經歷，
州檔案三十年代材料，尚未整理提綱，沒想到在我們收集了
不少資料，尚未完全整理完畢，然仍家中仍待補充。如是明
年二月先到杭州時，可委請您寫一介紹信給杭州檔案
館，是否可讓我了解館藏檔案概況，工作上非您之
介紹信不可。

您來信告知碧文之電話與地址，因李應已去常
給您回覆，一直未聯絡，尚在等待有適當人前去時，新加坡
常去。如是寄至碧文處沒問題，等您的來信後，我再與
她聯絡。

敬祝

安好

懷？上

92.11.17

中央研究院近代史研究所
INSTITUTE OF MODERN HISTORY
ACADEMIA SINICA, TAIPEI, TAIWAN, R.O.C.
TEL: (02) 7824166 · 7822916 FAX: (02) 7861675

仁元館長道鑒：

長久以來，本所沈懷玉小姐等多位同仁，常到
貴館蒐集資料，承
先生熱誠鼎力協助，多方支援，工作乃得順利推動，實感同身受，
早應專函道謝，無奈雜事纏身，致未能如願，幸乞鑒諒！

此次本所與美國居蜜博士合作出版「居正先生全集」，承
貴館不吝提供居正在司法院資料目錄於前，復迅速複印該批資
料，特別費神託人帶來台北，公誼私情均極可感，謹藉此信紙，
敬致十二萬分之謝意與敬意！

聞先生應蔣主任委員之邀請，將有台灣之行，屆時竭誠歡迎到
本所看看，除可當面表示謝意外，亦可與諸熟朋友聚晤。貴我兩機
構將來合作之機會正多，本人亦計劃於明年五、六月間到上海、南京一行，
屆時當再趨館向先生請益。見面有期，不勝欣慰，耑此，

並頌

綏安

陳三井敬上
12.1.

關於組織「第三屆近百年中日關係國際研討會」事宜

1993 年 12 月，陳三井來信請張憲文推薦三位專家學者出席「第三屆近百年中日關係國際研討會」。該會議由北美二十世紀中華史學會籌辦，原定於 1994 年 12 月下旬舉行，後推遲至 1995 年 1 月。

研討會由陳三井主持，時任中研院院長李遠哲出席開幕式並作講話。中國大陸方面由中國社會科學院近代史研究所余繩武帶隊，一行十四人。會議氛圍認真而融洽，參與各方坦誠直言，在熱烈的討論中圓滿結束。

張憲文多次訪問中研院近代史研究所，受所長陳三井等熱情款待，後排中間為張憲文、沈懷玉，前排左二為陳三井。

1993年12月7日

中央研究院近代史研究所
INSTITUTE OF MODERN HISTORY
ACADEMIA SINICA
NANKANG, TAIPEI, TAIWAN
TEL: (02)7824166　FAX: (02)786-1675

Fax：0086-025-3302728
To 南京大學 歷史所
張憲文 所長

沈懷玉小姐歸來，帶來大札已誦悉，先生推動民國史研究，不遺餘力，至人感佩！

知明年七月，先生有機會來台，屆時有期，至感欣幸。

茲有二事拜懇，尚請幫忙：

一、本所將於一九九四年十二月下旬聖誕節前後，籌辦「第三屆近百年中日關係國際研討會」，擬邀南京方面貴中心(央)及學界專家出席參加，請先生推薦適當人選，煩於二、三月內聯絡好之後，將名單、服務機關連同論文題目（暫定）、傳真前來，以利作業。

二、有關貴中心的成立緣起、宗旨、歷來工作計劃等，值得專文介紹，本所擬於《近代中國史研究通訊》加以介紹，請先生推薦專人撰稿，於明年一月底以前寄來為感！

費神之處，先此致意，並頌

研祺

近安

弟陳三井敬上
一九九三、十二、七、

Fax：00886-2-7898204
　　-7861675

To：台北　中央研究院近代史研究所
陳三井 所長

三井教授大鉴：

在新年来临之际，祝您身体健康，万事如意。祝贵所事業兴旺发达。

12月7日Fax收到，非常感谢您对我们工作的支持。谢谢您的盛情款请。我们这边十分乐意出席台湾方面召集的学术会议。7月的会议，我与茅家琦教授都已向有关方面提出申请，倘若获得批准，当准时报到。

12月的会议，我们这边推荐三位先生参加，简单情况报告如下：

崔之清　男　52岁　南京大学教授、历史系副系主任、台湾研究所副所長，专長中国近代史，暂定论文题目为《北洋时期親日派考论》。

方庆秋　男　60岁　南京中国第二历史档案馆研究员，史料编辑部主任，专長民国档案研究，暂定论文题目为《九一八前后中日关系的变化》。

张宪文　男　59岁　南京大学教授、博士生导师、历史研究所所長、历史系主任，民国史研究中心主任，专長中华民国史，暂定论文题目为《日据时期江苏经济研究》。

（倘7月会议，张宪文能成行，则将另推荐一人出席12月会议）。

南大民国史研究中心成立的介绍文章，一月底前可寄上，谢谢您的关心。

顺颂

弟张宪文敬上

附：1994年8月15日第三屆近百年中日關係學術研討會會議議程

中央研究院近代史研究所公文箋

第 頁

發近字第 號

憲文教授道席：敬啓者，本所擬於一九九五年一月十二日至十五日，在台北舉辦「第三屆近百年中日關係研討會」，素仰

先生學養精湛，著譽中外，敬邀

惠提論文一篇，以增光彩，如蒙俞允，請撥冗詳填附表，於收件一週內擲回，或逕以傳真回覆（傳真號碼：〇〇一八八六－二－七八九八〇〇四，七八六一六七五）為感。耑此

敬頌

研祺

中央研究院
近代史研究所所長 陳三井 敬啓

一九九四年八月十五日

第三屆近百年中日關係研討會

論文登記表			
姓名	張憲文		
任教學校或服務機關名稱	南京大學	所屬院系（單位）	历史研究所 历史系
職稱	系主任、所長、教授、博士生導師		
擬提論文題目	皖系軍閥與日本		
通訊處	南京市漢口路南京大學歷史研究所	電話或傳真	Tel: 663651-3264 (O) 3325097 (H) Fax: 025-3302728 (Fax)
備註			

＊此表請儘速寄回中研院近史所
或以傳真：00-886-2-7861675；
00-886-2-7898204回覆即可

簽名 張憲文　日期 1994.9.1.

第三屆「近百年中日關係」學術研討會
計劃書

一、緣起：

中日兩國唇齒相依，關係密切，惟回顧近代中日關係史，中日兩國衝突，戰爭不斷，此故緣於日本帝國主義之野心，要亦中國長期積弱所導致。中日關係之演變，爲影響亞洲太平洋地區歷史發展的首要因素，面對二十一世紀即將到來的亞太世界新紀元，中日兩國應如何加強合作與交流，尤爲時代問題之重心。歷史研究的目的在於瞭解過去，把握現在，策勵將來，國內外精研近代中日兩國歷史的學者，爲了共同促進中日關係歷史演變的深入研究，以提供未來中日兩國合作發展方向之參考，特別籌組了「近百年中日關係研討會」，在1992年及1993年先後在香港、北京舉行過兩次研討會，今年（1994）是甲午戰爭一百週年，本研討會同仁決議在台北召開第三屆會議，延續前此已有之研究成果，並繼續推動此一有意義之學術活動。

二、主辦單位：

中央研究院近代史研究所

三、籌備委員會顧問：

吳天威（美國南伊利諾州立大學教授）
蔣永敬（國立政治大學歷史研究所教授）
李雲漢（中國國民黨黨史委員會主任委員）
郭俊鉌（金禾出版社董事長）
薛君度（美國黃興基金會董事長）
梁永燊（香港珠海書院校長）
張豫生（太平洋文化基金會執行長）

四、籌備委員會：

召集人　陳三井（中央研究院近代史研究所所長）
委　員　張玉法（中央研究院院士，近代史研究所研究員）
張朋園（中央研究院近代史研究所研究員）
林明德（中央研究院近代史研究所研究員）
黃福慶（中央研究院近代史研究所研究員）
張啓雄（中央研究院近代史研究所副研究員）
謝國興（中央研究院近代史研究所副研究員）
黃自進（中央研究院近代史研究所助研究員）

四、時　間：民國八十四年一月十二日至十四日

五、地　點：南港　中央研究院近代史研究所

六、出席人員：

國內學者約一百人（名單略）

美國學者六位——

Mr. Joshua A. Fogel	加州大學聖塔芭芭拉分校教授
Mr. Chun-tu Hsueh（薛君度）	美國黃興基金會董事長
Mr. Richard Y. D. Chu（朱永德）	羅徹斯特里大學教授
Mr. Te-Kong Tong（唐德剛）	前紐約市立大學亞洲學系系主任
Mr. Tien Wei Wu（吳天威）	南伊利諾州立大學教授
Mr. Yue-Him Tam（譚汝謙）	麥肯勒斯學院東亞研究學部主任

日本學者十位——

井上清先生	京都大學名譽教授
伊原澤周先生	追手門學院大學教授
山田辰雄先生	慶應義塾大學教授
小島淑男先生	日本大學教授
山口一郎先生	孫中山紀念館館長
久保田文次先生	日本女子大學教授
中村義先生	二松學舍大學教授
細野浩二先生	早稻田大學教授
塚本元先生	法政大學助教授
水野明先生	愛知學院大學教授

大陸代表十六位——

余繩武先生	前中國社會科學院近代史研究所所長
張振鵾先生	中國社會科學院近代史研究所研究員
陶文釗先生	中國社會科學院美國研究所副所長
龔書鐸先生	北京師範大學史學研究所教授
崔之清先生	南京大學台灣研究所副所長
方慶秋先生	南京中國第二歷史檔案館研究員
張憲文先生	南京大學歷史研究所所長
關　捷先生	東北民族學院副院長
楊惠萍女士	大連大學師範學院政史系系主任
劉恩格先生	齊齊哈爾師範學院歷史系教授
易顯石先生	遼寧大學日本研究所所長
吳雁南先生	貴州師範大學教授
翁　飛先生	安徽省社會科學院副研究員
劉中寧先生	山東省社會科學院歷史研究所副研究員
張富強先生	廣東省社會科學院副研究員
孫宅巍先生	江蘇省社會科學院副研究員

七、議　程：（共三天）

第一天

09:00-09:30	報到	
09:30-10:00	開幕式	
10:00-10:20	休息	
10:20-12:00	第一場會議	
	論文宣讀(一)	甲午戰爭－辛亥革命期間日本對華政策的演變
	報 告 人	劉恩格先生　齊齊哈爾師範學院歷史系教授
	論文宣讀(二)	九一八前後的中日關係
	報 告 人	方慶秋先生　南京中國第二歷史檔案館研究員
	論文宣讀(三)	日本投降前中日關係史綜論
	報 告 人	Mr. Te-Kong Tong　前紐約市立大學亞洲學系系主任
	論文宣讀(四)	論中日關係：回顧前瞻
	報 告 人	Mr. Chun Tu Hsueh　美國黃興基金會董事長
12:00-14:00	午餐	
14:00-15:40	第二場會議	
	論文宣讀(五)	中日甲午戰爭與遠東
	報 告 人	張振鵾先生　中國社會科學院近代史研究所研究員
	論文宣讀(六)	美國在近世中日間扮演之角色的歷史根源（Historical Roots of US Role in Modern Sino-Japanese Relations）
	報 告 人	Mr. Richard Y. D. Chu　羅徹斯特里大學教授
	論文宣讀(七)	日本軍國主義與三國干涉還遼
	報 告 人	張富強先生　廣東省社會科學院副研究員
	論文宣讀(八)	戰後中日關係之演變
	報 告 人	許介鱗先生　台灣大學教授

15:40-16:00 休息

16:00-17:40 第三場會議
論文宣讀(九) 介於中日之間的旅華台商
報 告 人 林滿紅女士 中央研究院近代史研究所研究員

論文宣讀(十) 中日戰爭期間日本在華的煤礦投資(1937-1945)
報 告 人 陳慈玉女士 中央研究院近代史研究所研究員

論文宣讀(十一) 龜井茲明「中午戰爭親歷記」研究
報 告 人 關 捷先生 東北民族學院副院長

論文宣讀(十二) 東北地區在近代中日關係史中的地位
報 告 人 易顯石先生 遼寧大學日本研究所所長

第二天

08:00-09:40 第四場會議
論文宣讀(十三) 論南京大屠殺的背景、範疇和原因
報 告 人 孫宅巍 江蘇省社會科學院副研究員

論文宣讀(十四) 日軍侵華部隊之分析研究(1894-1945)
報 告 人 劉鳳翰先生 中央研究院近代史研究所研究員

論文宣讀(十五) 抗戰期間日軍對晉東南、冀南、魯西的「三光作戰」
報 告 人 李恩涵先生 中央研究院近代史研究所研究員

論文宣讀(十六) 菲律賓華僑的抗日活動
報 告 人 張存武先生 中央研究院近代史研究所研究員

09:40-10:00 休息

5

10:00-12:00 第五場會議
論文宣讀(十七) 李鴻章的對日觀
報 告 人 劉中享先生 山東省社會科學院歷史研究所副研究員

論文宣讀(十八) 馬關議和後李鴻章的思想嬗變及對國策之影響
報 告 人 翁 飛先生 安徽省社會科學院副研究員

論文宣讀(十九) 乙未中日馬關條約之再檢視
報 告 人 林子候 嘉義大同商專教授

論文宣讀(二十) 支那浪人的成立和展開
報 告 人 中村義先生 二松學舍大學教授

論文宣讀(二十一) 孫中山和日本的再考
報 告 人 久保田文次先生 日本女子大學教授

12:00-14:00 午餐

14:00-15:40 第六場會議
論文宣讀(二十二) 田中奏摺的存疑
報 告 人 井上清先生 京都大學名譽教授

論文宣讀(二十三) 犬養毅與九一八事變
報 告 人 黃自進先生 中央研究院近代史研究所助研究員

論文宣讀(二十四) 盧溝橋事變真相之探究
報 告 人 陳在俊先生 黨史會專門委員

論文宣讀(二十五) 「大東亞共榮圈」之成立及其構想
報 告 人 伊原澤周先生 追手門學院大學教授

15:40-16:00 休息

16:00-17:40 第七場會議

6

論文宣讀(二十六) 橘樸與中國國民革命
報 告 人 山田辰雄先生 慶應義塾大學教授

論文宣讀(二十七) 戴季陶的「日本論」
報 告 人 山口一郎先生 孫中山紀念館館長

論文宣讀(二十八) 中國非國論的檢證
報 告 人 水野明先生 愛知學院大學教授

論文宣讀(二十九) 皖系軍閥與日本
報 告 人 張憲文先生 南京大學歷史研究所所長

第三天

08:20-10:00 第八場會議
論文宣讀(三十) 中日甲午戰爭的和戰問題
報 告 人 龔書鐸先生 北京師範大學史學研究所教授

論文宣讀(三十一) 從《字林西報》看英商對中日甲午戰爭的反應
報 告 人 余繩武先生 前中國社會科學院近代史研究所所長

論文宣讀(三十二) 日俄戰爭後幾年袁日美在中國東北的爭奪
報 告 人 陶文釗先生 中國社會科學院美國研究所副所長

論文宣讀(三十三) 近代中日政體對甲午戰爭勝負的影響及啓示
報 告 人 楊惠萍女士 大連大學師範學院政史系系主任

10:00-10:20 休息

10:20-12:00 第九場會議
論文宣讀(三十四) 中國的近代論理構造與日本的近代解體
報 告 人 細野浩二先生 早稻田大學教授

7

論文宣讀(三十五) 維新志士的對日觀與社會文化心態：
兼論戊戌維新期間的聯日思潮
報 告 人 吳雁南先生 貴州師範大學教授

論文宣讀(三十六) 民國初期留日學生的動向
報 告 人 小島淑男先生 日本大學教授

論文宣讀(三十七) 戰爭期間的旅華日人(1937-1945)
(Japanese Travellers in Wartime China, 1937-1945)
報 告 人 Mr. Joshua A. Fogel 加州大學聖塔芭芭拉分校教授

12:00 14:00 午餐

14:00-15:40 第十場會議
論文宣讀(三十八) 辛亥革命期間日本對華政策考論
報 告 人 崔之清先生 南京大學台灣研究所副所長

論文宣讀(三十九) 福州事件與中日交涉
報 告 人 塚本元先生 法政大學助教授

論文宣讀(四十) 中國與二次世界大戰的結束
(China and the End of World War II)
報 告 人 Mr. Tien-Wei Wu 南伊利諾州立大學教授

論文宣讀(四十一) 未 定
報 告 人 Mr. Yue-Him Tam 麥肯勒斯學院東亞研究學部主任

15:40-16:00 休息

16:00-17:40 綜合討論

17:40-18:00 閉幕式

8

學者交往

1994 年 12 月，在南京大學召開第三次中華民國史國際學術討論會。陳三井受邀參加。會後，特意寄來會議照片。

1995 年 1 月 15 日

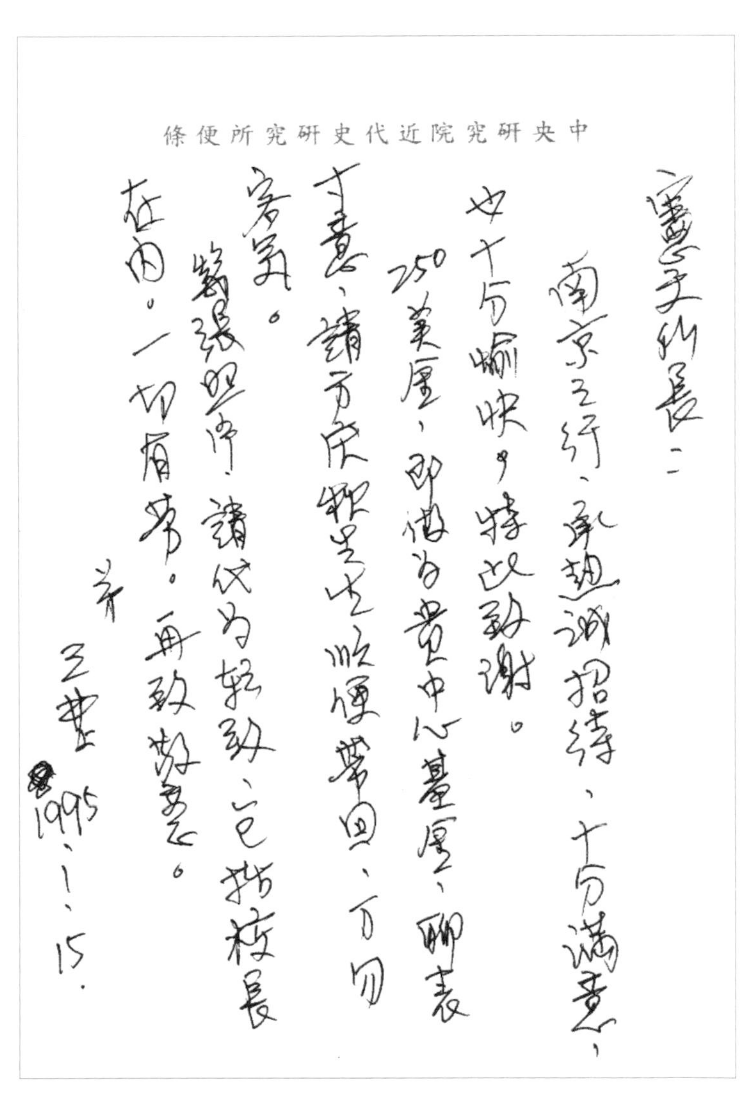
中央研究院近代史研究所便條

憲文所長：

南京之行，承熱誠招待，十分滿意，也十分愉快，特此致謝。250美金，即做為貴中心基金，聊表寸意，請予保留，以便帶回，萬勿客氣。幾張照片，請代為轉致，包括校長在內。一切有勞，再致敬意。

弟

三井

1995.1.15.

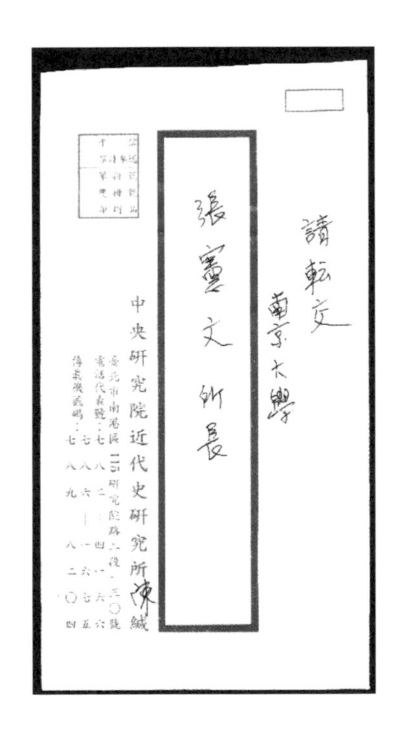
請轉交

南京大學

張憲文　所長

中央研究院近代史研究所陳緘

新年賀卡

新年來臨之際，陳三井寄來賀卡。

1999 年 12 月 21 日

新年賀卡

2000年起，陳三井開始擔任華僑協會總會的常任理事，並於2008年至2012期間擔任理事長。任期內舉辦「吳鐵城與近代中國」照片展暨學術研討會，出版《吳鐵城與近代中國》及《吳鐵城重要史料選編》等書，注重華僑事務研究，舉辦系列學術座談會，組團前往中國大陸及海外參訪，進一步推動了華僑華人研究。

2004年12月26日

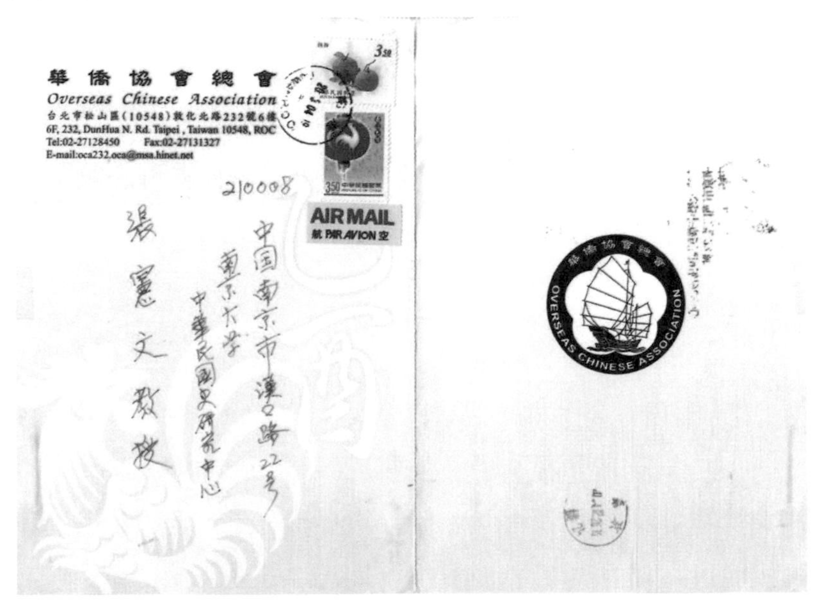

2006 年 1 月 17 日

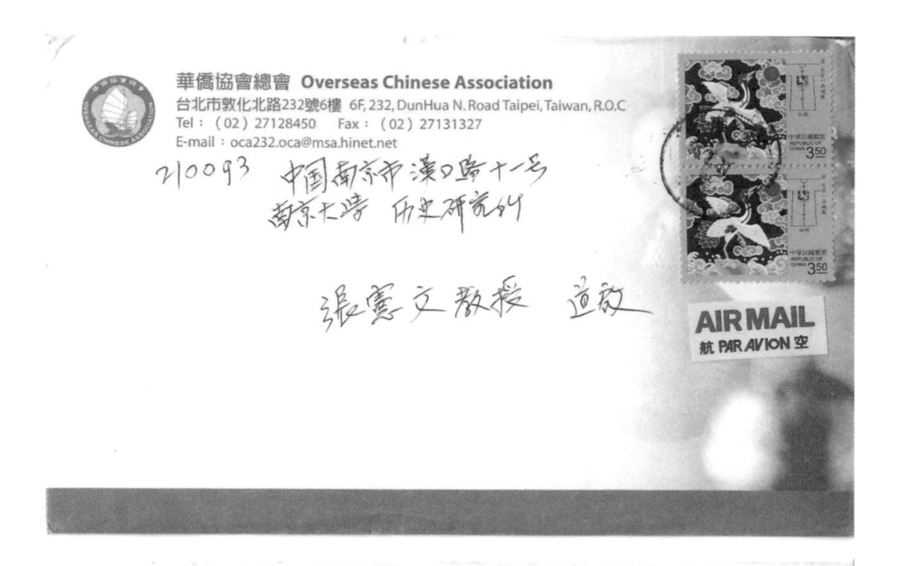

華僑協會總會 Overseas Chinese Association
台北市敦化北路232號6樓 6F, 232, DunHua N. Road Taipei, Taiwan, R.O.C
Tel：（02）27128450　Fax：（02）27131327
E-mail：oca232.oca@msa.hinet.net

210093　中国南京市漢口路十一号
南京大学　历史研究所

張憲文教授　道啟

AIR MAIL
航 PAR AVION 空

恭賀新禧 BEST WISHES FOR A HAPPY NEW YEAR
萬事如意

憲文教授：

退休以來，如閒雲野鶴、諸法皆空，隨意自在。十分懷念到南京幾次與兄聚晤的美好回憶！

祝

健康
美滿

華僑協會總會

陳三井　鞠躬

南洋之旅—麻六甲

陳永發

個人簡介

陳永發，1944 年生於四川成都，1969 年畢業於臺灣大學歷史研究所，隨後赴美國斯坦福大學（Stanford University）師從范力沛（Lyman P. Van Slyke），取得博士學位。歷任中研院近代史研究所研究員、所長，兼任圖書館主任、臺灣大學歷史學系教授。2004 年當選中研院院士。

陳永發長期從事中共黨史研究，代表作有 *Making Revolution: The Communist Movement in Eastern and Central China*、《延安的陰影》、《中國共產革命七十年：從革命奪權到告別革命》等。

2009 年 9 月，張憲文帶隊訪問中研院近代史研究所。左起依次：陳永發、黃克武、張憲文。

關於南京大學與中研院近代史研究所圖書互換事宜

1988 年，張憲文與陳永發在魏瑪會議上結識。1990 年 2 月，陳永發自歐洲開會返回途中，到訪南京大學，期間曾與張憲文談及圖書購買、交換事宜，並有意推動南京大學與中研院近代史研究所之間的圖書互換。這一時期，恰好沈懷玉因工作需要，經常往返於臺北與南京之間，因此請她代為居中聯繫。

信中提及「遠煥兄」，指的是在南京大學圖書館工作的陳遠煥。

1990 年 7 月 13 日

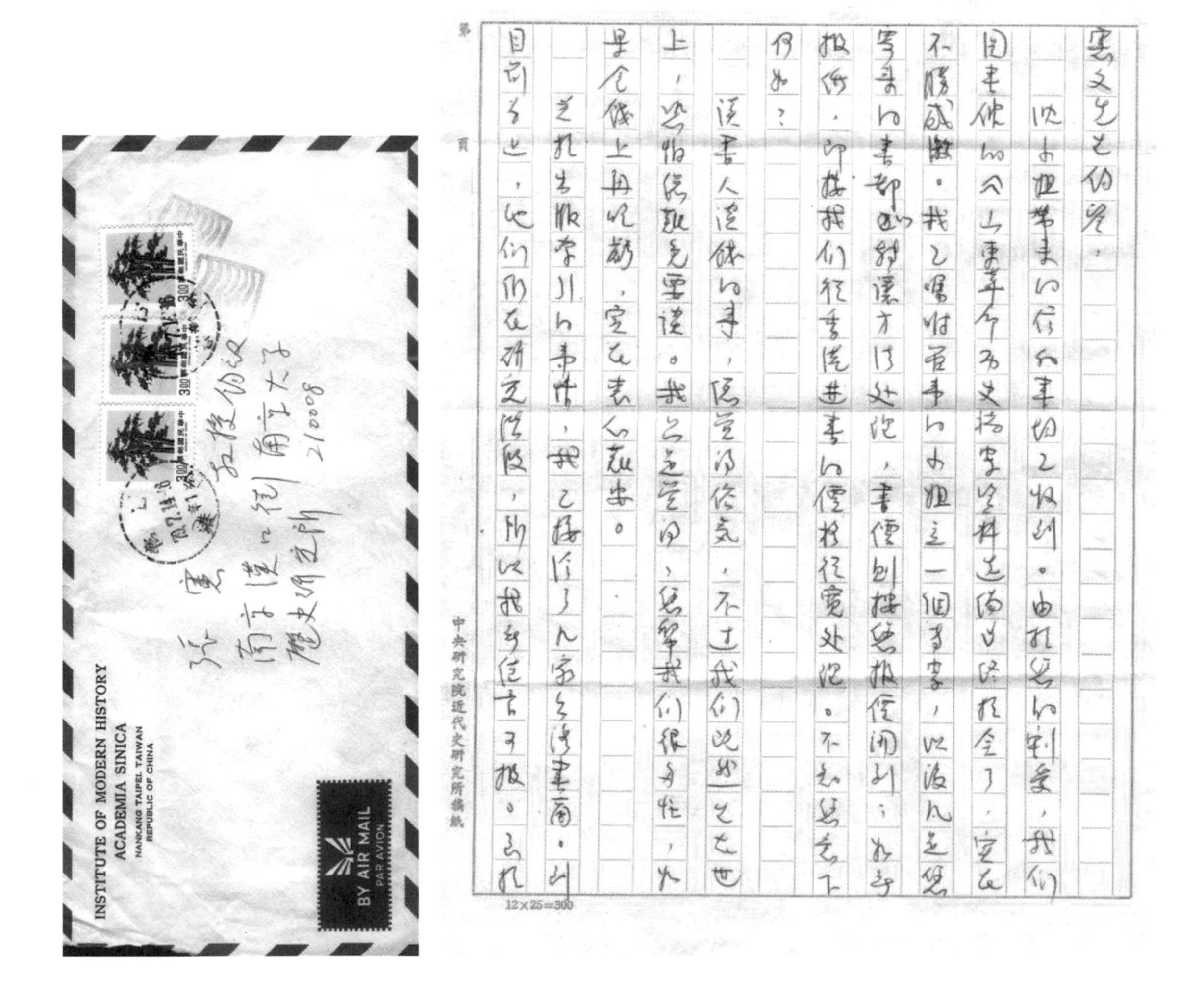

憲文先生左右：

沈小姐帶來的信和書均已收到。由於您的幫忙，我們圖書館的[illegible]文檔案資料送給您們全了，實在不勝感激。我已囑咐負責的小姐立一個專案，以後凡是您寄來的書都[illegible]處理，書價則按您報價開列；如有報價，即按我們所寄送書的價格從寬處理。不知您意下何如？

讀書人談錢的事，總覺得俗氣，不過我們現在也還在世上，恐怕總是要談。我只是覺得，您幫我們很多忙，如果在錢上再吃虧，實在表心[illegible]安。

遠煥兄[illegible]川的事情，我已接信了，人家[illegible]。此目前[illegible]，他們仍在研究階段，所以我無法[illegible]子報。[illegible]

中央研究院近代史研究所稿紙　12×25=300

由本所出版，在目前情形下當無可能。我前一陣子曾向外
面所內出版過文集的同仁，這已確定我有人出力，要我不
宜如此操之，所以沒有出版的事，且還自己另外找人
先去打聽了一下出版方面的可能性之。

張先生寄來600多本文史資料，大致已清查完畢，現已
送請本所圖書館。在文史資料外，張先生還寄來了一些收
本書，我們也已收藏之中。前一段日曾請張先生寫了
一本，寄來不少，擱到今天，尚未完成。不對我[illegible]自
已完成如此拖拖拉拉，可以反省歸咎者，將[illegible]收本校。

張已請所長下令趙將從上個月起印刷此書一年。此已決
定了[illegible]加好十二先生之[illegible]，即且自[illegible]之十[illegible]了一篇[illegible]
文。[illegible]，[illegible]今方加今議，[illegible]何老鄉[illegible]有[illegible]

中央研究院近代史研究所稿紙　12×25=300

[illegible]慢慢地送了。

可否將我的來信信件，請李行給您。也請多自保重身
體。

弟此　敬頌

撰安

[illegible]敬上
七月十二日

1990 年 9 月 12 日

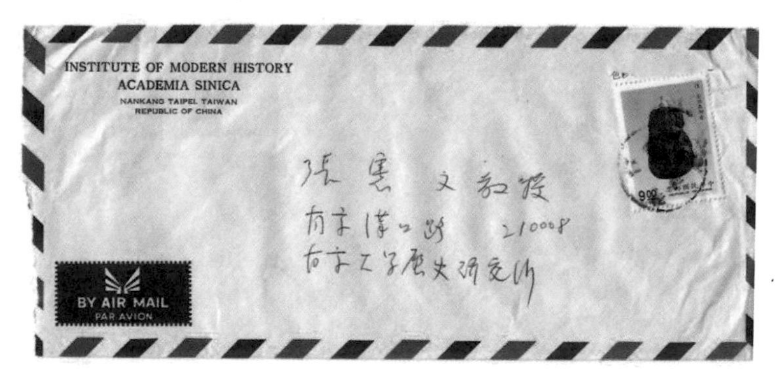

憲文先生仁兄：

然托許育信先生帶來的信已經拜讀。謝謝！更要謝謝您[illegible]一生[illegible]書稿。又[illegible]一本為[illegible]，收到後一定分[illegible]。

《近代[illegible]》一書[illegible]出來了。出版後不久，有一位學者在本所告訴我，看到桌上有一本，我立即[illegible]閱讀。只因忙了三十八年，沒想到這三十八年，竟然從了兩處粗心的校對錯誤。我非但沒了之後，心裡實在難過，但這[illegible]

謝謝。請原諒。

美國圖書館一事，已另外去信通知逵先詳辦。逵先也盡了他的能力，無限和我爭，所以我們收回了律師地。我也了原本有意給他也許，還到不太方了，可是實為此意，它在不好。最近以來又過開了，萊孔今將來決定它之。使我祇好寫出我的那些問題解決。回來之後，我的圖書館的小事例外，依他寫來，別人之處把一大批之件院了都搬到收存它好了，我想今晚兩三天之後就寫出吧！

我們和南大之校的事情，經濟院長美人擬交之已經知道了；他說出了不用研究院的名義，他推他子得。這是很好的消息。因此我不必擔心事務人亂去管了。

專此

順頌

逵生

弟　敬上　九月十二日

陳存恭

個人簡介

陳存恭，1933 年生，福建省南安縣人。1957 年就讀於臺灣省立師範大學，1963 年進入中研院近代史研究所工作。1970 年前往英國倫敦大學亞非學院（School of Oriental and African Studies）進修。1983 年起，擔任中研院近代史研究所研究員。1988 年至 1993 年期間，出任近代史研究所口述歷史組召集人，任期內近代史研究所完成了六十六位重要人物訪問，包括石覺、周至柔、羅英德等軍政、企業界人士。

新年賀卡

1998 年，陳存恭在香港珠海書院訪問期間，來信告知計畫 12 月底前往廈門大學，並到泉州探親。

1998 年 12 月 1 日

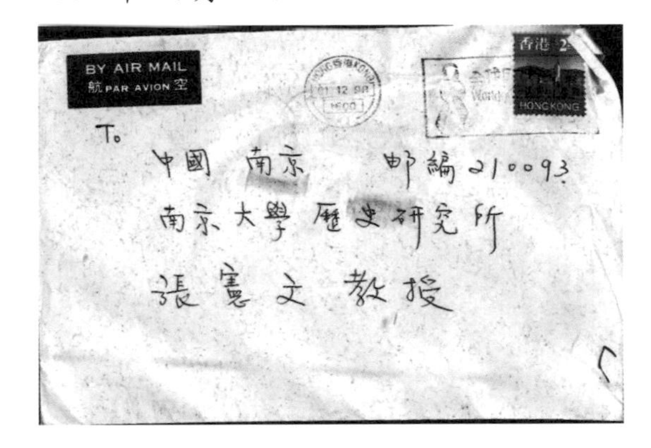

BY AIR MAIL 航空 PAR AVION

To 中國 南京　郵編 210093
南京大學歷史研究所
張憲文教授

陳緘

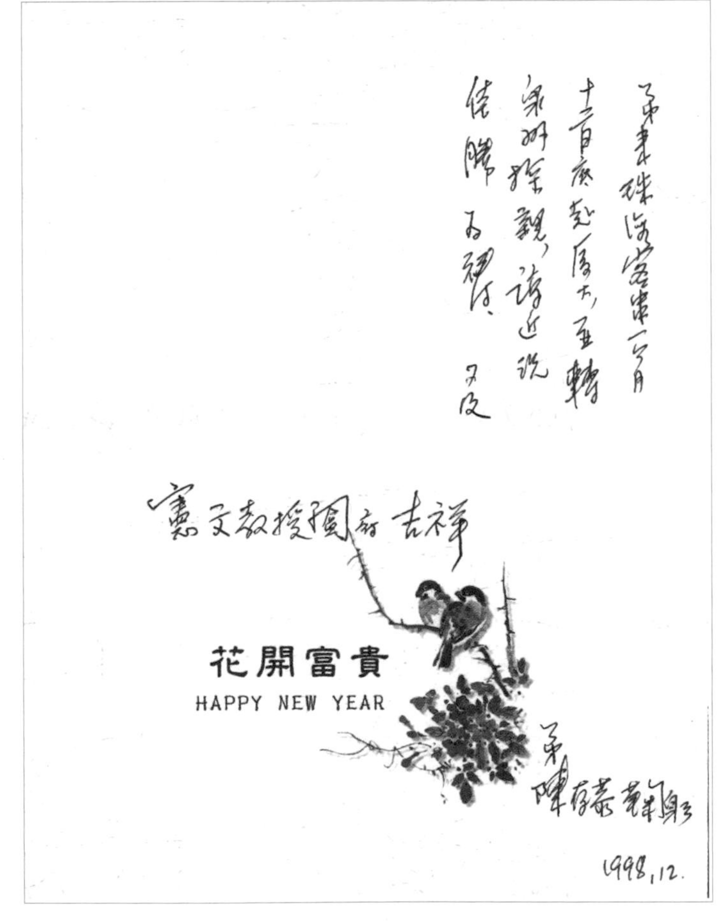

弟在珠海書院一月
十二月底赴廈大，並轉
泉州探親，請近況
佳勝為禱。
又及

憲文教授闔府吉祥

弟
陳存恭賀歲
1998,12.

新年賀卡

陳存恭寄來賀卡，祝新年快樂，千禧年萬事如意。

1999 年 12 月，日期不詳

AIR MAIL
航 PAR AVION 空

中國 南京市 郵編 210093
南京大學 歷史系
張憲文 教授夫人

陳緘
115 台北市 南港
中研院 近史所

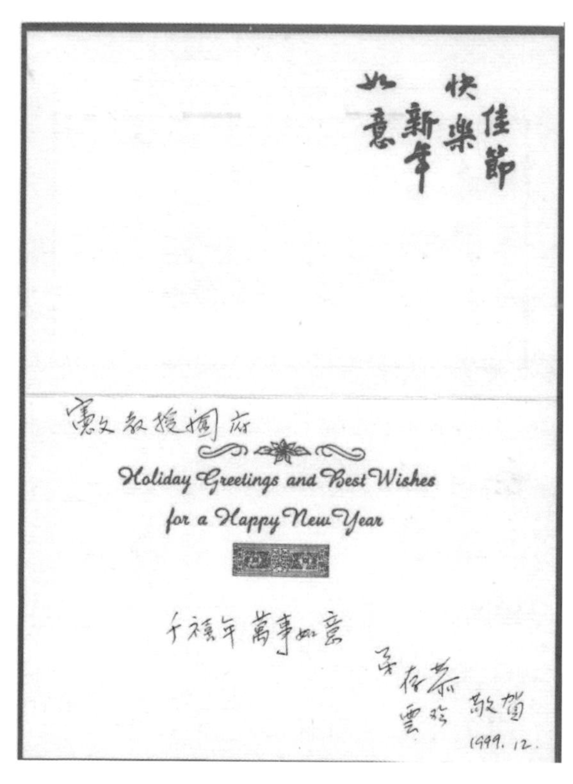
佳節快樂
新年如意

憲文教授閤府

Holiday Greetings and Best Wishes
for a Happy New Year

千禧年萬事如意

陳存恭
雲[illegible] 敬賀
1999. 12.

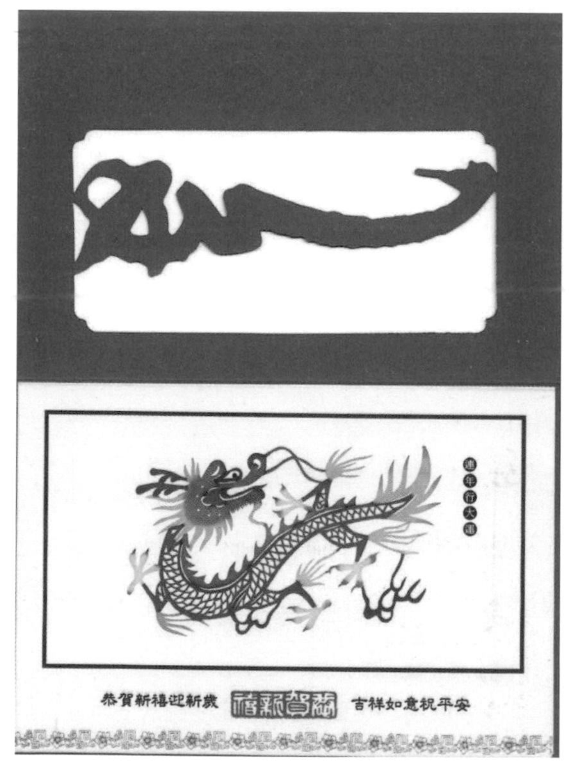

陳鵬仁

個人簡介

陳鵬仁，原名陳鼎正，1930 年生於臺灣臺南。先後就讀於日本明治大學（Meiji University）、美國西東大學（Seton Hall University）和日本東京大學（The University of Tokyo），1997 年獲得國際關係學博士學位。歷任東吳大學客座教授，東海大學兼任教授，日本拓殖大學（Takushoku University）客座教授，國民黨黨史會副主任委員、主任委員，中國文化大學日語系主任兼日本研究所所長、史學所兼任教授，後任中正文教基金會副董事長、彌堅基金會董事長等。

陳鵬仁長期從事中日關係史，及日本政治、經濟、文化等領域研究，代表作有《日本的政府與政治》、《孫中山先生與日本友人》、《昭和天皇回憶錄》等。

2000 年，第四次中華民國史學術研討會，攝於南京。
左起依次為：張憲文、陳鵬仁、山田辰雄。

關於邵銘煌等訪問南京事宜（附行程）

由於歷史原因，國民黨中央一級的檔案分散存放在臺灣、南京、重慶等地，地方一級的檔案更是散落海內。將零散檔案彼此拼合、系統整理後出版，以利學術事業，一直是兩岸有識之士的共同心願。

1984 年春節期間，時任國史館館長黃季陸發表談話，希望能夠「透過間接方式，將當年流落於中國大陸的國民政府史料逐一補齊」。中國大陸方面亦表示，希望能從臺北收藏的檔案中補齊館藏民國檔案的缺失部分，並歡迎臺灣方面的史學工作者來訪查閱和利用民國檔案史料，雙方互為補充[18]。

在兩岸的共同推動下，1998 年 7 月，國民黨黨史會派秘書邵銘煌、總幹事劉維開、林宗傑前往北京、南京、上海、杭州，廣州等地，訪問當地檔案館、學術機構和相關歷史遺跡。時任中國國民黨黨史會主任陳鵬仁來信，圍繞訪問的具體行程安排與張憲文進行商議。訪問團返臺後，陳鵬仁再次來信，對張憲文提供的幫助表示感謝。

1998 年 4 月 15 日

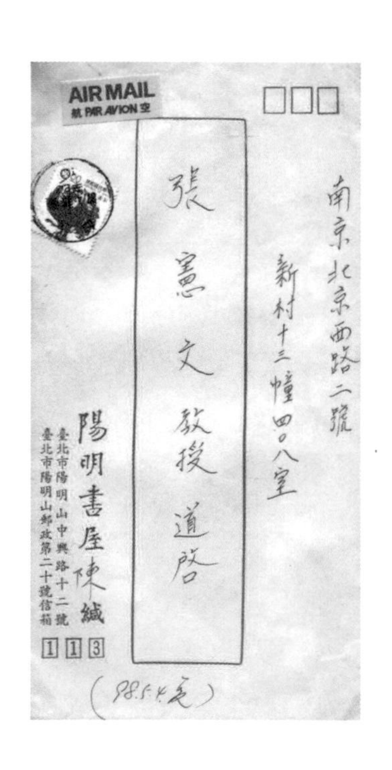

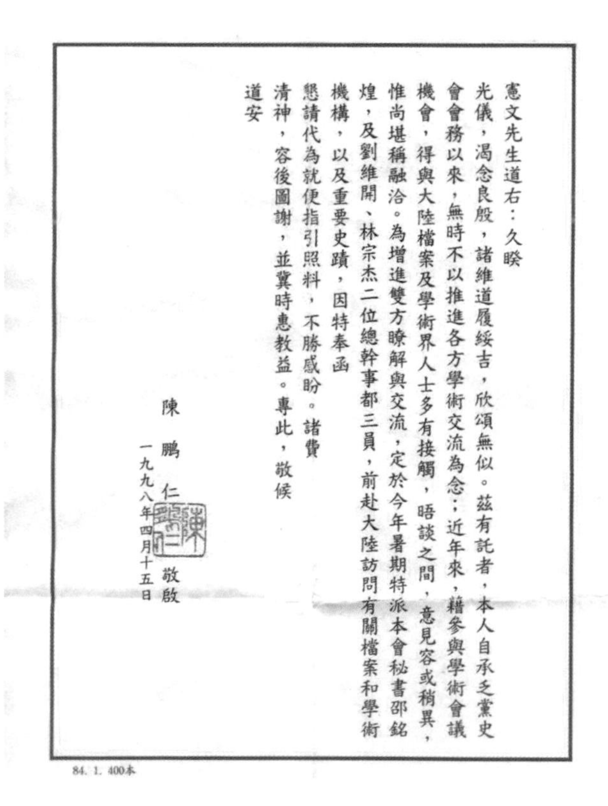

憲文先生道右：久睽光儀，渴念良殷，諸維道履綏吉，欣頌無似。茲有託者，本人自承乏黨史會會務以來，無時不以推進各方學術交流為念；近年來，藉參與學術會議機會，得與大陸檔案及學術界人士多有接觸，晤談之間，意見容或稍異，惟尚堪稱融洽。為增進雙方瞭解與交流，定於今年暑期特派本會秘書邵銘煌，及劉維開、林宗杰二位總幹事都三員，前赴大陸訪問有關檔案和學術機構，以及重要史蹟，因特奉函懇請代為就便指引照料，不勝感盼。諸費清神，容後圖謝，並冀時惠教益。專此，敬候

道安

陳鵬仁 敬啟

一九九八年四月十五日

84. 1. 400本

---

18 施宣岑：《熱切期望海峽兩岸學者為整理民國史文獻共作貢獻——施宣岑同志在首屆中華民國史學術討論會上的發言》，《歷史檔案》，1984 年第 3 期，第 114-117 頁。

1998 年 6 月 16 日

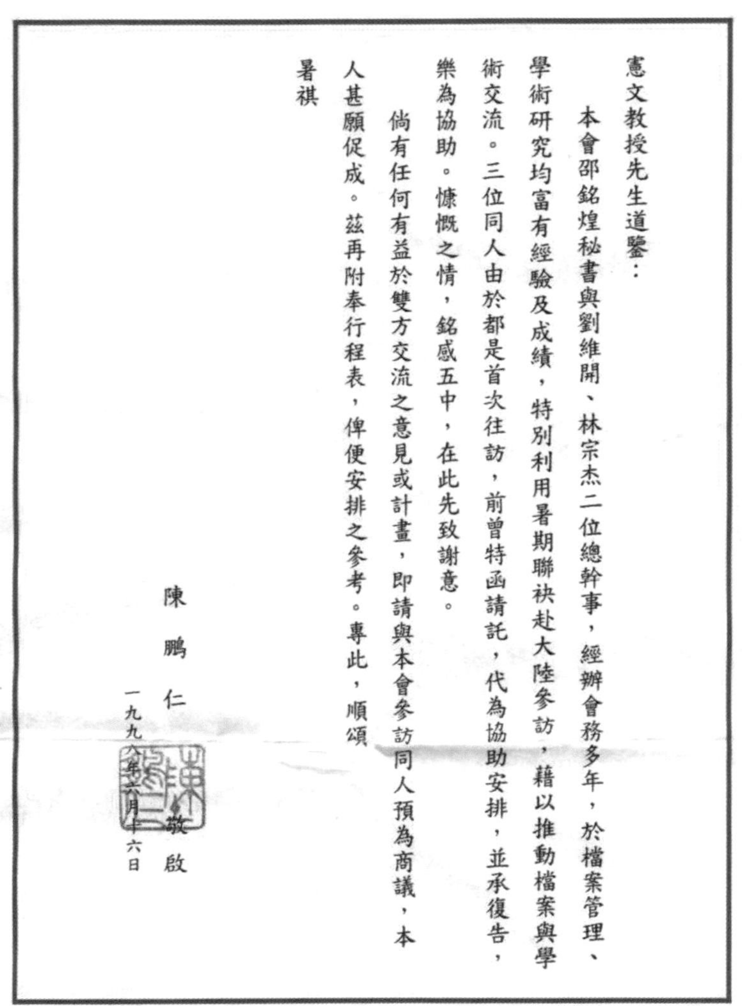

憲文教授先生道鑒：

本會邵銘煌秘書與劉維開、林宗杰二位總幹事，經辦會務多年，於檔案管理、學術研究均富有經驗及成績，特別利用暑期聯袂赴大陸參訪，藉以推動檔案與學術交流。三位同人由於都是首次往訪，前曾特函請託，代為協助安排，並承復告，樂為協助。慷慨之情，銘感五中，在此先致謝意。

倘有任何有益於雙方交流之意見或計畫，即請與本會參訪同人預為商議，本人甚願促成。茲再附奉行程表，俾便安排之參考。專此，順頌

暑祺

陳鵬仁 敬啟

一九九八年六月十六日

84. 1. 400本

暑期赴大陸訪察學術檔案機構與重要史蹟行程

一、**訪察成員**：邵銘煌（秘書）、劉維開（總幹事）、林宗杰（總幹事）等三人。

二、**訪察時間**：七月六日至廿二日。

三、**訪察地點**：北京、南京、上海、杭州、廣州。

四、**訪察行程**：

（一）北京：七月六日，經澳門，下午抵達，十一日下午離開。

訪問機構：北京大學（或中國人民大學），社科院近代史研究所，中共中央檔案館及黨史研究室，北京圖書館。

探訪史蹟：湖廣會館，西山碧雲寺總理衣冠塚，盧溝橋，中國抗日戰爭紀念館。

（二）南京：七月十一日下午抵達，十四日下午離開。

訪問機構：南京大學，中國第二歷史檔案館。

探訪史蹟：中山陵，臨時大總統府、丁家橋黨部舊址，南京大屠殺紀念館。

（三）上海：七月十四日下午抵達，十七日下午離開。

訪問機構：復旦大學，上海檔案館。

探訪史蹟：總理故居，環龍路四十四號黨部舊址。

（四）杭州：七月十七日下午抵達，十九日上午離開。

訪問機構：杭州大學。

探訪史蹟：奉化先總統蔣公故居。

（五）廣州：七月十九日上午抵達，廿二日下午離開，經香港，返抵台北。

訪問機構：廣州中山大學，廣東社會科學院。

探訪史蹟：翠亨村總理故居，黃花岡七十二烈士墓，黃埔軍校舊址。

1998 年 8 月 1 日

憲文所長先生道右：

前奉蕪函請託，轉瞬又逾數月，千里睽違，時慕
光儀。本會秘書邵銘煌偕同劉維開、林宗杰二位總幹事，於七月六日抵達大陸參觀訪問，已於二十二日安返臺北，前後十七天，分別造訪北京、南京、上海、杭州、廣州等五地之各大檔案機構及學術研究單位，同時驅赴民國史上重要史蹟探訪瞻謁，諸荷照拂，費神連繫安排，或委派專人，或親自陪同引導，並提供交通工具，因能順利圓滿，盛情雅意，實深感激。

彼等此行見聞，本人已獲聆要略報告，悉其行程緊湊充實，收穫豐碩，甚覺欣慰。深以爲藉由此次參訪，對日後海峽兩岸檔案資料與學術研究之交流，必將起相當促進之作用，而於中國近現代史研究之推展，也將更加有利。思之，尤感慶幸。

再次爲本會同僚駐留大陸參訪期間，叨受
台端親切周到、誠摯熱情之接待與餽贈，致無上謝意。切盼時惠金玉，藉匡未逮；更竭誠歡迎駕臨一敘，以慰渴念。各方之灼見與殷望，本人當虛心領教，並盡力促其實現，以爲雙方未來合作關係創造良好環境。

際此火傘高張，溽暑襲人，還希善自珍攝。耑此，即頌
夏祺

陳鵬仁 敬啓
一九九八年八月一日

84. 1. 400本

訪問南京大學行程安排事宜

1999 年，陳鵬仁計畫在秋季訪問中國大陸，並受邀在南京大學做學術報告。8 月 13 日，陳鵬仁覆信詢問在南京期間的食宿交通等事項，以及就學術報告主題一事與張憲文商議。

1999 年 8 月 13 日

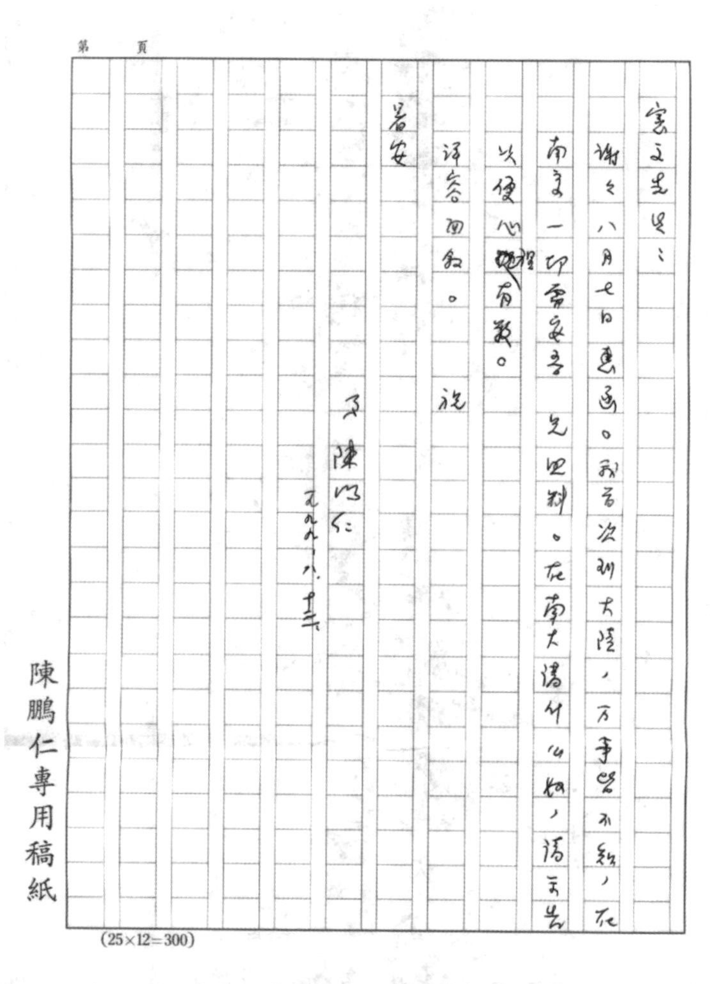

憲文學兄：

謝謝八月七日惠函。我首次到大陸，万事皆不熟，在南京一切需要吾兄照料。在南大講什么好，請示告，以便心理有數。詳答為盼。祝

著安

弟 陳鵬仁

一九九九.八.十三

陳鵬仁專用稿紙

第　頁

(25×12=300)

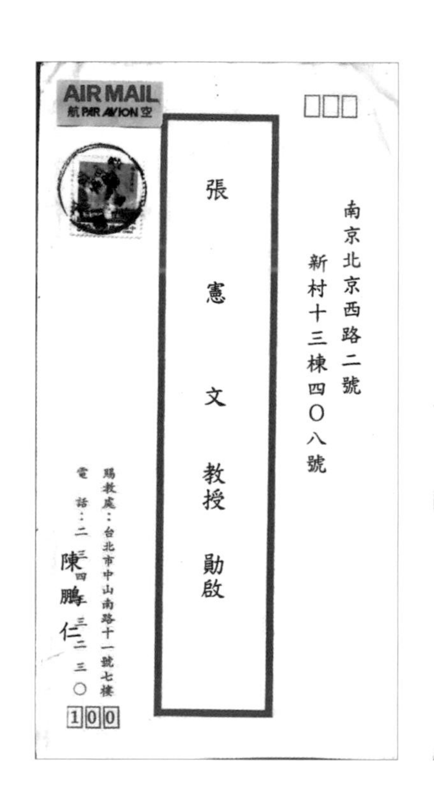

AIR MAIL

航 PAR AVION 空

南京北京西路二號新村十三棟四〇八號

張憲文 教授 勛啟

賜教處：台北市中山南路十一號七樓

電話：二三四三二三〇

陳鵬仁

100

關於「第四次中華民國史國際學術討論會」事宜

2000 年 9 月，南京大學中華民國史研究中心與江蘇省政協文史資料委員會聯合舉辦「第四次中華民國史國際學術討論會」，陳鵬仁應邀參會。9 月 28 日，陳鵬仁來信告知已平安返臺，並對在甯期間張憲文的熱情接待表示感謝。

2000 年 9 月 28 日

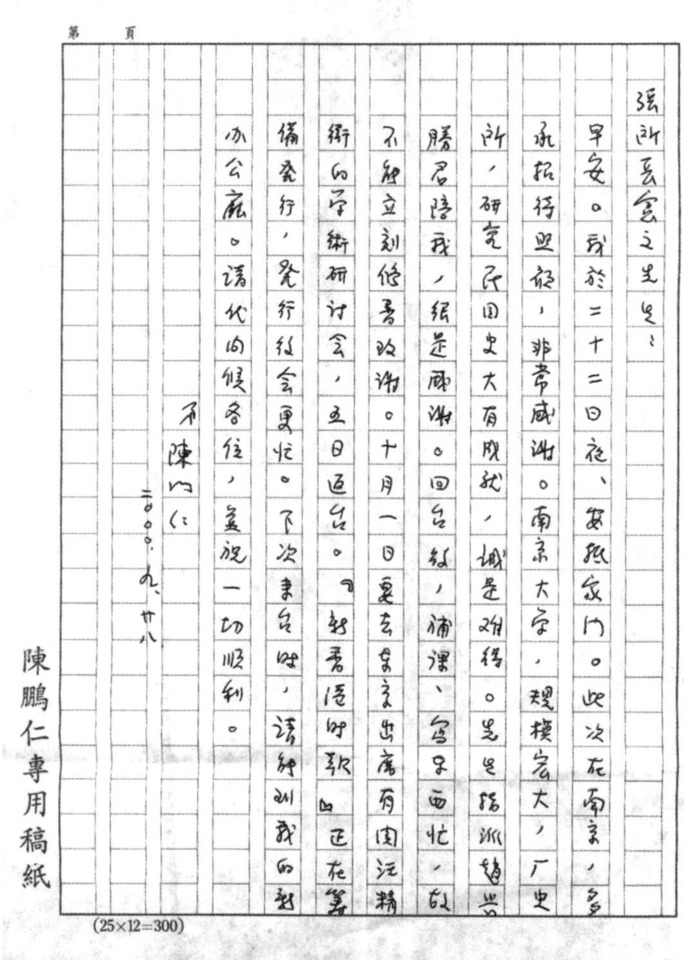

第　頁

張所長憲文先生：

早安。我於二十二日夜、安抵家門。此次在南京，多承招待照顧，非常感謝。南京大學，規模宏大，厂史所，研究民國史大有成就，誠是難得。先生能[?]派遣吳[?]勝君陪我，很是感謝。回台後，補課、寫字兩忙，故不能立刻修書致謝。十月一日要去東京出席有關汪精衛的學術研討會，五日返台。「新書語[?]時歌」正在籌備發行，發行後會更忙。下次來台時，請轉[?]到[?]我的新[?]辦公廳。請代問候各位，並祝一切順利。

弟陳鵬仁

二〇〇〇、九、廿八

陳鵬仁專用稿紙

(25×12=300)

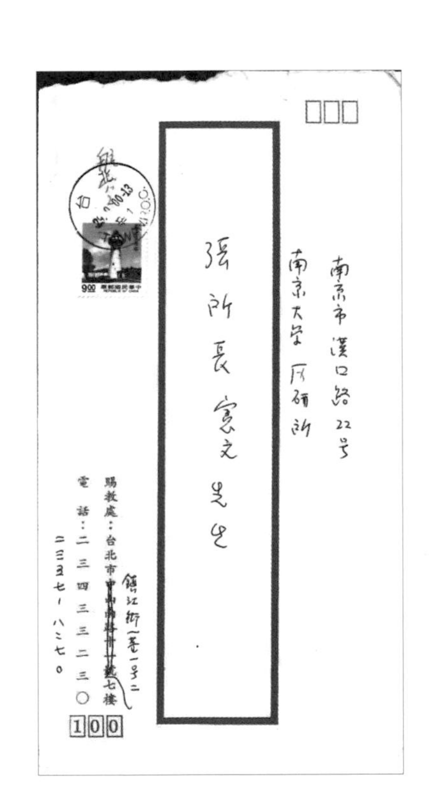

張所長憲文先生

南京市漢口路22号

南京大学民研所

賜教處：台北市中山南路十一號七樓 鎮江街一巷一号二

電話：二三四三二三〇 二三三七一八二七〇

100

學者交往

2007年秋，陳鵬仁來信告知張憲文寄出的《民國研究》（第9、10期）已收到，並告知計畫將於次年春季赴浙江大學、廈門大學、武漢大學、西南大學等高校做巡迴演講，隨信附上個人簡歷和著作目錄。

2007年11月30日

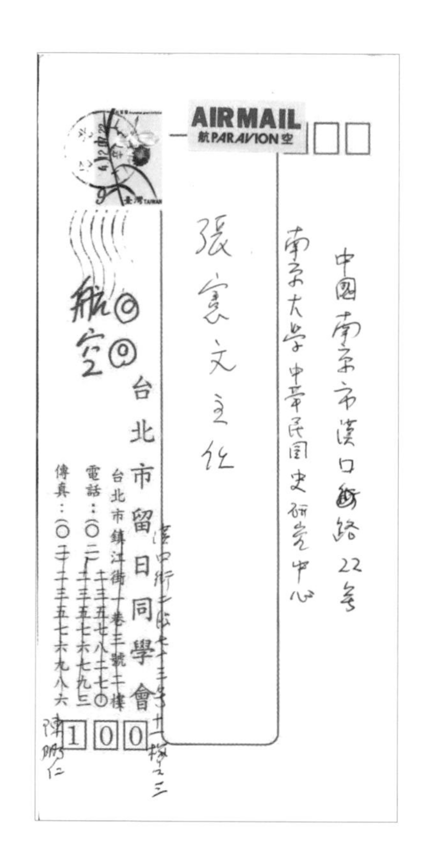

AIRMAIL 航PAR AVION空

中國南京市漢口路22号
南京大学中華民国史研究中心
張憲文主任

航空
台北市留日同學會
台北市鎮江街一巷三號十樓
電話：〇二 二三五七八二七〇 二三五七六七九三
傳真：〇二 二三五七六九八六
漢口街二段七十三号十一樓之三
陳鵬仁
100

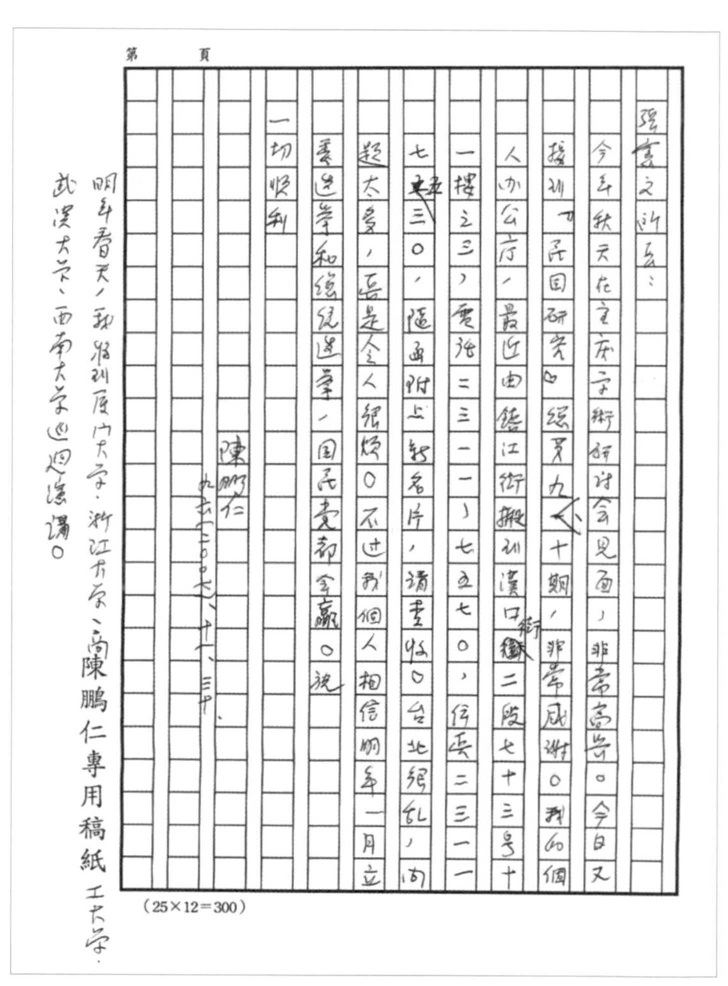

第　頁

張憲文所長：

今年秋天在重慶學術研討會見面，非常高興。今日又接到「民國研究」總第九、十期，非常感謝。我的個人辦公室，最近由鎮江街搬到漢口街二段七十三號十一樓之三，電話二三一一一七五七〇，傳真二三一一七五三〇，隨函附上新名片，請查收。台北很亂，問題太多，真是令人煩惱。不过我個人相信明年一月立委選舉和總統選舉，國民黨都會贏。

一切順利

陳鵬仁
九十六、十一、三十。

明年春天，我將到廈門大学、浙江大学、南工大学、武漢大学、西南大学巡迴演講。

陳鵬仁專用稿紙（25×12＝300）

彭明輝

個人簡介

彭明輝，生於 1959 年，臺灣花蓮人，先後畢業於東海大學、政治大學，並獲得博士學位。曾任《聯合文學》執行主編、叢書主任、《聯合報》編輯，現為政治大學歷史學系教授。

彭明輝長期從事近現代中國史學史、史學理論與方法等領域研究。代表作有《晚清的經世史學》、《歷史地理學與現代中國史學》、《中文報業王國的興起：王惕吾與聯合報系》、《臺灣史學的中國纏結》等。

新年賀卡

2005 年 12 月 20 日

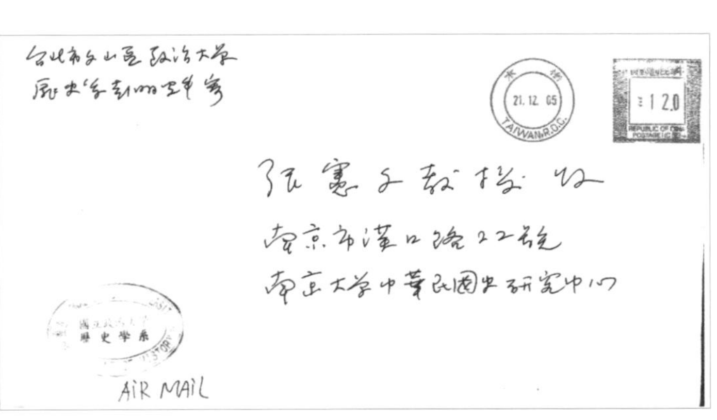

台北市文山區政治大學
歷史系彭明輝寄

張憲文教授 收
南京市漢口路22號
南京大學中華民國史研究中心

國立政治大學
歷史學系

AIR MAIL

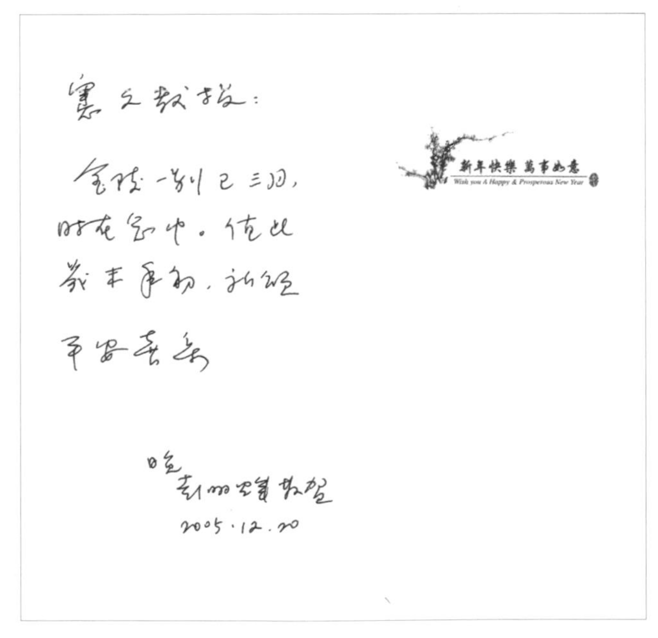

憲文教授：

金陵一別已三月，
時在念中。值此
歲末年初，祈頌
平安喜樂

新年快樂 萬事如意
Wish you A Happy & Prosperous New Year

晚
彭明輝敬賀
2005.12.20

黃秀政

個人簡介

黃秀政，彰化人，畢業於臺灣師範大學，獲得文學博士學位。曾任中興大學歷史學系教授，中興大學文學院院長等職。

黃秀政長期從事臺灣史、方志學等領域研究，主編《鹿港鎮志》等，代表作有《顧炎武與清初經世學風》、《臺灣割讓與乙未抗日運動》等。

關於「『全球化下的史學發展』學術研討會」事宜

2003 年 12 月 25 日

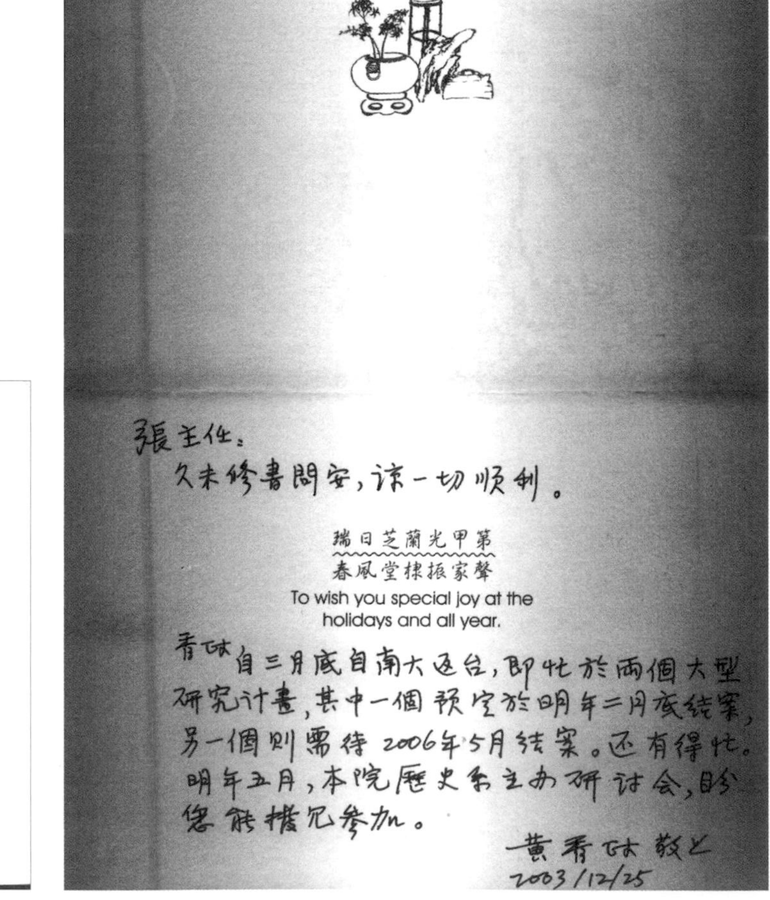

張主任：

久未修書問安，諒一切順利。

瑞日芝蘭光甲第
春風堂棣振家聲
To wish you special joy at the holidays and all year.

秀政自三月底自南大返台，即忙於兩個大型研究計畫，其中一個預定於明年二月底結案，另一個則需待2006年5月結案。還有得忙。明年五月，本院歷史系主辦研討會，盼您能撥冗參加。

黃秀政 敬上
2003/12/25

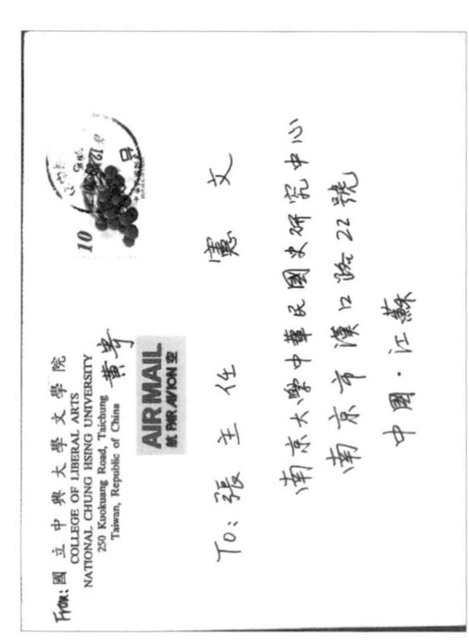

From：國立中興大學文學院
COLLEGE OF LIBERAL ARTS
NATIONAL CHUNG HSING UNIVERSITY
250 Kuokuang Road, Taichung
Taiwan, Republic of China
黃寄

AIR MAIL
PAR AVION

To：張主任 憲文
南京大學中華民國史研究中心
南京市漢口路22號
中國·江蘇

R-345

好彩頭
HAPPY
NEW YEAR

2004 年 1 月 15 日

快遞 EXPRES

TO：張 主 任　憲文

航空 AIR MAIL

南京大學中華民國研究中心
南京市漢口路 22 號
中國．江蘇

鳳岐主任勛鑒：

本院歷史系預定於今（2004）年五月下旬舉辦「全球化下的史學發展」學術研討會，承蒙惠允撥冗參加，並發表論文，非常感謝。

昨（14）日，歷史系主任孫若怡教授向秀政表示，由於辦理入境手續甚爲費時，但歷史系承辦助教一直無法聯絡上您。接信後，煩請速與承辦助教取得聯繫。附承辦助教姓名及聯絡電話：林德威：TEL　：002-886-4-22850214
002-886-4-22840324
FAX：002-886-4-22878064

耑此，敬祝
順利

黃秀政敬上
2004 年 1 月 15 日

新年賀卡

2005 年 1 月 3 日

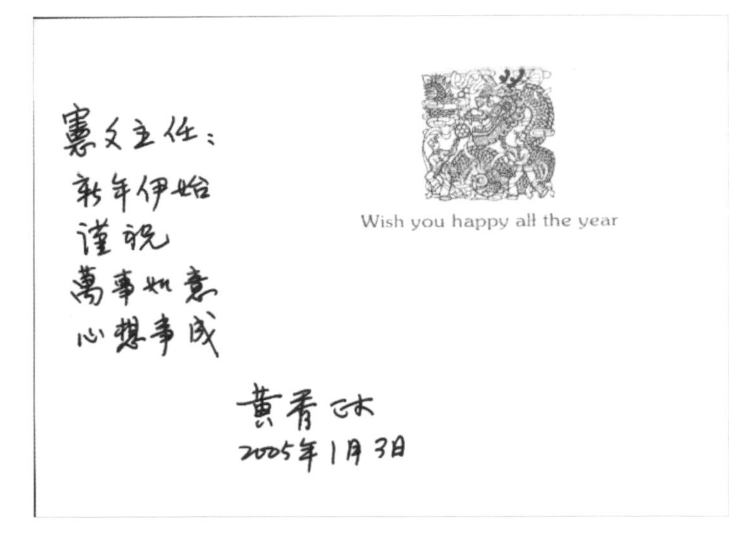
Wish you happy all the year

憲文主任：

新年伊始

謹祝

萬事如意

心想事成

黃秀政

2005年1月3日

2005 年 12 月 5 日

國立中興大學歷史學系 黃緘
DEPARTMENT OF HISTORY
NATIONAL CHUNG-HSING UNIVERSITY
TAICHUNG, TAIWAN,(402)R.O.C.
TEL:002+886+4+22850214 (O)
002+886+4+24821330 (H)
FAX:002+886+4+22878064 (O)

AIR MAIL
航 PAR AVION 空

To ： 張主任 憲文

南京大學中華民國史研究中心
南京市漢口路 22 號
中國・江蘇

Season's greetings and best wishes for the new year.

大好年

憲文主任道鑑：

近未修書請安，諒一切順利平安。

值此歲末，特藉此一賀卡，向 您請安。

耑此，敬祝

道安

HAPPY NEW YEAR

恭賀新禧萬事如意
大吉大利心想事成

黃秀政 鞠躬
2005/12/05

黃萍瑛

個人簡介

黃萍瑛，畢業於中央大學歷史研究所，現任中央大學客家學院助理研究員。

黃萍瑛長期從事文化人類學及族群研究，主要關注婦女與宗教、民間信仰及墓葬文化等，代表作有《臺灣民間信仰孤娘的奉祀：一個社會史的考察》、《歷史縮影：從埔裡墓作文化看族群與家族關係》、《結「結」與「解」結：鹿港「送肉粽」儀式的探討》等。

問好賀卡

1998 年 3 月 8 日

Dear 師々老師：

感謝老師及師母熱情的招待，媽々要我替她向老師致謝，感謝老師使她的寶貝"女兒"能飽ㄅ好多頓☺。在此祝老師、師母身体健康、萬事如意，並希望自己能趕快會賺錢……這樣老師及師母到台灣來玩時便可好々招待老師們！（現在只能充當司機小妹！）

祝平安☺

學生萍瑛敬上

1998.3.8

1998 年 12 月 15 日

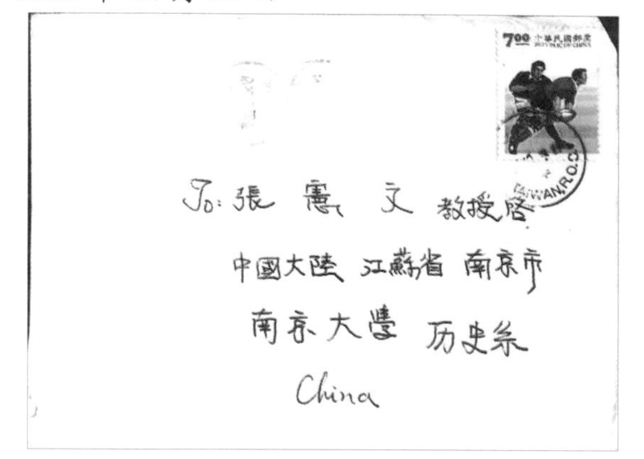
To:張 憲 文 教授啓
中國大陸 江蘇省 南京市
南京大學 历史系
China

from: 黃萍瑛
Taiwan, R.O.C

親愛的張老師及師母：

近来可好，希望老師及師母一切平安、順♡。

祝

新・年・快・樂
Have a wonderful holiday season
and
Happy New Year

期待早日会面喔！☺

萍瑛 敬上
1998.12.15.

黃福慶

個人簡介

黃福慶，祖籍廣東蕉嶺，1934年出生於臺灣高雄美濃。1960年畢業於臺灣省立師範大學史地學系，1963年進入中研院近代史研究所工作。1968年在福特基金會（The Ford Foundation）的資助下，赴東京大學（The University of Tokyo）留學。1972年回到近代史研究所，歷任檔案館館長、文化思想組主任、副所長等職。1992年起，在政治大學歷史研究所開設「中國史日文名著選讀」課程。1999年退休。2013年，因長年致力於培育臺日青年學人，促進日本與臺灣的學術交流，獲日本政府頒贈「旭日中綬章」。

黃福慶長期從事近代中日關係和清末日本留學生研究，代表作有《清末留日學生》、《近代日本在華文化及社會事業之研究》、《保薦人才、西學、練兵》等。

關於「第三屆近百年中日關係國際研討會」事宜

1994 年，黃福慶來信邀請張憲文前往臺灣參加「第三屆近百年中日關係國際研討會」。會議由北美二十世紀中華史學會籌辦。中國大陸學者一行十四人前往參會。

1994 年 9 月 27 日

中央研究院近代史研究所公文箋

第　頁

發近字第　號

憲文教授道席：本所訂於一九九五年一月十二日至十五日（十五日安排參觀），在台北舉辦「第三屆近百年中日關係學術研討會」，承 惠允撰提論文，至為感激。大作務請打字、橫排（稿樣如附件），並附一千字以內摘要，於本年十一月三十日前將文稿連同磁片，併賜寄本所。此次會議，本所提供明年一月十一日至十五日之住宿（宿本院學術活動中心），及香港、台北往返機票。至於大陸地區交通之往返，請填妥意見調查表後，儘速寄回或傳真近史所，俾便安排行程。

敬頌

研祺

第三屆近百年中日關係學術研討會

籌備委員會秘書長 黃福慶 敬啓

一九九四年九月二十七日

1994 年 10 月 8 日

Huang Fu-ching
中央研究院近代史研究所
INSTITUTE OF MODERN HISTORY
ACADEMIA SINICA
TAIPEI, TAIWAN, R.O.C.

江蘇省南京市漢口路
南京大学歷史研究所
張憲文教授

中央研究院近代史研究所
INSTITUTE OF MODERN HISTORY
ACADEMIA SINICA, TAIPEI, TAIWAN, R.O.C.
TEL: (02) 7824166 · 7822916 FAX: (02) 7861675

憲文教授

收到您的大函已经很久，因雜事烦多，致遲至現在才作書致候，非常抱歉。上次您訪台期间，未善尽接待，深感不安。

明年元月在本所主办的中日関係研讨会，您能前来参加，将替大会生色不少，我们很欢迎，届时又可以畅叙，很高兴。如有機会到南京，一定去拜访您。匆此不一。

肅此　敬祝

大安

弟
黃福慶敬上
1994.10.8.

楊翠華

個人簡介

楊翠華（1954-2022），河南密縣人，1977 年畢業於政治大學，赴美就讀於紐約州立大學水牛城分校（University at Buffalo, the State University of New York），獲得博士學位。1985 年進入中研院近代史研究所工作，歷任副研究員、研究員，並兼任圖書館主任、檔案館主任等職。2000 年至 2005 年擔任胡適紀念館主任。

楊翠華長期從事民國科技史、臺灣史研究，主編《近代中國科技史論集》、《澳門專檔》、《遠路不須愁日暮：胡適晚年身影》等，代表作有《中基會對科學的贊助》、《台魂淚》三部曲等。

新年賀卡

楊翠華在撰寫《中基會對科學的贊助》一書期間，曾赴中國第二歷史檔案館搜集有關檔案材料，張憲文在其中提供了幫助。1991 年 10 月，該書順利出版。

1993 年新春之際，楊翠華寄來新春賀卡。

1992 年 12 月 25 日

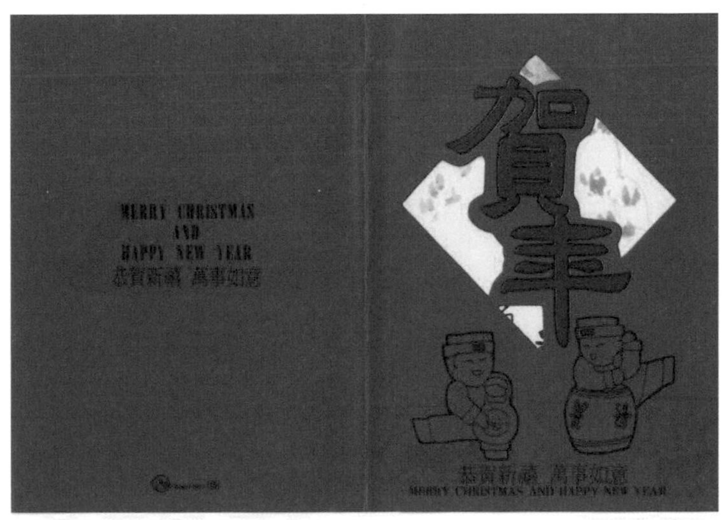

楊麗美

個人簡介

楊麗美，任職於中正文教基金會，現派駐於士林官邸正館工作。

稿費處理事宜

1999 年 7 月 26 日

張教授您好：

大作已於《近代中國》第一三一期發表。稿費為新台幣六、八〇〇元，已折合人民幣一、六四〇元，委請旅行中心奉上。

茲附上收據乙紙，請於收到稿費後，儘速簽收擲回，俾便報銷為感。

近代中國雜誌社

楊麗美 八八、七、二十六

劉維開

個人簡介

劉維開，1955 年生於臺灣，祖籍山西盂縣。先後就讀於東海大學、政治大學，1992 年畢業於政治大學歷史研究所，師從蔣永敬，取得博士學位。歷任中國國民黨黨史會總幹事、黨史館副主任，政治大學歷史系教授、政大人文中心主任、政大出版社總編輯等職，2020 年退休，現任政治大學歷史系兼任教授、民國歷史文化學社編審委員。

劉維開長期從事民國政治史、軍事史研究，主編《國民政府處理九一八事變之重要文獻》、《中國國民黨歷次全國代表大會圖輯》、《中國國民黨職名錄》、《羅家倫先生年譜》等，代表作有《編遣會議的實施與影響》、《國難期間應變圖存問題之研究——從九一八到七七》、《蔣中正的一九四九——從下野到復行視事》等。

2009 年 9 月，攝於政治大學季陶樓前。左起依次為：Thoralf Klein（孔正韜）、張憲文、周惠民、呂紹理、劉維開。

學者交往

1990 年，劉維開正在政治大學攻讀博士學位，期間為中國現代史史料學課程撰寫了一篇書評作為學期報告，張憲文讀後頗為欣賞，遂請沈懷玉轉交自己的名片。以下是 8 月 22 日劉維開來信，托同門許育銘轉交，信中介紹了有關博士論文的選題情況，並徵求建議。1995 年，劉維開的博士論文《國難期間應變圖存問題之研究——從九一八到七七》出版。

1990 年 8 月 22 日

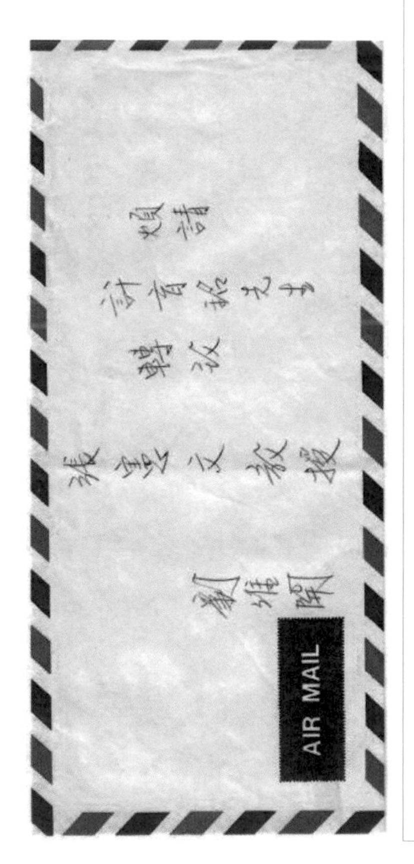

憲文教授：您好！從沈懷玉女士那裡收到您請託轉交的名片，十分不好意思。那篇評中國現代史史料學的書評原是一篇學期報告，經同學拿去發表，尚不十分成熟。

事實上，很早就想向您請教，您的中華民國史綱早已拜讀過。之後適巧我有親戚住在南京，知道後就請她在二檔工作的一位朋友孫以有先生拿了一張名片，要我直接和您連繫，但一方面工作忙碌，一方面準備研究所的考試，一直沒有提筆。這次沈女士從南京回來後告訴我，您看到那篇書評後，我就要寫信給您，但又聽說您出國，之後再到廣州開會，正巧許育銘先生要到南京，我就託他帶上一本我的碩士論文。這本論文出版後，剛好家母返鄉探親，寄帶回幾本，我的親戚曾拿了一本送到南京大學，所以大概學校有了。不過這本論文完成在1981年，寫得並不理想，1989年出版時本想大加修正，但又不知從何下手，所以只作了小幅度的修改，有許多近幾年發現的資料沒有加進去，尚請您指正。

我現就讀於政治大學歷史研究所博士班，和許育銘先生一樣是蔣永敬教授指導的學生，研究的題目是抗戰前，即是從918到77這段期間關於「救亡圖存」問題的研究，在資料方面已經掌握了一些，這次許先生到二檔，我也請他幫我找一些。如果您能就這個問題給予一些指點，或在資料上提供一些線索，至為感激。今後在資料搜集以及撰寫的過程中有需要您協助或請您指導的地方，希望不會給您增加太多的麻煩，多多給予指導。　敬祝　近祺

劉維開 敬上
79.8.22

訪問南京行程安排事宜

1998 年夏，國民黨黨史會特派秘書邵銘煌、總幹事劉維開、林宗傑前往北京、南京、上海、杭州，廣州等地，訪問當地檔案館、學術機構和國民黨歷史遺跡。訪問團預定於 7 月 11 日到達南京，並到訪南京大學。

1998 年 6 月 15 日

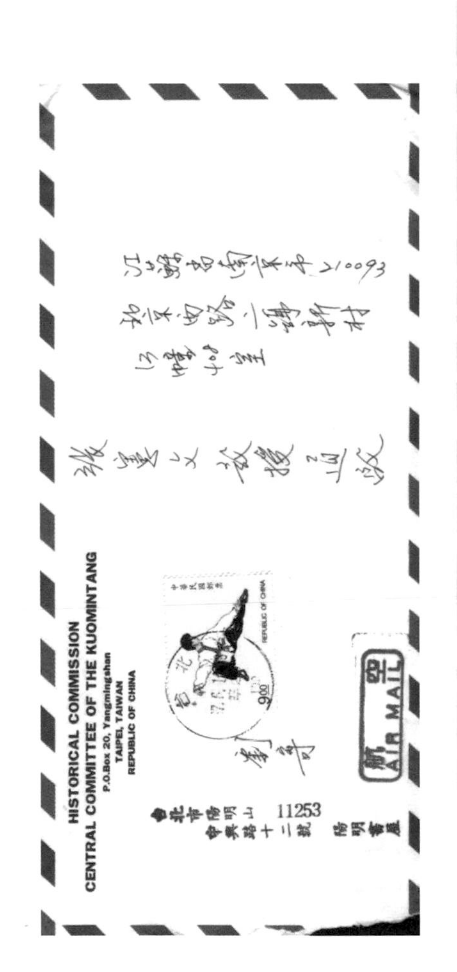

Centennial Symposium on Sun Yat-sen's Founding of the Kuomintang for Revolution

November 19-23, 1994, National Central Library, Taipei
Preparatory Committee: P.O. Box 20, Yangmingshan
Taipei, Taiwan, Republic of China

憲文教授道鑒：前次來台講學，未能當面請益，深感遺憾。

此次陳主任委員指派我與邵銘煌、林宗杰三人赴大陸參訪相關機構及史蹟，預定七月十一日到南京，屆時定當前往拜訪先生，並請先生不吝指導。

我們三人在南京停留兩日，十四日轉往上海，停留期間的活動安排，原擬請先生代為安排，因我們三人此行目的在了解大陸方面研究民國史及中國國民黨史情形，係初次訪問，且三人於先生均為後學晚輩，思之再三，乃轉請陳紅民先生代為安排，但仍請先生多予指教，使我們三人此行能有所得。專此

順頌

教安

後學

劉維開

87. 6. 15.

新年賀卡

1998年末，劉維開寄來賀卡，感謝張憲文的幫助和在南京時的款待。

1998年12月24日

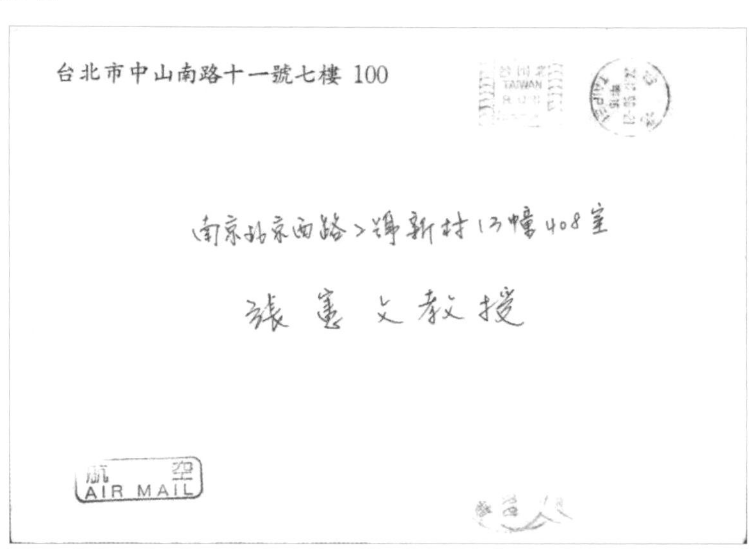
台北市中山南路十一號七樓 100

南京北京西路二號新村13幢408室

張憲文教授

航空
AIR MAIL

花開富貴福滿門　萬事如意皆吉祥
福星高照鴻運臨門・吉祥如意事事圓滿
HAPPY NEW YEAR

南京一行，承蒙招待，謝謝！
希望以後有機會再趨前往
有較長時間能向先生請益

近代中國出版社
後學 劉維開 敬賀

2000 年 1 月 7 日

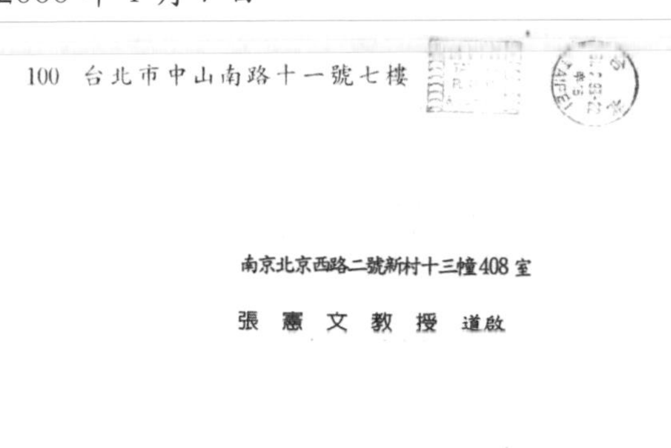
100　台北市中山南路十一號七樓
南京北京西路二號新村十三幢408室
張憲文教授　道啟

吉祥如意
後學
劉維開 鞠躬
中國國民黨中央委員會
黨史委員會 敬賀
MERRY CHRISTMAS & HAPPY NEW YEAR

Best wishes for the new year

新年賀卡

劉維開感謝會議邀請，並對因在任教時間無法前往赴會表示歉意。新年到來，順頌祝福。

年份不詳，1 月 13 日

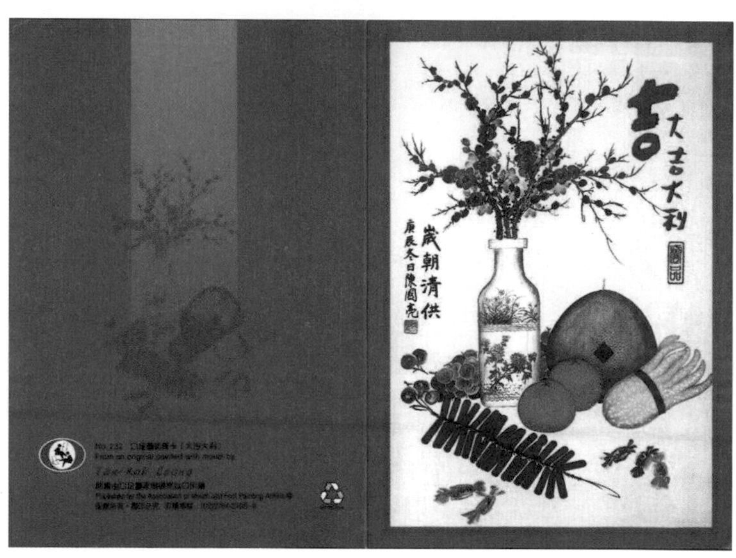

憲文教授：屢承關注，銘感於心。茲以甫至政大，不便請假，致有違厚意，未能參與上月底南京之會，前曾請謙平兄代轉歉意，謹再致意，尚祈見諒!!望日後再時予指教。敬祝

身体健康，萬事如意!!

後學 劉維開敬上 1.13.

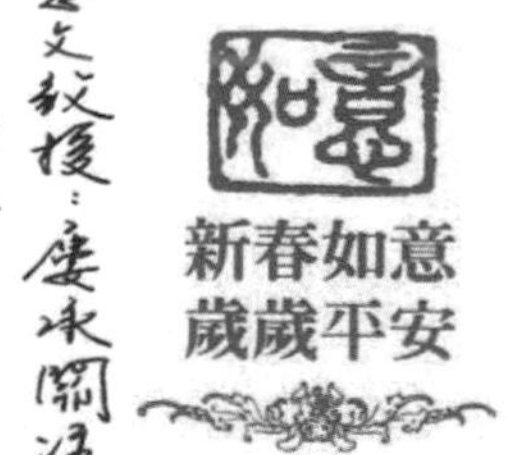

大吉大利 • 年年如意

願你享有快樂佳節和新年

Wish you a Merry Christmas and a Happy New Year

蔣永敬

個人簡介

蔣永敬（1922-2018），出生於安徽省定遠縣。1944 年參加十萬青年從軍，抗戰勝利後進入東北大學就讀。赴臺後考入政治大學教育研究所。1957 年進入國民黨中央黨史會工作，歷任黨史會編審、專門委員、總幹事、秘書、纂修等職，並在東海大學、輔仁大學、政治大學歷史學系開設中國近現代史相關課程。1979 年起，任教於政治大學歷史研究所並兼任所長，1985 年任滿後專任教職，1992 年退休。1993 年起，擔任南京大學中華民國史研究中心客座教授。

蔣永敬長期從事中國國民黨史研究，代表作有《鮑羅廷與武漢政權》、《國民黨興衰史》、《多難興邦：胡漢民、汪精衛、蔣介石及國共的分合興衰 1925-1936》等。

2006 年，蔣永敬將所藏的臺版書籍捐贈給南京大學中華民國史研究中心。

著名歷史學家、政治大學歷史學系教授蔣永敬，每年兩次到南京大學講學。攝於南京大學。

2006年11月1日，蔣永敬將個人藏書捐贈中華民國史研究中心，與南京大學教師結下深情厚誼。

新年賀卡

1990 年，蔣永敬首次訪問南京大學歷史系。此時張憲文正在澳洲訪學，便由茅家琦代為接待。此後近三十年，蔣永敬幾乎每年均到南京居住、訪學，其間多次應邀來中華民國史研究中心開設學術講座，題目包括《關於胡漢民的研究》、《國民黨分合與興衰》、《從兩次國共合作：省思兩岸問題》等，與南京大學中華民國史研究中心保持著深厚的情誼。

1993 年 1 月，蔣永敬、于文桂伉儷寄來新年賀卡。

1993 年 1 月 7 日，日期不詳

MERRY CHRISTMAS
SEASON'S ★ GREETING

寄一份喜悅和不變的關懷　在這個鈴聲初響時節
用我最誠摯的心—祝福你　願你擁有—
最美的耶誕佳節 HAPPY NEW YEAR FOR YOU!

憲文
嫂 兄

弟 蔣永敬
于文桂 拜
1993.1

學者交往

蔣永敬在推動兩岸學術交往過程中做出了極大的努力。1993 年 4 月 6 日，蔣永敬前往濟南參加「紀念台兒莊大戰 55 周年國際學術討論會」，12 日至南京大學訪問，留宿於南京大學中美中心兩夜，期間討論了如何加強南京大學與政治大學歷史系交流合作等問題。4 月 26 日，來信告知張憲文已平安返臺。

5 月，蔣永敬來信表示政治大學歷史系主任張哲郎對於開辦兩岸學術會議一事很有興趣，並積極促成雙方早日擬定合作計畫。8 月，信中再次提到，政治大學方面就此事已有初步方案，後續有任何消息也將會陸續轉達，並就受邀擔任南京大學中華民國史研究中心客座教授一事表示感謝。

1993 年 4 月 26 日

國立政治大學歷史研究所
GRADUATE SCHOOL OF HISTORY
NATIONAL CHENG-CHI UNIVERSITY
TAIPEI, TAIWAN, REPUBLIC OF CHINA
TEL:9393091 EXT. 3121

憲文教授吾兄大鑒：

本（四）月十二日至十五日南京之行，承 兄熱情接待，感激難忘。弟於四月二十三日離北京城，當日回到台北市中，一切順利平安。關於南京大學 貴所系與政大歷史研究所合作交流合作事，即與政大歷史研究所（研究所、系主任）張哲郎先生說明，彼極贊同並希積極進行。擬於7－9月間暑假時期由所系同人組織訪問團赴大陸，當可至 貴所訪問數天，并參觀二校。至交流合作細則可與張哲郎教授通信商討，只兩校可作定案。兄可以南大研究所名義邀張至 貴校訪問（或組團數人）亦可表示交流合作安排，以便由張向研究所會議提出著手進行。

問候 嫂夫人、謙平、紅武以及本所諸先生代好。

此頌

大安

弟蔣永敬拜上

內子附好

1993.4.26.

1993 年 5 月 24 日

CONFERENCE ON EIGHTY YEARS HISTORY OF
THE REPUBLIC OF CHINA, 1912-1991

AUGUST 11-15, GRAND HOTEL, TAIPEI
PREPARATORY COMMITTEE: P. O. BOX 20, YANGMING MT.
TAIPEI, TAIWAN, REPUBLIC OF CHINA

憲文兄：

前致之函，諒邀 鑒察。前日過津[illegible]及兩所合作事，彼極有興趣，但云尚未收到 貴所（即台灣史研究所）來信及訪問合作計劃。希 兄得早與之通函聯繫商洽，弟當從中協力以成其事也。

前 兄台之[illegible]照片計9張，隨函奉上。其中5張為我等在寒舍所照，[illegible]（包括其夫人）[illegible]。另有一張外，其餘4張請代轉致。（另二張請轉致[illegible]）

十月間，弟將去合肥參加討論會，會後或將去南京停留時日，尚可再聆教也。

此頌

雙安

蔣永敬拜上 1993.5.24.

關於受聘南京大學中華民國史研究中心客座教授事宜

1993 年 8 月 21 日

國立政治大學用箋

憲文兄：八月二日 大示奉到，因暑期未去學校，大示延耽，

迄今為歉。本約聘書即於今已奉到 大函，正進行合

作計劃，俟有定案，始為奉告也。承聘任 貴校民國史

研究中心客座，深感榮幸，謹填好紀表奉上，煩將

紅線部分收執，並以回執影印，俟後補寄。此頌

大祺

永敬上 八、二十一、九三

開沅兄出使其歸時轉交

（專供公務使用）67. 5. 1,000本

校址：台北市木柵區指南路　電話：（九三一）三〇九一

新年賀卡

1993 年 12 月，日期不詳

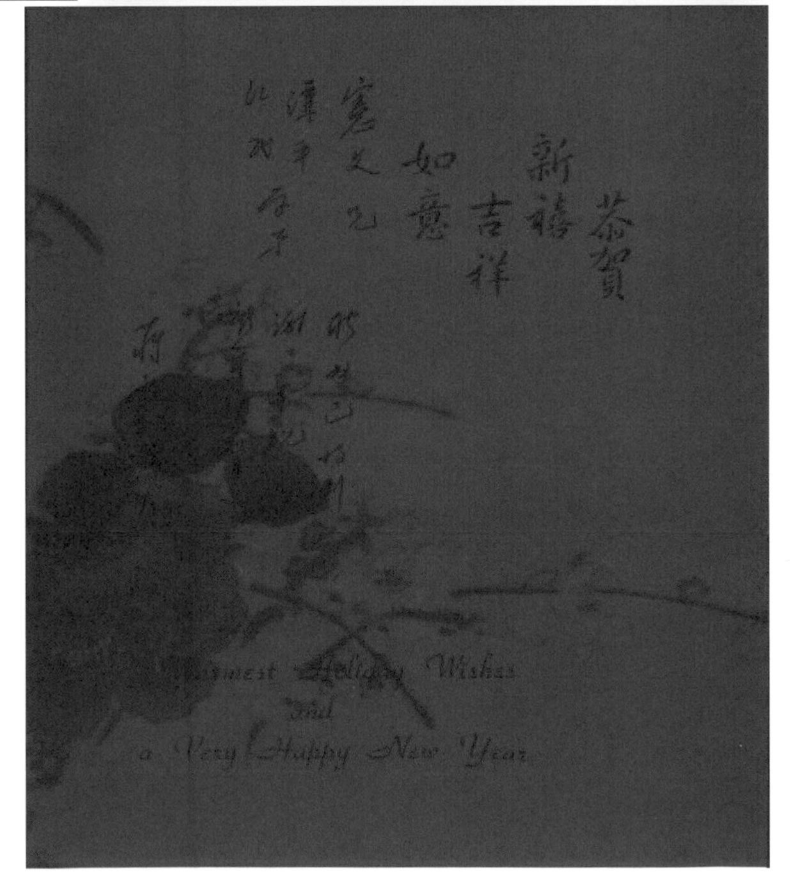

關於「第三次中華民國史國際學術討論會」參會事宜

1994 年 3 月，張憲文開始籌辦「第三次中華民國史國際學術討論會」，並邀請蔣永敬出席。但受到天氣等因素影響，蔣永敬未能成行。

1994 年 3 月 28 日

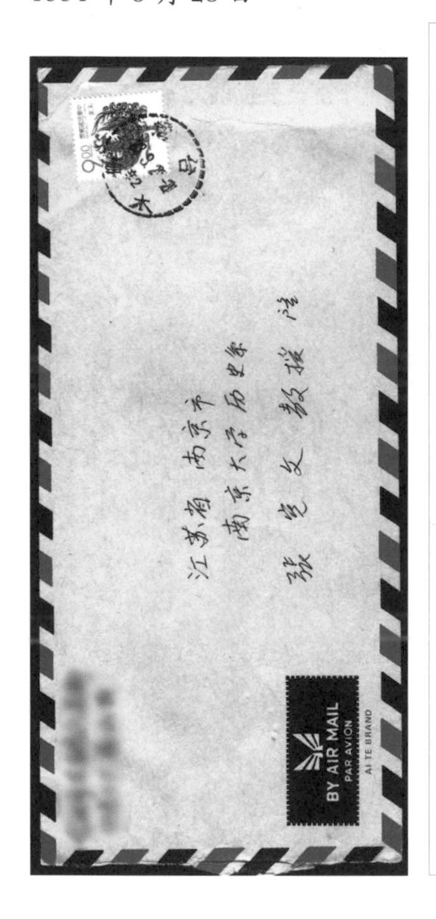

國立政治大學歷史研究所
GRADUATE SCHOOL OF HISTORY
NATIONAL CHENG-CHI UNIVERSITY
TAIPEI, TAIWAN, REPUBLIC OF CHINA
TEL:9393091 EXT. 3121

宪文兄：

接奉"中华民国史国际学术会"开会的通知，奉到邀约，深以为荣，理应克服一切困难，踊跃参加。但考虑结果，十二月间气候，对于宿疾恐难适应，是以决定不能出席，尚祈 见谅是幸。

台北七月间联合报基金会主办"历史上的分与合"会议，曾见有邀 兄之与会大名，亦盼能到台北相聚也。

谨此，[illegible]。

此候 大祺

永敬 拜上 1994.3.28.

新年賀卡

2004 年 1 月 16 日

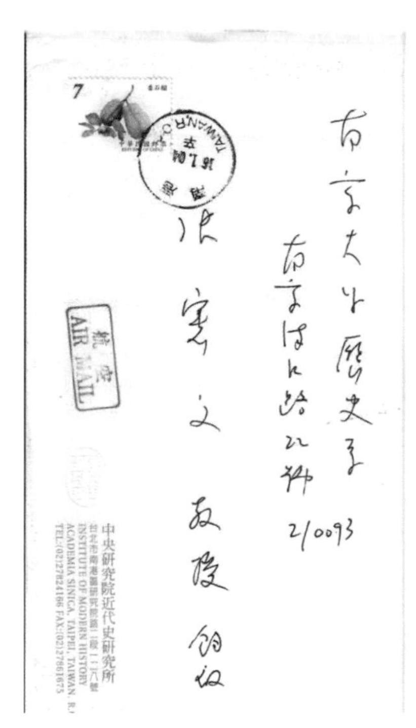

南京大學歷史系
南京漢口路22號
210093
張憲文 教授 啟

航空 AIR MAIL

中央研究院近代史研究所
INSTITUTE OF MODERN HISTORY
ACADEMIA SINICA, TAIPEI, TAIWAN

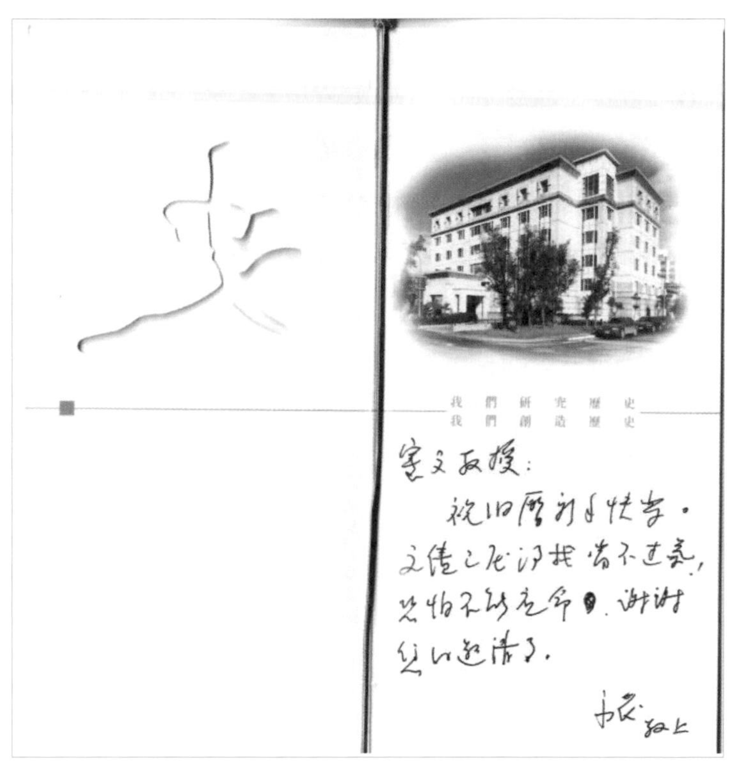

我們研究歷史
我們創造歷史

憲文教授：

祝旧曆新年快樂。文債之延誤找當不過來，恐怕不能應命了。謝謝您的邀請了。

振 敬上

賴澤涵

個人簡介

賴澤涵，1965 年畢業於臺灣省立師範大學史地學系，1976 年獲得美國伊利諾大學香檳分校（University of Illinois Urbana-Champaign）博士學位。歷任中研院三民主義研究所副研究員、中山人文社會科學研究所研究員兼第一組主任，中央大學歷史研究所教授兼所長等職，1995 年起，擔任南京大學中華民國史研究中心客座教授。

賴澤涵長期從事臺灣史、中國社會史、中國近現代史研究，代表作有《悲劇性的開端：臺灣二二八事變》、《二二八事件研究報告》、《立法院院長孫科傳記》等。

告知訪問南京行程

1995 年 1 月，賴澤涵發來傳真告知將於 17 日來廣州中山大學開會，計畫 21 日至 26 日到南京拜訪各位學者，並到中國第二歷史檔案館查閱資料。

1995 年 1 月 11 日

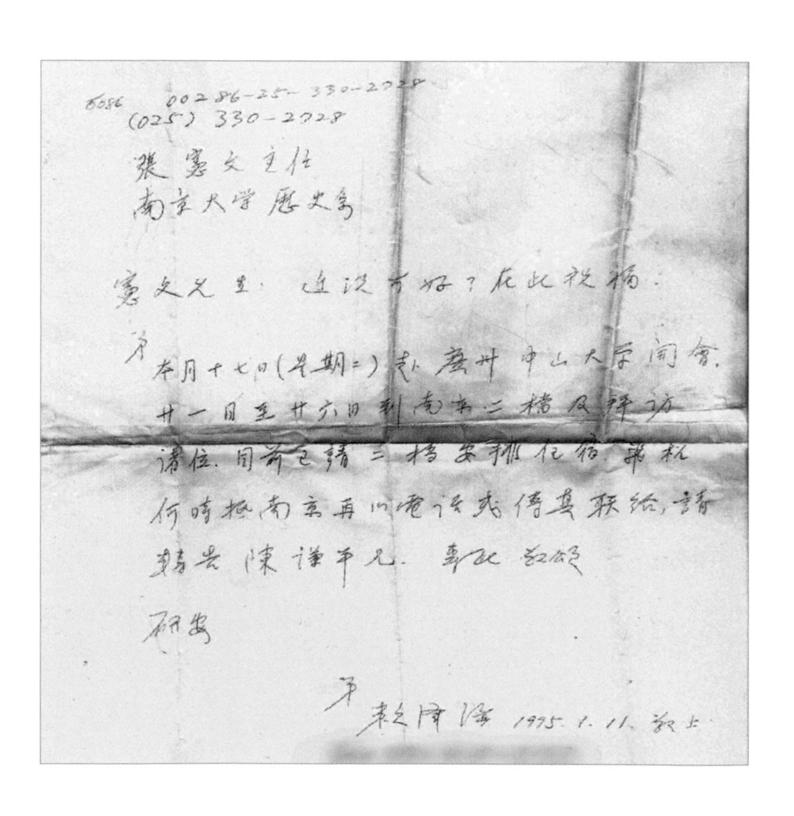
6086 00286-25-330-2728
(025) 330-2728
張憲文主任
南京大学歷史系

憲文兄：近況可好？在此祝福。
弟本月十七日（星期二）赴廣州中山大学開會，廿一日至廿六日到南京二檔及拜訪諸位，目前已請二檔安排住宿，弟於何時抵南京再以電話或傳真联絡，請轉告陳謙平兄。專此 敬頌
研安

弟 賴澤涵 1995.1.11. 敬上

學者交往

1995 年 9 月，張憲文前往臺北參加「慶祝抗日戰爭勝利五十周年學術研討會」，並發表論文《抗日戰爭時期中國高等教育評析》。會後，張憲文致信賴澤涵，感謝在臺期間的熱情款待，並推薦南京大學方之光和朱寶琴兩位老師出席會議。

1995 年 9 月 28 日

Fax: 00886-2-7854160

台湾 台北市　中央研究院中山人文社会科学研究所

赖泽涵教授

泽涵教授兄大鉴：

您好！这次赴台北参加会议，承蒙热情款待，十分感谢。请代向嫂夫人问候。

返宁后，经商量，拟提名我校两名教授出席会议。

一位是方之光教授，南京大学历史研究所工作。长期从事中国近代史教学研究工作。在太平天国史研究方面，在国内享有盛誉。在社会、文化方面亦有专长。今年62岁。

一位是朱宝琴副教授，南京大学历史系工作。长期从事中国现代史、中华民国史研究工作。对台湾当代历史亦有研究。今年46岁，女。

提名供参考，如有不当，可再告知。

敬祝

研安

弟 张宪文

1995.9.28.

新年賀卡

1999 年 1 月 20 日

恭賀新禧

Season's Greetings and

Best Wishes for the New Year

賴澤涵 鞠躬

1999. 1. 20

謝國興

個人簡介

謝國興，1955 年生於臺灣臺南，先後就讀於政治大學、臺灣師範大學，1983 年獲得歷史學碩士學位，同年考入臺灣師範大學歷史學系博士班，並進入中研院近代史研究所工作。1990 年獲得博士學位。歷任中研院近代史研究所助理研究員、副研究員、研究員。1997 年至 2000 年期間擔任近代史研究所圖書館主任、中研院院長特別助理。2005 年至 2009 年擔任近代史研究所副所長。2011 年起擔任中研院臺灣史研究所所長，2017 年卸任。現任中研院臺灣史研究所專任研究員。

謝國興長期從事政治外交史、臺灣社會經濟與文化史等領域研究。主編《改革與改造：冷戰初期兩岸的糧食、土地與工商業變革》、《皇輿搜覽：美國國會圖書館所藏明清輿圖》、《駐臺南日本兵一九〇四年日記》等。代表作有《黃郛與華北危局》、《中國現代化的區域研究：安徽省 1860-1937》、《官逼民反：清代臺灣三大民變》等。

關於中研院近代史研究所刊物寄送事宜

2000 年 4 月，謝國興來信，告知中研院近代史研究所的《近代史研究所集刊》和《近代中國史研究通訊》兩套刊物贈與張憲文，請查收並寄來確認函。

《近代史研究所集刊》創刊於 1969 年，《集刊》集合近代史研究所與海內外學者的佳作論著、書評、研究討論，是近代中國史研究的頂尖刊物之一。

《近代中國史研究通訊》創刊於 1986 年 3 月，每半年出刊一期，定期報導國內外有關近代中國史研究的狀況，旨在促進各地研究近代中國史的學者互相瞭解、互相觀摩。《通訊》設有「新書出版消息」、「近代中國史研究大事紀要」、「學術會議」等欄，關注中國大陸地區的訊息和動態，是兩岸史學交流溝通的重要平臺。2003 年 12 月，《近代中國史研究通訊》停刊。

2000 年 4 月 10 日

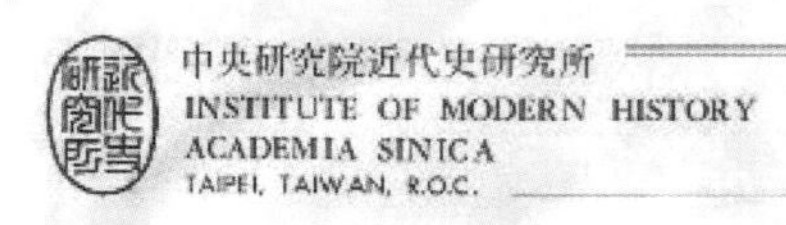

張憲文先生 #通集

中國210008 南京市漢口路22號

南京大學歷史系

AIRMAIL
PARAVION

張憲文教授：

爲了加強本所與海外學者的交流，經過本所出版委員會的討論，將台端列爲本所集刊與近代中國史研究通訊的贈與閱讀對象，隨函另封交海運寄上近期集刊及通訊各乙冊，敬請查收，並祈指教。

爲了確認贈書確已送達尊處，請務必填寫下列簡單資料，傳真或郵寄：台灣台北市南港研究院路 2 段 130 號 中央研究院近代史研究所發行室　收

聯絡人：吳鳳蓮　886-2-27898208(Tel)

886-2-27898204(Fax)

wfl@gate.sinica.edu.tw(E-mail)

耑此　敬頌

研安

中央研究院近代史研究所

出版委員會召集人　謝國興　敬上

(研究員)

2000.4.10

第二篇　香港

香港有來自王賡武、余炎光、鄭會欣等共十六位學者和八個機構的四十六封信件，時間跨度自 1987 年至 2009 年。本部分選取了十位學者共計三十六封信。

信件內容涵蓋師生通訊、學術交流、會議通知等多個方面，反映了中國大陸內地與香港地區從隔離到漸趨融合的過程。其中部分信件談及海峽兩岸的交往，展現出 80 年代來香港作為中國大陸與臺灣學術交流所發揮的重要作用。

王賡武

個人簡介

王賡武，1930 年生於荷屬東印度（今印尼）。1947 年曾就讀於南京中央大學，受到戰爭影響，轉入新加坡馬來亞大學（University of Malaya），獲得歷史學碩士學位。1957 年獲得英國倫敦大學（University of London）歷史學博士學位。畢業後返回新加坡，任教於馬來亞大學歷史系。1968 年前往澳大利亞，擔任澳大利亞國立大學（The Australian National University）遠東歷史系主任。1986 年至 1995 年期間擔任香港大學校長，1997 年至 2007 任新加坡國立大學東亞研究所所長。

王賡武長期從事中國史、華人華僑史和東南亞史等研究，代表作有《移民及興起的中國》、《不遠遊：移民與華人》、《1800 年以來的中英碰撞：戰爭、貿易、科學及治理》等。

關於「第三次中華民國史國際學術討論會」參會事宜

1994 年 12 月，第三次中華民國史國際學術討論會在南京大學北園知行樓召開。此次會議得到了臺灣實業家陳清坤先生的資助支持，曲欽岳校長代表南京大學致開幕詞。這次會議進一步溝通和加強了兩岸學術交流，在若干民國歷史人物、歷史事件等問題上逐步消除分歧、達成共識，增進兩岸三地學者的友好情誼。

王賡武因排程衝突，遺憾未能出席。

1994 年 8 月 26 日

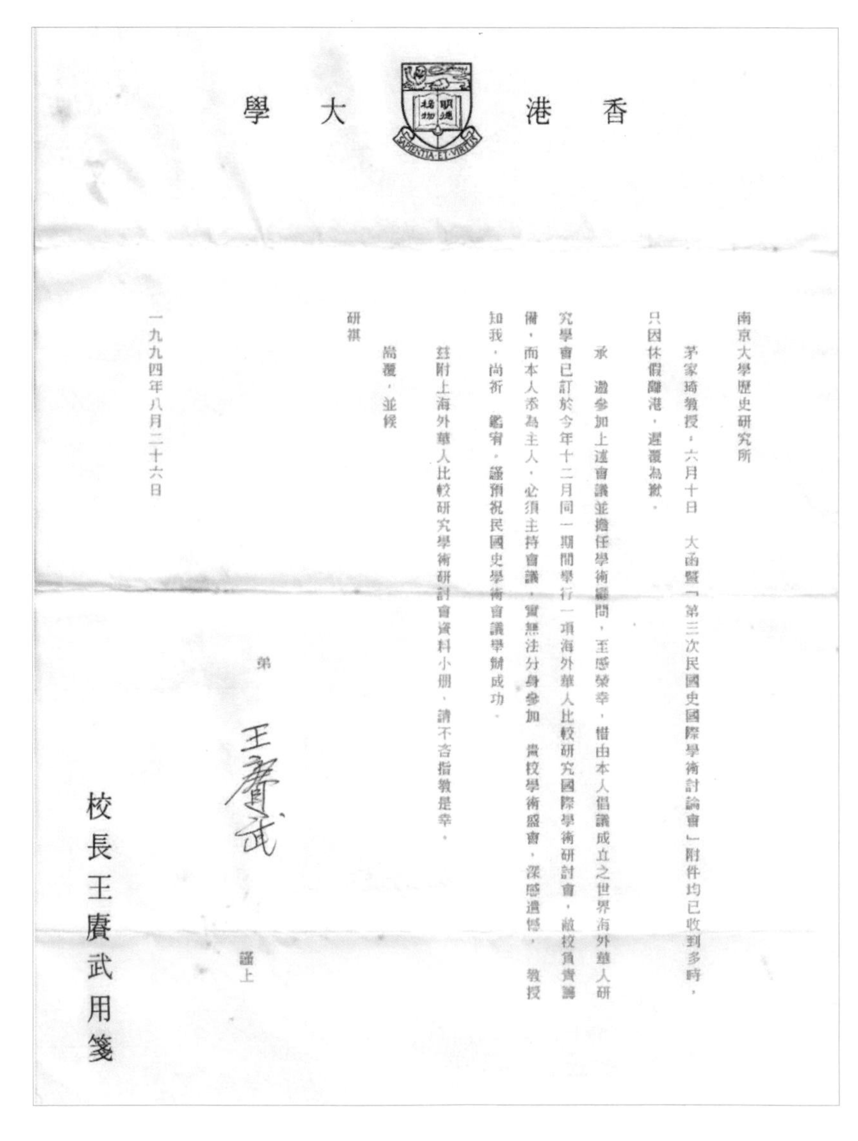

香港大學

南京大學歷史研究所

茅家琦教授：六月十日　大函暨「第三次民國史國際學術討論會」附件均已收到多時，只因休假離港，遲覆為歉。

承　邀參加上述會議並擔任學術顧問，至感榮幸，惜由本人倡議成立之世界海外華人研究學會已訂於今年十二月同一期間舉行一項海外華人比較研究國際學術研討會，敝校負責籌備，而本人忝為主人，必須主持會議，實無法分身參加　貴校學術盛會，深感遺憾，　教授知我，尚祈　鑒宥，謹預祝民國史學術會議舉辦成功。

茲附上海外華人比較研究學術研討會資料小冊，請不吝指教是幸。

尚覆，並候

研祺

弟　王賡武　謹上

一九九四年八月二十六日

校長王賡武用箋

COMPARATIVE PERSPECTIVES
CONFERENCE
19-21 December 1994, The University of Hong Kong, Hong Kong

第一號通告

由香港大學主辦的〝五十年(1945-1994)海外華人比較研究國際學術研討會〞，likely 定於一九九四年十二月十九日至二十一日在香港大學舉行。第一屆世界海外華人研究學會(ISSCO)大會亦將同時召開。

本次學術研討會旨在爲世界各地的學者提供一個學術論壇，探討在過去的五十年內海外華人的各項發展及其境遇，並重點討論以下五個方面的專題：

- 海外華人所從事的（全國性、跨國性或國際性）經濟活動之變遷
- 海外華人的移民模式
- 海外華人在居住國的政治參與
- 大眾文化與民族性
- 家庭結構與性別問題

我們誠邀各國學者踴躍報名赴會，遞交論文或組織與上述專題相關的小組討論。研討會籌備委員會將考慮挑選部份論文在學術刊物上以論文彙編的形式出版刊行。

本次研討會的工作語言爲英語和普通話，與會學者可以選擇用英文或中文撰寫論文及發言。

香港大學
〝五十年(1945-1994)海外華人比較研究國際學術研究討會〞
一九九四年十二月十九日至二十一日

研討會籌備委員會成員

王賡武教授（主席）
黃紹倫教授（副主席）
冼玉儀博士（秘書）
錢江先生（助理秘書）
鄭赤琰博士
陳坤耀教授
趙令揚教授
柯群英博士
Norman G. Owen 博士
高偉定教授(Professor Gordon Redding)
施克敦博士(Dr. Ron Skeldon)
鄭良樹博士
鄒嘉彥教授
魏白蒂博士
吳燕和教授

註冊費用

一九九四年六月三十日前註冊者，繳交一百美元。
此後則繳交一百五十美元。

報名表

（請用正楷填寫）

職稱（教授／博士／先生／女士／小姐）

____

姓：____________________

名：____________________

您希望列入正式會議代表名單中的姓名（請同時填寫外文姓名或拉丁拼音姓名）：

____

所在院校或機構名稱：____________________

所在院校或機構地址：____________________

____

聯絡地址（若與上述地址不同）：____________________

____

電話號碼（住宅）：__________　電話號碼（辦公室）：__________

傳　　真（住宅）：__________　傳　　真（辦公室）：__________

電　　傳（住宅）：__________　電　　傳（辦公室）：__________

論文題目：____________________

____

請提供擬建議小組討論的議題：____________________

____

論文摘要／或簡述擬建議的小組討論內容並列出小組討論學者之姓名：

____

____

____

____

____

____

____

____

____

____

____

____

請將此報名表填妥，並於一九九四年一月三十一日之前寄回：
香港薄扶林道香港大學歷史系
〝五十年海外華人比較研究國際學術研討會〞籌委會
冼玉儀博士收

電話：（852）8598942
傳真：（852）8170052

余炎光

個人簡介

余炎光（1929-2012），祖籍廣東台山，原廣州暨南大學歷史系教授，1990 年前後移居香港。曾任香港樹仁學院歷史系教授兼主任。長期從事廣東近現代史等領域研究，代表作有《南粵割據》、《廖仲愷年譜》等。

關於組織學生暑期到訪南京大學事宜

余炎光與張憲文在學術會議上結識，此次來信主要為計畫組織香港樹仁學院歷史系與新聞系的學生在暑假期間參訪南京大學，但後期由於報名人數太少，經費不足，未能成行。

1993 年 2 月 14 日

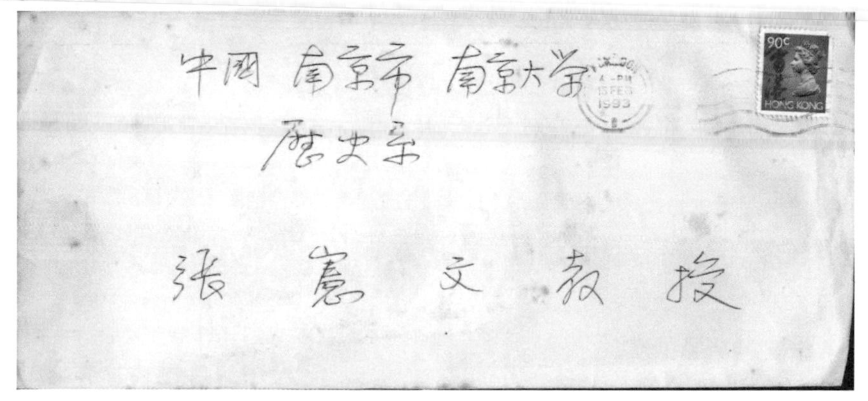

中国 南京市 南京大学
历史系
張憲文教授

Hong Kong Shue Yan College
WAI TSUI CRESCENT, BRAEMAR HILL ROAD
NORTH POINT, HONG KONG
TEL: 5-707110 (6 LINES)
香港樹仁學院
香港北角寶馬山慧翠道
電話：五七〇七一一〇（六綫）

憲文兄：多年未有聯系，因雜太多之緣故，還希見諒！

我離開後三年前來港定居，但仍是暨大歷史系教授，因工作需要而返穗也。來港後，即在樹仁歷史系任教，每月回暨大一次指導研究生工作。所以兩地奔波，加上在暨大和在港，又仍從事著多項的科研，以致整年的無喘息之機，實在苦也。但人在「江湖」，身不由己！

兄的近況，我也略聞一二，近年來兄在各方面的成就，令人敬仰。他日有機會見面，定當暢敘！

今有一事相托：樹仁學院歷史系、新聞系（我兼該系之中國史）師生擬于今年暑假前往寧滬參觀交流，在寧逗留時間為三天左右，請兄代向貴校港澳台辦（外事辦）聯系，可否由他們負責接待師生入住貴校之招待所或外籍生宿舍，並派車送他們到寧市各旅游點游覽，接待費包四食宿車費（去年樹仁師生去京，由清華全包食宿游覽費，每天收四120元。此外，兩名師生宿舍至工作由清華港澳台辦負責，指領他們也只需得少量獎金）。師生去京後由滬回穗之車票由師生自己負責，只需帶他們的寧滬車票。以上事情如有結果，希即來信告知，除每日費用外，還包括最多可接待多少人（估計我們會有二十人左右），以何段時間為最好，在寧三四天之節目安排等。

匆匆草此，順頌

教祺

來信請寄此，交歷史系我收即可。

弟 余炎光 拜
93.2.14

1993 年 4 月 6 日

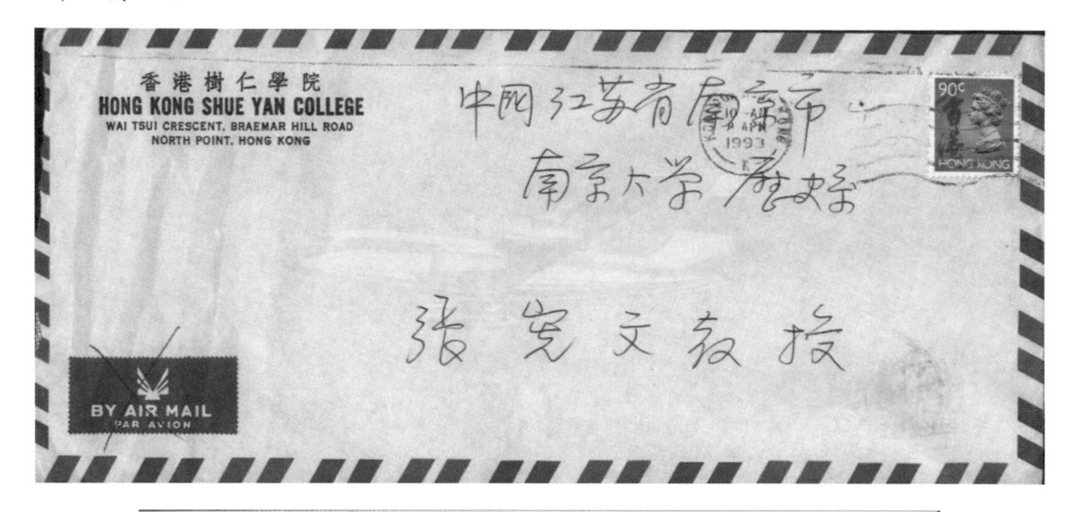

Hong Kong Shue Yan College
WAI TSUI CRESCENT, BRAEMAR HILL ROAD
NORTH POINT, HONG KONG
TEL: 5-707110 (6 LINES)
香港樹仁學院
香港北角寶馬山慧翠道
電話：五七〇七一一〇（六綫）

憲文兄：來函收到多日，前兄十分感謝 兄的幫忙。

赴寧參觀遊覽之計劃，[illegible]已接 兄來信提供之資料，製訂一項具体計劃，現正在有關班級中開始登記，預計要至月底才能有確實之人數，因學生要至此時才能確定假期之暑假日程（本校之師生都有做「暑假工」之習慣）。至於赴寧之時間已定為8月21日從香港出發，先往[illegible]8月22日抵寧，逗留四天（包括揚州），26日離開。人數可能為30人左右（包括新聞、歷史兩系，其他暫不考慮）。確實多少人，要5月底登記完畢後再報告。請 兄再幫忙了解下述諸事：① 赴揚州之一天，需否加收費用？② 需交之款，如何交收？是否由港之中銀系統直匯貴校之外匯帳戶？可否接受[illegible]折成港幣交[illegible]，抑或一定要美元？

兄兼任行政，[illegible]有所聞，甚感可惜。如兄之筆，當以科研為主，多作著書立說之工作，對社會之貢獻會更大。弟早有見及此，早便要辭去行政，得以專心，而將時間多用於學術，[illegible]下下之才，亦感有所成就。希 兄日後能逐漸擺脫，以多造福人群。日前，弟[illegible]十分幫忙，仍與港[illegible]作合作研究，近年以港學者[illegible]，近來亦有[illegible]發表，聊以自慰而已。 兄如日後[illegible]，請來函，一定相商[illegible]。

專此 並頌
研安

弟 [illegible] 93.4.6

1993 年 5 月 10 日

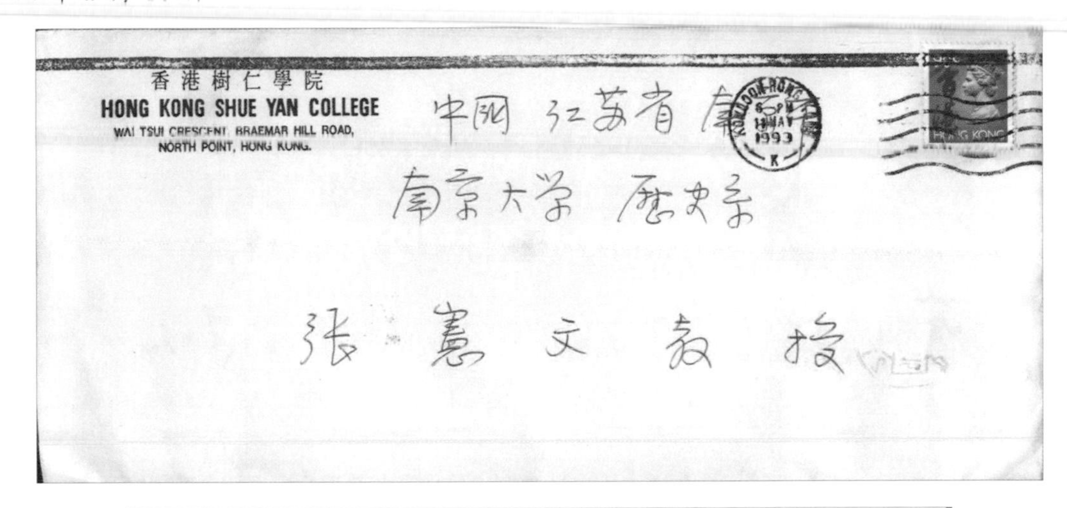

憲文兄：

　　樹仁学生拟于暑假赴南京参观事，蒙兄协助，十分感激。唯经报名后，只得十多人参加，考虑到人数太少，会添增兄处之麻烦，决定取消此行。日后如有计划，当再行联系。

　　兄何时有访港或来港之计划，请及时告知，以便相为洽商。弟一直在此，既有两地之教学，又要参加多项之科研，几年来常未能抽空参加京、沪、宁之两会或交流，日后有机会，定设法成行。

　　草此，并颂

研安

弟 [illegible]

93.5.10

關於組織學生暑期到訪南京大學事宜

1995 年 3 月 24 日

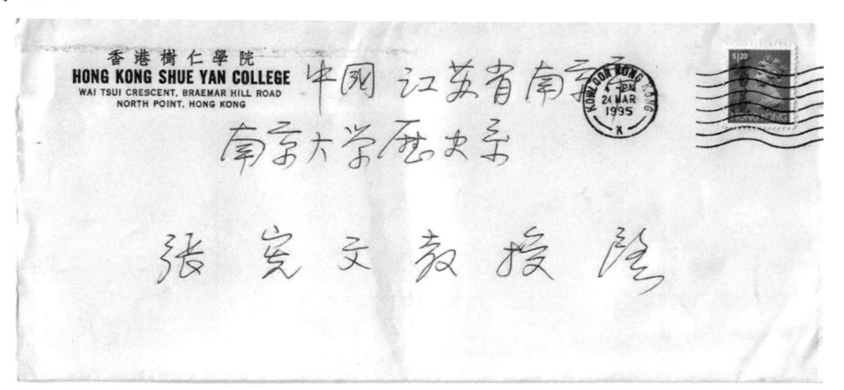
香港樹仁學院
HONG KONG SHUE YAN COLLEGE
WAI TSUI CRESCENT, BRAEMAR HILL ROAD
NORTH POINT, HONG KONG

中国江苏省南京
南京大学历史系
張宪文教授 收

Hong Kong Shue Yan College
WAI TSUI CRESCENT, BRAEMAR HILL ROAD
NORTH POINT, HONG KONG
TEL: 5-707110 (6 LINES)

香港樹仁學院
香港北角寶馬山慧翠道
電話：五七〇七一一〇（六綫）

宪民兄：

久未联系，缘因一直忙，请谅！

树仁历史系有两届部份学生，今年暑假拟到南京作短期旅行，并参观南大，有劳 兄托人予以安排、接待。他们大约在宁逗留三一四天，然后前赴上海1—2天，杭州1—2天，全共约一周，时间可能是6月下旬至8月下旬之间，以 兄处方便为原则。为此，请代为了解一下：南大方面以何时最为合适？每日费用（包括食、住、交通）每人约为多少？能否转托上海（我另去信姜义华兄）、杭州大学代为安排和接待？此事最好尽快复我。

另外，请代转达茅家琦兄一问题：蒋经国有无提出过「台人治台」口号？《台湾三十年》一书第210—211页有此记载，但未注明出处，特请教茅兄。

请多有烦，容后面谢；如路过香港，请一定电约一叙。

专此，顺
近安

弟余炎光 95.3.24

1995 年 6 月 26 日

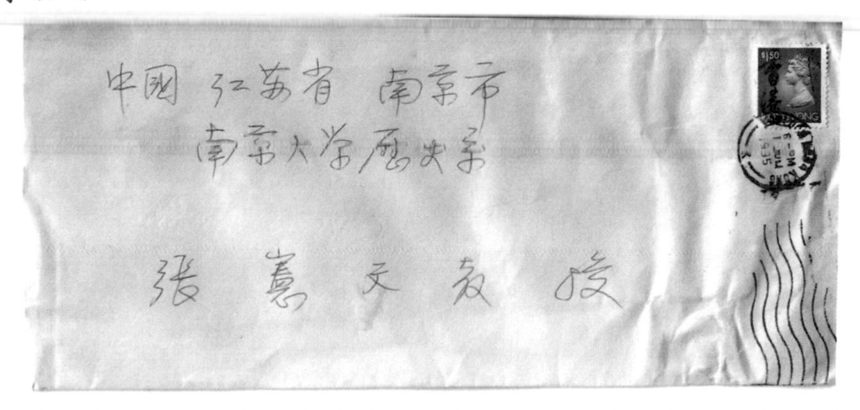

Hong Kong Shue Yan College
WAI TSUI CRESCENT, BRAEMAR HILL ROAD
NORTH POINT, HONG KONG
TEL: 5-707110 (6 LINES)

香港樹仁學院
香港北角寶馬山慧翠道
電話：五七〇七一一〇（六綫）

憲文兄：

来教早已收到。经订定计划由学生报名，但截至6月上旬，报到学生人才二十人（其他多以为不会都来报成到了），可能是多数同学的意思把「暑期」而未有落实，无法完全自己的计划表的缘故。考虑到人数太少，会增加兄处接待之困难，因此经校方同意，暂定停办，特此函告，但仍然十分感谢兄之支持。

我处目前已进入暑假，但我因科研项目缠身，无法清闲，除入粤省作短期收集资料及参加研讨会外，亦留在香港。兄处今后如过港，希电话约好相见一叙。专此，敬致

研安

弟 吴[illegible]上
95.6.26

（我家电话 26727863）

胡春惠

個人簡介

胡春惠（1937-2016），河南沁陽人，畢業於政治大學，並獲得博士學位。曾任中國國民黨黨史會幹事、專門委員、總幹事。1978 年起，任教於政治大學，1989 年至 1992 年期間出任歷史研究所教授兼所長。2001 年退休，此後轉往香港任教，擔任香港珠海書院文學院院長、亞洲中心主任。在任期間擔任《亞洲研究》期刊主編，並領導亞洲研究中心主辦各類學術研討會七十餘次。

胡春惠長期從事中國國民黨史研究，代表作有《民初的地方主義與聯省自治》、《民國憲政運動》、《韓國獨立運動在中國》等。

2009 年 5 月 31 日，在南京召開「孫中山奉安 80 周年會議」，會前合影留念。
左起依次為：鄭會欣、高秀長（胡春惠太太）、蔣永敬、張憲文、胡春惠、陳忠平、陳紅民。

2009 年 6 月，攝於南京「張生記」。
左起依次為：胡春惠、茅家琦、張憲文、蔣永敬、張玉法。

關於受聘南京大學中華民國史研究中心客座教授事宜

胡春惠早年在政治大學任教。1994 年 7 月 13 日至 15 日，「中國歷史上的分與合」學術研討會舉行。此次會議上，胡春惠因和張憲文在同一個討論群組而結識。胡春惠在珠海書院任教期間，多次組織香港、臺灣和中國大陸之間開研討會，對促進兩岸合作交流起到重要的推動作用。

1994 年 2 月 21 日

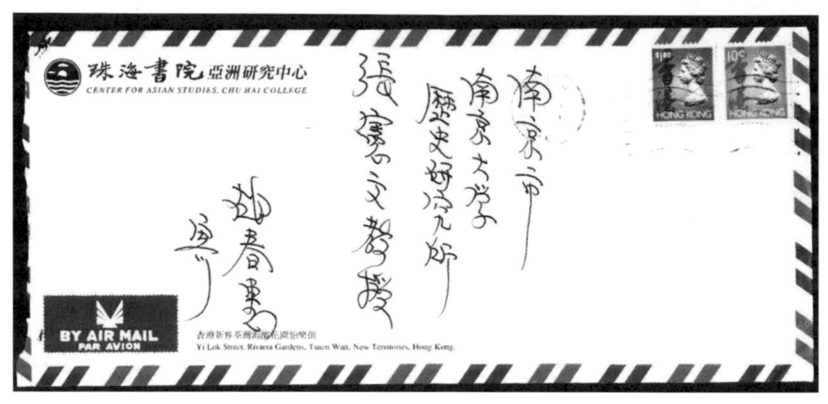

第　頁

憲文教授：

貴中心寄下的客座研究教授聘書已領受，印刷精美而大方，十分高興也十分感謝閣下基之感情。現并以另郵，謹寄上拙著兩本，供中心研究者之參考與指教。敬請

教安

趙春晨 94.2.21

P.S 另寄上「亞洲研究」二冊，甚有興趣，當繼續寄贈

珠海書院亞洲研究中心稿紙

25 X 10 = 250

1994 年 6 月 20 日

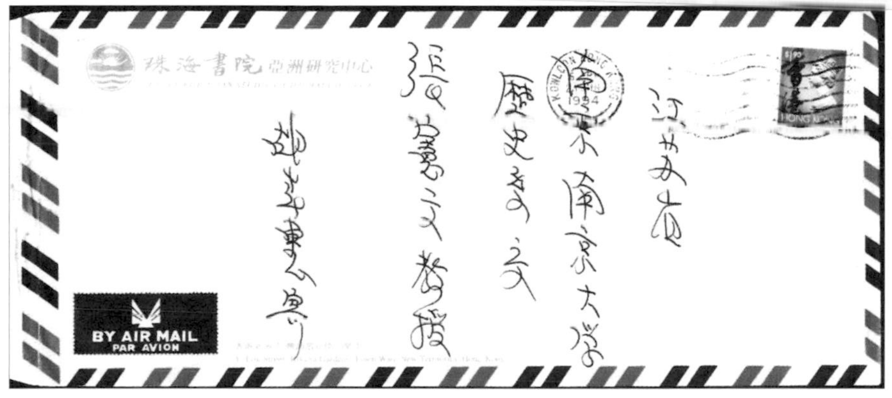

第　　頁

憲文教授：

前天來香港，看到你的信，謝謝你的關愛。從聯合報的會議日程表中，知道你要和茅家琦等要到台北出席會議，我們不久就可在台北接待你，十分高興。你我心交已久，可惜祇在五年前翠亨村匆匆一面，在台北再見時，將同[illegible]兄談，正可彌補往日缺憾。祝

好。

趙令揚　6.20

關於「宋美齡及其時代」國際學術研討會籌備事宜（附會議日程）

2008 年，「宋美齡及其時代」國際學術研討會在香港舉行。該會議由珠海書院主辦，加拿大多倫多大學（University of Toronto）東亞研究系、天主教輔仁大學、政治大學歷史系、浙江大學中國近現代史研究所與南京大學中華民國史研究中心合辦。胡春惠作為香港珠海大學文學院院長兼亞洲研究中心主任向張憲文發來邀請函。

2008 年 4 月 29 日

珠海書院 亞洲研究中心
香港新界荃灣海濱花園怡樂街　電話：2408 9940／2408 9963　傳真：2408 9593
Yi Lok Street, Riviera Gardens, Tsuem Wan, New Territories, Hong Kong
Tel: 2408 9940／2408 9963　Fax: 2408 9593　E-mail:asians@chuahi.edu.hk

憲文教授道鑒：

承蒙　閣下大力支持，「宋美齡及其時代」國際學術會議籌備工作得以順利進行。在大會秘書長之上，理應有一籌備委員會之組織，除召集人由珠海書院（大學）董事長江可伯先生擔任之外，擬請　閣下與本校張忠柟校長等一起擔任籌備委員。千瀆清神，尚請海涵。此請

道安

香港珠海大學文學院院長
兼亞洲研究中心主任胡春惠　敬啓
二〇〇八年四月二十九日

《宋美齡及其時代》
國際學術研討會

International Conference on
"Madame CHIANG SOONG Mayling and Her Times"

簡介

一、主旨

宋美齡爲近代中國跨越了三個世紀的偉大女性，她不僅影響了近代中國歷史的走向，也充份顯露了一位女性，如何以其優雅睿智的特質，在寧靜中爲中國社會、政治做了許多補救性的工作。史學界的責任，乃在於推動更多人把這些即將被淹沒的往事鋪陳出來，以作爲後人的借鏡，以便發揮出一種淑世的功能。爲此，我們願籌辦這一國際性的學術會議，來討論宋美齡及其所處時代的相關關係。

這是在台灣以外地區首次舉行相關專題的國際性學術研討會，將有約百名兩岸四地及美、日、韓、新加坡等地的學者專程出席，提出約60篇論文，在大會報告及展開討論，共襄盛舉。

二、主辦單位

1. 香港珠海書院亞洲研究中心
2. 加拿大多倫多大學東亞研究系
3. 台北天主教輔仁大學
4. 台北政治大學歷史系
5. 浙江大學中國近現代史研究所
6. 南京大學中華民國史研究中心

三、協助單位

香港歷史博物館

四、會議日期

2008年的10月14-18日正式會議兩天，參觀活動一天半，前後共五天四夜。

1

五、會議日程表

日　期	主要活動內容
14/10（星期二）	12時起外來學者報到，入住酒店。晚上會前聯誼或歡迎晚宴
15/10（星期三）	全天開會，晚上香江夜遊或自由活動。
16/10（星期四）	全天開會，晚上香江夜遊或自由活動。
17/10（星期五）	全天參觀，晚上歡送晚宴
18/10（星期六）	上午參觀或自由活動，12時之前退房離會

六、會議地點

香港九龍尖沙咀漆咸道南100號香港歷史博物館（兩天分三個會場報告及討論）

七、會議規模

出席會議學者約100人左右，提出論文60餘篇：包括內地、台灣、美國、香港、日本、韓國、新加坡、及澳門等地學者。

八、論文

1、同意出席會議者，請於2008年7月1日之前回函告知珠海書院亞洲研究中心，並交來論文的中、英文題目及三百字左右中、英文論文提要。

2、論文以6,000-10,000字爲佳，應按學術論文格式撰寫，並需按學術規範加註解。

3、論文全文請於2008年9月1日之前用e-mail轉交香港珠海書院亞洲研究中心，E-mail：asians@chuhai.edu.hk，並附來一份書面清樣，以便編印會議論文集，減少校對錯誤。

4、在本次會議提出之論文，本中心將與相關主辦單位聯合，正式出版論文選集或論文集。

九、香港珠海書院亞洲研究中心聯絡人：

李國成研究員、周婉珊小姐
地　址：香港新界荃灣海濱花園怡樂街香港珠海書院亞洲研究中心
電　話：（852）2408-9940／2408-9963　傳　真：（852）2408-9593
電子郵件：asians@chuhai.edu.hk

2

珠海書院亞洲研究中心
香港新界荃灣海濱花園怡樂街　電話：2408 9940／2408 9963　傳真：2408 9593
Yi Lok Street, Riviera Gardens, Tsuen Wan, New Territories, Hong Kong
Tel: 2408 9940／2408 9963　Fax: 2408 9593　E-mail: asians@chuhai.edu.hk

教授道鑒：

一、本中心與加拿大多倫多大學亞洲研究系、台北天主教輔仁大學、台北政治大學歷史系、浙江大學中國近現代史研究所、南京大學中華民國史研究中心聯合舉辦之《宋美齡及其時代》國際學術會議，訂於十月十四日至十月十八日在香港歷史博物館隆重舉行。

二、按此項會議係在台灣以外地區首次舉行，義意非凡。現已廣邀兩岸四地及各國學者近百人與會，素仰閣下爲中國近現代史之著名學人，特邀請　閣下能就相關領域撰寫論文，親臨大會宣讀，以共襄盛舉。

三、因受香港物價騰高之限制，大會祇能提供會議期間之食宿招待，旅費由出席者自籌。不情之處尚請見諒。

四、同函附上會議簡介、出席學者資料表及回函，請盡快回覆爲盼。

此請

道安

（大會[illegible]長）
香港珠[illegible]文學院院長
兼亞洲研究中心主任胡春惠　敬啓
二〇〇八年四月二十八日

聯絡人：李國成研究員、周婉珊小姐
電　話：852-2408-9940／2408-9963　傳　真：852-2408-9593
電　郵：asians@chuhai.edu.hk

張倩儀

個人簡介

張倩儀，1959年生，廣東南海人，先後畢業於香港中文大學、香港大學。前香港商務印書館總編輯，香港出版學會副會長，現從事自由寫作、旅遊考察及舉辦閱讀活動。擅長文學、歷史、藝術的比較研究，代表作有《另一種童年的告別：消逝的人文世界最後回眸》等。

關於查找《大革命寫真畫》一書事宜

1991年7月16日

商務印書館(香港)有限公司
THE COMMERCIAL PRESS (HONG KONG) LTD

張先生，您好：

南京受水災，先生生活不知可有影响，念念。

在港匆匆一晤，冒昧托先生代查旧商务一本出版物《大革命写真画》，未审有消息否。

先生將离南京，不敢多扰，倘有该书，烦示下借阅途径，為盼。

佇候示复，敬頌

近安。

編輯部
張倩儀上
91.7.16

香港鰂魚涌芬尼街2號D僑英大廈
Kiu Ying Building, 2D Finnie Street, Quarry Bay, Hong Kong.
電話 Telephone: 5-651371
電傳 Telex: 86564 CMPRS HX
電報 Cable: COMPRESS（滬5364）
傳真 Fax: 5-651113

1992 年 11 月 25 日

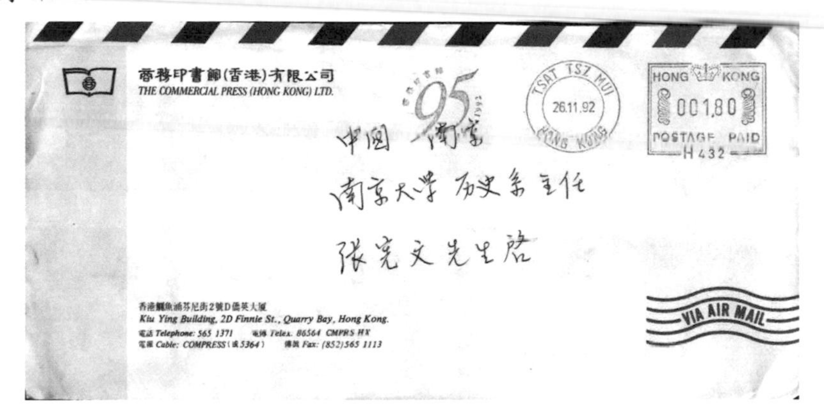

商務印書館(香港)有限公司
THE COMMERCIAL PRESS (HONG KONG) LTD.

張宪文先生：

10月20日来信有关南京图书馆情况已悉，并已转知总编陈先生，期间陈先生曾赴南京，不知您们有没有见到？南京图书馆方面，陈先生希望联络，至如大革命写真画等书，我们亦早已有闻，该书上海有全套收藏，唯再出版之市场不大。

倘再次赴南京，自当拜谒该馆，并烦介绍。

即頌

教安

張倩儀 謹上
92.11.25.

您的名片借予陈总未还，地址遂不周　又及

香港鰂魚涌芬尼街2號D僑英大廈
Kiu Ying Building, 2D Finnie St., Quarry Bay, Hong Kong.
電話 Telephone: 565 1371　電傳 Telex: 86564 CMPRS HX　電報 Cable: COMPRESS (桌5364)
傳真 Fax: 565 1113

陳萬雄

個人簡介

陳萬雄，1948 年生，廣東東莞人。1980 年入職商務印書館（香港），曾長期擔任香港商務印書館總經理兼總編輯，2004 年獲香港特別行政區政府委任為太平紳士。

出版工作之外，陳萬雄一直從事學術研究，主要方向為近代思想史與中國文化史，代表作有《新文化運動前的陳獨秀》、《五四新文化的源流》等。

新年賀卡

1992 年 12 月 17 日

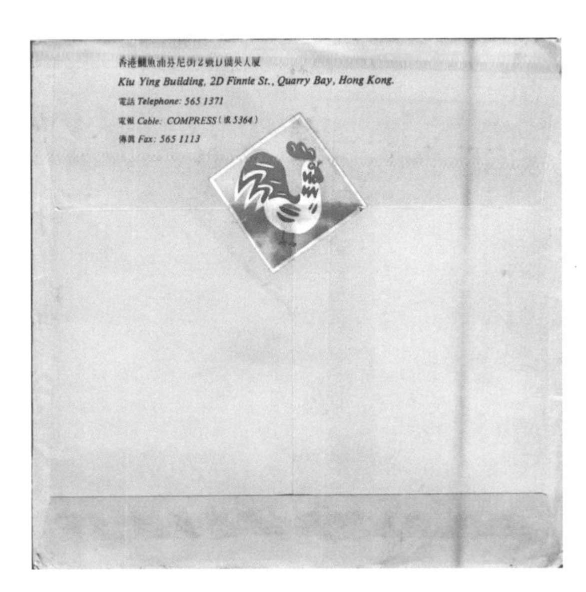

關於「第三次中華民國史國際學術討論會」事宜

1994 年 12 月，第三次中華民國史國際學術討論會在南京大學北園知行樓召開。會議邀請了兩岸四地的一批出版單位參加，陳萬雄作為時任香港商務印書館經理受邀出席。

1994 年 11 月 8 日

商務印書館（香港）有限公司
THE COMMERCIAL PRESS (HONG KONG) LTD

中華民國史國際學術研討會
陳謙平副教授：

關於12月中召開的中華民國史國際學術研討會，本人的題目擬改爲“從民初思想史看熊十力的《新唯識論》——跋錫戲齋致丁輔之函”。專此奉達

並頌
研安

陳萬雄　謹啓
1994年11月8日

香港鰂魚涌芬尼街2號D僑英大廈
Kiu Ying Building, 2D Finnie St., Quarry Bay, Hong Kong.
電話 Telephone: 565 1371　電報 Cable: COMPRESS（或 5364）
傳真 Fax: 565 1113 564 5277

楊意龍

個人簡介

楊意龍，畢業於加州大學，曾任教於香港浸會學院，1985 年至 1989 年期間擔任香港浸會大學歷史系主任。主要從事文化史研究。

關於「民國檔案與民國史學術討論會」[1] 參會事宜

1979 年，香港浸會學院歷史系從史地系獨立，由民國史學者劉家駒擔任系主任。1987 年，劉家駒曾赴南京參加民國檔案與民國史國際學術討論會，提交論文《抗戰時期的上海租借社會》[2]。

1987 年，月日不詳

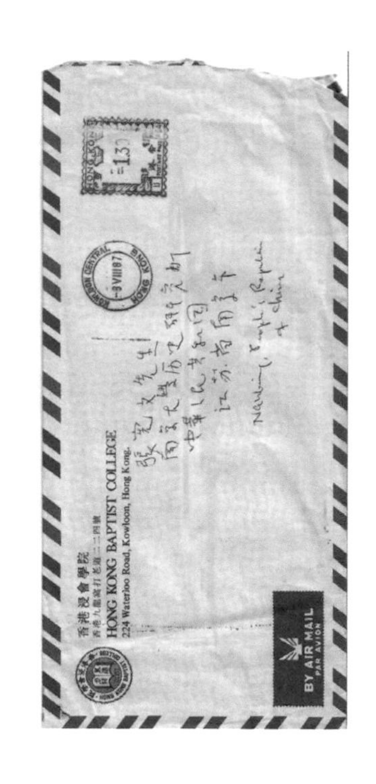

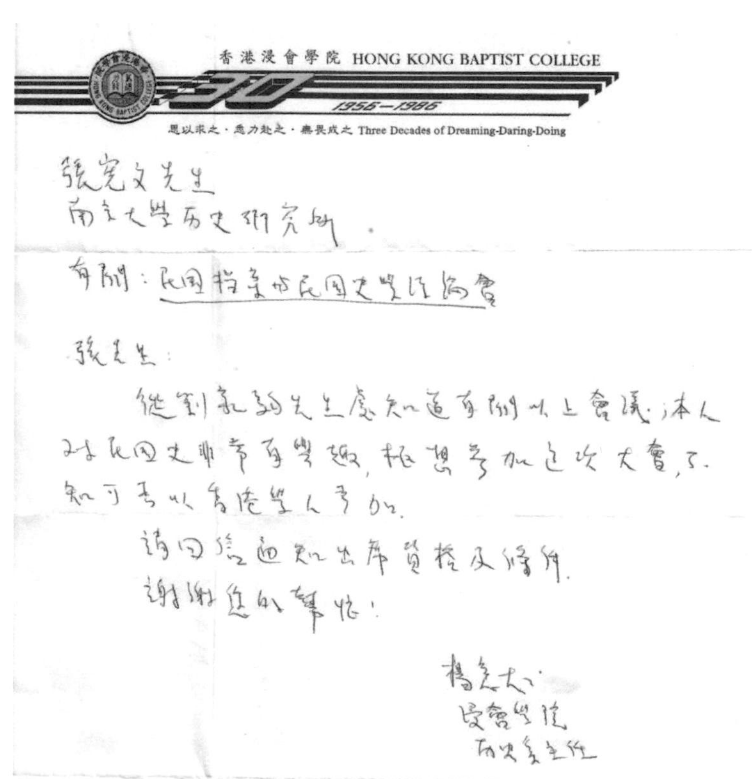

香港浸會學院 HONG KONG BAPTIST COLLEGE
30
1956—1986
思以求之．為力赴之．樂長成之 Three Decades of Dreaming-Daring-Doing

張宪文先生
南京大学历史研究所

有關：民国档案与民国史学術論會

張先生：

從劉家駒先生處知道有關以上會議，本人對民国史非常有興趣，极想參加这次大會，不知可否以香港學人参加。

請回信通知出席資格及條件。

謝謝您的幫忙！

楊意龍
浸會學院
历史系主任

1　該會議又稱第二次中華民國史國際學術討論會。

2　張連紅、張生：《近十年來香港中華民國史研究概況》，《世界經濟與政治論壇》，1992 年第 4 期。

葉漢明

個人簡介

葉漢明，先後畢業於香港中文大學、美國加州大學洛杉磯分校（University of California, Los Angeles），並獲得博士學位。曾任香港中文大學歷史系教授兼系主任，現任香港中文大學歷史系客席教授。

葉漢明長期從事中國近現代社會經濟史、婦女史、性別史等領域研究。代表作有《東華義莊與寰球慈善網路：檔案文獻資料的印證與啟示》、《主體的追尋：中國婦女史研究析論》、《口述史的性別維度：從工作與家庭對香港制衣業男、女工人的意義切入探討》等。

關於「第四次中華民國史國際學術討論會」事宜

2000 年，葉漢明應邀參加由江蘇省政協文史資料委員會、南京大學中華民國史研究中心共同舉辦的「第四次中華民國史國際學術討論會」，會後來信致謝。

2000 年 8 月 25 日

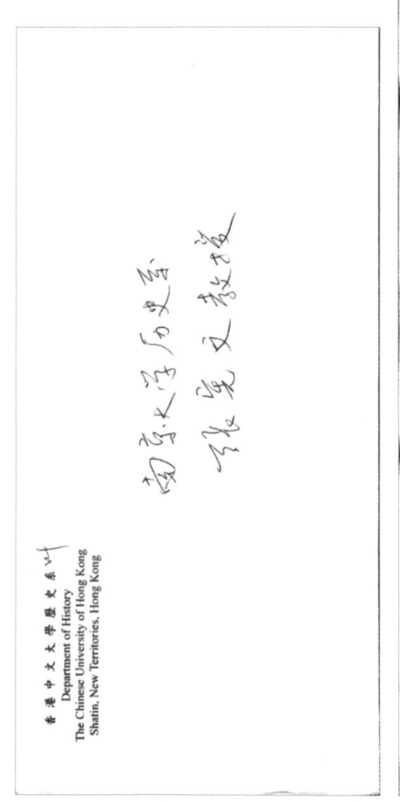
南京大学历史系
张宪文教授

香港中文大學歷史系
Department of History
The Chinese University of Hong Kong
Shatin, New Territories, Hong Kong
叶

香港中文大學
The Chinese University of Hong Kong

張教授：

承蒙邀请，使我有幸参加是次民国史研讨会，获益良多。另还亲自来接机之热情招待，铭感至深。望日后时有机会亲聆教益，此愿。

谨祝

教研均安！

后学
叶汉明敬上
2000.8.25

（附敬校纪念品，请留念）

劉義章

個人簡介

劉義章，先後畢業於香港中文大學、美國加州大學聖芭芭拉分校（University of California, Santa Barbara），並於 1986 年獲得哲學博士學位。曾任教於新加坡國立大學和香港中文大學。2008 年起，擔任香港建道神學院副教授。

劉義章長期從事中國現代化、客家史、香港史、來華宣教士等領域研究，代表作有《中國現代化的起步》、《香港客家》、《盼望之灣：靈實建基 50 年》等。

關於《盼望之灣：靈實建基 50 年》一書作序事宜

劉義章早年從事胡漢民研究，在香港中文大學工作，曾到南京大學訪學。他長期參與基督教機構的活動，此次來信主要就最新出版的著作《盼望之灣：靈實建基 50 年》請張憲文代為作序，該著作主要記錄了基督教靈實協會所從事的社會服務、救助等工作。

基督教靈實協會 1953 年由傳教士創建於香港，以「尊重生命、改變生命」為理念，早期主要為難民提供醫療救助服務，目前業務範圍擴展到療養院、托兒所、特殊教育和康復醫療等領域。

2004 年 4 月 19 日

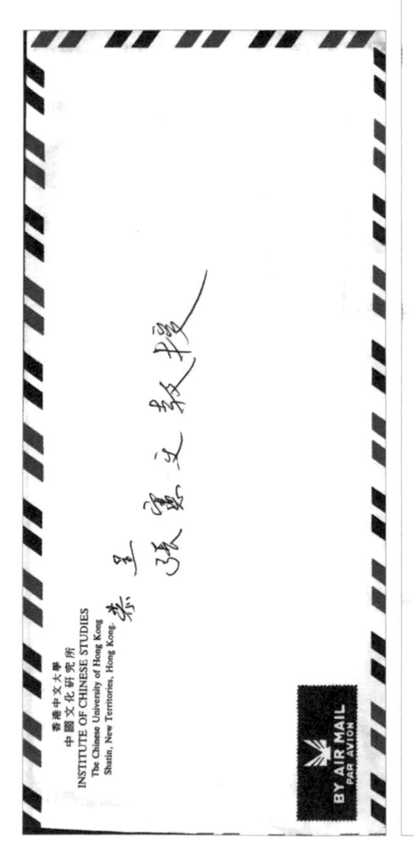

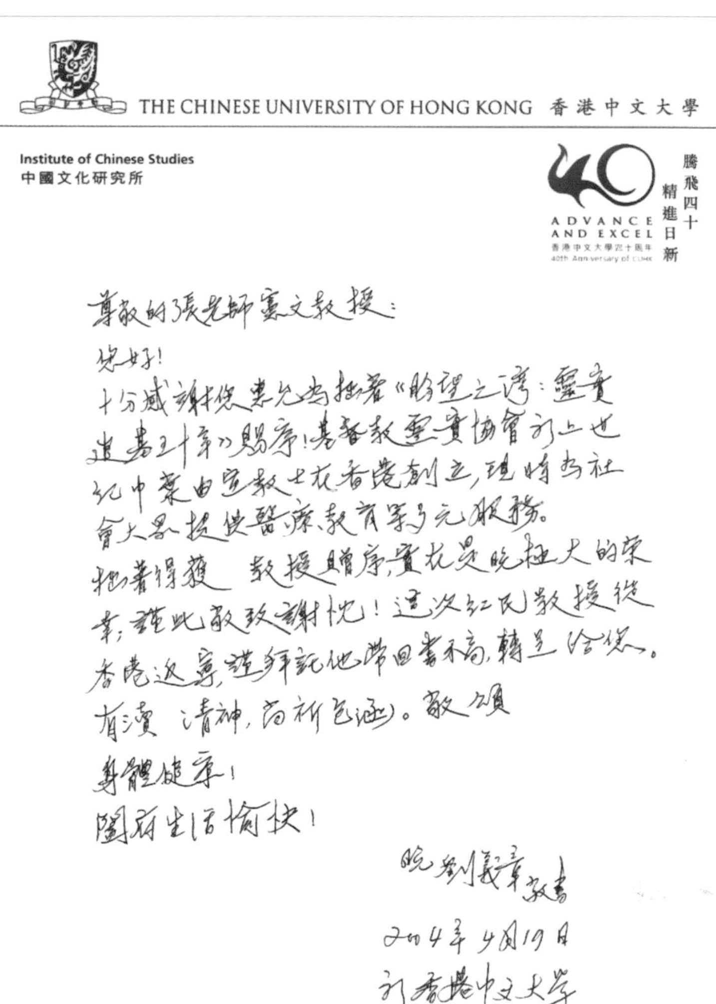
THE CHINESE UNIVERSITY OF HONG KONG　香港中文大學

Institute of Chinese Studies
中國文化研究所

騰飛四十 精進日新
ADVANCE AND EXCEL
香港中文大學四十周年
40th Anniversary of CUHK

尊敬的張老師憲文教授：

您好！

十分感謝您惠允為拙著《盼望之灣：靈實建基五十年》賜序！基督教靈實協會於上世紀中葉由宣教士在香港創立，長時為社會大眾提供醫療、教育等多元服務。

拙著得獲　教授贈序，實在是晚極大的榮幸，謹此敬致謝忱！這次紅民教授從香港返寧，謹拜託他帶回書稿，轉呈給您。

有瀆　清神，尚祈包涵。敬頌

身體健康！

闔府生活愉快！

晚劉義章敬書

2004年4月19日

於香港中文大學

SHATIN NT HONG KONG • 香港 新界 沙田 • TEL 電話 +852 2609 7394 • FAX 圖文傳真 +852 2603 5149 • WEBSITE 網址 http://www.cuhk.edu.hk

鄭會欣

個人簡介

鄭會欣，1949 年生於香港。先後畢業於南京大學、香港大學、香港中文大學，獲得哲學博士學位。曾任中國第二歷史檔案館史料編輯部副主任，參與《中華民國史大辭典》前期的編纂工作。1990 年起，任職於香港中文大學中國文化研究所，從事民國史的研究和教學工作，並擔任饒宗頤的學術助手。2013 年退休，現任香港中文大學中國文化研究所名譽高級研究員，香港中文大學歷史系暨香港理工大學中國文化學系兼任教授。

鄭會欣長期從事抗戰前中國社會經濟研究，代表作有《改革與困擾：三十年代國民政府的嘗試》、《國民政府戰時統制經濟與貿易研究（1937-1945）》、《檔案中的民國政要》、《陌上草青：一個歷史學者的自述》等。

2018 年 7 月，紀念全面抗戰爆發八十周年暨抗日戰爭研究國際大學聯盟籌建會議，攝於中央飯店。

學者交往

1988 年，鄭會欣移居香港。由於當時中國大陸的大學畢業證在香港不獲得承認，張憲文與茅家琦建議最好在香港再獲得一個學位。因此，鄭會欣到達香港後，立即著手申請香港大學的博士研究生，並計畫師從趙令揚。

1989 年 1 月 11 日

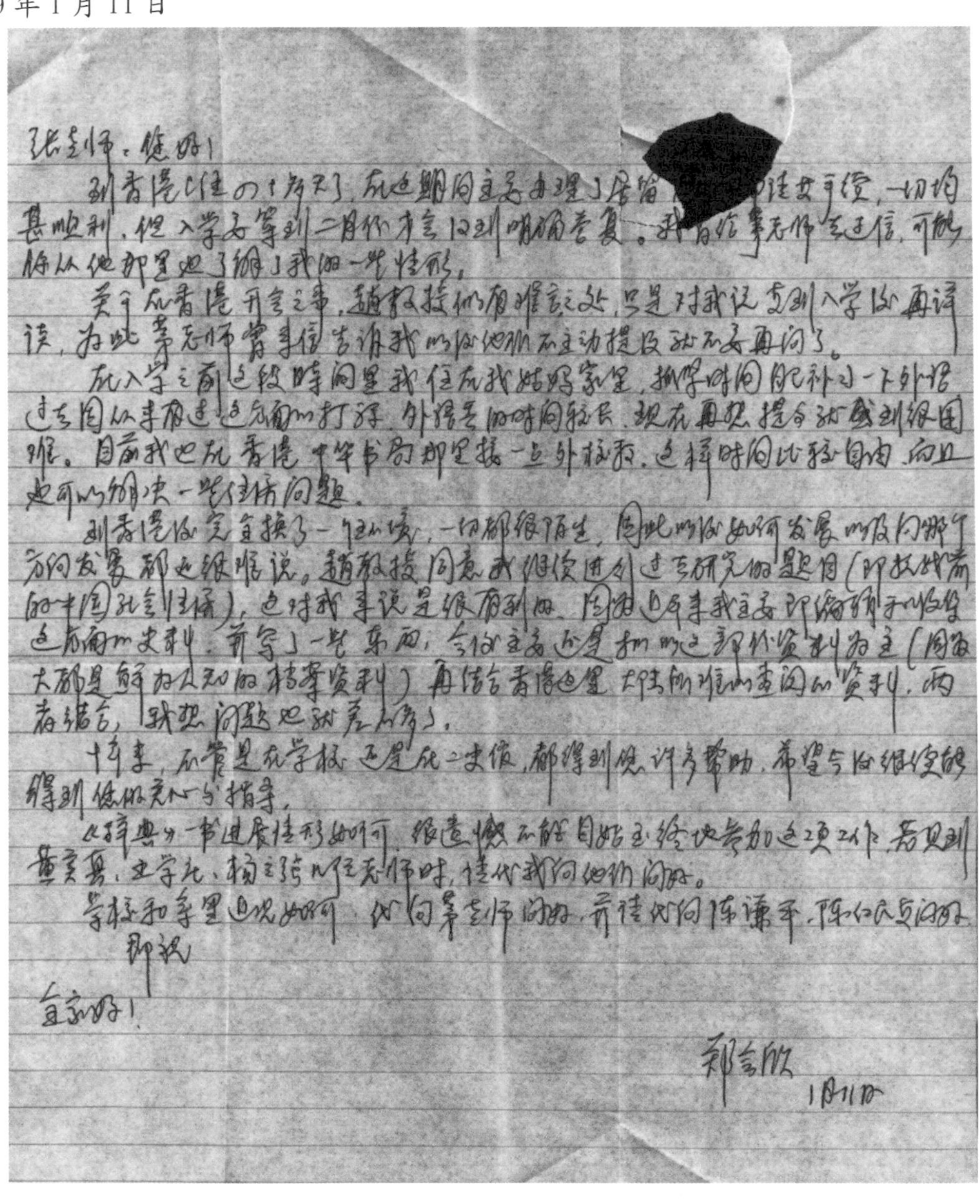

张老师：您好！

到香港已经四十多天了，在这期间主要办理了居留[illegible]证等手续，一切均甚顺利，但入学要等到二月份才会收到明确答复。我曾给茅老师去过信，可能您从他那里也了解了我的一些情形。

关于在香港开会之事，赵教授们有难言之处，只是对我说等到入学后再详谈，为此茅老师曾来信告诉我以后他们不主动提及就不要再问了。

在入学之前这段时间里我住在我姑妈家里，抓紧时间自己补习一下外语，这方面从来[illegible]过这方面的打算，外语是[illegible]时间积累，现在再想提高就感到很困难。目前我也在香港中华书局那里接一点外校稿，这样时间比较自由，而且也可以解决一些经济问题。

到香港后完全换了一个环境，一切都很陌生，因此以后如何发展以及向哪个方向发展都还很难说。赵教授同意我继续进行过去研究的题目（即抗战前的中国社会经济），这对我来说是很有利的。因为近年来我主要从事编辑和收集这方面的史料，写了一些东西，今后主要还是把以前的资料为主（因为大都是鲜为人知的档案资料）再结合香港这里大陆所难以查阅的资料，两者结合，我想问题也就差不多了。

十年来，不管是在学校还是在工作，都得到您许多帮助，希望今后继续能得到您的关心与指导。

《辞典》一书进展情形如何，很遗憾不能自始至终地参加这项工作，若见到黄美真、史学元、杨振亚几位老师时，请代我向他们问好。

学校和系里近况如何，代向茅老师问好，并请代向陈谦平、陈红民问好。

即祝

全家好！

郑会欣

1月11日

關於計畫組織港、臺和中國大陸聯合舉辦研討會事宜

1989 年，鄭會欣正式獲准到香港大學文學院攻讀高級學位（M. phil），研究方向為中國近代社會經濟史。初到香港時，鄭會欣的經濟條件尚不寬裕，居住條件也比較艱苦。這一時期，他應聘擔任饒宗頤的助手，並開始在香港中文大學歷史系中國文化研究所擔任研究助理。

1990 年前後，香港方面有學者提出組織南京大學、第二歷史檔案館和臺灣學術機構等一起開研討會，鄭會欣在其中做了大量的溝通工作，並參與了會議的籌辦。但由於組織開會的條件尚不成熟，這次會議最後並未成功召開。

1989 年 2 月 24 日

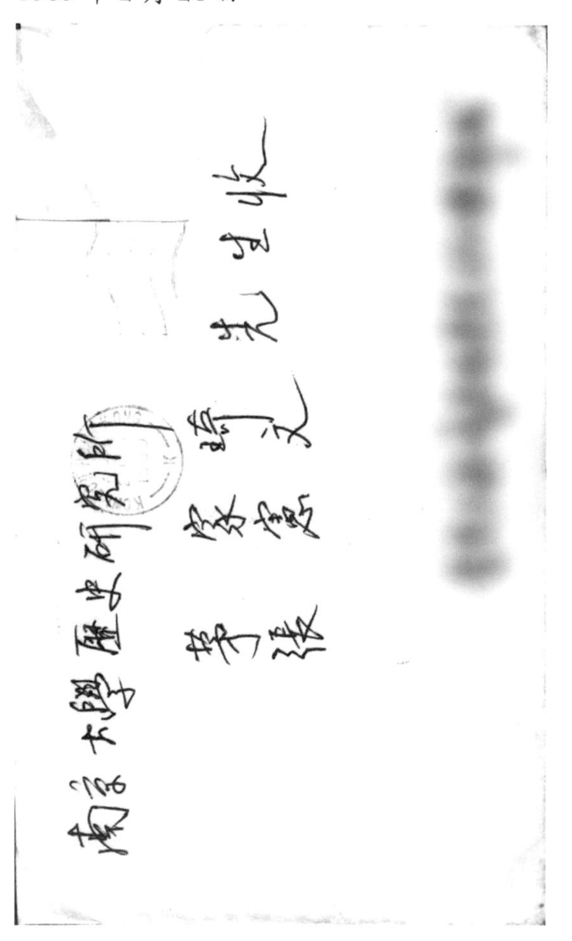

茅老师、张老师：您们好！

好久没有给您们去信，现在已经开学，工作一定很忙吧。

上星期五（2月17日）收到张老师来信，同时收到香港大学文学院的正式通知，批准我到中文系攻读高级学位（M. Phil），研究方向是中国近代社会经济史，导师即是赵令扬教授。大概要到4月份才能正式入学（港大研究生一年分四个时期注册，每三个月一次），最早可能两年之后毕业，这期间可以申请转读博士学位，就得视以后的情形（主要看赵先生的态度）而决定了。

最近这些天我在忙着办理注册、缴费等各种手续，同时想办法争取住进学校宿舍，但困难很大。港大宿舍很紧，大约只有十分之一的学生能够住宿，而且多为本科生，加之现在又是学期中间，就更为困难。我将我的情况向有关部门反映，他们也很热情，答应帮我同各宿舍进行联系，并告诉我如果现在住不进，等到6月份放暑假有学生退住，那时解决可能会容易些。现在只能是听从命运的安排吧。

在港大注册时见到赵令扬教授，他刚从外地回来，过几天还要去广州，很忙，他已约我下星期三或四见面，我想到时向他请教一下以后学习和工作的事。至于有关开会的事前次他曾同我讲等我入学后再详谈，不知他会不会再谈及，如果有什么消息，我会即刻通知您们的。

南京最近情形怎么样，离开南京已经近三个月了，原想春节前回去一趟，但因学校不好定，更主要是入学事尚未落实，不敢离开，今后什么时候能回去还很难说，不过我想今年则一定会有机会回去的。

我现在仍住在我姑姑家，今后住处有变动会及时写信告诉您们，不过目前的地址亦可作为我的永久通讯处了。

即颂

春安！

郑会欣上

2.24.

學者交往

1989 年 9 月 10 日[3]

乙10008
南京大學歷史研究所
茅家琦
張憲文 先生收

茅老师、张老师：您们好！

回到香港已经快一個月了，前些时一直在中大学校宿舍，但现在已经[illegible]，要搬出住，好在我原已租到一间小屋，虽然很小，但房租在香港算是便宜的，而且也还安静，唯一不便的是住得太远，往返一次乘巴士须2－3小时，不过我并不需要每天都到学校去，以后再视情况决定搬迁之事。

茅老师托寄给胡秋原先生的书，回港后即已寄出。逯耀东先生那里已通过两次电话（与他联系很不容易），因刚刚开学他很忙，电话中说过些时候再见面。关于茅老师讲学时间问题，逯先生说什么时候都可以，只要提前通知即可。另外，寒山碧先生那里至今未取得联系，寒山碧是一笔名，我问了好些人，他们都说见到他写的文章，但不知其真名，"香港当代历史研究所"一般人亦不清楚。以后联系上再将书寄上。

关于明年会议之事，我已同陈永发先生谈过几次，据他讲，前些时候他们对此事已经不感兴趣了，但后来冷静下来，觉得要在这种形势下更有必要召开会议，以此来推动海外民国史之研究。关于国内学者名单他也很感兴趣，我又根据他之要求将名单上学者们一一做详细书面介绍，

3 該封信時間不詳，根據信件內容推斷，應當於 1989 年至 1990 年期間。

(即单位、职称、研究方向及主要著作等)，另外他也提出可否推荐以往年纪较轻一些的学者。从他的言谈中似乎并没有感到人数过多，当然他可能还会同新华社联系。

会议之事目前情况即是如此，若有新的进展我会及时来函告知。

第老师来港的手续办得如何，大概何时能动身，来港前请提前来信告诉我，我可以到深圳去接，我现在的住址是香港

电话：　　　，一般来说晚上9时以后都会在家里。

在南京时不知道张玉法先生亦到南京，后知道时他已离开，失去了一次机会甚为遗憾。回来后我已给他去了封信，很快就收到他的回信，准备以后陆续再同台湾学者加强联系。

暂此　并颂

台安！

郑会欣上

9.10.

1990 年 10 月 24 日

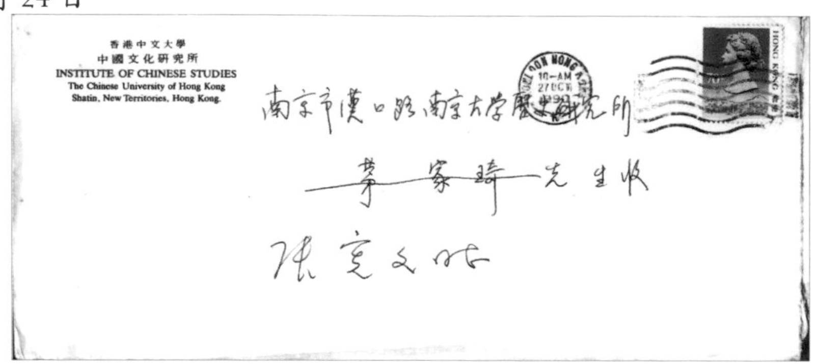

香港中文大學
中國文化研究所
INSTITUTE OF CHINESE STUDIES
The Chinese University of Hong Kong
Shatin, New Territories, Hong Kong.

南京市汉口路南京大学历史研究所
~~茅家琦~~先生收
张宪文收

THE CHINESE UNIVERSITY OF HONG KONG 香港中文大學

SHATIN · NT · HONG KONG · TEL.: 695 2111　TELEGRAM 電報掛號：SINOVERSITY　TELEX 電訊掛號：50301 CUHK HX　FAX 圖文傳真：(852) 695 4234　香港新界沙田・電話：六九五 二一一一

中國文化研究所
INSTITUTE OF CHINESE STUDIES　電話 TEL.: 695 2393－5

茅老师、陈老师：你们好！

前些时候收到茅老师来信，但一直未收到台湾方面消息，故未回信。

我爱人和孩子来港已经一个多月了，孩子已入幼稚园，明年上小学，爱人因语言不通，同时又要照顾家里（这里小孩通常只上半天学），所以暂时没有出去工作。

九月初我在报纸上看到中文大学中国文化研究所招聘一名研究助理，便去函应征，经二次面试，已于前天正式上班。我的工作主要是二部分，一是给饒宗頤先生当助手，为他收集资料，整理著作，再有就是为所长陈方正博士主编的《西方冲击下的世界》丛书担任编辑。因为我尚未取得港大学位，国内的学历又不被承认，因此工资并不高，而且工作是合约制（先订一年约，期满可续一年）。但是我还是准备先干着，因为在香港能找到这样一份工作实属不易，而且这里各方面条件都不错，可以多接触一些学者，这对于我今后的学习和工作也会有所帮助。最重要的是，这份工资可以维持我们目前比较低的生活开支，这是最实际的问题。

我的论文初稿已经完成，交给赵先生审阅，但他太忙，还不知什么时候才能看完，因此眼下很难估计何时才能毕业！

以后来信可直接寄到中大，地址：香港新界沙田香港中文大学中国文化研究所我收即可，电话 6952396。

南京和学校近况如何，请代向系里诸老师问好。

即颂

近安

学生 郑会欣

90.10月24日

告知途徑香港行程

1991 年 5 月 27 日

會欣：

您好！來信和寄來的《雷聲》雜誌早已收悉，由於近期工作十分忙碌，故未能及時覆信，請原諒。郵費擬折成人民幣，交給您南航父母處，此事已請陳謙平同志辦理。

我 6 月 12 日或 13 日經過香港去南朝鮮漢城大學參加中國近現代史史料學研討會，6 月 20 日去日本東京，大約 6 月 25-28 日間由東京去香港（原定 28 日，可能會提前到 25 日），打算在香港稍停留幾天，再回國內。

由於連辦三個簽證，十分緊張，特別是香港簽證在國內辦理十分繁瑣，根本來不及，因此我打算在南韓辦理。我的姪女婿孫顯宇在漢城中國國際商會駐漢城代表處工作，我請他在那裡幫我辦理赴香港簽證，可能快一些。我已將有關材料和護照復印件寄給他，待我到後再交護照原件。聽說辦香港過境簽證（即三、四天）也需要香港方面人士擔保，不知確否？如果需要的話，我想請您幫忙找一人擔保可否？如果駐韓國的英國使館不需要，或您有困難就算了。

我準備提前回國的原因是 8 月份我又將赴美國講學訪問，大約停留三、四個月。又做再次出國準備。

從開學以來，我又被學校拖上系主任崗位，我堅辭未成，工作很忙，仍兼歷史所所長工作。

祝

好

憲文

91.5.27.

【附：孫顯宇聯絡地址及個人簽證資料，略】

關於《陳潔如日記》出版事宜

1992 年 7 月，張憲文來電，請鄭會欣幫忙找到陳潔如的養女陳瑤光，征得她的同意出版其母親的英文回憶錄。不久來信，信中附了陳瑤光丈夫陸久之給張憲文的信件，以及易勞逸寫給陳瑤光的一封英文傳真，告知易勞逸正在計畫出版陳潔如的英文口述，需要得到其家屬的同意。此時陳潔如已經去世，陳瑤光目前定居香港，但張憲文和易勞逸多方聯繫都沒有回音，請鄭會欣從中代為聯絡。

鄭會欣聯繫到了陳瑤光的次子陳曉人，並相約見面。陳曉人表示，絕對信任易勞逸和張憲文的學術地位和名望，對於英文手稿在美國出版原則上沒有意見，只是希望能夠確認該手稿的真偽。在鄭會欣的介紹下，不久，陳曉人與易勞逸直接取得聯繫，推動了《陳潔如回憶錄》的出版。

1992 年 7 月 18 日

會欣：

您好！不久前寄去一信，諒已達。今有一事拜託。

陳潔如有一份自傳，目前已譯成中文，在臺灣《傳記文學》雜誌連載，內容澄清了過去關於蔣介石與陳潔如之間的種種傳說。這份自傳的英文原稿，收藏在美國斯坦福大學胡佛研究所，我訪問斯坦福大學時，曾為易勞逸教授復印了一份。易勞逸教授打算出版這份英文原稿，但是胡佛研究所認為必須徵得家屬的同意。經過多方打聽，終於與在上海的陸久之（陳潔如的女婿）聯繫上了。我在美國時，幫助易勞逸與陸久之先生通了電話，陸先生認為這件事應該通過陳瑤光（陸的妻子，陳潔如的女兒）。陳瑤光現在住在香港，我曾寫信給陳，陳又去美國了。最近陸久之先生寫信告訴我，陳又由美國返回了香港。

易勞逸對這件事很重視，多次來傳真，希望我與陳瑤光女士聯繫。由於信件往返不便，我與易勞逸商量，拜託您就近找陳瑤光女士談談這件事。其一，出版陳的自傳，對陳是有益的，也可澄清許多對陳潔如的誤傳；其二，易勞逸這位美國教授是可以信賴的，對中國是友好的，他在臺灣、中國大陸都有影響，他是美國第一流的民國史專家。這兩方面，您可以向陳瑤光女士解除顧慮。

易勞逸曾表示，出版後的稿費等，按照出版社規定，全部交給陳瑤光，易勞逸不要報酬。

按照美方規定，只要陳瑤光女士寫一份同意出版的信件給易勞逸即可。

為了方便起見，請您將聯繫結果直接告訴易勞逸，他的地址是：

【略】

這件事拜託您了。

易勞逸給陳瑤光女士的信，請您轉交。同時寄上陸久之先生給我的信，上面有陳瑤光女士在香港的地址，您可將信給陳一閱。

祝

好

憲文

92.7.18

〔附一〕陸久之先生致張憲文函（1992 年 7 月 12 日）

憲文教授：

前承賜電話，又蒙惠書，敬悉一是。衹因鄙人有事赴杭，致稽裁答，甚以為歉。陳瑤光已回香港，仍住香港【地址略】，有事請逕函該處可也。專此奉達，即請

夏安

陸久之

九二、七、十二

〔附二〕鄭會欣致易勞逸函（1992 年 7 月 29 日）

TO Prof. E. Eastman　Department of History

易勞逸教授：您好！

昨天（7 月 28 日）中午，陳瑤光女士的次子陳曉人先生打電話給我，說他母親收到我的來信，因年邁而委託他同我聯絡。當天晚上我就同陳曉人先生見了面，大約談了兩個小時。

我首先將您給陳瑤光女士的信（一封信，一封 FAX）轉交給他，並向他詳細介紹了您和張憲文教授的道德文章以及出版這份回憶錄的目的。陳表示以前從未收到您的來信，但收到張憲文教授的來信，未回信的原因，一是對你們的情況不瞭解，加上對臺灣《傳記文學》的做法有保留。收到我的信後，知道我在香港，可以當面瞭解許多情況。通過我的介紹，他認為您是值得信任的，他也很感謝我在這中間的聯絡。

《傳記文學》刊載「陳潔如回憶錄」從未徵求過他們的同意，從發表的前三期看，陳先生認為有些地方不像出自他外婆的手筆（陳本人同他外婆在一起生活了近二十年，直至 1962 年她來港）。另外，陳先生認為《傳記文學》刊載的照片太少（僅他所見的照片就有幾百幅，他們目前仍保留一些，其中大部分「文革」期間被查抄上繳了，他還給我看了幾封他外婆來港後給蔣介石的信），譯文的水準不高。總之，他對臺灣《傳記文學》的作法是持保留態度的。

據陳曉人表示，他外婆的確是寫過回憶錄的，時間是在到香港以後，因為寫回憶錄需要過去的資料，曾寫信向他母親索取，後通過秘密途徑將資料從上海安全帶到香港。

原則上講，陳先生表示在美國出版他外婆的英文手稿沒有甚麼意見，但首先他們想弄清，這份手稿是通過甚麼途徑傳到斯坦福大學胡佛研究所的，他們希望您幫助解決這個問題；其次，希望您能將英文手稿的副本（copy）寄給他一份（究竟是全部還是一部分他沒有說），他們要根據手稿來辨認是否真的是他外婆所作，也希望您通過其他方法印證這份手稿是真的。換句話說，只有確認這份手稿真的出自於陳潔如之手，才能具體洽談今後的出版問題。

以上就是昨天會晤的大致情形。陳先生說過二天會直接同您聯繫。

我 8 月 8 日將回南京探親，月底回港，到寧後我會向張憲文老師詳細匯報此事，回港後陳先生還要約我見面。

您還有甚麼事需要我做的，請盡管吩咐。

敬祝

研安

附：陳曉人先生的地址【略】

鄭會欣敬上

7.29

Fax 打不通（只打出一張），只好寄給您了。

南京大学历史研究所
INSTITUTE OF HISTORY
UNIVERSITY OF NANJING
HANKOU ROAD. NANJING. CHINA

会约：

您好！不久前寄去一信，谅已收到。今有一事拜托。

陈洁如有一份自传，目前已译成中文，在台湾《传记文学》杂志上连载，内容陈述了关于蒋介石与陈洁如之间的种种传话。这份自传的英文原稿，收藏在美国斯坦福大学胡佛研究所。我访问斯坦福大学时，曾为易劳逸教授复印了一份。易劳逸教授打算出版这份英文原稿，但是胡佛研究所说必须征得家属的同意。经过多方打听，终于与在上海的陆久之（陈洁如的女婿）联系上了。我在美国时，帮助易劳逸与陆久之先生通了电话。陆先生认为这件事应该通过陈瑶光（陆的妻子，陈洁如的女儿）。陈瑶光现在住在香港，我曾写信给陈，陈又去美国了。最近陆久之先生

學者交往

1992 年 12 月 3 日

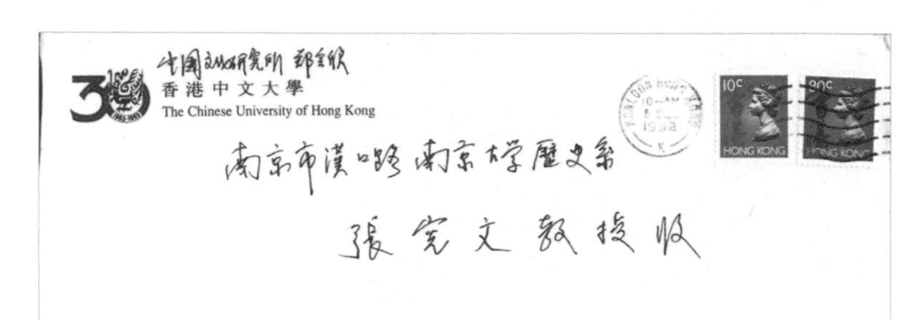

香港中文大學崇基學院 CHUNG CHI COLLEGE, THE CHINESE UNIVERSITY OF HONG KONG

張老師：

恭祝聖誕 並賀新禧

Merry Christmas and
A Happy New Year

学生 金以敬贺
12.3

香港中文大學
中國文化研究所
INSTITUTE OF CHINESE STUDIES　The Chinese University of Hong Kong

香港新界沙田　Shatin, New Territories, Hong Kong.　Tel. 695 2393-5

张老师：您好！

离开南京转眼已三个多月了。因忙碌未能给您去信。刚回港时曾与陈晓人联络，他说易教授已有信给他。以来我就没有再过问。易有信给您吗？

我在中大工作已满二年，前些时所长又同我续了二年约，这份工作虽不十分满意，但对我来说已算是不错的了。所长最近让我负责"民族政与现代中国"会议的一些会务工作（张玉法、朱浤源及等来，不知李良玉的签证办得如何），最近忙得很（因为历史的工作很为实际）。但这也是一个表现我工作能力的机会，所以我也努力去干。

香港目前情形不太好，恐怕您也知道。中英争战不断升级，导致港股大跌，不知今后局势发展如何。

刘惠文老师那里常通电话，前些时她父母亲来探亲，已回上海了，最近她们母子去搬到外面单独住。

代问陈谦平、陈红民诸同学问好。

祝

新年好！

金以　12.3.

關於「第三次中華民國史國際學術討論會」參會事宜

1994年初冬，南京大學決定召開第三次中華民國史國際學術討論會。鄭會欣赴港之初，由於學業和工作繁忙，和中國大陸的學術界往來不多，因此將這次會議看作是重返民國史研究隊伍的重要契機，在會議的籌備階段，多次來信表示關注，並爭取參加。第三次中華民國史國際學術討論會除國內學者外，還邀請了眾多臺灣學者參會，規模盛大。

這一時期，鄭會欣繼續在香港中文大學的中國文化研究所擔任助理，也在香港中文大學歷史系開課，經濟條件有所改善，居所面積也變大了，在信中循例向張憲文報告近況。

1994年3月14日

THE CHINESE UNIVERSITY OF HONG KONG 香港中文大學

SHATIN · NT · HONG KONG · TEL.: 609 6000 609 7000　TELEGRAM 電報掛號：SINOVERSITY　TELEX 電訊掛號：50301 CUHK HX　FAX 圖文傳真：(852) 603 5544　香港新界沙田・電話：六〇九 六〇〇〇 六〇九 七〇〇〇

中國文化研究所
INSTITUTE OF CHINESE STUDIES　電話 TEL. 609 7394　圖文傳真 FAX 603 5149

张老师：您好！

贺卡早已收到，谢谢。未知民国史研讨会筹办之情况如何，有何消息请通知一下。

我们近况如常，前些时担任他们出版的《开放中的变迁》一书编辑，经我提议，可能最近他们会将此书给您、茅老师、陈谦平他们寄去，若收到后请来信讲一下。

最近我们刚搬家，即将原来的住房卖掉再另买一处，现在的住房比过去在面积、环境诸方面都略有改善，当然负担亦增加了很多，欢迎您下次途经香港来寒舍小住。

新居地址：

[illegible]

不过来信仍寄中大比较保险，因为白天我们都不在家。请将我的近况及地址、电话转告谦平，我就不再给他去信了。

専此，並頌

春安

学生 会欣 上

3月14日

學者交往

1994 年 4 月 1 日

THE CHINESE UNIVERSITY OF HONG KONG 香港中文大學

SHATIN · NT · HONG KONG · TEL.: 609 6000 / 609 7000　TELEGRAM 電報掛號：SINOVERSITY　TELEX 電訊掛號：50301 CUHK HX　FAX 圖文傳真：(852) 603 5544　香港新界沙田 · 電話：六〇九 六〇〇〇 / 六〇九 七〇〇〇

中國文化研究所
INSTITUTE OF CHINESE STUDIES

電　話 TEL. 609 7394
圖文傳真 FAX 603 5149

张老师：

您好！

前些时曾给您写过一信，该是将搬家的事告诉您。后来所里又以当代中国文化研究中心的名义给美国几位老师（奈、史、谦平兄）寄去所里刚出的一本新书《开放思想和中的变迁》（我担任编审的编辑），不知收到没有？

随信寄上一篇刚刚发表的论文，这是从毕业论文中抽出其中一节加以修改而写的。这几年忙忙碌碌，没有时间系统地看书，也没时间写什么，实在惭愧。

搬家以后曾请刘惠文老师到家里来过，她现在和儿子在台湾租了一套房子（面积同我以前的住房差不多），月租金4,200元，在香港算是便宜的了，就是上班太远。

南京的会有消息吗？如果有邀请我想向所里提出申请，能否批准就很难说了。

请将我的地址和电话告诉谦平。

祝

近安

学生 刘俊 上

4月2日

1996 年 9 月 22 日

會欣：

您好！9 月 6 日來信收到了。不久前，慧文去上海探親，我愛人可文曾去鎮江與之相會，她這次時間短促，未來南京。

紅民、謙平均已先後赴美進修，時間一年。臺灣中央大學邀我去講學，自九月至明年一月底，但是對方上報後，大約至十月初始可抵達。如果雙方都能批准，我可能在十月下旬去臺北（中央大學校址在中壢，距臺北約半小時車程）。屆時，您去臺後，我們再聯繫。

秋後，大陸會議甚多，我一個也不能參加，也可以節省許多精力和經費。

祝

好

憲文

96.9.22

告知訪問臺灣行程

1997 年 1 月 27 日

會欣：

春節來臨，祝節日愉快，闔家歡樂！

來信和新年賀卡早已收到，我去臺灣講學，本來定在 96 年 9 月開始，但是對方的入境證到 96 年 10 月下旬才寄來，報北京審批，最快也要一、二十天。因此經商定，改在 97 年上半年去講學。我現在確定 2 月 26 日乘港龍航班抵香港，在香港停留一晚，次日上午換入臺證後，乘當日下午 3 點鐘飛機去臺北。我大約在 6 月底-7 月初返回南京。

慧文一家將於春節返滬探親，我抵港時，如果需要，請您幫忙在機場附近找一旅館，屆時再告。

祝

新年好

憲文

97.1.27

學者交往

1998 年 2 月 20 日

會欣：

您好！來信和賀卡早已收到。新年前我曾寄給您一張賀卡，但是地址錯了，又被退回，甚憾。

知您已完成博士學位學習，向您表示祝賀，答辯諒已順利通過。

12 月初，我曾去英國劍橋大學參加會議，然後再去臺灣開會（去臺手續已辦妥），但由倫敦返回北京，恰遇大霧，在京滯留三天，臺灣未能去成，否則可以在香港會面。

南大方面一切如常，茅家琦教授已於去年 10 月份退休。

祝

新春愉快

憲文

98.2.20

學者交往

1998 年 3 月 18 日

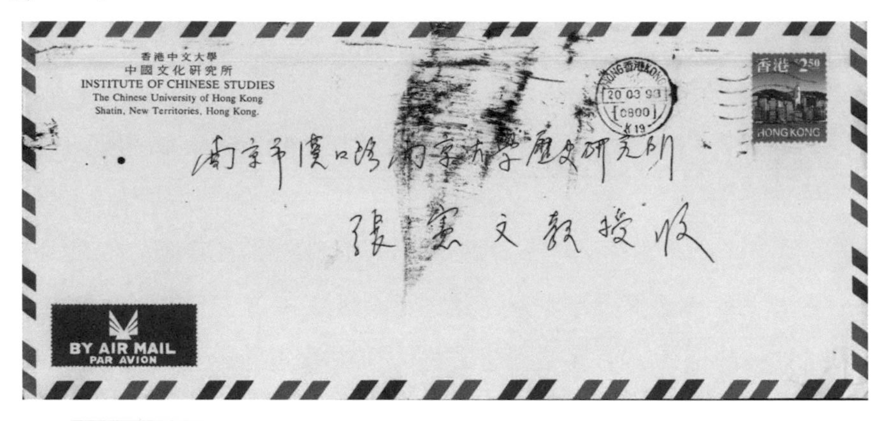

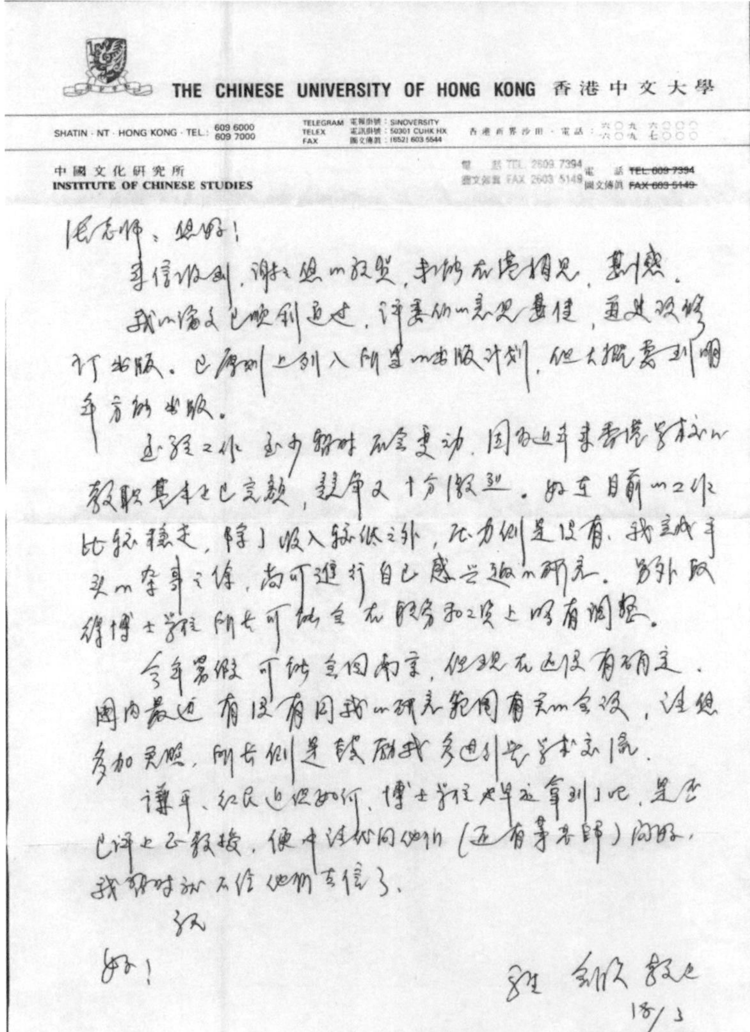

THE CHINESE UNIVERSITY OF HONG KONG 香港中文大學

SHATIN · NT · HONG KONG · TEL.: 609 6000 / 609 7000　TELEGRAM 電報掛號：SINOVERSITY　TELEX 電訊掛號：50301 CUHK HX　FAX 圖文傳真：(852) 603 5544　香港新界沙田・電話：六〇九 六〇〇〇 / 六〇九 七〇〇〇

中國文化研究所
INSTITUTE OF CHINESE STUDIES

電話 TEL. 2609 7394　圖文傳真 FAX 2603 5149

张老师：您好！

来信收到，谢谢您的祝贺，未能在港相见，甚憾。

我的论文已顺利通过，评委们的意见甚佳，並建议修订出版。已原则上列入所里的出版计划，但大概要到明年方能出版。

这里之工作，这几个月暂时不会变动，因为近年来香港学术的教职基本上已冻结，竞争又十分激烈。好在目前的工作比较稳定，除了收入较低之外，压力倒是没有，我完成手头的零事之余，尚可进行自己感兴趣的研究。另外取得博士学位，所长可能会在职务和工资上略有调整。

今年暑假可能会回南京，但现在还没有确定。国内最近有没有同我的研究范围有关的会议，请您多加关照，所长倒是鼓励我多出外学术交流。

谦平、红民近况如何，博士学位大概早应拿到了吧，是否已评上正教授，便中请代问他们（还有李老师）问好，我暂时就不给他们去信了。

祝

好！

生 刘[illegible] 敬上
18/3

關於組織「第四次中華民國史國際學術討論會」事宜

1998年10月2日

會欣：

您好！寄來的大作《改革與困擾》已經收到，向您表示祝賀，這也是您多年來研究工作的結晶，希望它能在學術上發揮作用。

原打算明年舉行第四次民國史學術研討會，看來要推遲到後年了。舉行一次會議不容易，五、六年搞一次也差不多。

這兩天是國慶，趕上週六、周日，故放假四天，外出旅遊的人不少，交通均爆滿。

祝

近好

憲文

98.10.2

關於王爾敏《晚清商約外交》一書作序事宜

王爾敏是中研院近代史研究所研究員，南港學派的重要成員，曾在香港授課。鄭會欣此次來信，主要是受王爾敏所托，希望請張憲文閱讀他的新作《晚清商約外交》（1998 年 12 月由香港中文大學出版社出版），並幫忙寫一篇書評。

1998 年 11 月 19 日

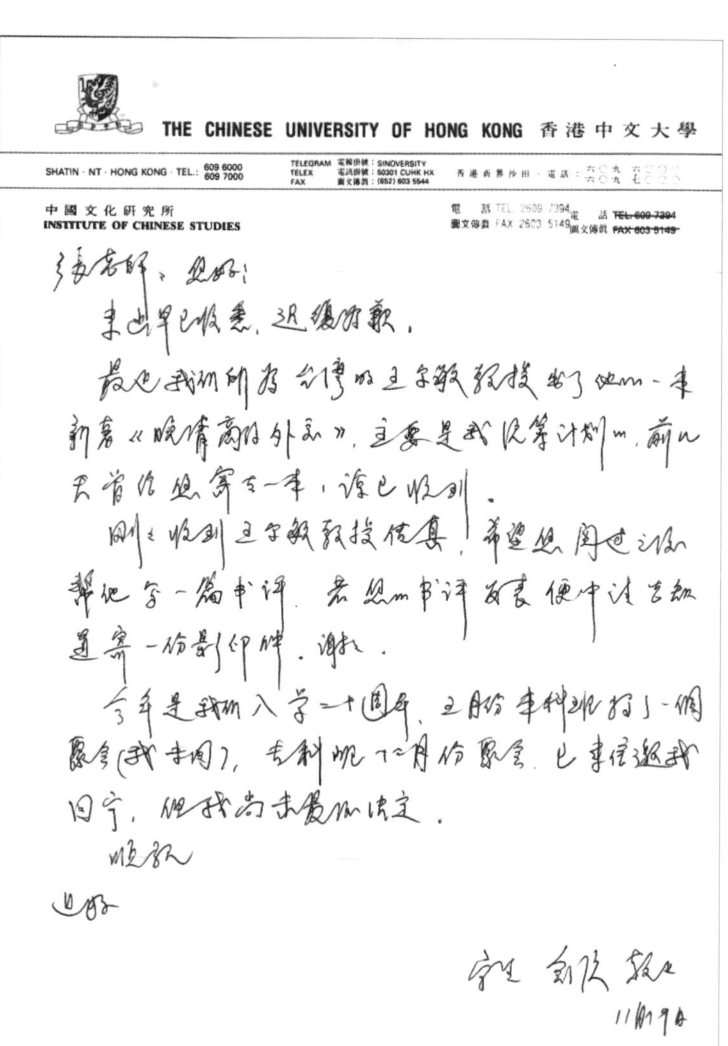

THE CHINESE UNIVERSITY OF HONG KONG 香港中文大學

SHATIN · NT · HONG KONG · TEL.: 609 6000 609 7000
TELEGRAM 電報掛號：SINOVERSITY
TELEX 電訊掛號：50301 CUHK HX
FAX 圖文傳真：(852) 603 5544

中國文化研究所
INSTITUTE OF CHINESE STUDIES
電話 TEL: 2609 7394
圖文傳真 FAX: 2603 5149

張老師：您好：

來函早已收悉，遲復為歉。

最近我們所有台灣的王爾敏教授出了他的一本新書《晚清商約外交》，主要是我們出版計劃的，前兩天曾給您寄去一本，諒已收到。

剛剛收到王爾敏教授傳真，希望您閱過之後幫他寫一篇書評。若您的書評發表，便中請告知並寄一份影印件，謝謝。

今年是我們入學二十週年，五月份本科班搞了一個聚會（我未回），專科班十二月份聚會，已來信邀我回寧，但我尚未最後決定。

順頌

近好

學生 會欣 敬上

11月19日

1998 年 12 月 2 日

THE CHINESE UNIVERSITY OF HONG KONG 香港中文大學

SHATIN · NT · HONG KONG · TEL.: 2609 6000 / 2609 7000 • TELEGRAM • SINOVERSITY / TELEX • 50301 CUHK HX / FAX • (852) 2603 5544 • 香港新界沙田・電話：二六〇九 六〇〇〇 / 二六〇九 七〇〇〇

中國文化研究所
INSTITUTE OF CHINESE STUDIES

電　話 TEL. 2609 7394
圖文傳真 FAX 2603 5149

張老師：您好！

前些时曾分别寄给您一本书（王汎森）和一封信，都收到了吧。

狭间[illegible]来信说他在日本时曾遇见您，此次访日收获一定很大。

我的博士学位论文是去年七月底通过的，但正式颁佈学位则在今年年初。随函附上照片一张，请您留作纪念，另一张请转交谦平、仁民二位。

顺祝

近安

学生　金以林

12月20

告知計畫訪問香港行程

2001 年 8 月 1 日

會欣：

您好！收到您寄贈的大作《從投資公司到「官辦商行」》，很感謝，也向您表示祝賀。不知今年夏季您有無回南京的計劃？

我收到浸會大學寄來的會議通知，11 月份在香港舉辦辛亥革命 90 周年紀念學術研討會，我回執表示參加，但旅費要自理。我主要考慮未參加過香港的學術會議，故答應出席。乘飛機走深圳，路費可能低一些，最終要看我能否趕出論文。今年會議太多，我已拒絕不少，但是 10 月初將經香港去臺北參加辛亥革命研討會，目前正在辦手續，不知能否批下來。大陸將去 14 人左右。

向您太太問好。

祝 夏安

憲文

2001.8.1.

2001 年 8 月 27 日

會欣：

您好！今日打電話去您家，打算約您聚一下，電話中得知您已於昨日（26 日）返回香港，未能相會，甚憾。好在 10 月初還能在臺北相聚。

昨日我們收到臺北的入境證，已轉報臺辦，估計不久會批下來。會議規定 8 月底報文章，這兩天我正在趕寫。香港的會議規定 8 月 15 日報提綱，真是有些趕不及，因而我能否出席香港會議，有些猶豫，因為開學後事情很多，怕來不及寫文章。

敬祝

安好

憲文

2001.8.27.

學者交往

2003 年 12 月 22 日

會欣：

在新年來臨之際，敬祝您新年快樂，闔家安康！

在我七十歲生日的時候，您寄來了熱情洋溢的信函，紅民在慶祝會上向大家宣讀，十分感謝您的祝賀。雖然您遠在香港，但好像我們仍常常在一起。這次祝壽會搞了三天，在溧陽天目湖玩了兩天，在南京開了一天慶祝會，校長、書記均出席了宴會，60 多位同學返校參加活動，還是很熱鬧的。

……

我們民國史研究中心獲得了教育部的重大課題攻關項目《民國史研究》，已與教育部簽訂了協議。課題較大，計劃搞十卷，打算邀請內地高校（包括二檔）及港、臺個別學者參與，不知您有無興趣參加。南大元月五日放寒假，也可能利用寒假或二月份開學後落實此事，以後再函告。

向您愛人、孩子問好。

憲文

2003.12.22.

鮑紹霖

個人簡介

鮑紹霖，1944 年生，先後畢業於香港中文大學、美國喬治亞大學（The University of Georgia），獲得哲學博士學位。1992 年至 1994 年期間擔任香港浸會大學歷史系主任。

鮑紹霖長期從事中西關係史研究，代表作有《西方史學的東方影響》、《文明的憧憬：近代中國對民族與國家典範的追尋》等。

關於「『近代中國民族主義』國際學術研討會」事宜

1999 年 3 月 22 日

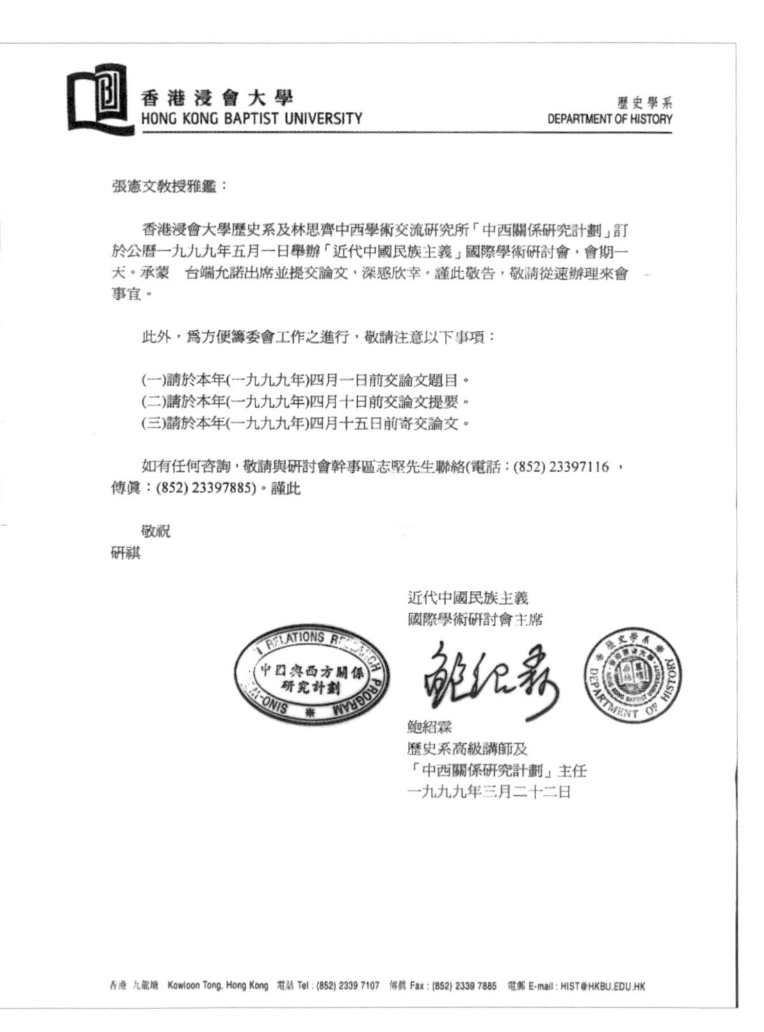
香港浸會大學
HONG KONG BAPTIST UNIVERSITY
歷史學系
DEPARTMENT OF HISTORY

張憲文教授雅鑑：

香港浸會大學歷史系及林思齊中西學術交流研究所「中西關係研究計劃」訂於公曆一九九九年五月一日舉辦「近代中國民族主義」國際學術研討會，會期一天。承蒙　台端允諾出席並提交論文，深感欣幸。謹此敬告，敬請從速辦理來會事宜。

此外，爲方便籌委會工作之進行，敬請注意以下事項：

(一)請於本年(一九九九年)四月一日前交論文題目。
(二)請於本年(一九九九年)四月十日前交論文提要。
(三)請於本年(一九九九年)四月十五日前寄交論文。

如有任何咨詢，敬請與研討會幹事區志堅先生聯絡(電話：(852) 23397116，傳眞：(852) 23397885)。謹此

敬祝
研祺

近代中國民族主義
國際學術研討會主席
鮑紹霖
鮑紹霖
歷史系高級講師及
「中西關係研究計劃」主任
一九九九年三月二十二日

香港 九龍塘 Kowloon Tong, Hong Kong 電話 Tel：(852) 2339 7107 傳眞 Fax：(852) 2339 7885 電郵 E-mail：HIST@HKBU.EDU.HK

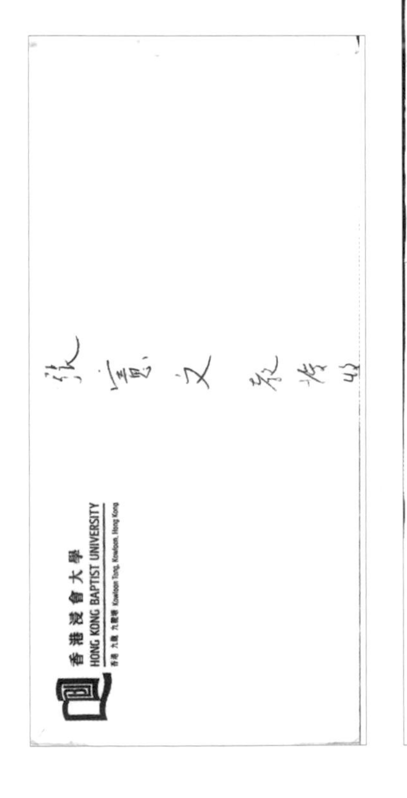

第三篇　澳門

澳門有來自吳志良、婁勝華二位學者的七封信件，時間跨度自 1994 年至 2005 年。

本部分選取了其中的五封信件，內容涵蓋師生通訊、學術交流等多個方面。這些信件主要圍繞澳門基金會與南京大學歷史系之間的合作與人才培養展開，也是 20 世紀 90 年代以來中國大陸內地與澳門地區之間交流融合、共同發展的縮影。

吳志良

個人簡介

吳志良，1964 年生於廣東連平，1985 年畢業於北京外國語學院葡萄牙語專業，1997 年獲南京大學歷史學博士學位。1988 年，加入澳門基金會，現為澳門基金會行政委員會主席，並擔任澳門大學、北京外國語大學客座教授。主要研究方向為澳門歷史與政治，代表作有《澳門政治制度史》、《東西交匯看澳門》等。

右一：吳志良，右二：張憲文。

學者交往

1994 年，吳志良以澳門基金會的名義，邀請張憲文和茅家琦到澳門講學。澳門基金會是中國澳門一個具有公權力的半官方法人機構，旨在促進、發展或研究澳門的自身文化、社會等，經常組織與中國大陸之間的學術交流活動。除組織澳門學生往來中國大陸參訪外，澳門基金會還參與支持了《中華民國專題史》（十八卷）的編輯出版。

1994 年 1 月 11 日

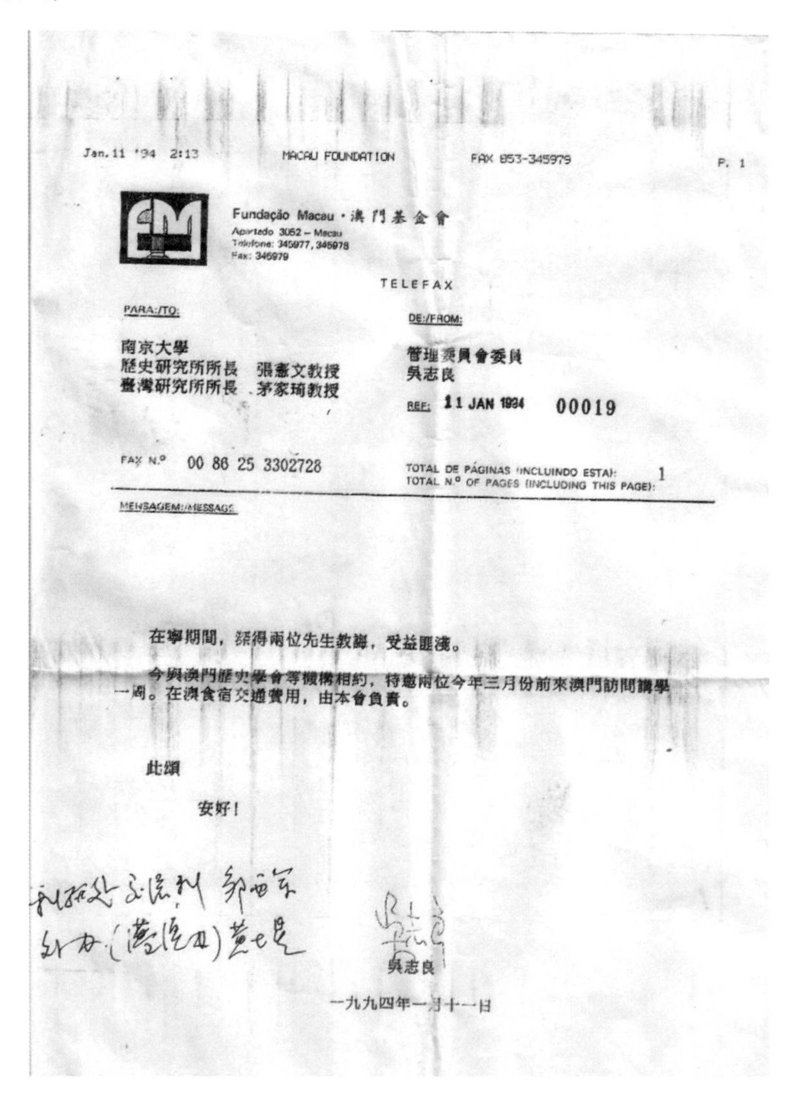

Jan.11 '94 2:13 MACAU FOUNDATION FAX 853-345979 P. 1

Fundação Macau・澳門基金會
Apartado 3052 – Macau
Telefone: 345977, 345978
Fax: 345979

TELEFAX

PARA:/TO:
南京大學
歷史研究所所長 張憲文教授
臺灣研究所所長 茅家琦教授

DE:/FROM:
管理委員會委員
吳志良

REF: 11 JAN 1994 00019

FAX N.º 00 86 25 3302728

TOTAL DE PÁGINAS (INCLUINDO ESTA):
TOTAL N.º OF PAGES (INCLUDING THIS PAGE): 1

MENSAGEM:/MESSAGE:

在寧期間，深得兩位先生教誨，受益匪淺。

今與澳門歷史學會等機構相約，特邀兩位今年三月份前來澳門訪問講學一週。在澳食宿交通費用，由本會負責。

此頌

安好！

吳志良

一九九四年一月十一日

1998 年 11 月 9 日

中國．南京．210093
漢口路22號
南京大學
歷史系
張憲文教授

Wu Zhiliang

9/11/98

張老師，

谢谢来函。[illegible]日本之行[illegible]收到。

今寄去一份信，请转交[illegible]的保证函。最好请他们准备一份申请，如[illegible]费用等，再寄给。谢谢！大安！志良

吳志良用箋

新年賀卡

2005 年 12 月 6 日

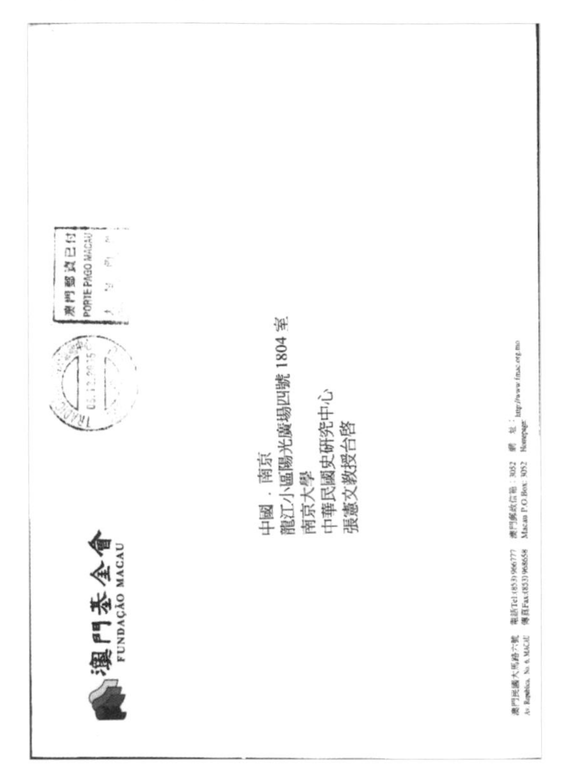

祝聖誕快樂及新年進步

Boas Festas e Feliz Ano Novo

Merry X'mas & Happy New Year

婁勝華

個人簡介

婁勝華，1965 年出生，安徽馬鞍山人。先後畢業於南開大學、東北師範大學、南京大學，並於 2004 年取得博士學位。歷任澳門理工學院副教授、教授兼課程主任。2015 年至 2020 年期間擔任澳門特別行政區政府行政法務司司長辦顧問。2020 年至今，擔任澳門理工大學公共行政學教授、博士生導師。

婁勝華長期從事 NGO 與公民社會、政府管理與公共政策等領域研究，代表作有《轉型時期澳門社團研究——多元社會中法團主義體制解析》、《新秩序：澳門社會治理研究》、《自治與他治：澳門的行政、司法與社團（1553-1999）》等。

婁勝華與張憲文合影。

新年賀卡

婁勝華是張憲文指導的博士，在讀期間參與了澳門基金會與南京大學歷史系組織的博士生聯合培養專案，畢業後任教於澳門。2010 年至 2015 年期間，婁勝華參與了海峽兩岸四地合著的《中華民國專題史》（十八卷）一書中澳門卷的撰寫。

2004 年 12 月 16 日

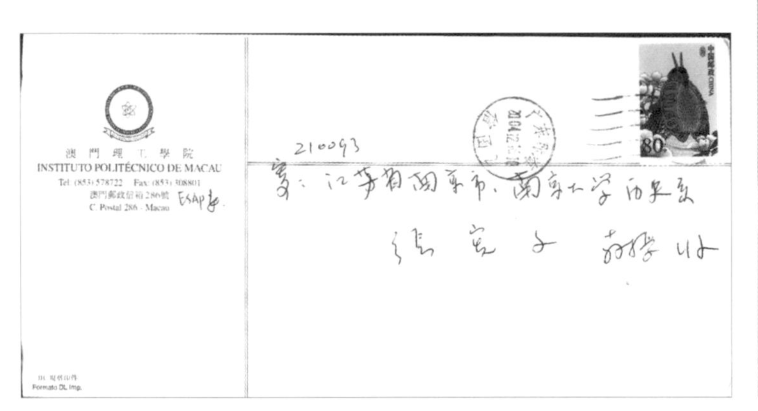
澳門理工學院
INSTITUTO POLITÉCNICO DE MACAU
Tel: (853) 578722 Fax: (853) 308801
澳門郵政信箱286號
C. Postal 286 - Macau
ESAP 婁

210093
寄：江蘇省南京市．南京大學歷史系
張憲文 老師 收

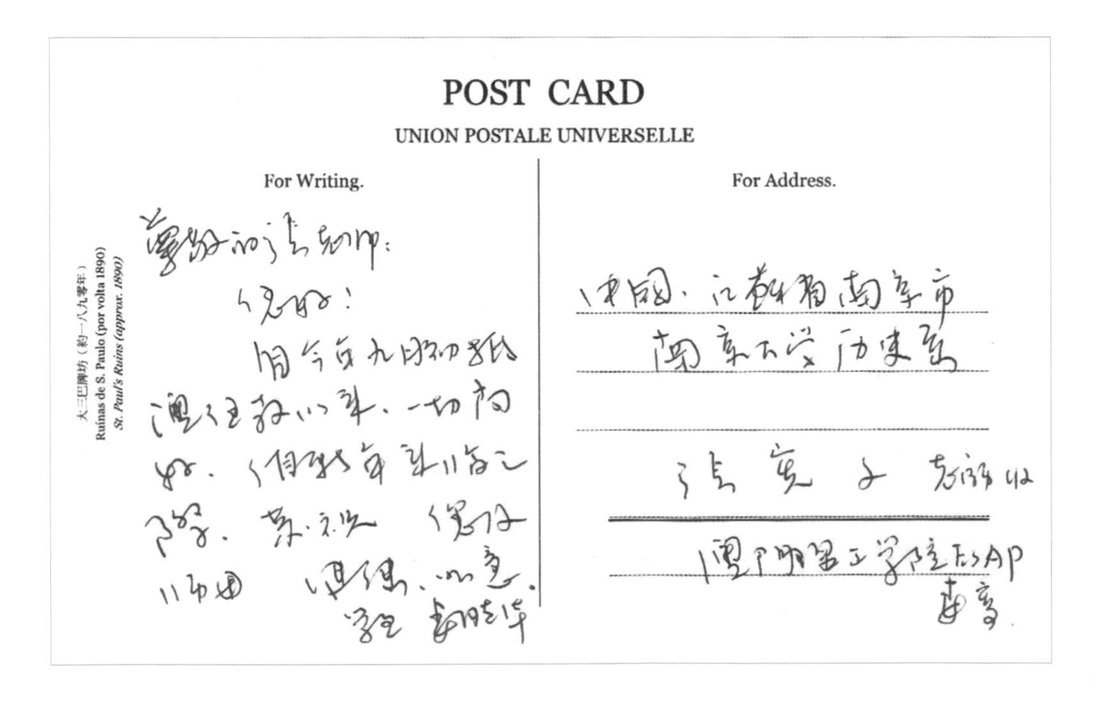
POST CARD
UNION POSTALE UNIVERSELLE

For Writing.

大三巴牌坊（約一八九零年）
Ruinas de S. Paulo (por volta 1890)
St. Paul's Ruins (approx. 1890)

尊敬的張老師：
您好！

學生 婁勝華

For Address.

中國．江蘇省南京市
南京大學歷史系
張憲文 老師 收
澳門理工學院ESAP
婁寄

2005 年 12 月 16 日

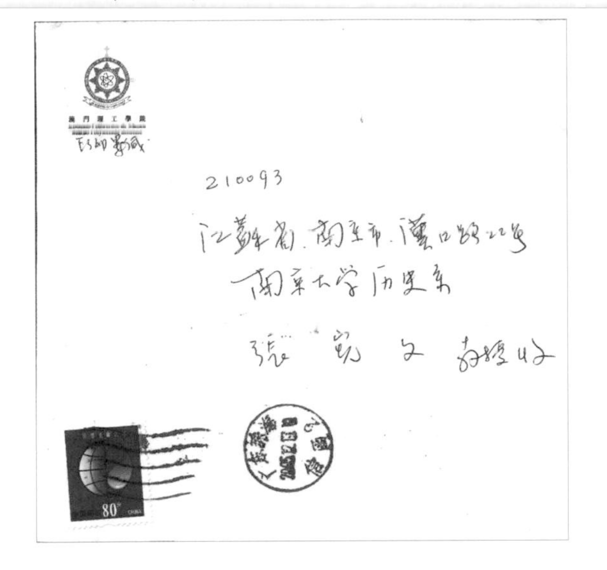

210093
江蘇省南京市漢口路22號
南京大學历史系
張憲文 教授收

尊敬的張老師：

您好！

我來到澳門任教不覺一年有多，工作、生活順利和適應，只覺時間飛逝。新年來臨之際，祝您和師母聖誕快樂新年進步安康、愉快。

Bom Natal e Feliz Ano Novo
Merry Christmas & Happy New Year

學生 劉[illegible]
二〇〇五年十二月十六日

澳門理工學院
Instituto Politécnico de Macau

參考文獻

專著

- 中國史學會《中國歷史學年鑒》編委會編，《中國歷史學年鑒（2002-2012）》，北京：社會科學文獻出版社，2014 年。
- 呂芳上主編，《春江水暖：三十年來兩岸近代史學交流的回顧與展望（1980s- 2010s）》，臺北：世界大同文創，2017 年。
- 李雲漢，《懷元廬存稿之一：雲漢悠悠九十年》，臺北：新銳文創，2018 年。
- 林桶法，《民國史研究的引路人：蔣永敬先生傳》，臺北：民國歷史文化學社有限公司，2022 年。
- 邱進益，《肺腑之言：我的臺灣情與中國心，邱進益回憶錄》，臺北：時報文化出版企業股份有限公司，2018 年。
- 張憲文，《立潮頭 書春秋 結緣史學六十載》，北京：九州出版社，2023 年。
- 張憲文，《江蘇社科名家文庫·張憲文卷》，南京：江蘇人民出版社，2017 年。
- 陳三井，《輕舟已過萬重山：書寫兩岸史學交流》，北京：社會科學文獻出版社，2011 年。
- 陳謙平，陳紅民編，《民國史鉅子：張憲文教授學術生涯紀傳》，南京：南京大學出版社，2013 年。
- 劉國銘主編，《中國國民黨百年人物全書 下》，北京：團結出版社，2005 年。
- 蔣永敬，《九五獨白：一位民國史學者的自述》，臺北：新銳文創，2017 年。
- 蔣永敬，《浮生憶往：蔣永敬回憶錄》，臺北：近代中國出版社，2002 年。
- 鄭政誠編，《秉筆治史：賴澤涵教授八秩壽慶論文集》，臺北：秀威資訊，2020 年。

論文

- 呂偉俊，《台兒莊大戰 55 周年國際學術研討會綜述》，《山東社會科學》，1993 年第 3 期。
- 李仕德，《八十憶往：家國與近代外交史學》，《全國新書資訊月刊》，2012 年第 161 期。
- 李時岳，《「孫中山與亞洲」國際學術討論會綜述》，《學術研究》，1990 年第 5 期。

- 林麗月，《李故教授國祁先生行誼》，《國史研究通訊》，2016 年第 12 期。
- 南京大學出版社，《中華民國專題史》（18 卷），《出版發行研究》，2015 年第 7 期。
- 施宣岑，《熱切期望海峽兩岸學者為整理民國史文獻共作貢獻—施宣岑同志在首屆中華民國史學術討論會上的發言》，《歷史檔案》，1984 年第 3 期。
- 培平，《台兒莊大戰 55 周年國際學術研討會在台兒莊舉行》，《抗日戰爭研究》，1993 年第 2 期。
- 張連紅、張生，《近十年來香港中華民國史研究概況》，《世界經濟與政治論壇》，1992 年第 4 期。
- 張憲文，《從〈大溪檔案〉史料析二三十年代蔣介石的軍事政治戰略》，《南京大學學報（哲學人文科學社會科學版）》，2000 年第 1 期。
- 陳紅民，《民國史研究新趨勢的檢閱—第三次中華民國史國際學術討論會側記》，《近代史研究》，1995 年第 3 期。
- 陳紅民，《南京大學成立「中華民國史研究中心」》，《近代史研究》，1993 年第 6 期。
- 陳儀深、林東璟，《沈懷玉女士訪問記錄》，《臺灣口述歷史學會會刊》，2016 年第 12 期。
- 陳謙平、陳紅民、張生，《第四次中華民國史國際學術討論會述評》，《歷史研究》，2001 年第 1 期。
- 蔡丹丹、姜良芹，《金大校友郭俊鉌先生與南京大學的日軍侵華暴行研究》，《民國研究》，2019 年第 1 期。
- 蘇聖雄，《世變與史學：臺灣學界抗戰史研究的興起與發展》，《抗日戰爭研究》，2021 年第 1 期。

網路資源

- 〈第五屆（2005）傑出校友賴澤涵〉，收錄於「臺灣師範大學數位校史館」：https://reurl.cc/GA7XvA（2023.08.28 點閱）。
- 〈敬悼本學會創會理事長、東海大學退休教授呂士朋先生（1928-2023）〉，收錄於「中國明代研究學會」：https://reurl.cc/dDReg6（2023.08.28 點閱）。
- 〈中心舉行蔣永敬教授追思會〉，收錄於「南京大學中華民國史研究中心／中心新聞」：https://reurl.cc/QX0Wo5（2023.08.28 點閱）。

- 〈秉筆治史：賴澤涵教授八秩壽慶論文集〉，收錄於「GOOGLE 圖書」：https://reurl.cc/8jQ5RR（2023.08.28 點閱）。
- 〈中華民國史研究中心圖書館建設工作取得初步進展〉，收錄於「壹讀」：https://reurl.cc/GA7XYA（2023.08.28 點閱）。
- 〈師資成員 / 榮譽教授 / 呂士朋教授〉，收錄於「東海大學歷史學系」：https://reurl.cc/VLKRgn（2023.08.28 點閱）。
- 〈從「菩提樹」勾想起—在臺大那段日子〉，收錄於「華府新聞日報」：https://reurl.cc/3xG3AO（2023.08.28 點閱）。
- 〈師資陣容 / 賴澤涵〉，收錄於「中央大學歷史研究所」：https://reurl.cc/WGjqgx（2023.08.28 點閱）。
- 〈臺灣明代研究會創會會長呂士朋教授逝世〉，收錄於「鳳凰新聞」：https://reurl.cc/r5pZ2y（2023.08.28 點閱）。
- 〈侯坤宏〉收錄於「臺灣口述歷史學會 / 專業人士資料庫」：https://reurl.cc/kXmqWb（2023.08.28 點閱）。
- 〈近現代人物資訊整合系統〉，收錄於「中研院近代史研究所」：https://reurl.cc/2LX8OX（2023.08.28 點閱）。
- 〈臺灣學界奇才呂士朋〉，收錄於「sina 文化生活」：https://reurl.cc/11D0LQ（2023.08.28 點閱）。

附錄一、全書信件資訊一覽

張憲文所藏臺、港、澳地區往來函札全部如附錄一所示，其中，部分信件由於涉及個人隱私內容或暫未獲出版授權等，未收入本書正文部分，特此說明。

發信地：臺灣

單位	發信人	時間	備註
海峽兩岸學術交流協會		1982-12-28	
中研院近代史研究所		1994-08-15	第三屆中日關係學術研討會
中興大學公共政策研究所		1995-01-25	
展望基金會		19??-??-??	展望基金會大陸訪問團名單，附訪問團團員手冊
海峽兩岸學術文化交流協會	丁一倪、謝淑珠	19??-??-??	
中山大學	中山社會科學季刊編輯委員會	1990-10-11	
	方智揚	1994-12-28	
政治大學	毛知礪	1992-12-05	
臺灣師範大學	王仲孚	1994-09-21	
政治大學	王壽南	1990-08-26	
政治大學	王壽南	1990-09-29	
政治大學	王壽南	1992-11-12	
政治大學	王壽南	1994-09-11	
政治大學	王壽南	1994-11-06	
政治大學	王壽南	1995-02-11	
政治大學	王壽南	1993-12-07	
中國文化大學	王綱領	19??-12-20	
中國文化大學	王綱領	1991-03-01	
中國文化大學	王綱領	1994-05-12	
中研院近代史研究所	王樹槐	1993-09-25	
中研院近代史研究所	王樹槐	1994-09-15	
中研院近代史研究所	王樹槐	19??-??-??	
	田福麟	1992-12-08	
	田福麟	1993-12-02	
	田福麟	1998-12-19	
	田福麟	1999-12-03	
	田福麟	2004-12-15	
中國文化大學	朱言明	1994-02-20	
中興大學	朱言明	2006-01-01	
中興大學	朱言明	2008-01-02	
中研院近代史研究所	朱德蘭	1998-02-20	

單位	發信人	時間	備註
中研院近代史研究所	朱德蘭、賴澤涵	1998-12-28	
中研院近代史研究所	江淑玲	1994-11-15	
臺灣師範大學	吳文星、張雪屏	1992-12-15	
政治大學	吳翎君	1994-06-25	
東海大學	呂士朋	1990-08-10	
東海大學	呂士朋	1990-11-15	
東海大學	呂士朋	1990-11-26	
東海大學	呂士朋	1993-12-??	
中研院近代史研究所	呂芳上	19??-04-14	
中研院近代史研究所	呂芳上	1991-04-20	
中研院近代史研究所	呂芳上	1994-08-17	
中研院近代史研究所	呂芳上	1994-11-29	
中研院近代史研究所	呂芳上	1995-05-23	
中研院近代史研究所	呂芳上	1998-10-06	
中研院近代史研究所	呂芳上	1998-10-19	
中研院近代史研究所	呂芳上	1998-11-15	
中研院近代史研究所	呂芳上	1999-07-09	
政治大學	呂玲玲	1992-10-08	
政治大學	呂玲玲	1992-12-13	
中研院近代史研究所	呂實強	1994-10-05	
臺北科技大學	李南海	19??-??-??	
臺北科技大學	李南海	1992-12-15	
中研院近代史研究所	李恩涵	1994-05-27	
中研院近代史研究所	李恩涵	1998-12-01	
中研院近代史研究所	李恩涵	2005-11-04	
臺灣師範大學	李國祁	19??-03-25	
臺灣師範大學	李國祁	1993-08-20	
臺灣師範大學	李國祁	1995-03-22	
臺灣師範大學	李國祁	1998-11-15	
政治大學	李雲漢	1995-02-04	
政治大學	李雲漢	2002-12-22	
政治大學	李雲漢	2005-12-20	
臺灣大學	汪正晟	2004-12-24	
中研院近代史研究所	沈懷玉	1989-10-16	
中研院近代史研究所	沈懷玉	1989-11-18	
中研院近代史研究所	沈懷玉	1989-12-05	
中研院近代史研究所	沈懷玉	1990-01-01	
中研院近代史研究所	沈懷玉	1990-02-18	
中研院近代史研究所	沈懷玉	1990-02-24	
中研院近代史研究所	沈懷玉	1990-02-26	
中研院近代史研究所	沈懷玉	1990-05-07	

單位	發信人	時間	備註
中研院近代史研究所	沈懷玉	1990-05-12	
中研院近代史研究所	沈懷玉	1990-07-25	
中研院近代史研究所	沈懷玉	1990-07-28	
中研院近代史研究所	沈懷玉	1990-07-29	
中研院近代史研究所	沈懷玉	1990-08-23	
中研院近代史研究所	沈懷玉	1990-08-25	
中研院近代史研究所	沈懷玉	1990-09-06	
中研院近代史研究所	沈懷玉	1990-12-06	
中研院近代史研究所	沈懷玉	1990-12-16	
中研院近代史研究所	沈懷玉	1991-01-21	
中研院近代史研究所	沈懷玉	1991-06-24	
中研院近代史研究所	沈懷玉	1991-07-06	
中研院近代史研究所	沈懷玉	1992-06-26	
中研院近代史研究所	沈懷玉	1992-06-28	
中研院近代史研究所	沈懷玉	1992-07-02	
中研院近代史研究所	沈懷玉	1992-09-30	
中研院近代史研究所	沈懷玉	1992-10-06	
中研院近代史研究所	沈懷玉	1992-11-05	
中研院近代史研究所	沈懷玉	1992-11-12	
中研院近代史研究所	沈懷玉	1992-11-14	
中研院近代史研究所	沈懷玉	1992-11-17	
中研院近代史研究所	沈懷玉	1992-11-28	
中研院近代史研究所	沈懷玉	1992-12-20	
中研院近代史研究所	沈懷玉	1992-12-22	
中研院近代史研究所	沈懷玉	1993-03-18	
中研院近代史研究所	沈懷玉	1993-04-07	
中研院近代史研究所	沈懷玉	1993-05-28	
中研院近代史研究所	沈懷玉	1993-07-22	
中研院近代史研究所	沈懷玉	1993-07-31	
中研院近代史研究所	沈懷玉	1993-10-22	
中研院近代史研究所	沈懷玉	1993-10-29	
中研院近代史研究所	沈懷玉	1993-10-30	
中研院近代史研究所	沈懷玉	1995-01-14	
中研院近代史研究所	沈懷玉	1995-07-08	
臺灣文化促進會	周昭亮	1990-09-02	
政治大學	周惠民	1999-10-15	
中興大學	林正珍	1994-09-12	
政治大學	林能士	2004-01-12	
政治大學	林能士	2004-12-20	
政治大學	林能士	2006-01-19	
海峽交流基金會	邱進益	2005-12-12	

單位	發信人	時間	備註
海峽交流基金會	邱進益	19??-??-??	
海峽交流基金會	邱進益、張虔生	2005-12-04	
黨史館	邵銘煌	1998-12-29	
國史館	侯坤宏	1998-05-22	
國史館	侯坤宏	1998-10-12	
國史館	侯坤宏	1998-12-28	
東海大學	洪德先	1988-04-15	
東海大學	洪德先	19??-??-??	
珠海書院	胡春惠	1995-06-01	
中研院近代史研究所	胡國台	1992-01-30	
中研院近代史研究所	胡國台	1992-12-30	
中研院近代史研究所	胡國台	1993-12-30	
中研院近代史研究所	胡國台	1999-07-28	
中研院近代史研究所	胡國台	1999-09-06	
中興大學	孫若怡	1993-12-24	
中興大學	孫若怡	1994-10-20	
中興大學	孫若怡	1995-01-05	
中興大學	孫若怡	2003-08-12	
	徐□榮	2009-10-12	人名不詳
臺灣大學	徐泓	1994-12-30	
臺灣大學	栗國成	1993-02-25	
臺灣大學	栗國成	1993-06-30	
逸仙文教基金會	馬樹禮	1994-10-11	
中研院近代史研究所	張　力	1990-07-31	附 1990 年 7 月 6 日發表於《中國時報》第 27 版文章
中研院近代史研究所	張　力	1990-10-06	
中研院近代史研究所	張玉法	1989-05-12	
中研院近代史研究所	張玉法	1989-09-16	
中研院近代史研究所	張玉法	1989-12-27	
中研院近代史研究所	張玉法	1990-05-09	
中研院近代史研究所	張玉法	1990-10-06	
中研院近代史研究所	張玉法	1991-03-06	
中研院近代史研究所	張玉法	1991-05-15	
中研院近代史研究所	張玉法	1991-07-18	
中研院近代史研究所	張玉法	1992-11-06	
中研院近代史研究所	張玉法	1993-03-08	
中研院近代史研究所	張玉法	1993-07-10	
中研院近代史研究所	張玉法	1993-08-10	
中研院近代史研究所	張玉法	1993-09-06	
中研院近代史研究所	張玉法	1993-09-06	
中研院近代史研究所	張玉法	1993-09-20	

單位	發信人	時間	備註
中研院近代史研究所	張玉法	1993-11-29	
中研院近代史研究所	張玉法	1994-01-10	
中研院近代史研究所	張玉法	1994-04-25	
中研院近代史研究所	張玉法	1994-08-11	
中研院近代史研究所	張玉法	1995-01-12	
中研院近代史研究所	張玉法	1995-10-24	
中研院近代史研究所	張玉法	2006-01-20	
中研院近代史研究所	張玉法	2006-11-16	
中研院近代史研究所	張玉法	2018-05-30	
中研院近代史研究所	張玉法、李中之	1992-12-??	
中研院近代史研究所	張朋園	1989-08-07	信寄給茅家琦
中研院近代史研究所	張朋園	1989-09-??	張朋園沈懷玉訪問南京學術座談會簽到表
中研院近代史研究所	張朋園	1989-10-12	10 月 22 日信件草稿
中研院近代史研究所	張朋園	1989-10-22	
中研院近代史研究所	張朋園	1989-11-10	
中研院近代史研究所	張朋園	1990-01-06	
中研院近代史研究所	張朋園	1990-02-12	
中研院近代史研究所	張朋園	1990-05-26	
中研院近代史研究所	張朋園	1990-05-29	
中研院近代史研究所	張朋園	1990-06-23	
中研院近代史研究所	張朋園	1990-07-20	
中研院近代史研究所	張朋園	1990-10-05	
中研院近代史研究所	張朋園	1991-03-05	
中研院近代史研究所	張朋園	1991-03-10	
中研院近代史研究所	張朋園	1993-01-01	
中研院近代史研究所	張朋園	1993-11-22	
中研院近代史研究所	張朋園	1993-11-27	
中研院近代史研究所	張朋園	1994-03-12	
中研院近代史研究所	張朋園	1994-04-25	
中研院近代史研究所	張朋園	1994-05-26	
中研院近代史研究所	張朋園	1994-06-17	
中研院近代史研究所	張朋園	1994-08-31	
中研院近代史研究所	張朋園	1995-10-01	
中研院近代史研究所	張朋園	1997-11-26	
中研院近代史研究所	張朋園	2004-01-14	
中研院近代史研究所	張朋園	2012-??-??	
中正大學	張建俅	1999-01-21	
中正大學	張建俅	1998-03-12	
政治大學	張哲郎	2004-04-12	
商務印書館	張連生	1990-08-31	

單位	發信人	時間	備註
臺北大學	張勝彥	1999-01-01	
中研院近代史研究所	張瑞德	19??-03-06	
中研院近代史研究所	張瑞德	19??-12-09	
中研院近代史研究所	張瑞德	1993-01-18	
中研院近代史研究所	張瑞德	1998-12-28	
中研院近代史研究所	張瑞德	2003-12-19	
中研院近代史研究所	張瑞德	2004-12-15	
中研院近代史研究所	張瑞德	2005-01-08	
中研院近代史研究所	張瑞德	2016-01-25	
中研院近代史研究所	張瑞德	19??-??-??	簡歷
	張懷元	1994-11-28	信寄給茅家琦
東亞樓大飯店	畢庶臣	1981-10-09	
臺北工業專科學校	莊焜明	19??-03-31	
臺北工業專科學校	莊焜明	19??-03-31	
臺灣科技大學	莊焜明	1993-07-07	
臺灣科技大學	莊焜明	1993-07-07	
臺灣科技大學	莊焜明	2000-01-01	
臺灣科技大學	莊焜明	2000-01-02	
政治大學	許育銘	1990-09-15	
	郭俊鉌	2004-01-12	
中研院近代史研究所	陳三井	19??-01-06	
中研院近代史研究所	陳三井	1993-12-07	
中研院近代史研究所	陳三井	1994-01-04	
中研院近代史研究所	陳三井	1994-08-15	
中研院近代史研究所	陳三井	1994-08-24	
中研院近代史研究所	陳三井	1994-12-02	
中研院近代史研究所	陳三井	1995-01-15	
中研院近代史研究所	陳三井	1999-12-21	
中研院近代史研究所	陳三井	2004-12-26	
中研院近代史研究所	陳三井	2006-01-17	
中研院近代史研究所	陳三井	1999-01-??	
中研院近代史研究所	陳永發	1990-07-13	
中研院近代史研究所	陳永發	1990-09-12	
中研院近代史研究所	陳存恭	1998-12-01	
中研院近代史研究所	陳存恭	1999-12-01	
中央大學	陳伯炎	1997-08-05	成績單
政治大學	陳孟堅	1994-10-25	
政治大學	陳孟堅	1995-11-07	
政治大學	陳孟堅	19??-??-??	
政治大學	陳孟堅	19??-??-??	
	陳清坤	1998-06-24	

單位	發信人	時間	備註
中國國民黨黨史編纂委員會	陳鵬仁	1998-04-15	
中國國民黨黨史編纂委員會	陳鵬仁	1998-06-16	
中國國民黨黨史編纂委員會	陳鵬仁	1998-08-01	
中國文化大學	陳鵬仁	1999-08-13	
中國文化大學	陳鵬仁	1999-09-01	
中國文化大學	陳鵬仁	2000-09-23	
中國文化大學	陳鵬仁	2000-09-28	
中國文化大學	陳鵬仁	2007-11-30	
彰化師範大學	傅寶真	1994-12-11	
彰化師範大學	傅寶真	1998-02-26	附簡歷
政治大學	彭明輝	2005-12-20	
政治大學	湯紹成	1998-12-31	
中央大學	黃秀政	2003-12-25	
中央大學	黃秀政	2004-01-15	
中央大學	黃秀政	2005-01-03	
中央大學	黃秀政	2005-12-05	
中央大學	黃萍瑛	1998-03-08	
中央大學	黃萍瑛	1998-12-15	
中研院近代史研究所	黃福慶	1994-08-15	
中研院近代史研究所	黃福慶	1994-09-27	
中研院近代史研究所	黃福慶	1994-10-08	
中研院近代史研究所	楊翠華	1992-12-25	
近代中國雜誌社	楊麗美	1999-07-26	
	雷渝齊	19??-??-??	請柬
臺灣師範大學	趙玲玲	19??-09-27	
臺灣師範大學	趙玲玲	19??-09-27	
臺灣師範大學	趙玲玲	1983-03-01	
臺灣師範大學	趙玲玲	1994-03-03	
中央大學	劉兆漢	1999-05-21	
政治大學	劉維開	19??-01-13	
政治大學	劉維開	1990-08-22	
政治大學	劉維開	1998-06-15	
政治大學	劉維開	1998-12-24	
政治大學	劉維開	2000-01-07	
政治大學	劉維開	19??-??-??	
臺北工業專科學校	蔡行濤	1982-12-29	
臺北工業專科學校	蔡行濤	1995-03-02	
臺北工業專科學校	蔡敏崑	1993-09-22	
臺北工業專科學校	蔡敏崑	1993-12-28	
臺北工業專科學校	蔡敏崑	1998-12-11	
臺灣師範大學	蔡淵絜、陳惠芬	1993-11-29	

單位	發信人	時間	備註
政治大學	蔣永敬	1993-04-26	
政治大學	蔣永敬	1993-05-24	
政治大學	蔣永敬	1993-08-21	
政治大學	蔣永敬	1994-03-28	
政治大學	蔣永敬	2004-01-16	
政治大學	蔣永敬	19??-12-??	
政治大學	蔣永敬	1993-01-07	
中研院近代史研究所	鄧維賢	1994-03-22	
中研院近代史研究所	鄧維賢	1994-10-28	
中研院近代史研究所	鄧維賢	1994-12-31	
國父紀念館	鄭乃文	2008-09-09	
中央大學	賴澤涵	1995-01-11	
中央大學	賴澤涵	1995-09-28	
中央大學	賴澤涵	1999-01-20	
東吳大學	謝政渝	1998-12-28	
中研院近代史研究所	謝國興	2000-04-10	
臺灣大學	韓復智	1994-10-11	
夏潮聯合會	藍博珊	2007-02-24	
中山大學	魏　萼	1982-12-31	
淡江大學	魏　萼	1994-08-30	
淡江大學	魏　萼	1995-04-12	
淡江大學	魏　萼	1998-08-08	
淡江大學	魏　萼	1998-09-19	
淡江大學	魏　萼	1998-12-30	
淡江大學	魏　萼	1999-04-30	

發信地：香港

單位	發信人	時間	備註
香港大學		1993-08-22	
香港冠華國際貿易公司		1994-01-30	
珠海書院亞洲研究中心		1995-06-12	
珠海書院亞洲研究中心		1995-07-20	
香港大學		1995-09-18	
珠海書院		1999-09-01	
中華教育家協會		1999-10-26	
香港中文大學	K. L. MacPherson	1987-09-09	
香港大學	王賡武	1994-08-26	信寄給茅家琦
	司馬輝	1993-01-10	
香港樹仁學院	余炎光	1993-02-14	
香港樹仁學院	余炎光	1993-04-06	
香港樹仁學院	余炎光	1993-05-10	
香港樹仁學院	余炎光	1995-03-24	
香港樹仁學院	余炎光	1995-06-26	
珠海書院	李谷城	2002-02-16	
永芳藝術基金會	姚美良	1999-01-25	
珠海書院	胡春惠	1994-02-21	
珠海書院	胡春惠	1994-06-20	
珠海書院	胡春惠	2003-12-15	
珠海書院	胡春惠	2008-04-29	
鵬利保險有限公司	張　兵	1998-12-12	
商務印書館	張倩儀	1991-07-16	
商務印書館	張倩儀	1992-11-25	
商務印書館	陳萬雄	1992-12-17	
商務印書館	陳萬雄	1993-12-28	
商務印書館	陳萬雄	1994-11-08	
商務印書館	陳萬雄	1998-12-16	
商務印書館	陳萬雄	1999-12-13	
商務印書館	陳萬雄	2009-12-??	
香港浸會大學	楊意龍	1987-??-??	
香港中文大學	葉漢明	2000-08-25	
香港科技大學	詹欣怡	2008-12-01	
香港中文大學	劉義章	2004-04-19	
香港中文大學	鄭會欣	19??-01-11	
香港中文大學	鄭會欣	19??-09-10	
香港中文大學	鄭會欣	1989-02-24	
香港中文大學	鄭會欣	1990-10-24	
香港中文大學	鄭會欣	1991-05-27	
香港中文大學	鄭會欣	1992-07-18	

單位	發信人	時間	備註
香港中文大學	鄭會欣	1992-12-03	
香港中文大學	鄭會欣	1993-11-29	
香港中文大學	鄭會欣	1994-03-14	
香港中文大學	鄭會欣	1994-04-01	
香港中文大學	鄭會欣	1996-09-22	
香港中文大學	鄭會欣	1997-01-27	
香港中文大學	鄭會欣	1998-02-20	
香港中文大學	鄭會欣	1998-03-18	
香港中文大學	鄭會欣	1998-11-19	
香港中文大學	鄭會欣	1998-12-02	
香港中文大學	鄭會欣	2001-08-01	
香港中文大學	鄭會欣	2001-08-27	
香港中文大學	鄭會欣	2003-12-22	
商務印書館香港有限公司	鮑紹霖	1999-03-20	

發信地：澳門

單位	發信人	時間	備註
澳門基金會	吳志良	1994-01-11	
澳門基金會	吳志良	1998-11-09	
澳門基金會	吳志良	1998-12-15	
澳門基金會	吳志良	1999-12-13	
澳門基金會	吳志良	2005-12-06	
澳門理工學院	婁勝華	2004-12-16	
澳門理工學院	婁勝華	2005-12-16	

附錄二、重要學術會議時間表

時間	地點	名稱	主辦單位
1987/10/07-10/10	南京	民國檔案與民國史學術討論會	中國第二歷史檔案館 南京中華民國史研究會
1990/08/03-08/06	中山	「孫中山與亞洲」國際學術討論會	廣東省孫中山研究會 中山市孫中山研究學會 日本神戶孫文研究會
1992/06/09-06/11	北京	孫逸仙思想與中國現代化學術座談會	中國社會科學院近代史研究所 孫文學術思想研究交流基金會
1994/07/13-07/15	臺北	「中國歷史上的分與合」學術研討會	聯合報系文化基金會 中研院近代史研究所 中研院歷史語言研究所等
1994/12/18-12/20	南京	第三次中華民國史國際學術討論會	南京大學中華民國史研究中心
1995/01/12-01/15	臺北	第三屆近百年中日關係國際研討會	北美二十世紀中華史學會
1999/04/25	桃園	媒體社會和歷史文化研討會	中央大學
1999/05/01	香港	「近代中國民族主義」國際學術研討會	香港浸會大學歷史系 林思齊中西學術交流研究所
2000/09/22-09/24	南京	第四次中華民國史國際學術討論會	江蘇省政協文史資料委員會 南京大學中華民國史研究中心
2001/10/07-10/09	臺北	「辛亥革命 90 周年」國際學術研討會	中正文教基金會 中國國民黨中央文化傳播委員會 中研院近代史研究所等
2004/06/04-06/05	臺中	全球化下的史學發展學術研討會	中興大學歷史系
2005/08/20-08/23	南京	紀念中國同盟會成立 100 周年暨孫中山逝世 80 周年國際學術討論會	南京大學中華民國史研究中心 中山陵園管理局孫中山紀念館
2005/12/26-12/28	南京	南京大屠殺史料國際學術討論會	南京大學中華民國史研究中心 南京師範大學南京大屠殺研究中心等
2006/11	臺北	南京觀點的「中華民國」學術討論會	中研院近代史研究所 中國近代史學會
2008/10/14-10/18	香港	「宋美齡及其時代」國際學術研討會	香港珠海書院亞洲研究中心等

史家薪傳 05

潮平兩岸闊——張憲文往來函札集

編　　著　呂　晶
總 編 輯　陳新林、呂芳上
特約顧問　呂芳上、陳謙平、陳紅民、鄭會欣
執行編輯　楊善堯、林弘毅
封面設計　泰有文化藝術有限公司
書名題字　曾泰翔
排　　版　溫心忻
編輯校對　汪　沛、劉志遠、戴智超、謝雨欣、謝婉如
整理研究　王科苗、王朝政、王瀅鈞、白紀洋、任　晶、汪　沛、
沈斌清、夏慧中、孫　銳、陳競峰、彭　茜、賀海霞、
賀晴雯、熊慧林、劉志遠、戴智超、謝雨欣、謝婉如

出　　版　民國歷史文化學社有限公司
臺北市大安區羅斯福路三段 37 號 7 樓之 1
TEL：+886-2-2369-6912
FAX：+886-2-2369-6990

開源書局出版有限公司
香港金鐘夏慤道 18 號海富中心 1 座 26 樓 06 室
TEL：+852-35860995

喆閎人文 工作室
新北市新莊區中華路 1 段 100 號 10 樓
TEL：+886-2-2277-0675
Email：zhehong100101@gmail.com

初版一刷　2023 年 10 月 31 日
定　　價　新臺幣 700 元
港　幣 200 元
美　元　28 元
I S B N　978-626-7370-19-3（精裝）
印　　刷　秀威資訊科技股份有限公司

http://www.rchcs.com.tw

國家圖書館出版品預行編目 (CIP) 資料
潮平兩岸闊：張憲文往來函札集 / 呂晶主編 . --
初版 . -- 臺北市：民國歷史文化學社有限公司；新
北市：喆閎人文工作室 , 2023.10

面；　公分 . --（史家薪傳；5）

ISBN 978-626-7370-19-3（精裝）

856.287　　112015503